상도

상도 3

1판   1쇄 발행 | 2000년 11월   1일
1판 117쇄 발행 | 2009년   6월   24일
2판   6쇄 발행 | 2013년   2월   14일
3판   3쇄 발행 | 2015년   10월   10일
4판   1쇄 발행 | 2020년   11월   22일

지은이 | 최인호
펴낸이 | 정태욱
책임편집 | 강은영
디자인 | 신유민, 안승철
펴낸곳 | 여백출판사

등 록 | 2019년 11월 25일 제 2019-000265호
주 소 | 서울시 성동구 한림말길 53, 4층 [04735]
전 화 | 02-798-2368
팩 스 | 02-6442-2296
E-mail | yeobaek19@naver.com

ⓒ 최인호 2009. Printed in Korea
ISBN 979-11-90946-02-5 04810
ISBN 979-11-968880-8-4 (전3권)

상도

최인호 장편소설

❸ 상업지도(商業之道)

여백

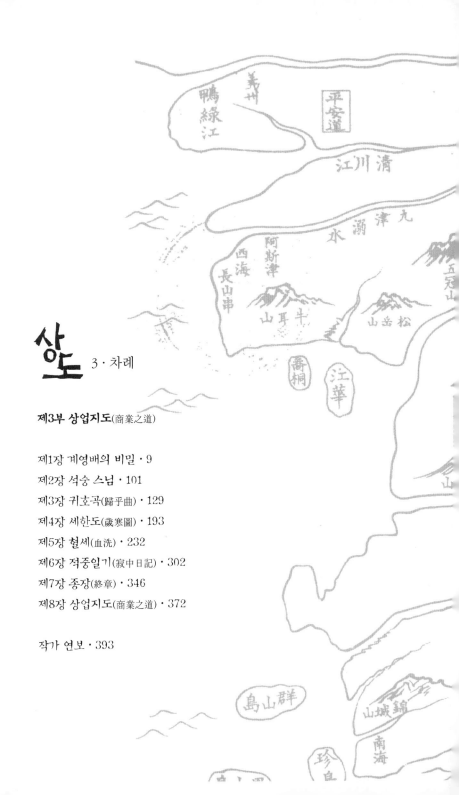

상도 3 · 차례

제3부 상업지도(商業之道)

제1장 계영배의 비밀 · 9

제2장 석숭 스님 · 101

제3장 귀호곡(歸乎曲) · 129

제4장 세한도(歲寒圖) · 193

제5장 혈세(血洗) · 232

제6장 적중일기(寂中日記) · 302

제7장 종장(終章) · 346

제8장 상업지도(商業之道) · 372

작가 연보 · 393

제3부
상업지도

임상옥은 그 새벽 종소리를 들으며 '현자는 모든 것
에서 배우는 사람이며, 강자는 자기 자신을 이기는
사람이며, 부자는 자기 스스로 만족하는 사람'임을
깨달았다.
욕망의 유한함을 깨닫고, 그 욕망의 절제를 통해 스
스로 만족하는 자족이야말로 하늘 아래 최고의 거부
로 나아가는 상도인 것이다.

제1장 계영배의 비밀

1

1836년 병신년 그해 10월.

마침내 임상옥은 안치형(安置刑)에서 벗어났다. 유거형에서 벗어
나 자유의 몸이 되었다.

일년도 채 못 되어 유형에서 벗어날 수 있었던 것은 조상영이 형
조에 올린 보고서 때문이었다. 거만하기 짝이 없는 조상영이었으
나, 취중에 남의 집 가보를 집어던져 깨트린 실수를 저질렀으므로
자신의 실수를 만회하기 위해 임상옥에 대해 극히 우호적인 보고서
를 올린 것이다.

어찌 보면 임상옥을 구해낸 것도 결국 계영배였다. 계영배가 스
스로 신통력을 부려 분기탱천한 조상영에게 집어던져져 깨어짐으

로써 임상옥을 구해낸 셈이었다.

임상옥이 유형지에서 돌아와 자유의 몸이 된 후 첫 번째로 행한 것은 행장을 차려 곧바로 길을 떠난 것이다.

그는 잠시도 새 집에 거하지 않고 오직 하인 한 사람만을 데리고 길을 떠났다.

가족은 물론 박종일도 어디로 길을 떠나는가, 몹시 궁금해 하였지만 임상옥은 일체 이에 대해 입을 열어 말하지 아니하였다.

종자 하나만을 데리고 길을 떠났을 때 그의 몸속에는 오직 하나의 물건만이 소중히 간직되어 있을 뿐이었다.

그것은 바로 계영배였다.

계영배는 이미 조상영의 손에 의해서 깨어졌으므로 더 이상 쓸모없는 물건이 되어버렸지만 임상옥은 이를 소중하게 간직하고 여행을 떠났다.

임상옥이 길을 떠나 찾아간 곳은 경기도 광주 지방이었다. 그곳은 사옹원(司饔院)에서 설치한 관영 사기제조장이 있는 곳이다.

사옹원이라면 임금의 식사와 대궐 안의 식사 공급에 관한 일을 맡아 하는 관청으로 이들은 대궐에서 쓰는 모든 식기와 그릇들을 전국의 자기소(磁器所)와 도기소(陶器所)에서 만들어 올리도록 임명해 두고 있었다. 특히 관어용(官御用)의 특상품들은 경기도 광주에 사옹원의 분원(分院)인 번조소를 설치하고, 직접 국가에서 그릇을 만드는 일을 관장하고 총괄하였다.

임상옥이 경기도 광주의 번조소를 찾아간 것은 그곳에서 계영배가 만들어졌음을 잘 알고 있었기 때문이다.

계영배가 관요(官窯), 그중에서도 특상품만 만들어내는 광주요에서 만들어진 자기라는 것은 명약관화한 사실이었다.

　임상옥은 계영배가 깨어져 붉은 피를 흘리는 것을 본 순간 이를 정결히 씻어 상 위에 올려두고 살아 있는 큰스님 석숭에게 행하듯 삼배를 올리고 나서 다음과 같이 맹세하였다.

　"스님께서 내려주신 계영배의 화두를 반드시 깨우쳐 하늘의 도리를 제가 이루겠나이다."

　큰스님 석숭과의 약속이었으므로 유형에서 벗어나 자유의 몸이 되자마자 그 누구에게도 행방을 알리지 않고 계영배가 만들어진 경기도 광주의 번조소를 향해 길을 떠난 것은 지극히 당연한 일이었다.

　이 계영배를 만든 사람이 누구이며, 어떤 사연에 의해서 이 신묘한 잔이 만들어질 수 있었던가. 또한 이 신묘한 술잔이 어떤 경로에 의해서 석숭 스님에게까지 전해져 내려올 수 있었을까의 수수께끼를 파헤칠 수만 있다면 계영배의 화두를 깨뜨릴 수 있을 것이 아니겠는가.

　임상옥이 서둘러 길을 떠난 데에는 또 다른 이유가 있었다.

　번조소에서는 해마다 임금이 쓰는 그릇인 어선(御膳)을 비롯하여 왕궁 소용의 일반 용기, 봉상시의 제기, 내의원(內醫院)의 제약용기, 왕가의 경사 때 사용되는 특수 사기 등 만3천 개가 넘는 어기(御器)들을 상공(上供)해야 하는데, 이를 위해 전국의 명인들을 차출해서 해동기로부터 결빙기까지 작업을 계속하고 있었다.

　임상옥이 자유의 몸이 된 것은 10월 초, 그러므로 시일을 차일피일 미루다가는 어느덧 결빙기가 찾아와 분원은 해체되고 도공들도 뿔뿔이 흩어질 때가 다가왔기 때문이다.

결빙기가 오면 전국 각지에서 몰려들었던 도공들은 그동안 분원으로부터 받은 임금을 챙겨들고 자기들의 고향으로 흩어져 가기 때문에 때를 놓치면 계영배의 비밀을 파헤칠 수 없었다.

경기도 광주에 설치되었던 관요는 대충 퇴촌면과 실촌면, 초월면, 도척면, 경안면, 오포면 등 6개 면으로 나뉘어 있었다. 이는 10년을 주기로 번목(燔木)을 위해서 수목이 무성한 곳을 찾아서 이동했기 때문이다. 분원이 설치되어 가마를 굽기 위해서 수목을 채취한 곳은 숲이 무성해질 때까지 비워두었다가 다음에 다시 분원을 설치하여 수목을 채취하는 것이 원칙이었다.

임상옥이 찾아갔을 때는 경안천 강변 근처 지금의 남종면 분원리에 분원이 설치되어 있었다.

이 번조소에는 사용원에서 파견된 봉사(奉事)가 번조관으로 상주하고 있었다. 봉사는 종8품에 해당되는 하급관리였으나 그는 사용원에 소속된 도공들을 관리하는 막강한 힘을 갖고 있었다.

임상옥이 분원을 찾아가자 번조관이 맞이하였다. 그는 임상옥의 소문을 익히 들어 잘 알고 있었다.

임상옥이 봉사에게 계영배를 보여주고 찾아온 목적을 말하였으나 그는 난처한 얼굴로 대답하였다.

이미 전국에서 모여든 사기장들이 뿔뿔이 헤어져버렸다는 것이다. 아직 결빙기가 다가오지는 않았지만 어기들을 모두 제작하여 상공하였기 때문에 더 이상 필요가 없어 해산시켜버렸다는 것이다.

의주에서 경기도 광주까지의 먼 길을 단숨에 달려왔으나 이미 관요지는 파장되어버린 것이다.

"하오나, 나으리."

봉사는 허리를 조아리며 말하였다.

"방법이 없는 것은 아니나이다."

봉사는 귓속말로 말하였다.

"퇴촌면에 가면 지(池)씨라는 성을 가진 노인이 살고 있나이다. 이미 아흔 살이 넘어 연로하여 오래전부터 퇴촌에 움집을 짓고 살고 있는데 그 영감을 찾아가면 아마도 모든 것을 알아낼 수 있을 것이나이다."

경기도 광주의 분원이라면 예로부터 사기그릇으로 유명한 곳. 그래서 광주 본토의 사기라면 그 이름이 높았으며 품질도 뛰어났다. 이 분원으로 몰려드는 도기공들의 솜씨가 뛰어났을 뿐 아니라 흙과 물 역시 다른 지방에 비해 탁월하였기 때문이다.

"나으리."

봉사가 덧붙여 말하였다.

"지씨 성을 가진 그 노인은 육칠십 년 전부터 이 광주분원에서 가장 유명한 도공 중의 한 사람으로 당할 사람이 없을 정도였나이다. 또한 이 분원에 소속된 도공들이 모두 존경하는 사람으로 모르는 사람이 없을 정도로 이 일대에서는 살아 있는 귀신이라고 말을 할 수 있나이다. 한때는 여기 광주 분원을 총감독했던 변수(邊首)였지요. 나으리께오서 그 깨어진 사기잔의 무엇을 알고 싶어서 이처럼 누추한 곳까지 찾아오셨는지 그 연유는 알 수 없겠사오나 아마도 그 영감을 찾아가셔서 물으신다면 알고 싶어하시는 모든 것을 얻어낼 수 있으실 것이나이다."

봉사가 임상옥을 안내하였는데 그때가 이미 석양 무렵이었다. 노인이 살고 있는 곳은 퇴촌으로 나룻배를 타고 강을 건너야 하였다.

우산천에서 흘러들어 오는 물로 호수를 이룬 강 너머로 띠 모양의 평야를 이루고 있는 벌판이 보였다.

"나으리."

사공이 배를 저어 강을 건너는 동안 봉사가 입을 열어 말하였다.

"이곳이 퇴촌면이라고 불리게 된 것은 이 나라 개국공신인 조영무 대감이 벼슬에서 물러나 이곳에서 거주하였기 때문이었나이다."

조영무.

조선 초의 개국공신이자 무신. 중국에서 귀화한 후예로서 이성계의 사병이 되어 고려 말의 충신 정몽주를 격살한 사람 중의 하나였다.

"조영무 대감의 묘가 아직도 퇴촌에 그대로 남아 있나이다."

임상옥은 묵묵히 뱃전에 앉아서 주위의 경관을 보았다. 낮은 구릉을 이루고 있는 언덕들 주위로 해협산, 앵자봉과 같은 산봉우리들이 병풍을 이루고 있어 절경이었다. 잔잔한 강물만 바라보니 어디가 하늘이고 어디가 강물인지 분간하기가 어려웠다.

"또한 최항 대감의 묘소가 퇴촌에 남아 있고 서거정 대감이 쓴 신도비가 함께 남아 있나이다."

최항은 조선 초기의 문신이자 훈민정음을 창제할 때 활약하였던 학자였는데 서거정의 자부(姉夫)이기도 하였다. 서거정은 이 강물을 건너가면서 시를 지었다.

　　강가에서 빨래하는 저 새악시 얼굴이 꽃과 같은데,
　　어릴 적부터 빨래하며 생활하였네.
　　아침에 흰 발을 씻으니 눈빛 같고,
　　저녁에 흰 팔을 씻으니 서릿발 같네.
　　아침마다 저녁마다 씻고 또 씻으니,
　　강물이 스스로 깨끗해짐에 마음으로 스스로 만족하리.
　　흰 실을 내리니 빙사(氷絲)가 더 희고,
　　밤마다 흰 달 아래 찬 물레를 돌리네.
　　가는 비단을 짜 재단하여 문을 만드니
　　교초(蛟綃:동해의 인어가 짜는 세상에서 가장 좋은 비단)보다 가늘
　　고 월사(越紗)보다 가볍네.
　　강물이 맑고 또 잔잔함이여,
　　날마다 눈을 내리어 쉴 때가 없어라.
　　씻기를 끝내매 소담한 화장이 물 밑에 비치니,
　　소아(素娥:월궁의 선녀)도 깨끗함을 사양하겠고
　　강비(江妃:강의 선녀)도 부끄러워하겠네.

　　조선 초기 최대의 학자이자 시인이었던 서거정은 이곳을 좋아하
여 자주 이 지방을 유랑하였으며 죽은 후에도 이곳에 묻혔다. 강가
에서 빨래하며 비단을 짜는 여인을 노래한 시는 다음과 같이 이어
지고 있다.

…문득 미친 바람이 있어 천지가 어두우니
티끌이 아득하여 갈 곳을 잃었네.
허둥지둥 진흙물 가운데서 당황하니,
옥질(玉質)은 이미 잘못되어 옷도 검어졌구나.
시누이 문에 나와 새악시 돌아오기를 기다리는데
새악시는 빨래하기 왜 더딘고.
새악시가 돌아오니 시누이는 손뼉치며 웃으며
꼴불견하여 우리집 시(施:미인 西施를 가리킴)가 아니라 하네.
시누이 나이는 겨우 열세 살,
이때에 철이 아직 덜 들었네.
시누이야 시누이야, 새악시를 비웃지 마라
이 한을 뒷날 너 또한 알게 되리라.

임상옥은 우쭐우쭐 춤추며 강을 건너가는 나룻배 위에 앉아서 묵묵히 서거정의 옛 시를 떠올려보았다.

맑은 강가에서 비단실을 씻으며 빨래를 하고 있는 새악시의 아름다움을 노래한 서거정은 그러나 미친 바람처럼 몰아치는 세월에 그 아름답던 새악시는 늙고 꼴불견이 될 것임을 암시한다. 그 모습을 보고 깔깔 웃는 열세 살의 시누이. 지금 너는 비웃지만 여인으로서의 너의 일생도 바로 그러하리라는 인생의 무상함을 우스꽝스런 정경 묘사로 그려낸 서거정의 천재적인 솜씨에 감탄하면서 임상옥은 강변의 풍경을 바라보았다.

과연 강가에서는 여인들이 빨래를 하고 있었고, 서편 하늘에 물드는 핏빛 낙조가 그대로 강물에 투영되어 강물이 핏물인지, 하늘이 핏빛인지 분간하기가 어려웠다.

강을 건너 나룻배는 퇴촌 나루에 이르렀다.

봉사를 앞세운 임상옥은 채마밭 사이로 난 오솔길을 따라 부지런히 걸어가기 시작하였다.

"나으리."

앞서 걷던 봉사가 입을 열어 말하였다.

"원래 이곳에는 도마리란 가마터가 있었나이다. 고려시대 때엔 오히려 이곳 일대에서 도자기 제조가 성행하였으나 근래에 들어서는 교통이 불편하여 자연 미미하게 되었나이다. 하오나 지 노인은 줄곧 이곳에서 가마터를 갖고 한겨울 동안 도자기를 굽고 있나이다. 성격이 괴팍하고 까다로워서 어울리는 사람도 없고 한때 혼인을 하여서 자식도 있다는 말은 있지만 본 사람도 없고, 지금은 혼자서 살고 있나이다. 가는 귀가 먹어서 소리가 잘 들리지 않아 사람들과 어울리지도 아니하고 혼자서만 살고 있는데, 사람들은 아흔 살이 넘었다고 하지만 어떤 이들은 백 살이 넘었다고도 말을 하고 있나이다."

구릉을 넘어가자 붉은색을 띤 노천요(露天窯)들이 그대로 드러났다. 노천에 토기를 쌓아놓고, 그 주위에 나무를 쌓아 그릇을 구워냈는데 자연 낮은 온도에서 구워낼 수밖에 없었으므로 토기 속의 철분이 산화되어 붉은 색을 띨 수밖에 없었다. 이런 노천요들은 함부로 쓰는 막그릇을 만드는 곳이었고, 대부분 근처에 사는 화전민들이 임시로 만든 노천가마였다.

"하오나."

이미 땅거미가 내린 어둑어둑한 오솔길을 앞서가며 봉사가 말을 이었다.

"아직 근력은 청년 못지않게 성성해서 만드는 그릇은 최상품이나이다. 따라서 임금님께 올리는 어품(御品)은 모두 지노인 어른이 만들고 또한 직접 관리감독하고 있나이다. 하오나, 성미는 워낙 까다로워서 한 번 싫은 사람이면 대답은커녕 고개를 돌리고 쳐다보지도 아니하며, 자신이 만든 그릇이라 할지라도 마음에 들지 아니하면 모두 깨뜨려버리고 나랏님께 바치는 특상품이라 할지라도 자신의 마음에 들지 아니하면 절대로 내놓지 않는 고집불통의 노인이나이다. 그리고 또한 알 수 없는 것은….."

봉사는 가던 길을 멈추고 목소리를 낮추었다. 노인의 집이 가까워진 모양이었다.

"절대로 자신이 만든 물건은 내다 팔지 않는다는 것이나이다. 대부분의 사기장들은 자기의 임기가 끝나면 만든 그릇들을 지게에 지고 전국 방방곡곡으로 흩어져 그릇들을 팔아 그것으로 쌀도 사고, 불도 때는데 지 노인은 지금껏 단 한 번도 가마터를 벗어나본 적도 없으며 또한 만든 그릇을 대처에 나가서 팔아 목돈을 마련한 적도 없나이다. 노인은 다만 어용지기(御用之器)를 만든 품삯만으로 살아갈 뿐이나이다. 만약 노인이 돈을 벌려 하였다면 아마도 벌써 거부가 되었을 것이나이다."

울창한 숲이 나타났다. 가마를 굽기 위해 나무를 벌목하지 않아 자연 숲이 우거진 모양이었다.

그 숲 사이에 초라한 움집 하나가 세워져 있었다. 날은 어두워져 사위를 분간할 수 없을 만큼 캄캄하였는데 그 움집에서부터 희미한 불빛이 새어나오고 있었다.

"지 노인이 출타 중은 아닌 모양입니다."

집에서 새어나오는 희미한 불빛을 보자 안심한 듯 봉사가 입을 열어 말하였다. 낯선 사람이 찾아오는 것을 경계하는 듯한 개 짖는 소리가 들려왔다.

"노인장 계시오."

지 노인이 가는귀를 먹었기 때문인 듯 필요 이상으로 소리를 높이고 있었다. 움집 안에서는 아무런 대답도 없었다. 봉사는 거리낌 없이 방문을 열어 안을 확인하여 본 후 말하였다.

"없습니다, 나으리. 아마 지 노인이 가마터에 가 있을지도 모르겠나이다."

집 뒤쪽 굴뚝가마는 장작더미가 채곡채곡 쌓여 있었다. 가마에 사용하는 화목(火木)들이었다.

집 뒤로 돌아가자 후끈하는 화기가 느껴졌다. 그리고 언덕의 경사면을 따라 길게 만들어진 등요(登窯)의 가마가 보였다. 그 가마 속에서는 방금 불이 타오르고 있었는지 화창(火窓)으로 넘실거리는 화염이 보였다.

"노인장이 사기를 굽고 있는 모양입니다."

가마의 제일 아랫부분에는 아궁이가 있었고 그 아궁이에서는 이글거리며 불이 타오르고 있었다. 검은 그림자 하나가 그 아궁이에 연신 장작더미를 날라 집어던져 넣고 있었다.

"안녕하시오, 노인장."

봉사는 검은 그림자를 향해 인사를 하였다. 아궁이에서부터 타오
르고 있는 붉은 불빛이 노인의 얼굴을 핥고 있었다. 봉두난발한 머
리칼과 가슴까지 내려오는 긴 수염을 기른 노인은 산발한 머리카락
위에 댕기와 같은 붉은 천을 질끈 묶고 있었다. 화덕에서 뿜어져나
오는 열기로 얼굴은 붉게 익어 있었고 온몸에서는 비오듯 땀이 흐
르고 있었다.

노인장은 광인(狂人)의 모습이었다.

바지는 정강이까지 걷어올리고 있었고 허리는 굽어 있었으나 힘
은 장사인지 한 손으로 장작더미들을 날라다 연신 아궁이에 집어넣
고는 바람이 잘 통하도록 긴 부지깽이로 불구덩이를 이리저리 쑤시
고 있었다.

노인은 흘깃 인사를 한 봉사와 그 뒤를 따라온 임상옥과 종자를
쳐다보았을 뿐 그저 그뿐이었다.

"노인장."

봉사는 들고 온 술병을 노인이 잘 볼 수 있도록 가마 곁에 내려놓
으며 소리쳐 말하였다.

"좋은 술을 한 병 가져왔소. 출출한데 한잔 드시고 일을 하시구
려."

봉사는 미리 임상옥에게 귀띔해주었다. 워낙 술을 좋아해서 좋은
술을 가져가는 것만이 노인의 입을 열게 하는 유일한 방법임을. 그
래서 임상옥은 하인에게 술병을 한가득 지게에 지고 따라오도록 했

던 것이다.

노인은 흘깃 봉사가 가져온 술병을 보았으나 여전히 묵묵부답이었다. 봉사가 가져온 커다란 술잔에 가득 술을 따라들고 노인에게 올렸다.

노인은 술잔을 들고 한참 봉사의 얼굴을 쳐다보더니 획― 하고 술잔을 던져버렸다. 그러고 나서 불을 지피는 화장(火杖)을 세워들고 말하였다.

"가거라 네 이놈, 내 곁에 얼씬도 하지 말거라."

봉사는 혼비백산하여 뒷걸음질쳐서 물러섰다. 우렁한 목소리였다. 이를 보던 임상옥이 머리 위에 쓴 갓을 벗고 그대로 아궁이 옆에 엎드려 노인에게 큰절을 올리기 시작하였다.

임상옥이 삼배를 올렸으나 노인은 아랑곳하지 않았다. 노인은 부지깽이로 장작을 이리저리 쑤시면서 아궁이의 불을 지피고 있을 뿐이었다.

임상옥은 노인이 집어던진 술잔을 찾아들고 그 술잔에 술을 따르기 시작하였다. 가득 따른 술잔을 임상옥이 두 손으로 노인에게 바쳐올렸다. 노인은 이번에는 그 술을 버리지 아니하고 단숨에 벌컥벌컥 들이마셨다. 이로써 노인은 임상옥을 손님으로 맞아들이겠다는 무언의 암시를 해보인 것이다.

그 즉시 임상옥은 하인의 지게에 싣고 온 술병과 육포를 비롯한 안주를 풀어놓도록 하였다. 임상옥은 지 노인이 장인(匠人)으로서의 자존심이 대단한 것을 꿰뚫어 보았다.

그러한 자존심을 한갓 하급관리에 불과한 번조관이 짓밟은 것이다. 봉사의 술잔을 받지 않고 던져버린 것은 자신을 존중하지 않는 무례함을 꾸짖기 위함이었다.

어둠이 내리자 상대적으로 달빛이 밝아졌다. 하늘에는 둥근 달이 공중에 걸려 있는 구름 한 점 없는 투명한 달밤이었다. 임상옥이 술 석 잔을 연거푸 올리자 지 노인은 묵묵히 주면 주는 대로 술을 마시고 있었다. 술을 다 마시고 나서 지 노인이 입가와 수염에 묻은 술을 손등으로 씻어내리며 말하였다.

"이런 누추한 곳에 오실 손님이 아니신데 어인 일로 찾아오시었소."

"노인장 어른."

임상옥이 예를 갖춰 대답하였다.

"제가 노인장 어른을 찾아뵈온 것은 한 가지 물건 때문이나이다. 오래전 이곳 광주 분원에서 만들어진 잔 하나가 있었는데 이 잔을 만든 사람이 누구인지 알고 싶으며, 또 그 잔을 만든 사람에게는 어떤 사연이 있는가를 알고 싶어 찾아왔나이다. 다행히 노인장 어른께오서 수십년 동안이나 이 분원에서 변수장으로 계시옵고, 오가는 장인들의 신상을 손바닥 알 듯 자세히 알고 계신다는 말씀을 전해 들었으므로 이처럼 염치를 불구하고 찾아왔나이다."

"그 물건이 무엇인고."

노인은 임상옥을 쳐다보았다. 가는귀가 먹었다는 봉사의 말 때문에 소리를 높이던 임상옥은 곧 그럴 필요가 없음을 알게 되었다. 노인은 사람의 입을 보고 말을 정확하게 해독하고 있었으므로.

"잔이나이다."

"잔이라고."

임상옥이 대답하자 노인은 말을 받았다.

"잔이라면 술잔인가 찻잔인가."

"둘 다 쓰이지만 제가 보기에는 술잔인 듯 느껴지나이다."

"그 물건이 어디 있는데."

임상옥은 소중하게 간직하고 있던 계영배를 몸속에서 꺼내들었다.

노인은 임상옥의 행동을 낱낱이 지켜보고 있었다. 노인의 눈빛은 형형하게 빛나고 있었다.

임상옥은 계영배를 노인에게 내밀었다.

"이 잔이나이다."

노인은 계영배를 아궁이에 가까이 가져가 타오르는 불빛에 비춰보았다.

갑자기 계영배가 눈에 띌 정도로 흔들리고 있었다. 그것은 계영배가 흔들린 것이 아니라, 그 잔을 쥐고 있는 노인의 손이 와들와들 떨리고 있었기 때문이다.

"이 잔은, 이 잔은."

지 노인은 온몸을 떨면서 혼잣말로 중얼거리고 있었다.

"노인장 어른."

옆에서 지켜보던 임상옥이 긴장하며 노인을 불러보았다. 그러나 노인은 여전히 몸을 떨고 있었다.

"…무슨 일이나이까, 노인장 어른…."

"이 잔이, 어째서 이렇게 깨어져 있을 수 있단 말인가."

지 노인은 여전히 누구에게가 아닌 혼잣말로 중얼거리고 있었다.

"이 잔이 깨어진 것은 극히 최근의 일이나이다. 원래는 깨어져 있었던 잔이 아니었는데 얼마 전에 뜻하지 않은 변고로 잔이 깨어진 것이나이다."

"마침내 올 것이… 왔군."

지 노인은 중얼거리며 빈 술잔을 집어들었다. 임상옥이 술을 따르자 몇 잔을 거푸 마셨다.

"마침내 올 것이… 오고야 말았어."

여전히 넋두리를 하듯 중얼거리는 노인에게 임상옥이 물어 말하였다.

"노인장 어른께오서는 이 잔을 알고 계십니까."

노인은 머리를 끄덕이며 대답하였다.

"알다마다…."

"그러하면 이 잔은 노인장 어른께오서 만드셨습니까."

지 노인은 깊은 상념에 잠긴 듯 아궁이에서 타오르는 불빛을 물끄러미 바라볼 뿐이었다.

노인은 깊은 생각에 잠겨 불 속에 장작더미를 집어넣는 것도, 부지깽이를 쑤셔 불길을 일으키는 것도 잊어버린 사람처럼 보였다.

노인은 떠듬떠듬 말을 하기 시작하였다.

"이보시게, 이 잔은 사람이 만든 잔이 아니네. 이 잔은 신명님이 만드신 신기(神器)일세."

이해할 수 없는 수수께끼의 말이었다.

"하늘 아래, 이와 같은 신기를 만든 사람은 아마도 없을걸세."

이 노인은 계영배의 신통력을 이미 알고 있는 것이다. 가득 채우면 어느새 한 방울의 술도 남아 있지 않고 7부 정도 채워야만 온전한 계영배.

억지로 가득 채우려 하면 술독의 술은 물론 한강의 물을 전부 쏟아붓는다고 해도 채울 수 없는 술잔, 계영배의 신묘함을 노인은 이미 알고 있는 것이다.

"어른께오서는 이 분원에서 가장 뛰어난 명인이십니다. 그런데도 어른께서는 이 잔을 만들지 못하신단 말씀이시나이까."

임상옥이 묻자 노인은 머리를 흔들며 대답하였다.

"이보시게나, 이 잔에 비하면 나는 허드레 질그릇이나 만들고 있는 싸구려 사기장이라 할 수 있네."

"하오나 어른께오서는 임금님의 어기를 만드는 분이 아니시나이까."

"물론 나는 나랏님의 어기를 만들고 있지. 그러나 이 물건은 나랏님의 어기가 아니라 천상의 신기일세. 이러한 신기는 사람이 만드는 것이 아니라 신령님들이 만드는 것일세."

"그러하면 노인장께오서는 이 신기를 만든 사람이 누군지 알고 계십니까."

임상옥이 조바심을 내며 묻자 잠시 노인은 말을 끊었다. 노인은 잠자코 술을 마셨다.

"알고 있지."

긴 침묵 끝에 노인이 혼잣말로 중얼거렸다.

"그 잔을 만든 사람이 누구인지 나는 알고 있어."

"그 사람이 도대체 누구입니까."

단도직입적으로 임상옥이 물었다. 지 노인은 임상옥의 질문에 대답지 않고 잠자코 깨진 계영배에 술을 따랐다. 그러나 깨어진 계영배는 이미 신통력을 잃어 반도 채울 수 없었다.

"그럼, 보셨나. 보셨겠지."

지 노인은 임상옥에게 말했다.

"이 잔의 신묘함을 보셨겠지. 보셨으니 이곳까지 찾아오셨겠지. 찾아와서 나를 만나셨겠지. 나를 만나서 묻고 있으시겠지. 그렇지 않은가. 나는 이럴 줄 알고 있었네. 언젠가는 이 잔이 이곳까지 제 발로 찾아오게 될 것을 알고 있었어. 오늘이 바로 그날일세."

지 노인은 물끄러미 임상옥을 쳐다보며 말을 이었다.

"앞에 앉은 양반이 누구신지 모르겠사오만 이 잔의 행방을 찾아 이곳까지 오셨다면 반드시 귀인임이 분명할 것이오. 귀인 중에도 하늘이 내리신 천인임이 분명하오. 그러하시니 무엇이든 묻고 싶은 것이 있으면 물으시오. 내가 알고 있는 것은 모두 말씀하여 드릴 것이오."

깜박 잊었던 듯 노인은 장작을 아궁이에 집어넣었다. 잠시 사그라들었던 불빛이 맹렬하게 타오르기 시작하였다.

"노인장 어른."

임상옥은 노인 옆에 바짝 다가앉으면서 말하였다.

"제가 알고 싶은 것은 이 잔을 만든 사람이 누구인가 하는 것이나이다. 이 잔을 만든 사람이 어떻게 해서 이 신기를 만들게 되었는지 그 사연 또한 알고 싶나이다."

임상옥의 말을 듣고 있던 노인이 얼굴에 희미한 미소를 띄워 올리며 말하였다.

"그것을 알아 무엇하겠소. 이미 다 흘러가버린 옛날의 이야기인데. 게다가 이 신기마저 깨어져버렸는데."

지 노인은 상상할 수 없었던 미소를 띄워 올리면서 중얼거려 말하였다.

"모두 부질없는 일이야. 모두 소용없는 일이고 말고."

그리고 나서 노인은 천천히 이야기를 꺼내기 시작하였다.

그날 밤, 노인의 이야기는 하늘에 떠오른 달이 질 때까지 계속되었다. 노인은 마치 계영배가 다시 자기 곁에 찾아오기를 기다리면서 평생을 보낸 사람처럼 보였다.

노인이 고백하는 동안 달은 뜨고 공중에서 빛이 났으며, 별은 무성하고 달은 지고 그 뒤를 이어 동이 텄다.

2

지순영 노인이 우삼돌을 처음 만난 것은 70여 년 전 일이었다.

그 무렵 지순영은 도기공들의 장인 외장으로 불리고 있었다. 그해 여름 큰물이 들어 홍수가 났다.

지순영은 퇴촌의 강가에서 가마를 굽고 있었는데 그해 든 큰물은 가마 바로 앞까지 물이 들어올 만큼 엄청났다. 하루는 동네 사람들이 모여서 수군대고 있었다. 듣고 보니 송장 하나가 물에 떠밀려와 강가에 누워 있다는 것이다. 지순영은 비를 맞으며 강가로 나가보왔다. 과연 시체 하나가 강가에 쓰러져 있었다.

홍수가 들면 상류에서부터 온갖 가재도구들은 물론 소, 닭, 돼지들이 흘러 내려오는 것은 물론이고 간혹 이처럼 죽은 사람의 시신도 떠내려오곤 하였다.

나이는 이제 겨우 열 살 정도 되어 보이는 어린 소년이었다. 죽은 줄 알았던 송장이 자세히 살펴보니 숨이 붙어 있었다. 벌거벗은 가슴에 귀를 들이대자 아직 가늘가늘하지만 숨이 남아 있었고, 얼음처럼 찬 몸에도 희미하게나마 온기가 남아 있었다. 그 길로 지순영은 그 아이를 업고 집으로 돌아왔다.

다행히 지순영에게는 옥추단(玉樞丹)이란 비상약이 있었다. 옥추단이라면 벌레나 짐승, 식물의 독 등 일체의 독물에 대한 해독작용에 즉효를 보이는 구급약으로 예로부터 궁중에서 비상약으로 쓰고 있는 명약이다. 산강상기(山崗庠機)로 발병한 경우에도, 물에 빠져 질식한 경우거나 심지어는 귀신에 홀려 놀란 경우에도 기를 살려주는 최후의 명약이었다. 지순영은 소년의 입안에 옥추단을 간신히 넣어 먹인 후 뜨거운 가마 곁에 뉘어 놓았다.

이제 살고 죽는 것은 본인의 운명일 뿐이라고 생각하고 있었는데, 하루가 지나자 소년은 피를 토하기 시작하였다. 열이 올라 몸이 불덩어리였다.

지순영은 죽을 끓여서 손수 떠먹여주는 한편 혼수상태에 들어 헛소리를 하는 소년의 열을 달래기 위해서 찬물을 적신 수건으로 온몸을 닦아주곤 했다.

사흘 만에 열이 내리고 소년은 정신이 돌아왔다.

소년은 본시 강원도 산골에서 태어났는데 어려서 부모를 다 잃고 단신으로 이곳저곳을 걸식하며 유랑하여 다녔다. 숯을 굽는 산막에서 지내기도 하고 때로는 화전민 마을에서 마을 일을 하기도 하였다. 손재주가 있었던 소년은 통천(通川)에 있는 옹기 굽는 움막에서 옹기 일을 배우게 되었다.

　그때까지 이름이 없었던 소년은 비로소 이름을 갖게 되었는데, 삼돌이라고 하였다. 성은 움막 주인의 성을 따서 우삼돌이라 하였다.

　삼돌이가 있던 움막은 항아리, 독, 동이 등 일반 가정에서 흔히 쓰는 질그릇을 굽는 곳이었다. 그해 여름, 삼돌이는 움막 주인인 자신의 양부와 둘이서 그동안 만든 질그릇들을 뗏목에 싣고 경기도 안성을 향해 강을 타고 내려오고 있었다.

　안성에서 서는 장이라면 전국에서 생산되는 각종 그릇들이 모여드는 집산지로 유명한 곳이다.

　그런데 그만 강 위에서 비를 만난 것이었다. 엄청난 비였다. 뗏목을 타고 내려오는 것을 무목(貿木)이라 하였는데, 이렇게 큰비가 내릴 때에는 그 즉시 뗏목을 버리고 뭍에 올라야 하는데 미련한 움막 주인은 자신이 만든 질그릇이 아까워서 좀처럼 뗏목을 버리지 못하였다. 그러다가 강물이 불어 이제는 어쩔 수 없이 물이 흘러가는 대로 운명에 맡길 수밖에 없게 된 것이다.

　결국 뗏목이 뒤집혀 움막 주인은 소년이 보는 앞에서 물에 빠져 떠내려갔으며 소년 또한 떠내려가다가 뭍으로 떠밀려 살아난 것이다.

　타고나기를 천애고아였으므로 소년은 오갈 데 없는 신세였다. 그래서 지순영이 소년을 거둬들이기로 하였다. 그나마 소년이 질그릇을 만드는 곳에서 일해본 경험이 있어 흙을 반죽하는 일, 그릇모형 만드는 일, 근처에서 나오는 양질의 박토를 날아오는 일 등에 어느 정도 익숙해 있었다. 익숙해 있었을 뿐 아니라 눈썰미도 갖추고 있었다.

그릇을 만드는 데에는 무엇보다 흙을 반죽하는 일이 중요하였다. 흙은 주무르고, 때리고 하면 할수록 생명력을 갖기 마련이다. 흙 속에 들어 있는 기포(氣泡)들이 미세한 분말에 의해 없어지게 되는 것이다. 기포는 흙 속에 들어 있는 불순물과 더불어 결국은 그릇을 방해하는 근본 요인이다. 그러나 대부분의 도공들은 흙을 반죽하는 기포작업보다는 도자기에 유약을 칠하고 양인각(陽印刻)으로 문양을 그리는 화려한 기술에만 관심을 보이고 있었다.

소년은 묵묵히 5, 6년 동안 흙을 반죽하고, 시목(柴木)을 나르고, 밤을 새워가며 일정한 화력으로 가마를 굽는 기초작업에만 매달리고 있었다.

그것은 지순영의 의도적인 가르침이었다. 여기저기에서 지순영의 소문을 듣고 기술을 배우기 위해서 도공들이 제자가 되기를 간청하곤 했으나 대부분 2, 3년을 채우지 못하고 떠나버리곤 했다.

지순영은 도자기를 굽는 기술도 하나의 도(道)라고 생각하고 있었다. 도공들은 기술을 익히기보다 수양을 쌓는 것이 우선이라 생각하고 있었다.

찾아오는 대부분의 제자들은 처음부터 기술을 배우고자 원하곤 했었다. 그럴 때면 그는 가차없이 제자들을 화장(火杖)으로 때려 쫓아버리곤 했다.

그러나 소년만은 달랐다.

소년은 지순영이 화장으로 때려도 일체 신음소리조차 내지 않았다. 아침마다 가마를 만지기 전에 강가에 나아가 목욕재계할 것을 명하였는데 단 하루도 소년은 이를 거르지 않았다.

한겨울 강물이 꽝꽝 얼어붙으면 돌로 얼음장을 깨고 그 찬물로 목욕재계하여 몸과 마음을 정갈히 한 후 가마 곁으로 다가가곤 했다.

그러는 사이에 소년은 살이 붙고 키가 커서 청년이 되었다. 흙을 반죽하는 것만 5년 이상을 가르친 지순영은 그제야 자신이 가진 기술들을 전수하기 시작하였다. 소년은 하나를 가르쳐주면 열을 알았고 제대로 결과가 나오기까지 가마 곁을 떠나지 않았다.

도자기 기술 중에서 가장 어려운 것은 유약을 칠하는 것이다. 흑유(黑釉)라고 불리는 유약을 바르면 유약 속에 산화철물이 8퍼센트 정도 들어가 유약의 발색이 흑갈색이 났으며, 철채자기는 백자 태토로 그릇을 만들고 그 표면에 철분을 바른 다음 다시 백자유약을 발라 구워내야 하는 것으로 이때 그릇 표면은 쇠녹색이 나면서 곁이 반짝이며 윤이 난다.

같은 유약이라도 산화철분을 15퍼센트 정도 바르면 표면에는 유리질 유약 성분이 전혀 나타나지 않아 광택이 없는 철유자기가 되어버린다.

같은 유약이라도 첨가하는 성분이 많고 적음에 따라 전혀 다른 그릇이 생산되는 것이 바로 사기 제조의 비법이었다.

최고의 자기를 갑번(匣燔)이라 하였는데 이 갑번 기술을 가진 사람은 오직 지순영뿐이었다.

조선백자는 함박눈이 내린 뒤 맑게 갠 새벽 햇살이 눈 위에 비친 듯한 청정한 담청색이 깃들인 순백자를 최고로 쳤다.

페르시아 지방에서 생산되어 중국을 통해 수입되던 코발트 안료인 회회청(回回靑)의 영향 때문이었다. 그러나 지순영이 있을 무렵에는 설백자(雪白磁)가 최고의 상품이었다.

이때에는 아무런 문양이 없는 순수한 백자를 선호하고 있었다. 순백의 태토 위에 전보다 푸른 맛이 줄어들고 맑고 투명한 유약을 시유하여 문양보다는 그 빛깔에 더욱 신경을 쓰고 있었던 것이다. 어떻게 하면 보다 더 아름다운 백색을 형상화할 수 있는가 하는 것이 백자의 최고 목표였다.

이 최고의 백자를 설백자라 하며 그 이름을 갑번자기라고 부르고 있었다.

이 갑번자기는 사옹원에 속해 있는 모든 도공 중에서도 오직 외장 지순영만이 구울 수 있는 최고의 명품이었다.

그 무렵 왕실에서만 사용되던 갑번자기를 권세와 돈이 있는 양반과 부호들이 찾아와 앞을 다투어 구하려 하였으나 지순영은 절대로 이를 내다 팔지 않았다. 이를 은밀히 팔아 목돈을 마련하려는 분원 장인 봉사들과 지순영 간의 알력은 대단하였다.

"우리는 상인이 아니다. 우리는 예인이다."

내다 팔 갑번자기가 있으면 지순영은 이를 깨어부쉈다.

소년은 어느덧 분원에서 당할 사람이 없는 최고의 기술자가 되었다. 분원 최고의 장인이 되어 나라에서 임금님이 드실 어상품을 만드는 사기직공이 되어버린 것이다.

그해 봄.

지순영은 새로 옷 한 벌을 만들었다.

그해가 홍수에 떠밀려와서 구사일생으로 살아난 지 8년째가 되는 해로 소년이 열여덟 살이 되던 해였다. 이는 소년이 성인이 된 나이로 관례를 치르기 위해서였다.

남자는 보통 갓을 쓰고 여자는 쪽을 찌는 것이 상례라 새옷 한 벌과 갓을 마련하여 가마 옆에서 예를 치렀다.

이날의 예식은 소년이 성인이 되는 관례이기도 할 뿐더러 정식으로 소년을 양자로 맞아들이는 예식이기도 하였다.

그리고 지순영은 우삼돌이라는 이름을 가진 소년에게 새 이름을 붙여주었는데 명옥(明玉)이라 하였다.

밝은 옥과 같은 사기직공이라는 뜻을 가진 새 이름으로 그 이후부터 소년은 우명옥으로 불리게 되었다. 마을 사람들은 우명옥을 지순영의 아들이라 부르곤 했었는데 그럴 때면 지 외장은 마음이 흐뭇하곤 했었다.

지 외장은 언젠가는 아들 명옥에게 갑번자기를 굽는 기술을 전수해주리라 생각하고 있었다.

그러나 아직 때가 아니었다.

지 외장은 갑번자기는 손끝에서 나오는 것이 아니라 마음에서 나오는 예술이라 생각하고 있었기 때문이다. 지 외장은 아들 우명옥이 언젠가는 자신을 뛰어넘어 도예 최고의 장인이 될 것임을 믿어 의심치 않았다.

도예 최고의 장인.

그것을 지 외장은 도불(陶佛)이라고 부르곤 했다.

도예의 부처.

그 부처가 되는 것이 지 외장의 소원이었다. 그 염원을 이루기 위해서 그는 결혼도 하지 않았고 아이도 낳지 않았으며 단 하나의 도자기도 팔지 않았으며 세속을 버리고 홀로 퇴촌에 묻혀 살았다.

그는 자신이 최고의 기술자임에는 틀림이 없으나 그것을 뛰어넘은 도불에는 감히 미치지 못한다는 것을 잘 알고 있었다.

부처를 이루는 것은 기술을 뛰어넘은 그 무엇이 있는 것이다. 아는 것이 많다고 해서 부처를 이룰 수는 없다. 비록 지 외장이 조선의 모든 도공들이 꿈꾸던 최고의 백색을 형상화시켜 보일 수 있다 하더라도 그것은 무색(無色)이 아닌 것이다.

모든 도공들의 최고의 꿈은 완벽한 백색의 자기를 만드는 일이었다. 함박눈이 내린 뒤 맑게 갠 새벽 햇살이 눈 위에 비친 듯한 청정한 담청색의 순백색, 그 순백색이 모든 도공의 꿈이었다.

차츰 함박눈도, 새벽 햇살도, 청정한 담청색에 대한 추구도 사라지고 오직 그냥 순수한 백색이 최고의 미(美)라고 도공들은 생각하고 있었다.

모든 도공들이 만들어낼 수 있는 가장 순수한 백색. 그 백색을 지 외장은 만들어낼 수 없었다.

'최고의 색은 색이 아니다.'

지 외장은 그렇게 깨닫고 있었다.

'최고의 색은 색이 없는 무색인 것이다.'

최고의 백색은 색이 없는 무색이다. 불교에서는 모든 색신(色身)

을 벗어난 세계를 무색계(無色界)라고 부르고 있지 아니한가.

언젠가는 우명옥에게 갑번백자의 기술을 전수하여 줄 것이다. 우명옥은 갑번백자의 기술을 익힌 후 마침내 그 백색의 세계를 뛰어넘어 무색의 경지에 들어갈 것이다.

그리하여 우명옥은 색이 없는 그릇을 만드는 도예에서 최고의 부처가 될 수 있을 것이다.

우명옥은 곧 분원에서 가장 뛰어난 사기장이 되었다. 분원에서 만드는 어용지기(御用之器)의 모든 그릇을 우명옥이 직접 만들거나, 관리 감독하는 책임자가 되었다.

우명옥의 빠른 기술 습득과 승진은 곧 동료 사기장들에게 질투심을 불러일으켰다.

사기장들은 합심해서 흉계를 꾸미기 시작하였다. 그것은 우명옥에게 술과 여자를 가르쳐주는 것이었다.

오래전부터 광주 지방에는 전국에서 모여든 색주가들이 있었다. 이들은 전국에서 사기장들이 모여 작업을 하는 해빙기에서 결빙기까지 성시를 이루었다가 날이 쌀쌀해지면 사라지는 일종의 파시(波市)였다.

사기장들은 나라로부터 임금을 받고 있었으므로 대부분 가을철이 되면 주머니가 두둑하였다. 제법 반반한 여인들이 이곳에 몰려들어 술과 웃음은 물론 몸을 팔고 있었다.

사기장들은 알고 있었다.

우명옥이 아직까지 술을 한 번도 입에 대보지 못한 숙맥이며 여인의 손목을 잡아보기는커녕 곁에도 가보지 못한 숫총각임을 잘 알고 있었다. 이렇게 순진한 숫총각일수록 술과 여자에 빠져들면 헤어나오지 못할 것임을 잘 알고 있었다.

그래서 그들은 우명옥을 데리고 색주가로 찾아갔다. 그 색주가에는 가장 뛰어난 미인으로 계향(桂香)이 있었는데 모든 사기장들이 눈독을 들이고 있던 여인이었다. 계향은 한 가지 원칙을 갖고 있었다. 술과 웃음을 팔고, 사내들이 원하면 몸까지 만지는 것은 허락하지만 몸을 허락하지는 않는다는 것이 그녀의 고집이었다.

그 고집을 꺾기 위해서 많은 사기장들이 여름 한철 내내 번 목돈을 송두리째 바치기도 하고 어떤 사기장들은 강제로 납치하여 협박을 하여 보았으나 막무가내였다.

우명옥은 생전 처음 선배 사기장들을 따라 색주가로 가서 술을 마셔보았다. 한 잔 마신 술이 정신을 그토록 황홀하게 만드는 것일까.

우명옥은 상상할 수 없었다. 일찍 부모가 죽어 걸식으로 자란 고아 우명옥의 핏속에도 술에 대한 숙연이 깃들어 있음일까. 우명옥은 술의 맛이 낯설지가 않았다. 한 잔 마셔보고 두 잔 마셔보고, 잔이 계속될수록 사기장들은 박수를 치며 잘한다고 환호하였다. 우명옥은 처음으로 마신 술자리에서 술에는 호감을 보였지만 계향에게는 관심조차 없었다.

오히려 우명옥에게 반한 것은 계향이었다.

우명옥은 다른 사기장에게서는 볼 수 없는 흰 피부에 기품있는 모습을 하고 있었고, 훤칠한 키에다 훤훤장부였다.

첫눈에 반한 계향은 사기장들에게 우명옥을 데려오면 술을 공짜로 주겠다고 간청하기 시작하였다.

사기장들은 우명옥을 데리고 거의 날마다 계향에게 찾아갔는데 우명옥은 우명옥대로 마시면 취하는 이상한 술에 대한 매력으로 이를 마다하지 않았다.

우명옥에게 반하여 상사병이 든 계향은 그가 찾아가면 옆자리에 앉아서 갖은 아양을 떨곤 하였다. 차츰 술맛에 길들여가던 우명옥도 어느 날 술에 취한 눈으로 계향을 보자 처음으로 여인의 아름다움에 대해 눈이 뜨이게 되었다.

우명옥은 지금까지 도자기의 미에 대해서만 눈을 뜨고 있었던 것이다. 도자기가 그의 전부였으며 도자기가 그의 여인이었다. 조선 백자는 여인의 특성을 모방하고 있었다. 자기의 선은 여인의 곡선을 흉내내고 있으며 풍만한 자기의 선은 여인의 육체를 형상화한 것이다. 우명옥은 술에 취해서 바라본 계향이야말로 살아 있는 자기임을 처음으로 깨달았던 것이다.

그 무렵.

우명옥은 작업중이었으므로 따로 분원에서 생활하고 있었다. 따라서 그의 타락을 지 외장은 전혀 모르고 있었다.

우명옥은 차츰 술과 계향이에게 빠져들기 시작하였다. 너무나 순진무구하였던 청년이기에 일단 물이 들기 시작하자 걷잡을 수 없을 만큼 속도가 빨랐다. 더구나 계향은 우명옥에게 한눈에 반해 그 누구에게도 허락지 아니하던 자신의 몸을 주었다. 여인의 몸에 대해서 전혀 모르는 우명옥을 계향이 직접 이렇게 저렇게 가르쳐주었는데 우명옥은 계향의 몸에서 처음으로 육체에 눈이 떴다.

그것은 쾌락이 아니라 극락이었다. 우명옥은 자신이 그토록 추구해왔던 도자기의 미가 실제로 살아 있는 여인의 몸 앞에서는 한갓 무용지물임을 알았다. 도자기는 오직 불에 의해서 달구어지나, 육체는 정념에 의해서 달구어지는 것을 우명옥은 알았다. 도자기는 유약에 의해서 채색이 되지만, 육체는 희로애락의 감정에 의해서 채색이 되는 것을 우명옥은 비로소 알았다. 도자기는 인각과 양각에 의해서 무늬가 결정되지만 육체는 사랑과 미움, 연민과 증오에 의해서 무늬가 결정되는 것을 알았다. 육체의 쾌락은 법열(法悅)이었다.

우명옥은 육체를 통해 도자기가 어째서 그처럼 불에 의해서 완성되는가를 깨달을 수 있었다.

우명옥과 계향은 육체의 궁합이 맞았다. 우명옥은 하룻밤에 세 번 이상을 접합하였으며 그러할 때마다 계향은 태토가 되고, 운용문이 되고, 초화문이 되었다. 때로는 청화백자가 되고 국화문병이 되었다.

이윽고 결빙기가 시작되었을 무렵.

지 외장은 아들 우명옥의 이러한 소문을 들었다.

아들 우명옥이 술과 계집에 빠져 있다는 소문을 들은 순간 지 외장은 올 것이 왔구나 하고 생각하였다. 그는 모른 체하기로 마음먹었다.

어차피 우명옥이 도예의 명인이 되기 위해서는 언젠가 술과 여인이라는 과정을 거쳐야 한다고 지 외장은 이해하고 있었던 것이다.

지 외장 자신도 젊은 시절 술과 여자에 빠졌었던 아픈 기억을 갖고 있었다. 지나치게 빠지지 않으면 술과 여자는 반드시 거쳐야 할

통과의례라고 애써 위안하고 있었다. 술과 여자에게 빠져본 후에라야 그런 쾌락이 헛되고 헛되다는 깨달음을 얻게 될 것이다.

술과 여인의 쾌락이 결국 백색의 아름다움을 초월할 수 없다는 사실을 깨달았을 때 비로소 마음은 명정(明正)을 찾게 될 것이다.

과연 결빙기가 되어 분원이 해체되자 도공들은 뿔뿔이 흩어지고 색주가들도 파장이 되어 흩어졌다.

우명옥도 퇴촌의 가마터로 돌아왔으나 이미 예전의 우명옥이 아니었다. 그의 눈빛에는 욕망에 대한 그리움과 고뇌의 그림자가 깃들어 있었다. 지 외장은 아들 우명옥의 그러한 욕망에 대해 짐짓 모른 체하고 방관하고 있었다.

한겨울 내내 우명옥은 여전히 새벽에 일어나 얼음장을 깨고 목욕재계하고 그릇을 구웠으나 그가 구워내는 도자기는 예전의 그릇들이 아니었다. 우아하고 아름다운 선을 가진 자기가 아니라, 뒤틀리고 울퉁불퉁한 파행적인 자기들이 대부분이었다. 이따금 자신이 마시는 술을 우명옥이 조금씩 마시는 것을 눈치채고 있었으나 지 외장은 이를 모른 체하고 있었다.

계율을 깨뜨려 파계를 하고 계행을 깨뜨려 파행을 하는 과정을 통해 사람은 거듭 새로 나고, 무릇 도자기들도 역시 거듭 새로 나는 것이다.

어느덧 겨울이 가고 봄이 왔을 때, 다시 분원은 문을 열었다. 전국 각지에서 도공들이 모여들고 강가를 따라 색주가들도 문을 열기 시작하였다.

겨울 한철 동안 간신히 마음을 가라앉혀 안정을 취하고 있던 우명옥에게 또다시 새로운 유혹이 시작되었다. 우명옥은 계향을 찾아 갔으나 계향의 모습은 보이지 않았다. 들려오는 소문에 의하면 계향은 소금장수의 아내가 되어 집에 들어앉아 있다는 것이다. 우명옥은 처음에는 계향을 찾아다녔으나 마침내 만날 수 없게 되었다는 사실을 알게 되자 이를 상관하지 않았다.

계향이 아니라면 아무 계집이든 좋았다.

춘심이든, 매월이든 우명옥은 가리지 않았다. 못생겼든 잘생겼든, 노래를 잘 부르든 못 부르든 우명옥은 가리지 않았다. 치마만 두른 여인이면 우명옥은 좋아하였다. 그리고 그녀들과 가리지 않고 함께 육체의 정을 나누었다.

이미 그 쾌락은 극락이 아니었다. 여인을 가리지 않고 육체의 정을 나누었으나 마음은 항상 미진하였다. 술도 마찬가지였다. 술은 깊어 바다와 같았지만 마셔도 마셔도 갈증은 여전하였다.

우명옥을 유혹에 빠뜨리려 하였던 선배 사기장들이 오히려 당황하였다. 정도가 지나쳐 어기들을 만들 우명옥이 저 지경이 되니 하루하루 작업이 신통치 아니하였다. 그들은 하는 수 없이 지 외장을 찾아와 이실직고하였다.

말을 전해들은 지 외장은 그들을 꾸짖어 말하였다.

"명옥이가 그렇게 된 것은 오히려 그대들이 바라던 바가 아니었던가."

"외장 나으리."

그들은 머리를 조아리며 변명하였다.

"저희들은 그저 노는 정도에만 그칠 줄 알았지, 저토록 깊이 빠져버릴 줄은 꿈에도 생각지 못하였나이다.”

“알겠네, 다들 가보시게나.”

그날 저녁, 지 외장은 머리를 산발하여 풀어내렸다. 그리고 새끼를 꼬아서 거적 하나를 만들었다. 만든 거적을 들고 다른 한 손으로는 부지깽이로 쓰는 화장을 들고 색주가를 찾아갔다. 그는 소문을 통해 우명옥이 머무르고 있다는 색주가를 알고 있었다.

색주가는 술을 마시러 온 사기공들로 가득 차 있었다. 그중 한 방에서는 우명옥이 여인을 옆에 앉혀두고 술을 마시고 있었다. 창을 통해서 노래를 부르는 여인의 노랫소리와 추임새를 하면서 흥을 돋우는 우명옥의 노랫소리도 함께 들려오고 있었다. 창문에 비친 그림자가 아들 우명옥의 모습임을 확인한 지 외장은 색주가 마당에 거적을 깔았다. 그리고 그 위에 무릎을 꿇고 앉아서 대뜸 통곡을 하고 울기 시작하였다.

“아이고, 아이고, 아이고, 아이고.”

난데없는 곡성에 이 방 저 방에서 문이 열리고 취객들이 내다보는 한편 색주가에서는 사람들이 쏜살같이 달려와 만류하여 말하였다.

“왜 이러십니까, 외장어른. 남의 집 장사를 망치시려는 겁니까.”

“내 아들 초상을 치르러 왔네.”

대성통곡을 하면서 지 외장이 머리를 풀고 땅을 치며 울며 말하였다.

“내 아들이 이 술집에서 죽었다 하니 송장을 가져가려 찾아왔네.”

그리고 나서 지 외장은 울면서 말하였다.

“이놈들아, 어서 내 아들의 송장을 내놓아라. 이놈들아, 어서 내

아들의 송장을 내놓지 않겠느냐.”

우명옥은 그 울음소리가 아버지 지 외장의 곡성임을 금방 알게 되었다. 그는 도대체 지금 무슨 일이 벌어지고 있는가를 살펴보았다.

그는 뚫린 방문 창호지 구멍으로 밖을 내다보았다. 우명옥은 아버지가 술집 마당에 거적을 깔고 머리를 산발하여 풀어헤친 후 통곡하여 우는 것을 볼 수 있었다.

혼비백산한 우명옥은 잠시 어찌할까 망설였다. 이대로 맨발로 뛰어나가 아버지를 맞아들일까 하다가 우명옥은 그대로 뒷문을 통해 달아나버렸다. 잠시 후 색주가의 주모들이 달려나와 지 외장을 부축하여 일으켜 세우며 말하였다.

“일어나십시오, 외장 나으리. 이제 가셔도 좋습니다.”

“가라니.”

지 외장이 모른 체 시치미를 떼면서 말하였다.

“내 아들의 송장을 내주어야 할 것이 아니겠는가.”

“외장어른.”

주모가 웃으면서 말하였다.

“그 망할 송장이 죽은 송장이 아니라 산송장이 되어서 제 발로 도망쳐버렸나이다.”

지 외장은 새끼를 꼬아서 만든 거적을 말아들고 자신의 집으로 돌아왔다. 그러나 그것으로 끝이 난 것은 아니었다.

그날 밤에도 우명옥은 다른 색주가에서 술을 마시고 있었다. 아들 명옥도 아버지의 속뜻을 모르는 것은 아니었지만 아버지가 자신의 인생을 이래라저래라 간섭할 나이는 지났다고 우명옥은 생각하고 있었다.

그 술집 앞마당에 또다시 지 외장이 나타난 것이다. 여전히 거적하나를 들고 다른 한 손에는 부지깽이로 쓰는 화장을 세워들고서. 그는 술청 앞마당에 거적을 깔고 그 위에 머리를 산발한 채 통곡하여 울기 시작하였다.

"아이고, 아이고, 아이고, 아이고."

술집 여기저기에서 누군가 달려나와 지 외장을 만류하여 말하였다.

"외장어른, 도대체 왜 이러십니까. 남의 집 장사를 망치려 하십니까."

"너의 집 술장사만 생각하느냐, 이놈들아. 내 아들 줄초상은 생각지 않고."

지 외장은 대성통곡을 하면서 땅을 치며 말하였다.

"내 아들이 이 술집에서 죽었다 하니, 송장을 치르러 왔네."

지 외장은 화장을 들어 맨땅에 내리치면서 소리쳐 말하였다.

"이놈들아, 이놈들아, 내 아들을 내놓아라. 내 아들을 내놓아라."

주모들이 방으로 뛰쳐들어가 우명옥을 찾아 말하였다.

"저 소리가 들리지 않소."

우명옥이 술잔에 가득 들어 있는 술을 단숨에 들이켜면서 말하였다.

"저 울음소리가 나하고 무슨 상관이 있다고 그러십니까."

"이 사람아."

보다 못한 주모가 우명옥의 등짝을 소리가 나도록 내리치면서 한탄하였다.

"자네 아버지 울음소리가 아닌가."

우명옥은 옆에 앉은 계집의 젖가슴을 손으로 어루만지면서 이렇게 말하였다.

"나하고는 모르는 사람입니다. 울고 싶으면 울라고 하고, 통곡을 하고 싶으면 통곡을 하라고 하십시오."

그리고 나서 우명옥은 주모에게 이렇게 말하였다.

"술이 떨어졌으니 술이나 더 주십시오."

주모는 진저리를 치면서 말하였다.

"술이고 나발이고 어서 빨리 내 술집에서 나가주시게나. 자네 때문에 내 술집이 망하겠네."

더 이상은 술을 팔지 않겠다는 데야 다른 수는 없었다. 우명옥은 하는 수 없이 뒷문으로 빠져 도망칠 수밖에 없었다.

그러나 그것으로 끝이 난 것은 아니었다.

아버지 지 외장과 아들 우명옥의 이러한 줄다리기는 날이면 날마다 계속되었다. 땅거미가 내려 저녁이 되면 우명옥은 술집으로 찾아갔으며 우명옥이 찾아든 술집으로 영락없이 지 외장이 산발을 하고 거적을 들고 나타나 무릎을 꿇고 대성통곡을 하면서 이렇게 소리쳤다.

"내 아들을 내놓아라. 내 아들의 송장을 내놓아라."

술집들은 하나씩 둘씩 이 골치 아픈 술손님 우명옥을 받아들이지 않기 시작하였다.

그러나 우명옥도 만만치 않았다.

색주가는 얼마든지 널려 있었으며, 술과 계집은 얼마든지 지천으로 깔려 있었다.

우명옥은 지 외장이 찾아와 울건, 통곡을 하건 개의치 않았다. 그는 아버지가 대성통곡을 해도 술을 마셨으며, 아버지가 머리를 풀고 땅을 내리치며 울어도 계집을 품에 안았다. 정히 주모들이 달려와 뭐라 하면 못 이기는 체하고 뒷문으로 도망쳐버리는 것이 일쑤였다.

그러던 어느 날이었다.

유난히 달이 밝은 밤이었는데 그날 따라 우명옥은 일찌감치 술에 대취하여 있었다. 계집을 양쪽에 앉히고 저녁 무렵부터 분탕(焚蕩)질을 하고 있었는데 아니나다를까 또다시 지 외장이 거적을 들고 와서 마당에 이를 깔고 울기 시작하였다.

"아이고, 아이고, 아이고, 아이고….”

갑자기 무슨 생각이 났던지 우명옥이 옆에 앉은 계집에게 말하였다.

"방문을 활짝 열어라.”

방문을 활짝 열자 우명옥은 계집들에게 큰소리로 말하였다.

"무엇들을 하고 있느냐. 어서 노래를 부르지 않고.”

기생들은 가야금을 뜯으면서 병창을 하기 시작하였다.

나구노자 나구노자,
맹호연(孟浩然)이 나귀 타고
이적선(李謫仙)이 고래 타고

청계도사 학을 타고

무산선사(巫山仙士) 구름 타고

초패왕은 우미인 타고

당명황(唐明皇)은 양귀비 타고

중원천자(中原天子) 코끼리 타고

어사서방 춘향이 타고

우리 서방은 나를 타고,

나는 탈 것 없어 남송정(南松亭) 곧은 솔로

조그맣게 배 만들어

한량 기생 많이 싣고

술과 안주 많이 싣고

진동당둥 당기진둥 달구경이나 가십시다.

당둥 진둥당기둥이나—

우명옥은 그 자리에서 일어나 덩실덩실 춤을 추기 시작하였다.
실로 가관이었다.

아비는 술집 앞마당에 거적을 깔고 통곡을 하고 있었고 아들은
아비가 보는 앞에서 술상을 벌이고 기생들이 부르는 가야금 병창에
흥이 나서 덩실덩실 춤이나 추고 있었던 것이다.

아비가 벌이는 통곡과 아들이 벌이는 한바탕의 노랫가락이 어우
러진 목불인견의 지옥도였다.

갑자기 거적 위에서 대성통곡을 하던 지 외장이 느닷없이 화장을
세워들고 벌떡 일어나며 말하였다.

"오냐, 살아 있는 네놈의 송장을 내가 죽은 송장으로 만들어주마."

지 외장은 그 길로 성큼성큼 마당을 가로질러 짚신을 신은 채 아들이 놀고 있는 방안으로 들어섰다. 우명옥은 인두겁을 쓴 듯 아비가 그러는 줄도 모르고 여전히 덩실덩실 춤을 추고 있었다.

"네 이노옴."

온 집이 떠나갈 것 같은 대갈일성에 지 외장의 손에 들린 화장이 춤을 추기 시작하였다. 우명옥을 향해 부지깽이를 내리치기 시작하였던 것이다. 인정사정이 없는 매질이었다. 얼굴이고 머리통이고 가릴 데 없는 무자비한 몽둥이질이었다. 금세 핏물이 솟아오르고 머리가 터졌다. 노래를 부르던 기생들이 "에구머니나" 하고 비명을 지르며 혼비백산하여 도망쳐버렸으나 우명옥은 고스란히 앉은 자리에서 때리면 때리는 대로 맞고 있을 뿐 비명소리는커녕 신음소리 하나도 내지 않았다.

"죽어라 이노옴, 어차피 살아 있는 송장이 될 바에는 죽어 있는 송장이 나을 것이다, 죽어라 이노옴."

우명옥의 몸통에서 분수처럼 피가 솟구치고 있었다. 술집 여기저기에서 놀란 사람들이 뛰어나오고, 주모까지 가세해서 지 외장을 뜯어말리고 있었으나 지 외장의 몸은 신들린 무당과도 같았다.

여러 사람이 합세하여 지 외장을 번쩍 안아들고 나아가 문밖으로 몰아내자 지 외장은 거적을 말아들고 사라져버렸고 술집 안에는 죽은 송장 하나만 쓰러져 누워 있을 뿐이었다. 우명옥은 입으로 거품을 물고 있었고, 완전히 의식을 잃고 있었다. 지 외장이 휘두른 부지깽이에 급소를 강타당한 듯 사지를 경련하고 있었다.

이대로 두었다가는 우명옥의 생명이 위태위태하였다. 술집 손님 하나가 부랴부랴 우명옥을 등에 업고 의원 집으로 달려갔다. 의원은 업혀온 우명옥의 두 눈꺼풀을 까본 후 이렇게 말하였다.

"급살을 맞았소. 회생하기가 어려울 것 같소이다."

우명옥이 아비 지 외장에게 맞아 죽었다는 소문이 분원의 사기장들 사이에서 떠돌았다.

아들이 죽었다는 소문을 듣고서도 지 외장은 조금도 동요치 아니하였다. 여전히 물레를 돌리며 자기를 빚고, 등요(꺁窯)에서 나무로 불을 때어 사기를 반죽하였다. 이미 아들에 대한 생각은 모두 잊어버린 사람처럼 보였다.

그러던 어느 날 밤이었다.

한밤중에 느닷없이 개가 짖기 시작하였다. 지 외장은 너무 피곤하여 개 짖는 소리를 듣지 못하고 혼곤히 잠들어 있었는데 미친 듯이 계속 짖어대어 잠에서 깨어났다. 심상치 않은 낌새를 눈치채고 방문을 열어보자 불빛에 웬 사내 하나가 우뚝 서 있었다.

달이 휘영청 밝은 달밤이었다.

오랫동안 문밖에 서 있었는지 사내의 몸에는 흰 서리가 내려 있었다.

죽었다던 아들 우명옥의 모습이었다.

"네가 귀신이냐, 사람이냐."

지 외장은 서 있는 그림자를 향해 소리쳐 말하였다.

"귀신이라면 물러가고 사람이라면 무릎을 꿇어라."

그림자는 지 외장을 향해 무릎을 꿇고 배를 올리기 시작하였다. 외지에서 살아 돌아온 아들 우명옥의 문안인사였다.

저 사바세계의 애욕과 저잣거리의 음욕, 그 모든 욕망을 버리고 다시 돌아왔다는 우명옥의 재출가 선언이었다.

우명옥은 기사회생으로 간신히 생명을 건진 것이다. 백약이 무효하였으나 장독에는 분뇨가 좋다는 민간요법 그대로 묵힌 분뇨를 한 사발이나 먹은 후 정신이 돌아왔으며 시간이 흐르자 부기도 내려 살아난 것이다.

한번은 열 살 무렵 홍수에 떠밀려와 간신히 구사일생하였으며 이번에는 지 외장이 휘두른 부지깽이에 난타당하여 다 죽었다가 또다시 살아난 것이다. 우명옥은 두 번의 죽음에서 모두 일어선 것이다.

삼배를 올리고 그 자리에 꿇어앉은 아들 우명옥을 향해 지 외장은 소리쳐 말하였다.

"돌아왔으면 무엇을 꾸물대고 있느냐. 얼른 강가로 나아가 목욕재계하지 못하겠느냐. 몸과 마음을 씻고 심신을 정결케 하지 못하겠느냐."

받아들여 달라는 아들이자 제자인 우명옥의 삼배를 아버지이자 스승인 지 외장이 받아들이고 또다시 그를 거둬들인 한순간이었다.

우명옥은 다시 가마에서 일을 하기 시작하였다. 마침 결빙기가 되어 분원이 해체되었으므로 우명옥은 두문불출하고 도자기를 빚고 구웠다.

언제 술과 계집에 빠져 있었냐는 듯 그는 모든 것에 초탈하여 있었다.

평소에도 말이 없던 우명옥은 완전히 벙어리가 되어버려 하루 종일 한마디도 하지 않을 때가 많았다. 그 잘생기고 아름답던 얼굴은 초췌하고 남루해졌다. 이마에는 주름살이 깊이 패었고, 볼도 함께 패어 있었다. 수염도 깎지 않아 덥수룩하였으나 안광만은 빛나서 마치 홀린 것처럼 보였다.

　지 외장은 아들 우명옥에게 자신이 가진 최고의 기술을 전수해주기 시작하였다.

　마침 그해 겨울은 눈이 많이 왔다. 폭설이 내려 눈이 강산에 쌓였다.

　폭설로 눈이 쌓이자 지 외장은 우명옥을 데리고 눈밭으로 나아갔다.

　"봐라."

　그 눈을 가리키며 지 외장이 아들에게 말하였다.

　"이것이 눈이다. 이 눈의 흰빛이야말로 사기장들이 추구하는 백색의 극치다. 이 눈을 바로 자기 속에 담을 수 있다면 그가 만드는 자기는 이미 그릇이 아니라 자연의 경계를 뛰어넘은 신기가 될 수 있을 것이다. 일찍이 두보는 그의 시에서 '하얗게 눈이 쌓여 절벽도 없어지고 골짜기도 무너졌구나(崖沈谷沒白皚皚)' 하고 노래하였다. 이렇게 새하얗게 쌓인 눈을 백애애(白皚皚)라 하는데 바로 백애애한 눈빛의 흰색이야말로 갑번자기의 궁극 목표인 것이다."

　그는 우명옥을 보고 말하였다.

　"그러므로 한겨울 동안 이 눈을 보고 또 보아라. 그래야만 백색을 깨닫게 될 것이다."

삭풍이 불어와 막힌 데 없는 강물을 얼어붙게 만들고 있었다.

"그러나 명심하여라. 눈을 보되 형상은 짓지 말아라."

지 외장은 항상 들고 다니던 화장으로 눈 위에 글자 하나를 써내렸다.

그것은 구슬 옥(玉) 자였다.

"우선 옥 자를 버리거라."

그리고 나서 지 외장은 다시 글자 하나를 써내렸다. 그것은 달 월(月) 자였다.

"또한 월 자도 버리거라."

지 외장은 다시 글자 하나를 써내렸다. 그것은 오얏 리(李) 자였다. 그는 다시 말하였다.

"이 자도 버리거라."

그리고 나서 지 외장은 눈 위에 차례차례 글씨를 써내렸다.

지 외장이 쓴 글자는 뒤를 이어 차례로 매(梅)·노(鷺)·학(鶴)·소(素)·은(銀)·염(鹽) 등의 단어들이었다. 이 모든 글자를 쓰고 나서 지 외장은 말하였다.

"그러므로 눈을 보되 구슬도 버리고, 달도 버리고, 오얏나무도 버리고, 매화도 버리고, 학도, 은도, 소금도 모두 버리거라. 이러한 것들은 네가 눈을 바로 보는 데 방해하는 언구(言句)들이며 마(魔)들인 것이다."

그것은 지 외장이 스스로 터득한 진리였다. 그는 한겨울 눈을 보기 위해서 엄동설한에 눈밭에 들어가 쏟아져내리는 눈과 쌓인 눈을 직시하곤 하였다. 그때 그는 눈을 보려 하였으나 실제로는 눈의 형상에만 매달려 있음을 알았다. 예를 들어 달빛, 매화꽃, 학의 흰 빛깔, 눈부신 이화꽃, 소금 등 눈을 연상시키는 고정관념들이었다.

지 외장은 눈의 흰 백색을 보는 것이 아니라 바로 이러한 형상들과 싸우고 있던 것임을 깨달았다.

"맨손으로 싸워라."

지 외장은 우명옥에게 말하였다.

"이를 백전(白戰)이라 하는데 오직 너는 맨손으로만 싸워야 하는 것이다."

백전.

원래 이 말은 시인들이 제각기 그 재능을 겨루기 위해서 싸울 때 쓰는 말로 가령 시를 지을 때 눈〔雪〕을 시제로 할 경우에는 지 외장이 눈 위에 써보였던 玉·月·梨·梅·鷺·鶴·素·銀·鹽 등의 단어 사용을 금하고 다른 단어들로만 재능을 겨루는 것을 이르며, 이를 다른 말로는 금체시(禁體詩)라고 부르고 있었다.

지 외장의 가르침은 스스로 터득한 것이 아니라 예로부터 시인들이 재능을 겨룰 때 사용하는 금기를 빌려온 것에 지나지 않았다.

그러나 지 외장이 사용했던 '맨손으로 싸워라'는 백전이야말로 우명옥에게는 가장 절실한 표현이었다.

그날부터 우명옥은 하루도 빼놓지 않고 눈밭으로 나갔다. 그해 겨울은 유난히 눈이 많이 내리고 날은 추워 눈은 내리는 대로 녹지 아니하고 그대로 쌓였다. 우명옥은 눈밭에 들어가 돌로 빚은 석상처럼 꿈쩍도 하지 않고 내리는 눈을 보고, 쌓인 눈을 보았다.

어떨 때는 하루 종일 눈밭에서 꿈쩍도 하지 않고 서 있었으므로 내리는 눈을 맞아 그대로 눈사람이 되어버리기도 하였다. 어떨 때는 눈밭을 뒹굴기도 하고, 쌓인 눈을 두 손으로 둥글려 입으로 먹기도 하였다.

맵고 날카로운 겨울바람에 손과 발이 얼어 심한 동상에 걸려 지외장이 직접 토시가 달린 방한복을 만들어주었으나 소용이 없었다.

가장 염려되는 것은 우명옥의 눈〔眼〕이었다. 눈〔雪〕빛의 백색은 온 빛깔 중에서 가장 강렬하고 눈부신 빛깔이다. 사물의 모든 빛을 되쏘는 특징을 가진 눈의 백색은 눈을 상하게 하는 독을 가지고 있었다. 우명옥은 온종일 그 강렬한 빛깔을 보고 있었기 때문에 해가 져서 귀가할 무렵에는 앞이 보이지 않아 더듬거리며 돌아오곤 했다. 도공들에게 가장 소중한 것이 바로 눈이었으므로 이러다가 우명옥이 눈이 먼 장님이 되어버리는 것이 아닐까 걱정이 되어 지 외장은 우명옥을 만류해 보기도 하였으나 소용이 없었다.

그는 한마디로 눈에 미친 광인이었다.

우명옥의 광기는 그해 겨울이 지나가고, 봄이 와 온 산천에 덮였던 눈이 모두 녹을 때까지 계속되었다. 그동안 우명옥은 거의 장님이 되어 있었다. 그래서 해동기가 되었으나 앞을 제대로 보지 못하여 분원에서 해마다 실시하는 사기 제조에는 참여치 못하였다.

우명옥은 먹는 것과 자는 것을 모두 잊어버린 광인이었다. 그는 가마 곁에서 자고 가마 곁에서 먹었다. 그는 한시도 가마 곁을 떠나지 않았다.

봄이 깊어 날이 따뜻해지자 장님과 다름없던 우명옥의 눈은 조금씩 나아져가고 있었지만 아직도 그는 지팡이를 사용해야 할 정도로 눈이 어두웠다.

지 외장은 우명옥의 행동을 일체 상관치 아니하고 하는 대로 내버려두었다. 그러나 내심으로는 온 신경을 집중시켜서 아들의 일거수일투족을 지켜보고 있었다.

우명옥의 일과는 똑같은 일의 반복이었다.

태토를 반죽하고 물레를 돌려 그릇을 빚고, 그릇 위에 유약을 발라 칠을 하고, 그 유약 위에 잿물을 입혀 착색을 한 후 이를 가마 속에 넣어 굽는 일이었다.

우명옥은 단 하루도 아침마다 강가로 나아가 목욕재계하는 것을 거르지 않았으며 빚은 그릇을 가마 속에 넣어 구울 때는 언제나 상을 차려놓고 신명들에게 제사를 지내곤 하였다.

제사를 마치면 사흘 낮, 사흘 밤을 꼬박 가마 곁에 붙어 앉아 한시도 쉬는 일 없이 시목을 아궁이 속에 집어넣곤 했다.

이때가 되면 지 외장은 비록 그의 행동을 거들거나 도와주지는 않지만 혼신의 힘을 다해 우명옥의 작업에 소원을 빌곤 했다.

"천지신명이시여."

지 외장의 소원은 오직 한 가지뿐이었다.

"내 아들 우명옥이 사람이 낼 수 있는 최고의 순백(純白)자기를 만들어낼 수 있도록 도와주소서. 내 아들 우명옥이 사람이 만들어낼 수 있는 최고의 갑번자기를 만들어낼 수 있는 명인이 되도록 하여주소서."

모든 작업이 끝나면 가마를 충분히 식힌 후 안으로 들어가 구운 그릇의 결과를 살피게 되는데 그러할 때면 지 외장은 내색은 하지 않았지만 아들 우명옥의 행동을 숨죽여 지켜보곤 했다.

그러나 결과는 언제나 실패였다.

애써 만든 자기를 하나씩 두들겨 깨어버리는 파열음만 들려올 뿐이었다.

행여 미완성의 자기를 남겨두면 분원의 관원들이 이를 몰래 반출하여 갑번자기라 하여 비싸게 팔아버리는 일이 왕왕 있었으므로 지 외장은 자신의 마음에 들지 않는 자기가 생산되면 이를 철저하게 부숴버리고 있었고, 아들 우명옥도 지 외장의 행동을 따라 철저히 자기를 깨어버리는 습관이 있었다.

지 외장은 아들 몰래 깨어진 자기의 파편을 일일이 주워 확인해보곤 했다.

그럴 때면 지 외장은 자신의 눈을 의심할 수밖에 없었다.

비록 완형(完形)이 아니라서 결론을 내릴 수는 없었지만, 그 파편 위에는 눈부신 흰 백색의 유약이 광택을 뿜고 있었다. 그 백색은 이미 자신이 만들 수 있는 경지를 초월해 있었다.

지 외장이 순백을 추구하고 있었다면, 비록 파편 위에 표현되긴 하였지만 우명옥이 내는 백색은 순백을 뛰어넘어 설백(雪白)의 형상을 표출해내고 있었다. 만약 우명옥이 자신이 만든 백자를 깨뜨려버리지 아니하고 그대로 보존하고 있었더라도 그 백자는 이미 도공들이 만들어낼 수 있는 최고의 명품이었다.

이미 아들은 나를 뛰어넘어 섰다. 우명옥이 만드는 백자는 이미 백색의 경지를 뛰어넘은 것이었다.

그럼에도 우명옥은 이에 만족지 아니하고 만드는 백자란 백자는 모두 깨뜨려 파손해버렸다. 그렇다면 우명옥이 바라는 백자는 그 끝이 어디일 것인가.

어느덧 가을이 오고, 그 가을도 저물어가던 만추의 어느 날 밤.

그날 밤은 아들 우명옥이 백자를 빚어 유약을 칠한 후 가마 속에 넣어 사흘 낮, 사흘 밤을 꼬박 불을 땐 후 일련의 작업을 마무리하는 마지막 밤이었다.

백자를 완성하는 마지막 밤이 되면 지 외장은 촉각을 곤두세워서 우명옥의 행동을 지켜보고 있었다.

그날 밤도 가마목에서는 마음에 안 드는 백자를 깨뜨려 부숴버리는 파열음이 들려오고 있었다. 그것은 일정한 간격을 갖고 이어지고 있었다.

타악, 타악.

애써 만든 자기를 자신의 손으로 깨뜨려버리는 파열음을 들을 때마다 지 외장은 가슴이 서늘하였다.

일정한 간격을 갖고 이어지던 파열음 소리가 순간 멎어섰다. 그리고 무거운 정적이 이어졌다. 이제나저제나 하고 지 외장은 기다렸다.

그러나 더 이상의 부숴버리는 소리는 이어지지 않고 있었다. 정체를 알 수 없는 태고의 침묵이 흐르고 있을 뿐이었다. 지 외장은 온 신경을 다해 귀를 기울였다. 아무런 소리도 들려오지 않았다.

지 외장은 방문을 열고 밖으로 나갔다.

투명한 달빛이 온누리에 흘러넘치고 있는 깊은 가을밤이었다. 지 외장은 가마목으로 달려가 보았다. 분명히 지 외장이 다가오는 인기척을 들었음에도 가마 쪽에서는 아무런 기색도 없었다. 몇날 며칠을 계속 불을 때고 있었으므로 가마터에서는 후끈한 열기가 느껴졌다.

가마의 아궁이 쪽에는 백자의 잔해들이 수북이 쌓여 있었다. 그 한쪽에 우명옥이 두 손으로 무엇인가를 움켜쥐고 우뚝 서 있었다. 그는 넋이 나간 사람처럼 보였다.

지 외장은 아들 우명옥이 두 손으로 무엇을 움켜쥐고 있는가를 쳐다보았다. 그것은 백자 항아리였다. 몸체는 둥근 선을 그리면서 입을 벌린 주둥이보다 굽이 더 좁은 조선백자 항아리의 대표적인 유형이었다.

"무엇을 하고 있느냐."

지 외장이 소리를 내어 물었으나 우명옥은 아무런 대답도 하지 않았다. 우명옥은 움켜쥐고 있던 백자 항아리를 지 외장에게 두 손으로 내밀었다.

온누리에는 대낮과 같은 월광이 흘러넘치고 있어서 모든 사물이 분명하게 보였다. 지 외장은 높이 들어올린 항아리를 들여다보았다.

순간 지 외장은 자신이 감히 상상조차 하지 못하였던 설백의 빛깔을 가진 백자의 옥동자가 자신의 손에 들려 있음을 확인할 수 있었다.

마침내 아들 우명옥은 백애애한 눈빛을 백자 위에 그대로 재현하는 신기를 터득한 것이다.

3

"이 항아리가 바로 그 항아리이나이다."

지 노인은 시자(侍者)를 시켜 가져오게 한 항아리를 임상옥에게
보여주며 말하였다. 해질 무렵이 지나 초저녁부터 시작된 이야기는
밤이 깊도록 이어지고 있었다. 이야기를 시작할 무렵에는 달이 서
편 산마루에서 솟아오르고 있었으나 이미 밤이 깊어 하늘 한복판에
걸려 있었다. 그 긴 이야기에도 노인은 조금도 지친 기색이 없었다.

처음에는 귀를 기울여 듣고 있던 봉사도 차츰 까딱까딱 졸기 시
작하다가 따뜻한 가마터 옆부분에 허리를 기대고 잠이 들어 있었
고, 술독을 지게에 가지고 온 종자도 깊은 잠에 빠져 있었다. 깨어
있는 사람이라고는 지 노인과 그의 이야기를 듣고 있는 임상옥뿐이
었다.

두 사람은 잔을 돌려가며 술을 마시고 있었다. 술 한 독의 반이
빌 정도로 이미 두 사람은 한껏 마신 뒤끝이었다. 그러나 노인은 취
기가 오르지 않은 전혀 말짱한 모습이었다.

"보시겠소이까. 우명옥이 만들었던 바로 그날 밤의 백자 항아리
를."

노인은 백자 항아리를 가리키며 말하였다.

"그날 밤도 오늘처럼 달빛이 유난히 밝고 깊은 가을밤이었소."

노인은 혼잣말처럼 중얼거렸다. 푸른 달빛 아래여서인지 백자 항
아리의 흰빛은 눈이 부실 정도로 빛을 반사하고 있었다. 월광조차
도 머무를 수 없이 그대로 흘러내릴 정도로 윤택이 흐르고 있는 항

아리의 빛깔은 이제 마악 백설이 내린 듯하였다.

빛깔뿐이 아니었다.

주둥이에서 좁은 굽까지 흘러내리고 있는 몸체의 곡선은 어느 한 군데도 겹쳐지는 일 없이 원만한 유선(流線)을 이루고 있었는데도 중앙은 대칭으로 완벽하게 조화를 보이고 있었다. 얼핏 보면 단순하게 보이는 형태였으나 아름다운 여인의 육체를 연상케 하는 풍만한 곡선은 내부로부터 터질 듯이 팽창되어 부풀어오르고 있었다.

임상옥은 백자 항아리를 두 손으로 받쳐들고 이리저리 돌려서 살펴보았다.

그 어디에도 한 점의 티나, 심지어 유약의 균열도 보이지 않는 완벽한 백자였다. 아무런 시문(施文)도, 문양도, 음각도 없는 천연 그대로의 백자 항아리였다.

"어떻소이까, 대인어른."

노인이 황홀한 표정으로 백자 항아리를 이리저리 살펴보고 있는 임상옥을 쳐다보며 말하였다. 임상옥은 탄식하여 대답하였다.

"이처럼 아름다운 백자는 본 적이 없나이다."

중국과 무역을 하고 있는 임상옥은 도자기에 대해 어느 정도 심미안을 갖고 있었다.

도자기는 대청무역에 중요한 물품이었기 때문이었다. 임상옥은 나름대로 도자기에 조예가 깊었는데 이와 같은 명품은 한 번도 본 적이 없었다.

"그렇소이다, 대인어른."

지 노인은 다시 술잔에 들어 있는 술을 단숨에 들이켜고 나서 머리를 끄덕이며 말하였다.

"하늘 아래에 이러한 백자 항아리를 만들 줄 아는 명인은 오직 우명옥 한 사람밖에 없나이다."

지 외장은 자신이 마신 술잔을 임상옥에게 내주며 말을 덧붙였다. 임상옥은 이미 취기가 올랐으나 노인의 권주를 마다할 수 없었다. 임상옥의 주량은 지 외장에 비하면 불급(不及)이었다.

"그러므로 이 백자 항아리는 우명옥이 만든 것이 아니라, 바로 하늘이 만들어 내린 물건이라고 말할 수 있을 것이오. 하오나."

노인은 잠시 말을 끊었다. 봉두난발한 머리칼과 가슴까지 내려오는 긴 수염을 기른 노인의 얼굴은 화덕에서 뿜어나오는 열기와 술기운으로 붉게 익어 있었고, 예사롭지 않은 형형한 눈빛은 임상옥을 꿰뚫어 보고 있었다.

"이 천하의 명기도 그가 만든 다른 그릇에 비하면 한갓 싸구려 질그릇이라고 말할 수 있소이다."

"이 이상의 명품이 있을 수가 있겠습니까."

임상옥이 묻자 노인은 고개를 끄덕이며 대답하였다.

"물론이오, 물론 있고 말고."

"도대체 어디에 그런 신기가 있을 수 있단 말입니까."

임상옥이 묻자 노인은 손을 들어 자신의 앞을 가리키며 말하였다.

"바로 이곳에 있소이다."

노인은 화덕의 옆을 가리켰다. 그곳에는 임상옥이 갖고 온 깨어진 계영배가 놓여 있었다. 그 계영배는 이 지상에서 가장 아름다운 백자 항아리의 바로 곁에 놓여 있어 그 크기의 왜소함뿐 아니라 그 빛깔과 형태의 치졸함으로 한결 더 초라하게 보였다. 그뿐 아니라 계영배는 깨어져버림으로써 완형의 백자 항아리에 비해 병신이 되어버린 불구의 모습이었다.

"천하의 백자 항아리라 할지라도 이 잔에 비하면 싸구려 옹기에 불과하다고 말할 수 있을 것이오."

"어째서입니까."

임상옥이 묻자 지 노인은 잠시 끊었던 말을 다시 이어내리기 시작하였다.

4

천하의 명품 백자 항아리를 만든 며칠 뒤 그날도 우명옥은 또다시 물레를 돌려 자기를 빚고 이를 가마에 넣어 굽고 있었다.

새벽녘이었다.

가마의 아궁이에 장작을 부지런히 집어넣고 있던 우명옥은 깜박 잠이 들었다. 그의 잠은 수상한 인기척에 곧 깨어졌다. 문득 정신을 차리고 보니 누군가 가마의 굴뚝 쪽에 서 있었다. 처음에 우명옥은 자신이 깜박 잠이 들어 헛것을 본 것이었거니 하고 대수롭지 않게 생각하였다. 간혹 일에 몰두하면 헛것을 보는 경우가 왕왕 있었기 때문이다.

"누구냐."

우명옥은 소리쳐 말하였다.

사람임이 분명하였으므로 우명옥은 그 그림자 곁으로 다가가 보았다. 그 그림자는 우명옥이 다가오자 두어 발자국 물러섰으나 곧 그 자리에 무너져내렸다. 우명옥은 그 무너진 사람의 모습을 가까이 다가가 들여다보았다.

한 여인이 그곳에 쓰러져 있었다. 그 순간 우명옥은 그 여인이 누구인지 알아차릴 수 있었다.

그 여인은 바로 그의 순결했던 동정을 앗아갔던 계향이, 바로 그녀였다.

이 세상에 태어나 처음으로 알았던 여인의 몸, 육체에 의한 쾌락을 최초로 알게 해준 첫사랑, 바로 그녀였다.

우명옥에게 술과 여자를 가르쳐준 그 장본인 계향. 계향을 떠나보낸 후 우명옥은 얼마나 방황하였던가. 날이 저물면 이 술집에서 저 술집으로, 수많은 화류항(花柳巷)을 떠돌았어도 그 어떤 계집도 첫 정을 주었던 계향의 육체는 아니었었다. 첫 마음을 주었던 계향의 마음은 아니었다.

그 계향이가 바로 그곳에 쓰러져 있었다.

그 아름답던 얼굴은 간 곳이 없었다. 그 예뻤던 모습도 간 곳이 없고 계향의 모습은 남루한 걸인의 행색이었다. 순간 우명옥은 계향이가 자신을 만나러 이곳까지 남의 눈을 피해 도망쳐왔음을 알았다.

"네가 웬일이냐."

우명옥은 계향의 몸을 부축하여 일으키며 물어 말하였다. 계향은 우명옥보다 서너 살 연상이었다. 일찍이 부모를 여읜 우명옥에게 계향은 어머니이자 피붙이 같은 여인이기도 하였다.

계향의 등뒤에 무엇이 업혀 있는 것을 우명옥은 보았다. 찬바람을 쏘이지 않게 하기 위해서 포대기를 덮어씌우고 있었지만 그 안에는 분명히 작은 어린아이 하나가 들어 있었다. 그 어린아이가 갑자기 잠에서 깨어나서 칭얼거리며 울기 시작하였다. 황급히 계향이가 등뒤의 어린아이를 돌려 품안에 안아놓고 젖을 물리기 시작하였다. 칭얼거리던 아이는 어미의 젖을 빨기 시작하자 이내 울음을 그쳤다.

"어떻게 된 것이냐. 도대체 네가 웬일이냐."

"서방님."

이슬에 젖어 반짝이는 눈빛으로 계향이가 말을 하였다.

"당장 죽어도 좋으니 얼굴을 마지막으로, 한 번이라도 먼발치에서라도 좋으니 뵙고 돌아가리라 생각하고 찾아왔습니다."

"그런데."

우명옥이 물어 말하였다.

"도대체 행색이 이게 무슨 꼴이란 말이냐. 어디 죽을 병이라도 걸렸단 말이냐."

계향이가 젖을 물려 다시 곤히 잠든 아이의 얼굴을 포대기를 접어 드러내었다.

"이 잠든 아이의 얼굴을 한번 보시오소서."

우명옥은 계향의 말대로 잠든 아이의 얼굴을 바라보았다. 그 순간, 뭐라고 말할 수 없는 강렬한 인연의 끈이 그 어린아이에게서 뿜어나와 자신과 얽혀드는 듯한 느낌을 받았다.

"사내아이나이다. 이제 겨우 첫돌이지만 갓난아이이나이다. 아직까지 이 아이는 이름을 가질 수가 없었나이다. 왜냐하면 이 아이는 태어나서 한 번도 자신을 낳아준 아비를 만나지 못하였기 때문이나이다.”

우명옥은 계향의 말이 무엇을 의미하는 것인가를 잘 알 수 없었다.

“서방님, 이 아이는 바로 서방님의 아들이나이다.”

이 무슨 기구한 운명이란 말인가. 우명옥은 자신을 닮은 아들의 얼굴을 들여다보면서 생각하였다.

계향은 한숨을 쉬면서 그간 있었던 일들을 털어놓기 시작하였다.

파시가 된 후 계향은 그 길로 고향으로 돌아갔다. 고향에서 그녀는 소금장사를 하는 보부상을 알게 되었다. 마음속으로는 우명옥을 사랑하고 있었으나 한갓 화류계의 기생으로서 자신의 정체를 모르는 고향 사람과 혼례를 치르면 평생 촌부로 평범한 일생을 보낼 수 있을지도 모른다는 생각에 그녀는 선뜻 그의 청혼을 받아들였다. 우명옥을 위하는 길이라는 생각도 들었다. 광주분원 제일의 사기장 우명옥에게 있어 자신은 한갓 홍등가에서 웃음을 팔던 갈보에 불과하지 않을 것인가.

그러나 그때 이미 계향의 몸에는 우명옥의 씨앗이 자라나고 있었다. 그녀는 고향에서 살림을 차렸는데 신혼부터 행복하지가 않았다. 평생을 떠돌이 봇짐장수로 보냈던 남편은 본시부터 방랑벽이 있었고, 노름벽에 주사까지 심하였다. 걸핏하면 계향을 두들겨패었는데 계향은 이를 악물고 이를 참아내었다. 그런데 아이가 태어난 것이다. 이 아이가 우명옥의 아이라는 것을 알면서도 계향은 이를 남편에게 철저히 비밀에 붙였는데 이 아이가 사단이 되었다.

왜냐하면 남편은 일찍이 창병(瘡病)에 걸려서 아이를 낳을 수가 없었으며 아이를 낳아도 배냇병신이 될 수밖에 없었다. 그럼에도 멀쩡하고 건강한 아이가 태어나자 처음에는 자신의 아이인 줄 알고 좋아하던 남편은 차츰차츰 계향을 의심하기 시작하였다. 철이 되면 소금을 지고 전국을 돌아다니는 남편은 자연 풍문에 빨랐는데 어느새 아내 계향이가 한때 광주 근처의 색주가에서 기생 노릇을 하고 있었다는 풍문까지 전해듣게 되자 의처증은 극도에 달하게 되었다.

남편은 계향을 보기만 하면 폭력을 휘둘렀다. 그러면서 아이의 진짜 아버지가 도대체 누구냐고 캐묻기 시작하였다. 계향은 자신이 뭇매를 맞는 것은 얼마든지 참을 수가 있었다. 그러나 이제 갓 태어난 아이를 집어던져 죽이려 하는 남편의 광기에는 도저히 견딜 수가 없었다.

계향은 자신이 맞아 죽더라도 아들을 살릴 수 있다면 그 어떤 형벌도 달게 받으리라 결심하고 있었다. 그런데 그 결심도 마침내 한계에 이르게 되었다.

술에 취해 집으로 돌아온 남편은 계향에게 노름돈을 달라고 요구하였다. 시집갈 때 갖고 갔던 온갖 패물과 노리개를 팔아 남편의 노름돈으로 보태주던 계향은 더 이상 돈을 마련할 수가 없었다.

남편은 행패를 부리기 시작하였다. 남편은 계향의 머리채를 부여잡고, 마당으로 끌고 나와 계향을 개 패듯 두들겨 때리고 있었다. 계향은 때리면 때리는 대로 죽은 듯이 맞고 있을 뿐이었다. 그러나 그때였다.

방안에서 잠들어 있던 아이가 울기 시작하였다.

남편은 성큼성큼 신을 신은 채로 방안으로 들어가 우는 아이를 번쩍 안아들고 밖으로 걸어나왔다. 계향은 겁에 질려 남편을 쳐다보았다.

남편은 아이가 더욱 울기 시작하자 아이를 우물 속에 집어던져 넣으려 하였다. 그야말로 일촉즉발이었다.

내버려두었다가는 그대로 아이가 우물 속으로 던져져 죽을 판이었다. 그 순간 계향은 우물가에 놓여 있던 바윗돌을 집어들었다. 그녀는 그 바윗돌을 들어 남편의 뒤통수를 내리쳤다. 남편은 비명을 지르며 그 자리에 쓰러졌다. 머리가 깨어져 붉은 피가 흘러나왔고 남편은 소리를 지르며 욕설을 퍼붓고 있었다.

계향은 그러한 남편이 무서웠다. 남편이 다시 일어나 자신과 아이를 한꺼번에 우물 속에 집어넣어 죽여버릴 것만 같았다. 자신을 집어던져 죽이는 것은 무섭지 않았으나 아이를 죽이는 것은 견딜 수 없는 고통이었다. 계향은 소리를 지르는 남편의 입을 막기 위해서 바윗돌로 그의 머리를 내리쳤다. 남편의 입에서 비명소리가 그칠 때까지. 남편의 몸이 더 이상 꿈틀거리지 않을 때까지.

마침내 남편의 욕지거리가 사라지고 평온을 되찾게 되자 계향은 땅 위에 던져진 채 울고 있는 아이를 발견하였다. 그녀는 아이를 안아들고 젖을 물렸다. 배가 고픈 아이는 엄마의 젖을 빨자 곧 잠잠해졌고, 그 순간에야 계향은 자신이 무슨 일을 했던가 하는 제정신이 들었다.

온 마당은 붉은 피의 바다였다. 자신의 온몸도 붉은 피를 뒤집어 쓰고 있었다. 미친 듯이 날뛰던 남편은 우물가의 한곁에 쓰러져 누위 있었다.

계향은 남편이 완전히 숨이 끊겨져 죽어버렸음을 확인할 수 있었다.

한순간에 남편을 죽인 살인자가 되어버린 것이다. 계향은 치마를 뒤집어쓰고 그대로 우물 속에 뛰어들어 자결을 할까 생각하였다. 그러나 자신마저 죽으면 이 아이는 하루아침에 천애의 고아가 된다는 생각이 떠오르자 그녀는 죽을 수도 없었다. 그러나 이대로 있다가는 살인행위가 온 동네에 번져나갈 것이고, 자신은 포졸들에게 체포될 것이 분명하기 때문에 그대로 옷만 입은 채 아이를 업고 고향을 도망쳤던 것이다.

자신이 도망친다 하더라도 언젠가는 관원들에게 붙잡힐 것이다. 지아비를 죽인 살인자로 수배돼 방방곡곡 그 어디에 가서 숨어 있다 하더라도 언젠가는 붙잡혀 능지처참을 당하게 될 것이다.

계향은 서둘러 자신도 모르게 경기도 광주의 분원을 향해 발걸음을 재촉하고 있었다. 체포되기 전에 이 아이를 생부인 우명옥에게 전해주어야 한다. 자신은 남편을 죽인 살인자라 해도 이 아이마저 살인자의 아들이라는 오명을 씌우게 할 수는 없는 것이다. 붙잡히기 전에 한시라도 빨리 이 아이를 우명옥에게 전해주고 자신은 어디론가 다른 곳으로 멀리 떠나가야 할 것이다.

"…그래서."

빠른 시간 안에 모든 사실을 고백한 계향은 한숨을 쉬면서 말을 맺었다.

"그래서 이렇게 단걸음에 광주 땅까지 달려왔나이다. 그래서 이렇게 서방님을 찾아왔나이다."

계향의 얼굴에서는 눈물마저 말라 있었다.

그녀의 말대로 몇날 며칠을 먹지도 자지도 않고 오직 우명옥에게 아이를 맡겨야 한다는 일념 하나로 달려온 것이 분명하였다.

"아이를 맡아주오소서. 이 아이는 바로 서방님의 아이이나이다."

계향은 젖을 먹고 잠든 아이를 두 손으로 안아들고는 우명옥에게 전해주었다. 우명옥은 엉겁결에 아이를 안아들었다.

"아이를 진짜 낳은 아버지인 서방님께 전해드렸으니 거두어 주시오소서."

"어떻게 할 것인가."

우명옥은 불과 한두 해 사이에 노파가 되어버린 첫사랑의 여인 계향을 쳐다보며 물어 말하였다.

"이제 계향은 어떻게 할 것인가."

"제 걱정은 하지 마시오소서, 서방님."

희미하게 계향은 웃으며 말하였다.

"아이를 서방님에게 전해드렸고, 이렇게나마 서방님을 만나서 얼굴이라도 뵙게 되었으니 이제 저는 죽어도 여한이 없나이다."

우명옥은 자신의 품안에 안긴 아들의 얼굴을 물끄러미 들여다보았다.

그 순간 우명옥은 천애고아인 자신의 처지가 떠올랐다. 태어나서부터 부모를 잃은 자신의 운명이 그대로 대물림하여 되풀이되고 있는 것일까.

이 아이를 내가 거둬 키운다 하더라도 어차피 어미가 없는 아이가 아닐 것인가.

어느새 어둠이 물러가고 어둑새벽이 되어 먼동이 트고 있었다. 새벽 여명이 스며들기 시작하여 계향은 초조해진 듯 자리에서 일어나 작별인사를 하였다.

"안녕히 계시오소서."

"가면 어딜 간단 말이냐."

황급히 우명옥이 말을 받았다.

"갈 곳은 얼마든지 있나이다. 천지사방이 다 갈 곳이나이다."

"갈 곳은 있다 하여도."

우명옥이 말을 잘랐다.

"숨을 곳은 없지 않느냐."

"숨을 곳도 얼마든지 있나이다. 천지사방이 다 숨을 곳이니 염려놓으시오소서."

날이 밝았을 때 지 외장은 이상하다는 느낌을 받았다. 새벽마다 아들 우명옥이 강가에 나아가 목욕재계하고 맑은 강물을 한 동이 길어다가 부엌 독에 퍼붓는 물소리에 잠이 깨곤 했었는데 그날은 이상하게도 물 붓는 소리가 들려오지 않았던 것이다. 이상하다 생각하여 독 안을 들여다보았으나 과연 독 안에 물은 말라 있었다. 이런 일이 한 번도 없었으므로 지 외장은 무슨 변고가 일어났음에 틀림이 없다고 생각하였다. 그래서 서둘러 아들이 있는 가마터까지 나아가보았다.

가마터는 텅 비어 있었다.

가마의 아궁이에는 연신 타오르고 있어야 할 불도 잦아들고 있었고, 굴뚝에서도 연기가 새어나오고 있지 아니하였다. 지금이 한창 불기운을 쏟아주어야 할 막바지였으므로 가마가 이처럼 텅 비어 있다는 것은 불가사의한 일이었다. 지 외장은 소리를 지르며 아들을 찾아다녔다. 그러나 아들 우명옥의 모습은 그 어디에서도 찾을 수가 없었다.

열흘 정도가 지났을 무렵.

어느 날 포교가 포졸 두 사람을 데리고 지 외장의 가마막을 찾아왔다. 그는 한양과 한양 근교에 있는 구역을 순찰하고 범법자들을 체포하는 포도청에 소속된 군관이었는데 통부(通符)라는 표찰을 휴대하고 있었다.

그는 다짜고짜로 우명옥의 행방부터 물었다. 지 외장은 그렇지 않아도 아들의 행방이 궁금해서 백방으로 찾아다니고 있는 중이라고 말하자 포교는 이렇게 말하였다.

"아들에게 누가 찾아온 적이 없었소."

지 외장은 아는 바 없다고 말하였다. 그러자 포교는 이렇게 말하였다.

"강화도에서 지아비를 죽인 여인 하나가 어린아이를 업고 이곳까지 내려왔다는 소문이 있는데, 그 여인은 이곳에서 기생을 하던 계향이라는 계집이었고 그 계집은 사기장 우명옥을 찾아서 이곳까지 도망쳐왔다는 소문이 있소이다. 사람을 죽인 살인자를 숨겨주는 죄 역시 중죄에 해당되는 일이니 아들이 기별을 전해오면 일단 포도청에 신고부터 하도록 전해주시오."

포교들이 한바탕 으름장을 놓고 사라지자 지 외장은 하늘이 무너지는 듯하였다. 기생 계향의 소문은 익히 들어서 알고 있었던 것이고 그 계향이가 아들 우명옥의 첫사랑이라는 사실도 지 외장은 익히 알고 있었다. 그 계향이가 남편을 죽인 살인자가 되어 도망치다 우명옥을 찾아온 것이다. 아들 우명옥도 차마 찾아온 계향을 매정하게 끊지 못하고 그대로 함께 야반도주하여 버린 것이다.

그제야 지 외장은 아들 우명옥이 어째서 갑자기 행방불명되었는가 하는 이유를 알게 되었다.

한편, 우명옥은 계향과 더불어 광주 땅을 떠나 정처없이 유랑생활을 하기 시작하였다. 계향이는 지아비를 죽인 살인자였으므로 이를 강상범(綱常犯)이라 하였다.

강상범은 유교 도덕의 기본이 되는 삼강오륜, 즉 임금과 신하, 부모와 자식, 남편과 아내 사이에 지켜야 할 도리를 어긴 범죄인으로 인간이면 마땅히 지켜야 할 인륜을 저버린 패륜아로 취급하여 사형의 형벌을 받게 되어 있었다.

두 사람은 남의 눈을 피해 걸식을 하면서 강원도의 산골로 숨어들었다. 그들이 숨어든 곳은 우명옥이 어렸을 때 살던 강원도의 통천이었다. 통천은 강원도에서도 가장 깊은 오지였다. 두 사람이 정착한 곳은 화전민들이 살고 있는 추지령이라는 깊은 산속이었다.

우명옥이 통천을 찾아간 것은 그곳이 자신의 고향이었기 때문이었다. 그는 천애고아로서 통천의 이곳저곳을 걸식하고 다녀 누구보다 이곳의 지리에 밝았으며 숯을 굽는 산막에서 지내기도 하고 화전민을 도와 화전을 하기도 해 그곳이 우선 머리에 떠올랐기 때문이었다.

우명옥은 산속에 움막 하나를 손수 지었고 물 흐르는 개울가에 작은 가마터를 하나 만들었다. 그리고 그는 그곳에서 옹기를 굽기 시작하였다.

천하의 명인, 백자 중에서도 가장 최고의 명품인 갑번자기를 빚던 우명옥이 하루아침에 질그릇 항아리와 독, 동이 등 일반 가정에서 흔히 쓰는 싸구려 질그릇을 굽기 시작하였던 것이다. 우명옥은 자신의 이름을 버리고 어렸을 때 부르던 우삼돌이란 이름으로 돌아왔다.

그는 노천 가마에서 옹기를 구웠다. 옹기는 질그릇과 오지그릇을 일컫는 말로, 이런 그릇들은 진흙으로 빚어서 잿물을 입히지 않고 구운 가장 싸구려 그릇이다.

그러나 우명옥, 아니 우삼돌은 옹기를 구울 때가 가장 행복하였다. 천하의 백자 항아리, 인간이 만들어낼 수 있는 최고의 예술품, 설백(雪白)의 백자 항아리를 빚을 때보다 우삼돌은 더욱 행복하였다. 백자를 구울 때 사용하는 질 좋은 백토와는 달리 진흙은 어디서나 발견할 수 있고 구할 수 있는 흔하디흔한 이토(泥土)였다.

우삼돌은 자신이 굽는 싸구려 질그릇이 나랏님이 사용하는 어용지기가 아니라 가난한 서민들이 사용하는 일상용품이라는 사실이 마음에 들었다.

고운 빛깔을 만들기 위해서 따로 유약을 칠할 필요도 없었고, 장식적인 문양을 새기지 않아도 무방하였다. 우명옥이 만드는 백자들은 임금이나 고관들을 위한 사치품이었으나, 우삼돌이 만드는 질그릇은 오직 음식을 담고 물을 저장하는 기능적인 역할에만 충실하면 그만인 생활용품이었다.

우삼돌이 만드는 질그릇은 사랑하는 아내 계향과 아들 우덕기가 먹을 양식을 구해주는 중요한 생계수단이었다.

우삼돌은 자신의 아들에게 덕기란 이름을 붙여주었다. 태어나서 부터 천애고아였던 우삼돌은 덕기가 자신의 아들이며, 자신이 가족을 가졌다는 사실이 믿어지지 않았다.

그는 아내를 가졌다는 사실이 행복하였고, 무엇보다 아들이 있다는 사실이 자랑스러웠다. 그는 부지런히 질그릇을 만들었고 만든 질그릇을 지게에 지고 직접 산골지방을 돌아다니면서 그릇을 팔았다.

값싼 질그릇이었지만 천하의 명인이 만든 물건이었으므로 아무래도 달라 보였던지 날개 돋친 듯 팔리기 시작하였다. 그는 한 푼이고 두 푼이고 주는 대로 돈을 받았으며, 당장 돈 없는 농가에는 무상으로 나눠 주었다가 가을이 되면 곡식으로 받아서 긴 겨울을 풍족하게 지낼 수 있었다.

질그릇을 팔아 푼돈이 생기면 그는 장터에 들러서 아내와 자식에게 줄 음식을 장만해서 밤늦게 움막으로 돌아오곤 하였다.

계향의 아름다움은 옛날로 돌아온 듯하였다. 그러나 남의 눈에 띌 것이 두려워서 계향은 항상 수건을 머리에 둘러 시골 아낙네처럼 하고 다녔다.

아들은 무럭무럭 자랐으며 우삼돌이 돌아오면 "아빠" 하고 소리치면서 마중 나오기도 하였다. 아들이 걸음마를 하여 걷고, 마침내 뛰고 달리며 자신을 아버지라고 부르며 따를 때마다 너무나 기뻐서 심장이 멎는 것 같았다.

　그러면서도 우삼돌은 한편 마음이 불안하였다. 자신이 이처럼 행복해도 좋은가 하는 두려움 때문이었다. 아내 계향과는 입을 열어 말을 하지는 않았지만 어쨌든 아내는 사람을 죽인 강상죄인이 아닐 것인가. 하늘로부터 천형을 받아야 마땅할 두 사람이 이처럼 행복한 것은 하늘의 도리에 어긋난 일이 아닐 것인가.

　우삼돌의 불안한 예감은 적중하였다.

　아들 우덕기가 네 살이 되었을 무렵, 전염병이 돌았다. 호열자였다. 어린 아들이 갑자기 열이 몹시 나면서 구토와 설사가 시작되었다. 먹으면 먹는 대로 토하고 몸이 불덩어리처럼 뜨거웠다. 아들이 이른바 쥐통이라고 불리는 콜레라에 걸려버린 것이었다. 사람들은 하나씩 죽어나가고, 일단 이 병에 걸린 사람은 집에서 격리되어 쫓겨나는 것이 보통이었으나 계향은 소문을 내지 않고 아들을 몸에 안고 함께 앓았다. 계향은 자신이 병에 걸려 아들의 병을 대신 앓고, 자신이 죽는 대신 아들이 살아나기를 기원하였다.

　그러나 소용이 없었다. 어린 아들은 한시가 다르게 몸이 늘어지고, 경기마저 하였다. 아들이 눈을 감으면 계향은 흔들어 깨웠다. 그럴 때마다 아들은 희미하게 눈을 뜨곤 하였다.

　"아가야, 내가 보이느냐. 이 에미가 보이느냐."

　계향이가 소리쳐 물으면 아들은 작은 소리로 이렇게 대답하곤 했다.

　"보여요, 엄마."

　시간이 지날수록 아이는 흔들어 깨워도 눈을 뜨지 않았다. 그러나 계향은 절대로 아이를 품에서 내려놓으려 하지 않았다. 우삼돌이 아이의 시체를 치우려 해도 계향은 막무가내로 아이를 포기하지 않았다.

계향은 말하였다. 아이가 잠들어 있는 것뿐이라고, 잠든 것뿐이니 이제 잠에서 깨어나면 곧 눈을 뜰 것이라고.

우삼돌은 양지바른 곳에 아들의 시신을 묻었다. 이제 겨우 네 살 난 어린 아들이었다. 이 세상에 태어나 자신의 몸으로 낳은 유일한 피붙이였다. 자신을 아버지라고 불렀던 유일한 혈육이었다.

그는 웃음을 잃었다. 여전히 질그릇을 만들고, 만든 그릇들을 지게에 지고 산간마을을 돌아다니며 푼돈을 벌었으나 더 이상 행복하지 않았다.

그는 장터에서 돌아올 때마다 끊었던 술에 취하기가 일쑤였다. 그것은 계향도 마찬가지였다. 그가 웃음을 잃었다면 계향은 넋을 잃은 유령이었다. 두 사람은 서로 말을 나누지도 않았고 눈이 마주치는 일도 없었다.

어느 날 우삼돌이 만든 옹기들을 지게에 지고 사나흘이나 마을을 돌아다니며 팔고 집으로 돌아왔을 때였다. 그는 무심코 집으로 들어서려다 말고 뭔가 이상한 낌새를 눈치채었다. 그는 빈 지게를 멘 채 문밖에 서서 방안에서 들려오는 소리를 듣고 있었다. 그것은 아내 계향의 비명소리였다. 그 비명은 다급한 소리가 아니라 뭔가 들떠 있는 흥분의 신음소리였다.

우삼돌은 그 신음소리를 들은 순간 방에서 지금 무슨 일이 벌어지고 있는가를 짐작할 수 있었다. 그는 손에 들고 있던 작대기를 치켜들었다. 당장이라도 문을 박차고 안으로 뛰어들어가 지겟막대기로 요절을 내고 싶었으나 그는 갑자기 손을 내렸다. 소리없이 집을 벗어나 작은 야산에 있는 아들의 무덤 앞으로 다가갔다.

그는 아들의 작은 봉분 앞에 앉아서 소리 죽여 한참을 울었다. 그는 자신이 한바탕의 꿈을 꾸고 있는 것 같은 느낌을 받았다. 한참을 울고 집으로 돌아왔을 때 계향은 방안에 혼자 누워 있었다. 그녀는 곱게 분단장을 하고 있어서 마치 옛날 광주분원 색주가에 있을 때의 기생처럼 보였다.

그러나 세월이 그녀에게서 아름다움을 빼앗아갔으므로 그와 같은 울긋불긋한 분단장이 계향의 모습을 추하게 만들고 있을 뿐이었다. 그때부터가 시작이었다. 우삼돌은 아내 계향이가 분탕질을 하기 시작하면서 온 마을에 소문이 나쁘다는 것을 알고 있었지만 이를 들은 체도 하지 아니하고 질그릇만 만들고 있을 뿐이었다.

질그릇을 만드는 가마터에는 아들 우덕기가 갖고 놀던 장난감이 그대로 놓여 있었다. 우삼돌은 자신이 직접 진흙으로 새, 토끼, 다람쥐 등 각종 동물의 모형을 빚은 후 이를 구워서 아들에게 장난감으로 주곤 했었다. 덕기는 아버지가 만든 장난감을 가장 좋아했었다.

덕기는 자신이 말만 하면 아버지는 진흙으로 무엇이든 만들어줄 줄 아는 마법의 손을 가졌음을 잘 알고 있었다.

"아버지, 하늘을 날으는 새를 만들어줘."

덕기가 하늘을 나는 새를 가리키며 말하면 우삼돌은 당장 진흙으로 새를 만들어 이를 구워 아들의 손에 쥐어주곤 했었다. 천하의 명인 우삼돌이 만든 새였으므로 그것은 마치 생명이 깃들어 있는 새처럼 보여 이제라도 당장 하늘을 날아오를 것처럼 보였다.

덕기는 보이는 것마다, 갖고 싶은 것마다 아버지에게 만들어 달라고 부탁을 하곤 했었다. 물속의 물고기를 보면 물고기를 만들어 달라고 하였고 산속에 사는 진기한 동물을 보면 이를 만들어 달라고 하였다.

아버지 우삼돌의 손은 전능하였다. 이 세상에 없는 물건도 덕기가 원하면 이를 만들어내곤 하였다. 가령 덕기가 도깨비를 만들어 달라고 하면 아빠 우삼돌은 도깨비를 만들어 아들에게 헌상하였다. 처음에는 각종 동물에 관심이 많던 아들은 점차 이에 흥미를 잃어 가더니 나중에는 이렇게 말하였다.

"아버지, 엄마를 만들어줘."

사랑하는 아들이 원하는 물건이었기에 이를 마다할 아버지가 아니었다. 우삼돌은 계향의 모습을 빚어 토우(土偶)를 만들었다. 아버지는 아들이 어느새 인형놀이에 관심이 많은 나이로 성장한 것을 알았다. 그래서 아들에게 엄마뿐 아니라 자신의 모습을 닮은 아비 인형도 만들어주었고, 아들 덕기를 꼭 닮은 토우인도 만들어주었다. 진흙으로 만든 한가족이었다. 인형들이 살 집과 나무, 산과 강을 만들어주었다.

아들 덕기는 무엇보다 아버지가 만들어준 인형들을 좋아하였다. 죽기 전까지도 손에서 이 인형들을 떼어놓지 않고 있었다.

사랑하는 아들 덕기가 죽고, 아내 계향이가 유령처럼 넋이 나가 닥치는 대로 분탕질을 하기 시작하자 우삼돌은 더 이상 질그릇을 빚는 데 흥미조차 느끼지 못하고 멍청하게 가마터에 앉아서 아들이 갖고 놀던 진흙 장난감들을 바라볼 뿐이었다.

그러던 어느 날이었다. 아내 계향이가 사라져버린 것이었다.

만든 그릇들을 지게에 지고 산골지방을 돌아다니며 팔다가 사흘 만에 돌아오니 집은 텅 비어 있었다. 계향은 집 어디에도 없었다. 우삼돌은 아내 없는 집에서 몇날 며칠을 자면서 아내를 기다렸다. 그러나 아내는 돌아오지 않았다. 마침내 열흘이 지났을 때 그는 아내를 찾아서 통천읍내로 나갔다. 성 밑을 따라서 주막집이 대여섯 채 형성되어 있었는데 우삼돌은 그 주막집을 기웃거리다가 어느 집에서 낯익은 목소리 하나가 흘러나오는 것을 알 수 있었다.

나구노자 나구노자,
맹호연이 나귀 타고
이적선이 고래 타고,
청계도사 학을 타고

우삼돌은 그 노랫소리가 누구의 목소리인가를 금방 알 수 있었다. 그것은 아내 계향의 목소리였다. 그와 함께 반쯤 열린 방안에서 함께 노래하며 껄껄 웃는 남정네의 목소리를 우삼돌은 들었다. 그는 열린 방안에서 아내 계향이가 일어나서 덩실덩실 춤을 추는 모습을 물끄러미 바라보았다. 계향은 이미 술에 취해서 제대로 몸을 가눌 수가 없었으며, 기생으로서도 퇴물이 되어버린 퇴기 중의 퇴기였으므로 술상에서도 괄시받는 퇴물이었다.

우삼돌은 지겟막대기를 세워들고 주막집 마당을 가로질러 방안으로 뛰쳐들어가 계향의 머리채를 끌어당겨서 집으로 돌아갈 것을 생각하였다. 그러나 그는 세워들었던 지겟막대기를 힘없이 떨어뜨렸다.

"내버려두어라."

우삼돌은 혼잣말로 중얼거렸다.

"어차피 죽은 목숨이 아니더냐."

우삼돌은 터덜터덜 주막집을 나와서 혼자 걸어 움막집으로 돌아왔다. 달 밝은 밤중이었다. 그는 대낮처럼 밝은 마당에 앉아서 무엇인가를 골똘히 생각하였다. 그는 자신이 이곳에서 도대체 무엇을 하고 있는가를 생각하였다.

순간 우삼돌의 눈에 무엇인가 띄었다. 그 물건은 달빛을 반사하여 날카롭게 빛나고 있었다. 그는 무심히 그 물건을 집어들었다.

그것은 토우였다.

그러나 만들다가 아직 완성하지 아니하였던 미완성의 토우였다. 그 토우는 반은 계집아이의 형상을 하고 있었고, 하반신의 반은 아직 형체를 갖추지 못한 채 진흙으로 남아 있었다. 그때 우삼돌은 죽은 아들의 목소리를 들었다.

"아버지, 내 동생을 만들어줘. 아버지도 있고 엄마도 있고 나도 있는데 동생이 없잖아."

아들 덕기는 형제가 없었으므로 항상 동생을 낳아 달라고 조르고 있었다. 특히 계집아이 누이동생을 갖는 것이 소원이었다.

그 미완성의 계집아이 토우는 아들 덕기가 병중에 우삼돌에게 소원하였던 물건이었다.

"아버지, 동생을 만들어줘. 누이동생을 만들어줘."

아들 녀석은 그 진흙 인형이 채 만들어지기 전에 그만 숨을 거둬 버린 것이다.

순간 우삼돌은 자신의 인생살이가 한갓 진흙 인형으로 노는 한바 탕의 소꿉놀이 같은 느낌이 들었다. 한 사람이 한 여인을 만나서 사 랑을 하고, 아이를 낳고 가족을 이루고, 태어나서 늙어가며 병들어 죽어가는 일상사가 한바탕의 꿈 같은 느낌이 들었다.

우삼돌의 귓가로 아버지 지 외장의 목소리가 들려왔다. 지 외장 은 우삼돌에게 옛 중국의 고사를 들려주며 인생이란 한바탕의 봄꿈 (一場春夢)이란 말을 자주자주 하였기 때문이었다.

옛날 중국의 당나라 때 노생이란 젊은이가 어느 주막집에서 여옹 (呂翁)이란 도사를 만났다. 인생이 희망과 기쁨으로만 가득 차 있던 노생에게 도사 여옹은 자신의 베개를 베고 낮잠을 잘 것을 권유한 다. 노생은 도사의 베개를 베고 잠이 들었다. 그는 꿈속에서 온갖 부귀와 영화를 누리며 80세까지 살았다. 그러나 꿈에서 깨어보니 주막집 주인이 짓고 있던 좁쌀밥이 아직도 익지 않았다는 내용으 로, 우리들의 인생이란 좁쌀밥 한 그릇을 익히는 것에 불과한 한바 탕의 꿈이라는 사실을 비유한 고사였다.

아버지 지 외장의 말을 떠올리자 우삼돌의 가슴은 찢어지는 듯하 였다.

지 외장의 말은 틀림이 없다. 계향이와 아들 덕기, 이렇게 셋이서 행복하게 살았던 지난 세월도 한갓 꿈에 지나지 않는다. 아들이 자 신을 아버지라고 부르며 따르던 일도 한갓 진흙으로 만든 인형들의 소꿉놀이에 지나지 않는다. 아이를 만들고 아이를 낳는 일도 이처럼 진흙으로 한 계집아이의 형상을 빚어내는 장난에 불과한 것이다.

어차피 사람이란 흙에서 태어나 흙으로 돌아간다. 불교에서는 우리의 몸을 다만 지수화풍(地水火風)일 뿐이라고 말하지 않던가. 우리의 몸은 흙과 물 그리고 불과 바람이 어우러져 만들어진 흙덩어리에 지나지 않는 것이다.

그것을 깨닫자 우삼돌은 죽은 아들이 원하던 미완성의 토우를 다시 만들기 시작하였다. 아들이 원하던 대로 예쁜 계집아이 모습의 토우는 금방 만들어졌다.

우삼돌은 아들이 갖고 놀던 아버지와 엄마, 그리고 아들의 모습을 닮은 토우 옆에 방금 만든 계집아이의 인형을 세워놓았다. 그것은 진흙으로 만든 인형들의 한가족이었다.

"이것이 너의 아내 계향이다."

우삼돌은 진흙의 아내를 바라보며 중얼거려 말하였다.

"슬퍼할 필요도 없고 애처로워할 이유도 없다."

우삼돌은 술손님 앞에서 울긋불긋한 몸단장을 하고 춤을 추고 있던 계향의 모습을 떠올렸다.

'춤을 추고 있는 계향은 진흙덩어리에 지나지 않는다. 노래를 부르는 계향도 진흙덩어리에 지나지 않는다.'

우삼돌은 진흙의 아들 덕기를 바라보며 중얼거려 말하였다.

'이것이 너의 아들이다. 아들은 흙에서 태어나 흙으로 돌아갔으니 이 세상에 태어난 것도, 죽은 것도 아니다. 본시부터 없는 형상을 너는 아들이라 부르며 좋아하였었다.'

그렇게 생각하자 모든 슬픔과 괴로움이 눈 녹듯이 사라지고 마음이 평온하게 되었다. 우삼돌은 아직 태어나지 않은 딸의 인형을 바라보며 중얼거렸다.

'이것이 아직 태어나지 않은 너의 딸이다. 이처럼 오는 것도, 가는 것도 없는 것이다.'

우삼돌은 순간 깨달았다. 그는 진흙으로 빚은 계향과 아들 덕기, 아직 태어나지 않은 딸의 형상을 통해 뼈에 사무치는 깨달음을 얻을 수 있었다.

그것은 아내 계향처럼 인생이란 있고 없는 것도 아니며, 아들 덕기처럼 나고 죽는 것도 아니며, 딸처럼 오고 가는 것도 아니라는 분명한 자각이었다.

그러자 그는 자신의 형상을 닮아 있는 아버지라는 토우를 바라보며 생각하였다.

'본시 있지도 않고 없지도 않으며, 나지도 않고 죽지도 않으며, 오는 것도 아니며 가는 것도 아닌 것을 네가 괴로워하는 것은 진흙덩어리에 불과한 네가 소유하려 하기 때문인 것이다. 가질 수도 없고 버릴 수도 없는 욕망이 진흙덩어리에 불과한 너의 실체인 것이다. 그러므로 모든 고통과 괴로움은 너의 욕망 때문이며 너의 애욕 때문인 것이다. 보아라, 너야말로 저와 같이 진흙에 불과하지 않느냐. 진흙덩어리에 불과한 네가 도대체 무엇을 그토록 고통스러워하고 있음이냐. 그 고통은 바로 너의 욕망 때문이 아닐 것이냐.'

우삼돌은 하룻밤의 긴 사유 끝에 큰 깨달음을 얻었다. 그는 아들과 마찬가지로 자신도 이미 죽었다고 생각하였다. 그는 강물 속에 진흙으로 만든 아내와 아들, 태어나지 않은 딸, 그리고 자신의 토우를 수장(水葬)하였다.

그는 아무런 미련도 없었다.

그는 자신이 만든 움막을 돌아보았다. 아궁이에 남아 있는 불씨를 마른 짚에 댕겨다가 불을 일궈 움막을 태우기 시작하였다. 모든 것이 마른 늦가을이라 불길은 금방 처마로 옮겨 붙고 새벽녘에 불어오는 찬바람은 곧 집안 전체를 화염에 휩싸이게 하였다. 삽시간에 움막은 스러져 형체도 없이 사라졌다.

며칠 뒤 새벽.

지 외장은 깊은 잠에서 문득 깨어났다. 쏴아— 하고 빈 독에 물을 붓는 물소리 때문이었다. 아들 우명옥이 사라져버린 지 벌써 5년째. 그러나 지 외장은 단 하루도 우명옥을 기다리지 않은 날이 없었다. 문을 덜컥이는 바람소리에도 행여 아들이 돌아온 것이 아닐까 귀를 세우고 있었다. 문밖을 굴러다니는 낙엽소리에도 행여 아들의 발자국소리가 아닐까 소스라쳐 놀라 깨곤 했었다.

온다. 틀림없이 돌아온다.

지 외장은 확신을 갖고 있었다.

아들 우명옥은 반드시 돌아올 것이다.

그런데 쏴아— 하고 빈 독에 물을 붓는 소리가 들려온 것이다.

그것은 아들의 버릇이었다. 매일 새벽 동트기 전 강가에 나아가 목욕재계하고 물 한 동이를 길어다가 빈 독에 물을 가득 채우곤 하였다.

지 외장은 잠결에 들은 바람소리를 물소리로 착각한 것뿐이라고 생각하였다.

그런데 착각이 아니었다.

쏴아— 하고 부엌의 빈 독에 쏟아붓는 물소리가 분명하게 들려오고 있지 아니한가. 지 외장은 자리에서 벌떡 일어나 앉으며 소리쳐 말하였다.

"명옥이냐—."

문밖에서 아들 우명옥의 목소리가 들려왔다.

"네 아버님, 접니다."

지 외장은 부엌으로 난 문을 열어보지도 않고 말하였다.

"독에 물을 가득 채웠느냐."

"가득 채웠나이다."

그것으로 그뿐이었다. 오랜만에 돌아온 아들 우명옥과 그 5년을 한날 한시도 잊지 않고 기다렸던 아버지 지 외장과의 만남은 그 두어 마디면 그만이었다.

우명옥은 전보다 더 말이 없어져서 벙어리와 다름이 없었다.

그 다음날부터 그는 가마 곁을 떠나지 않았다. 가마에서 자고, 가마에서 먹고, 가마에서 모든 생활을 하였다. 지 외장은 아들의 작업에 관심을 보이거나 관여하지는 않았지만 일거수일투족을 면밀하게 엿보고 있었다. 지 외장은 아들 우명옥이 도공이 만들어낼 수 있는 설백의 갑번자기를 완성하였으므로 이제부터는 인간이 낼 수 있는 백색이 아니라 오직 신명만이 창조할 수 있는 무색의 갑번자기를 빚어낼 수 있으리라고 확신하고 있었다.

그러나 그것은 착각이었다.

지 외장은 우명옥이 만들었다가 마음에 들지 않아 깨어버린 파편들을 몰래 주워 살펴보았으나 그것들은 이상한 형태와 빛깔들을 갖고 있었다.

아름답고 유려한 곡선은 보이지 아니하고, 거칠고 둔화된 그릇의 형태들만 나오고 있을 뿐이었다. 그뿐인가, 무엇보다 중요한 태토는 정선된 백토들이 아니라 함부로 질그릇을 빚을 때 사용하는 거친 황토들이었다. 함박눈이 내린 뒤 맑게 갠 새벽 햇살이 눈 위에 비친 것 같은 청정한 순백색을 추구해야 할 빛깔도 제멋대로여서 도대체 무엇을 추구하고 있는 것일까를 종잡을 수가 없었다.

아들은 지금 진흙으로 질그릇을 만들고 있는 것일까, 아니면 진흙으로 빚어 볕에 말리거나 낮은 온도로 구운 다음 잿물을 입히는 오지그릇을 만들고 있단 말인가.

오자기(烏瓷器).

도공들은 오지그릇을 까마귀 오(烏) 자를 사용하여 오자기라고 불렀다. 오지그릇은 질그릇보다는 한 수 위였지만 도깨그릇이나 약탕관, 뚝배기와 같은 겉면이 거칠고 검붉은 하품 그릇이었으므로 도공들은 뒤떨어진 미적 감각을 빗대어 자신들을 도공이 아닌 오공(烏工)이라 부르고 있었다.

천하의 명인, 하늘 아래 둘도 없는 명장 우명옥이 도대체 지금 무엇을 만들려 함일까. 도자기가 아닌 오자기, 즉 까마귀그릇을 만들고 있음일까.

그러나 아버지 지 외장은 아들의 마음을 읽지 못하였다. 아들 우명옥에 있어 이제 순백색의 갑번자기는 더 이상 추구해야 할 대상이 되지 못하고 있었던 것이다.

이제 우명옥이 추구하는 것은 그 형식에 있는 것이 아니라 내용이었다. 최고의 아름다움을 지닌 갑번자기라 할지라도 그것은 어디까지나 형상이며, 최고의 순백색을 지닌 갑번자기라 할지라도 어디까지나 형태를 가진 형식에 그치지 않았다. 그런 그릇들은 다만 그릇에 지나지 않는 것이다.

천하의 갑번자기라 할지라도 그 속에 물을 담으면 뚝배기에 지나지 않는다. 그 속에 약을 담으면 약탕관에 지나지 않는 것이다. 마찬가지로 값싼 질그릇이라 할지라도 그 속에 보화를 넣으면 진기(珍器)가 되는 것이며, 값싼 오지그릇이라 할지라도 그 속에 향약(香藥)을 담으면 향기가 나게 되어 있는 것이다.

그러므로 천하의 명기는 그 그릇의 모양새나 빛깔에 있는 것이 아니라 그 명기가 담는 내용에 따라 좌우된다.

우명옥은 고통을 통해 인생이란 있는 것도 없는 것도 아니며, 나고 죽는 것도 아니며, 오고 가는 것도 아닌 것을 깨달았다. 본시 그러한 인생이 고통스러운 것은 그것을 소유하려 하는 욕망에서 비롯된 것임을 각성하였다. 우명옥은 이제 아름다운 형태나 빛깔을 가진 그릇이 아니라 인간이 지닌 헛된 욕망의 유한성을 경계하는 그릇, 즉 '늘 곁에 두고 보는 그릇'을 만드는 것이 최종목표였다.

늘 곁에 두고 보는 그릇, 이를 유좌지기(宥坐之器)라고 부른다. 유좌지기란 마음을 적당히 가지라는 뜻을 새기기 위해 늘 곁에 두고 교훈을 삼는 그릇을 말함인데 이 그릇에 대해서 말한 사람은 공자였다.

일찍이 공자는 주나라 환공(桓公)의 사당에 간 일이 있었다.

환공의 사당 안에는 의식에 사용하는 의례용 기구인 의기(儀器)가 있었다. 그것은 자유로이 기울어질 수 있도록 그릇을 매달아놓은 기구였다. 공자가 사당을 지키는 이에게 물었다.

"이것은 무엇을 하는 그릇입니까."

사당지기가 대답하였다.

"늘 곁에 두고 보는 그릇, 즉 유좌지기입니다."

그 말에 공자는 고개를 끄덕이며 이렇게 말하였다.

"나도 들은 적이 있거니와 유좌지기는 속이 비면 기울어지고, 적당하게 물이 차면 바로 서 있고, 가득 차면 엎질러진다고 하지요."

천하의 성군(聖君)이었던 환공은 평소에 속이 비면 이리저리 기울고 가득 채우면 엎질러지고 적당하게 물을 채워야만 중심을 잡고 서 있는 유좌지기를 보면서 자신이 어떻게 마음을 잡고 욕망을 간수해야 하는가의 교훈을 얻곤 했다. 무엇보다 어느 쪽으로 치우치는 일 없는 중용(中庸)의 도(道)를 강조한 공자에게 있어 환공의 유좌지기야말로 자신의 사상을 대변하는 그릇이었던 것이다.

그 전설적인 그릇에 대해서 우명옥에게 이야기해준 사람이 바로 아버지 지 외장이었다. 우명옥이 어렸을 때부터 그 이야기를 해주었던 것이다.

"저 먼 중국의 사당에 가면 도깨비와 같은 그릇이 있다. 그 그릇은 가득 채우면 엎질러지고 텅 비면 이리저리 기울고 오직 적당하게 채워야만 중심을 잡고 똑바로 서 있는 그릇인데 그 이름을 유좌지기라 부른다."

인간의 욕망, 그 끝간 데를 모르는 한계를 깨우쳐줄 수 있는 그릇, 단지 그 안에 무엇을 담아 먹고 마시는 그릇이 아니라 인간의 욕망을 꾸짖고 경책(警責)하는, 곁에 두고 보는 그릇, 그 유좌지기를 만들고 싶은 것이 우명옥의 최종목표였다.

계영배(戒盈杯).

우명옥은 자신이 만든 그릇의 이름을 미리 결정해 두고 있었다. 그 그릇의 이름은 '가득 채움을 경계하는 잔'이라는 의미를 가진 계영배였다.

그는 모든 것을 맛보았었다.

술과 여자 그리고 쾌락과 명예, 소유와 집착, 애욕과 허무 그 모든 것들을 단시일 내에 모두 맛보았다.

그는 이러한 모든 고통의 근원이 바로 모든 것을 가득 채우려는 욕망에서 비롯된 것임을 알았다. 그러므로 가장 큰 욕망은 무욕이며 가장 큰 만족은 바로 자족임을 깨달았다.

노자는 《도덕경》에서 말하였다.

'적당히 채워라. 어떤 그릇에 물을 채우려 할 때 지나치게 채우고자 하면 곧 넘치고 말 것이다. 또한 칼은 쓸 수 있을 만큼 날카로우면 되는 것이지 예리하게 갈고자 하면 날은 지나치게 서서 쉽게 부러지고 만다. 금은보화를 지나치게 가진 자는 남의 시기를 사게 되며, 또한 부귀해져서 지나치게 교만해지면 상황이 어지러워져서 결국 모두를 탕진하게 되는 것이다. 그러므로 사람은 적당히 성공한 후에는 그곳에 영원히 머물러 있으려고 노력해서는 아니되며 적당히 때를 보아서 물러감이 바로 하늘의 도리인 것이다. 하늘은 만물을 낳되 소유하지 않으며, 또한 무리하지도 않고 공을 이루어도 관여하지 않는 것이다. 이것이 바로 천도, 즉 자연의 도리인 것이다.'

우명옥은 노자가 말하였던 '모든 불행은 스스로 만족함을 모르는 데서 비롯된다'는 천도를 깨우쳤으며, '어떤 그릇에 물을 채우려 할 때 지나치게 채우고자 하면 곧 넘치게 되고 만다(持而盈之 不知其己)'의 문장에서 '가득 채움을 경계하는 잔', 즉 계영배의 이름을 결정할 수 있었다.

우명옥은 그 계영배를 만들기 위해서 혼신의 힘을 다해 가마에 매달렸다. 그는 자신이 알고 있는 도자기에 관한 모든 상식과 지식, 그리고 모든 기술을 버렸다. 그는 완전한 무(無)의 상태에서 다시 시작하였다.

그 길었던 겨울이 지나고, 또 봄이 가고 여름이 되었을 무렵.

한밤중에 지 외장은 문득 눈을 떴다. 잠귀가 밝은 지 외장은 잠결에 문득 인기척을 들은 듯도 싶어 눈을 뜬 것이다.

문밖에서 분명 무슨 소리가 나고 있었다.

"누구냐."

벌떡 몸을 일으키며 소리쳐 묻자 문밖에서 우명옥의 목소리가 들려왔다.

"명옥이나이다."

"네가 웬일이냐."

우명옥이 좀처럼 곤히 잠든 지 외장의 잠을 깨우는 일이 없었으므로 지 외장은 의아해서 물어 말하였다. 그러자 우명옥이 대답하였다.

"아버지, 방금 그릇 하나를 만들었나이다. 한번 봐주셨으면 좋겠나이다."

지 외장은 주섬주섬 몸을 일으켰다. 그는 문밖으로 나왔다. 아직도 깊은 한밤중이었다. 다행히 달은 휘영청 밝아 온누리는 강물과 달빛으로 흘러넘치고 있었다.

문밖에는 우명옥이 서 있었다. 그는 앞장서 걷기 시작하였으며 지 외장은 그의 뒤를 따라 걸었다.

이제까지 한 번도 없던 일이었다.

아들 우명옥이 제 스스로 찾아와, 그것도 혼곤히 잠든 아버지를 깨워 자신이 만든 그릇을 봐달라고 자청했던 적은 없었다.

그런데 아들 우명옥이 제 발로 찾아와 잠든 지 외장을 깨운 것이다. 그렇다면 우명옥은 도대체 어떤 그릇을 만들어내었음일까. 방금 가마 속에서 번조한 자기들을 꺼냈으므로 후끈한 열기가 느껴졌다.

가마의 바닥은 고동색의 가는 모래가 깔려 있었고 경사진 가마 바닥의 수평을 유지하기 위해서 감발을 엎어 괴어놓았는데, 새로 만든 그릇은 일단 꺼내놓은 즉시 화덕 위에 올려놓고 감상하는 것이 보통이었다.

그곳에는 자그마한 잔 하나만 놓여 있을 뿐, 그 어디에도 눈에 띌 만한 백자의 모습은 보이지 않았다. 설백의 백자 항아리는 그 빛깔로 인해 한밤중이라도 눈이 부실 만큼 빛나는 것이 당연했기 때문이다.

"무엇을 봐달라는 말이냐."

아버지가 묻자 우명옥은 화덕 위에 놓인 그릇 하나를 두 손으로 들어올려 지 외장에게 바쳤다. 지 외장은 그 그릇을 들여다보았다. 평범한 그릇이었다. 크기는 왜소하고 모양도 단순한 잔이었다.

도공들은 자신의 솜씨를 뽐낼 때 항아리라든가 목이 긴 물병 같은 우아한 곡선미를 살릴 수 있는 백자들을 선호하고 있었다. 이러한 잔들은 실용적인 그릇일 뿐 아름다움과는 거리가 먼 반기(飯器)에 불과하였다.

"이것은, 잔이 아니더냐."

지 외장은 의아한 목소리로 다시 물었다.

"그렇습니다, 아버님. 그것은 잔이나이다."

"이 잔의 무엇을 보아 달라는 말이냐."

"아버지께 모처럼 술 한잔을 올리고 싶어서 그리하였나이다."

우명옥은 무릎을 꿇고 앉은 자세에서 그렇게 말하였다.

지난 백여 일 동안 몇 마디의 말도 하지 않아 벙어리와 다름없던 아들 우명옥이 입을 열어 말문이 트였을 뿐 아니라 술까지 올리겠다고 하니 반가운 마음에 지 외장은 방금 아들이 만든 잔을 치켜들었다.

그 잔에 우명옥이 한 가득 술을 따랐다. 잔이 넘치도록 술을 따르자 지 외장은 이렇게 말하였다.

"이 아비한테 술을 따르기 위해 잔 하나를 만들었단 말이냐."

지 외장은 마음이 흐뭇해서 잔을 들어 입가에 대었다.

그러자 놀라운 일이 일어났다.

한가득 잔이 넘치도록 따랐던 술이 하나도 없이 깨끗하게 텅 비어버린 것이었다. 지 외장은 자신이 귀신에 홀렸는가 하고 생각하였다.

"방금 따른 술이 모두 어디 가버렸느냐."

지 외장은 자신도 모르게 엎질러졌는지 주위를 살펴보았지만 그 어디에도 흔적은 보이지 아니하였다.

"다시 따르겠나이다."

이번에는 우명옥이 잔의 한 7부 가량을 채울 정도로 술을 따랐다. 한 잔을 받아 마시고 나서 이번에는 아버지가 아들에게 잔을 내밀며 말하였다.

"너도 한잔 마시거라."

지 외장은 술잔을 가득 채워 아들에게 내밀었다. 아들은 두 손으로 지 외장이 주는 잔을 받아들었다. 그러나 마시려는 순간 술잔의 술은 한 방울도 남아 있지 않았다. 지 외장은 뭔가 느껴지는 것이 있었다.

"내가 술잔을 가득 채우고 말겠느니라."

지 외장은 술잔 속에 한가득 술을 따라서 주의 깊게 이를 지켜보았다. 술은 순식간에 사라져 한 방울도 남아 있지 않았다.

어디로 새버린 것이 아닐까 잔을 뒤집어보았지만 새어나간 흔적도, 균열된 부분도 없었다.

지 외장은 이번에는 술잔의 7부 정도만을 채워보았다. 술은 조금도 사라지는 일이 없이 온전하게 남아 있었다.

지 외장은 아들 우명옥이 가득 채우면 모든 술이 눈 깜짝할 사이에 사라져버리고, 적당히 채워야만 술이 온전하게 남아 있는 신기를 만들었음을 알 수 있었다.

"내 반드시."

지 외장은 중얼거려 말하였다.

"내 반드시 이 잔을 한가득 채우고 말 것이다. 해내고야 말 것이니라."

이번에는 술병을 거꾸로 세워들고 잔에 술을 쏟아부었다.

이상한 일이 일어났다. 술병의 술이 다 없어지도록 술잔은 채워지지 않고 있었다. 한 병의 술은 모두 사라졌다. 그럼에도 불구하고 잔은 조금도 채워지지 않고 있었다.

그제야 지 외장은 아들 우명옥이 마침내 대기(大器)를 만들어내었음을 알 수 있었다.

문자 그대로 큰 그릇. 도공들에게 있어 대기라 함은 신령에게 제사지낼 때 쓰는 신기를 말한다. 아무리 천하의 명품을 만들 수 있는 명장이라 하더라도 생과 사의 경계를 뛰어넘지 못하고는 신기를 만들어낼 수는 없었다. 아들 우명옥이 이와 같은 신묘한 대기를 만들어낼 수 있다는 것은 이미 설백의 갑번자기를 만들 수 있는 한계를 뛰어넘어 신기의 경지에 이르렀음을 뜻하는 것이다.

백색의 갑번자기를 뛰어넘어 무색의 갑번자기를 빚어낼 수 있을 만큼 속계를 초탈하여 해탈의 경지에 이르렀음을 뜻하는 것이다.

"아버지."

우명옥은 입을 열어 말하였다.

"어렸을 때부터 아버지께오서 늘상 말씀해오시던 먼 중국의 사당에 있던 도깨비와 같은 그릇을 만들고 싶었던 것이 제 소원이었나이다. 아버지께오서는 그 그릇은 가득 채우면 엎질러지고 텅 비면 이리저리 기울고 오직 적당히 채워야만 중심을 똑바로 잡고 서 있는 것인데 그 이름을 유좌지기라 하였나이다. 저도 그와 같이 늘 곁에 두고 보는 그릇이라는 이름의 유좌지기를 만들고 싶었나이다."

"그리하여 이와 같은 신묘한 그릇을 만들었단 말이냐."

"그렇사옵니다, 아버지."

"그러하면 이 그릇의 이름은 무엇이냐."

"계영배라 하였나이다."

"계영배라 하면 '가득 채움을 경계하라' 는 뜻이 아니겠느냐. 너는 가득 채우려 하면 없어지고 오직 적당하게 채워야만 온전한 이 계영배를 만들었음이냐. 억지로 가득 채우려 하면 한강물을 모두 쏟아붓는다 하더라도 영원히 채워지지 않는 계영배를 만들었음이냐."

"그렇사옵니다, 아버지."

지 외장은 순간 아들 우명옥이 더 이상 이곳에 머물지 못할 것임을 직감하였다.

아들 우명옥은 이미 천하의 갑번자기를 만들어보고 싶어하는 도공의 욕망조차 초월해버린 것이다.

그날 밤, 우명옥은 가마 옆에 앉아 월광 속에서 무언가 열심히 술잔 안에 글을 새기고 있었다.

戒盈祈願 與爾同死.

지 외장의 불길한 예감은 적중하였다. 그 다음날 아침, 우명옥은 잠들어 있는 지 외장의 움막 앞에서 무릎을 꿇고 삼배를 올렸다. 그는 자신을 키워준 아버지에게, 또한 자신을 가르쳐준 스승에게 신구의(身口意)의 삼업(三業)에 경의를 표한 다음 어디론가 떠나 사라졌다.

자신이 만든 신묘한 물건 계영배 하나만을 갖고서 홀연히 사라져버린 것이다.

5

지 노인은 긴 회상을 끝내고 길게 한숨을 쉬었다.

노인의 긴 고백으로 하룻밤은 흘러가버리고 먼동이 트고 있었다. 함께 온 봉사는 여전히 따뜻한 가마 곁에 머리를 기대어 깊은 잠에 빠져 있었고 멀리 떨어진 곳에 하인도 쭈그리고 앉은 채 잠들어 있었다. 깨어 있는 사람이라고는 지 노인과 임상옥뿐이었다.

하룻밤이 다 지나도록 달무리를 안주 삼아 술을 마셨으므로 술독의 술은 다 비어 있었다.

지 노인은 얘기를 하는 틈틈이 화목들을 아궁이 속에 집어던져 넣고는 이를 부지깽이로 바람이 잘 통하도록 이리저리 쑤시고 있었다.

"아들 녀석이 사라져버린 이삼 년 후쯤인가, 한겨울에 얼어죽은 시체 하나가 가마터 근처에서 발견되었소. 남루한 여인의 시체였는데 마을 사람들은 한때 광주분원 근처 색주가에 있던 기생 계향이의 시체라 말하였소. 마을 사람들이 시체를 거둬다가 양지바른 곳에 묻어주었소."

먼동과 함께 어둠이 물러가고 있었다. 새벽을 알리는 첫 닭의 울음소리가 아득하게 들려오고 있었다.

"지난 수십년 동안."

짧은 침묵 끝에 다시 노인이 입을 열어 말을 이었다.

"나는 아들 우명옥이 돌아오기만을 기다리고 있었소. 이제 광주 분원에도 갑번자기를 만들 사람은 나 하나밖에 남지 않았소. 내가 죽어버리면 이 명맥은 끊어져버리고 대가 끊길 것이 분명하오."

"아드님이 돌아오리라고 믿으십니까."

임상옥은 넌지시 물어보았다.

봉두난발한 머리칼과 가슴까지 내려오고 있는 긴 수염을 기른 노인은 형형한 눈빛으로 임상옥을 쏘아보며 대답하였다.

"돌아오고 말고, 반드시 돌아오리라 믿고 있었소. 그런데 이제 아들 대신 깨어진 계영배가 이처럼 돌아와 있소이다."

지 노인은 고개를 끄덕이며 혼잣말로 중얼거렸다.

"나는 이렇게 될 줄 알고 있었소. 언젠가는 이 잔이 이곳까지 제 발로 찾아오게 될 것을 짐작하고 있었소. 오늘이 바로 그날인 것이오."

지 노인은 다시 부지깽이로 장작더미를 이리저리 쑤셔대며 혼잣말로 중얼거렸다.

"그러면 이제 내가 대인어른께 묻겠는데, 대인어른은 이 술잔을 도대체 누구에게 얻었소."

임상옥은 노인의 질문에 대답하려고 입을 열었다가 곧 말문을 닫았다.

"나도 잘 모르겠습니다."

임상옥은 얼버무려 대답하였다.

"이 잔이 어찌어찌해서 내게로 흘러들어오게 되었는지 그 연유조차 잘 모르고 있나이다."

어떻게 해서 계영배를 얻게 되었는가 하는 노인의 질문에 대답하지 아니하고 얼버무려버린 것은 임상옥 나름대로의 확신 때문이었다. 임상옥은 노인의 얘기를 통해서 계영배의 비밀을 모두 밝혀내었으며 우명옥의 손에서 계영배가 어떻게 해서 석숭 큰스님에게로 전해져갈 수 있었는지 그 비밀까지 밝혀낼 수 있었던 것이다.

이로써, 임상옥은 몸을 일으키며 생각하였다.

계영배에 얽힌 비밀을 좇아 이곳까지 찾아온 소기의 목적을 이루게 되었다. 계영배에 관한 모든 비밀을 알게 된 이상 이제 더는 이곳에 지체하여 머물 필요는 없다고 임상옥은 생각하였다.

그는 하인과 그를 이곳까지 안내하여 온 봉사를 깨웠다. 그리고 마지막으로 작별인사를 나눴다. 임상옥이 인사를 나누고 길을 떠나려 하자 지 노인은 그에게 우명옥이 만들었던 최고의 명품 백자 항아리를 가리키며 말하였다.

"대인어른, 이 백자 항아리를 갖고 가시오."

아들 우명옥이 남긴 단 하나의 명품, 하늘 아래 그 누구도 만들 수 없는 백자 항아리. 아들이 남기고 간 단 하나의 유품인 갑번자기를 어째서 지 노인은 처음 만난 임상옥에게 선뜻 내어주려 하는 것일까.

"아, 아닙니다."

임상옥은 완강하게 손을 내저으며 말하였다.

"그 백자는 아드님이 남기고 간 천하의 명품이나이다. 당연히 갖고 계실 분은 어른밖에 없으시나이다. 한갓 장사치에 불과한 저에게는 과분한 물건이나이다."

지 노인은 웃으며 말하였다.

"옛 중국의 춘추전국시대 때 초나라에서 있었던 일이나이다. 변화씨(卞和氏)란 사람이 산속에서 옥돌을 발견하여 곧 여왕에게 바쳤습니다. 여왕이 보석을 받아들고 보석 세공인에게 감정시켜 보니 그저 보통의 돌멩이라 하였습니다. 화가 난 여왕은 변화씨를 발뒤꿈치를 자르는 형벌인 월형(刖刑)에 처했습니다. 여왕이 죽자 이번에는 그 옥돌을 무왕에게 바쳤는데 이번에도 같은 대답이 나오자 변화씨의 나머지 한 발의 뒤꿈치도 자르는 형벌에 처했습니다. 무왕의 뒤를 이어 문왕이 즉위하자 변화씨는 그 옥돌을 들고 뒤뚱거리며 걸어서 궁궐 앞에 앉아 사흘밤 사흘낮을 꼬박 울었습니다. 문왕이 그 사연을 묻자 변화씨는 울면서 그간 있었던 일들을 고했습니다. 문왕이 이상하게 여겨 그 옥돌을 받아서는 세공인에게 맡겨 다듬어오라고 시켰습니다. 그 결과 투박한 돌 속에서 천하에 보지 못한 명옥(明玉)이 오롯이 모습을 드러냈습니다. 문왕은 크게 기뻐하며 곧 변화씨에게 많은 상을 내리고 그의 이름을 따서 그 옥을 '화씨의 구슬', 즉 화씨지벽(和氏之璧)이라 하였던 것입니다. 이와 마찬가지로 천하의 완벽한 명옥도 그를 알아주는 사람이 아니면 한갓 돌멩이에 불과한 것이나이다."

노인은 단호하게 말을 이었다.

"이 세상 모든 만물은 그 나름대로의 임자가 따로 있고 주인이 따로 있는 법이나이다. 이 설백의 갑번자기를 소중히 간직하고 보관할 사람은 오직 대인 한 사람뿐이나이다."

임상옥은 하는 수 없이 우명옥이 남긴 최고의 명품 백자 항아리를 받아들고 퇴촌을 떠났다. 훗날 임상옥이 사람을 시켜 거금을 지노인에게 보내었으나 일언지하에 이를 거절하였다는 말이 전해 내려오고 있을 뿐이다.

임상옥은 일행과 더불어 언덕을 내려 강가로 왔다. 간밤에 매어둔 나룻배는 강가에 그대로 놓여 있었다. 세 사람은 나룻배 위에 탔으며 하인은 노를 젓기 시작하였다.

날은 밝아 먼동은 텄지만 강물 위에는 안개가 자욱하게 드리워져 있었고 맞은편 하늘에는 지다 만 달이 얼굴을 가리고 있었다.

하인이 노를 저을 때마다 배는 강물 위를 미끄러져 나가고 있었고, 강물 위에는 모든 풍경이 거꾸로 비추고 있었다. 아직 지지 않은 창백한 달 그림자도 강물 위에서 거꾸로 빛나고 있었다.

이제 우명옥은 절대로 이곳으로는 돌아오지 않을 것이다.

임상옥은 강물 속에 거꾸로 비친 산봉우리와 자욱하게 드리운 강물 위의 안개를 바라보면서 생각하였다.

지 노인은 죽을 때까지 아들을 만나지 못할 것이다. 그러나 과연 그것이 옳은 일이었을까. 아들 우명옥이 만든 신기 계영배를 어떤 경로로 해서 임상옥이 입수하게 되었는가 그 연유를 지 노인에게 말하지 않았던 일이 과연 옳은 일이었을까.

그러나 아직 계영배의 모든 비밀이 밝혀진 것은 아니다. 임상옥은 뱃전에 앉아 강물을 바라보면서 생각하였다.

계영배의 남은 비밀을 밝혀내기 위해서는 한군데 더 들러야 할 곳이 남아 있는 것이다.

제2장 석숭 스님

금강산은 해발 524미터로 높은 산은 아니나, 산세가 날카롭고 험준하여 경치가 빼어나 금강산이라 불리고 있다. 강원도의 금강산과 구분하기 위해서 의주금강(義州金剛)이란 애칭으로도 불렀다. 이 산은 계곡도 깊어 산에서 흘러내린 물은 송장(松長)이라 불리는 대규모의 저수지를 이루고 있을 정도이며, 이 부근 일대는 예로부터 쌀을 생산하는 곡창지대를 이루고 있다.

산중에는 금강사, 천왕사를 비롯하여 5백 년 이상이 된 고찰 추월암(秋月庵)이 있다. 산정에 오르면 멀리 만주벌의 산줄기가 한눈에 들어올 정도로 빼어난 풍광을 자랑하고 있다.

금강산을 다른 이름으로 석숭산(石崇山)이라고도 부른다. 이 산이 험준한 바위로 이루어진 악산(岳山)이기 때문이다.

평생을 이 산에서 주석하였던 석숭 큰스님이 자신의 법호를 그렇게 지은 것도 머무르고 있는 산의 이름을 따는 선가(禪家)의 법통을 그대로 따랐기 때문이다. 석숭은 평생을 금강사의 말사인 암자 추월암에 머무르고 있으면서 산문(山門) 밖을 떠나본 적이 없었다.

멀리 경기도 광주의 분원을 찾아가 계영배의 비밀을 추적하였던 임상옥이 의주로 돌아와 제일 먼저 했던 일은 금강산을 오르는 일이었다.

추월암을 떠나 하산하는 임상옥에게 큰스님 석숭은 말하였다.

"이젠 그만 가거라. 그리고 산을 내려가면 그 즉시 이곳을 잊어버리고 다시는 되돌아오지 말아라."

그것이 석숭의 마지막 말이었다. 그 말을 끝으로 석숭은 벽을 향해 돌아앉아 임상옥이 물러가며 마지막으로 삼배를 올려 예를 갖추었지만 본 척도 들은 척도 하지 아니하였던 것이다.

그는 잘 알고 있었다.

만약 자신이 금강산을 올라 추월암을 찾아가 석숭 스님을 친견한다 하더라도 반가워하기는커녕 그 즉시 주장자로 한 방 두들겨 맞고는 쫓겨나리라는 것을.

임상옥은 광주의 분원에서 돌아오자마자 곧바로 금강산을 오르면서 생각하였다.

이번에는 어쩌는 수가 없다.

석숭 스님으로부터 백 방망이 두들겨 맞는 일이 있더라도 그를 만날 수밖에 없다. 아니다. 옛 당나라의 선승 남천이 고양이의 목을 단칼에 베어버렸듯, 찾아가 친견하여 설혹 석숭이 자신의 목에 칼을 들이대고 단칼에 베어버린다 하더라도 그를 만날 수밖에 없는 것이다.

임상옥에게는 아직 밝혀야 할 비밀이 남아 있었기 때문이었다. 그것은 '계영배의 비밀'이었다.

그는 신묘한 그릇 계영배의 비밀을 밝혀내기 위해 경기도 광주의 분원까지 찾아가 지 노인을 만나 계영배에 얽힌 비밀을 추적할 수 있었다. 지 노인을 통해 그 계영배를 번조한 우명옥이라는 인물에 대해서 상세하게 들을 수 있었으며, 또한 우명옥이 인간의 욕망을 경계하기 위해서 계영배를 만들었음을 알게 되었던 것이다.

그러나 그것으로 계영배에 관한 모든 비밀이 밝혀진 것은 아니다. 임상옥은 임상옥대로 마음속으로 어떤 한 가지의 확신을 갖고 있었다.

11월의 만추였지만 북녘의 깊은 산이었으므로 이미 한겨울이었다. 그래서 산의 계곡에는 어느덧 잔설이 덮여 있었다.

30여 년 만에 산을 오르고 있지만 산길은 전혀 달라진 것이 없었다.

산은 옛 산 그대로였고 물 역시 옛 물 그대로였다. 숲도 옛 숲 그대로였고 바위도 옛 바위 그대로였다.

임상옥은 열다섯의 나이 때 이 산속에서 동자승 아닌 동자승 노릇을 하면서 법천 스님으로부터 글공부를 했었다. 그것이 일년. 또한 임상옥은 의주의 상계로부터 파문을 당한 뒤 먹고 살 길이 막막해지자 다시 입산하여 행자승 생활을 하였다. 그것이 일년 하고도 수개월. 모두 합하여서 이 금강산에 머무르고 있었던 것은 3년이 채 되지 않았지만 언제나 어디서나 가슴속에 고향처럼 살아 있었던 곳은 금강산이었다.

  30여 년 만에 금강산을 오르고 있었지만 모든 풍경은 옛날 그대로였다. 산은 옛 산 그대로였고 바뀐 것은 임상옥 자신뿐이었다.

  그는 저잣거리로 내려와 상인이 되었으며 마침내 조선 최고 최대의 거부가 될 수 있었다.

  임상옥은 산길을 오르며 30여 년간 속세에 있었던 지난 과거를 회상하여 보았다. 중요한 고비 때마다 석숭 큰스님의 활구들이 자신의 위기를 물리쳐주었다는 사실을 새삼스럽게 느낄 수 있었다.

  모든 번뇌에서 해탈하여 부처를 이루는 일. 불도(佛道)가 아니더라도 상도(商道)를 통하여 상불(商佛)을 이룰 수 있음을 깨우쳐주신 은사 스님인 법천과 큰스님 석숭.

  두 사람을 만나기 위해 금강산의 옛 길을 오르고 있는 임상옥의 가슴은 청년처럼 설레고 있었다.

  임상옥은 금강사부터 들러보기로 하였다. 금강사는 천왕사와 더불어 금강산에 있는 사찰이었고, 추월암은 금강사에 딸린 암자였다. 석숭 스님을 만나보기 전에 우선 은사 스님이었던 법천 스님부터 만나보는 것이 예의라는 생각이 들었다.

  금강사는 옛 모습 그대로였다. 예나 지금이나 가난한 절살림 그대로였으므로 퇴락한 요사채의 모습도 그대로였으며 대웅전의 퇴색된 단청도 예전 그대로였다.

  마침 겨울에 쓸 땔감을 구하기 위해서 깊은 산으로 들어가 나무를 하고 오는 스님이 눈에 띄었다. 한눈에 보아도 어린 행자승이었다.

  절에서 쓰는 땔감을 구해 뒷산에서 내려오다가 잠시 지게를 부리고 바위에 앉아 쉬고 있는 행자승의 모습을 본 순간 임상옥은 문득 석숭 스님과 있었던 옛 일을 떠올릴 수 있었다.

그렇게 보면 석숭 스님은 '죽을 사(死)' 자와 '솥 정(鼎)' 자와 '계영배'의 세 비결과 '사람을 죽일 수도 있고 사람을 살릴 수도 있는 칼'의 비의로써 상업의 도를 가르쳐준 것이다.

임상옥은 비로소 깨달았다.

임상옥의 상업에는 그 처음부터 석숭 스님이 있었으며 그 시작에서부터 중심에 이르기까지, 그 중심에서부터 마무리에 이르기까지 언제나 석숭 스님이 좌정(座定)하고 있었던 것이다.

"스님."

임상옥은 바위 위에 앉아 쉬고 있는 행자승 앞으로 다가가며 합장하여 말하였다.

깜짝 놀란 행자승이 바위 위에서 내려와 맞받아 합장을 하였다.

"법천 스님이라고 금강사에 계시온지요."

임상옥은 자신의 은사 스님인 법천이 30년이 지난 지금에도 아직 금강산 산중에서 머무르고 있을지 자신이 없었다. 행자승이 말하였다.

"법천 스님이라면 법 법(法) 자에 하늘 천(天) 자의 법명이십니까."

"그렇습니다만."

"법천 스님은 금강사에 계시나이다. 금강사에서 주지스님으로 계시나이다."

자신의 사승이었던 법천이 금강사 주지스님으로 있다는 행자승의 말에 임상옥은 우선 마음이 놓였다.

임상옥은 총총히 금강사로 발길을 옮겼다.

이미 산중은 동안거(冬安居)에 접어들어 있었다. 원래 동안거는 스님들이 음력 10월 16일부터 석 달 동안 한곳에 모여 일체의 외출을 금하고 수행하였으므로 이미 안거가 시작된 금강사는 빈 산처럼 적요하였다. 소임을 맡은 몇몇 스님만 오가고 있을 뿐 깊은 한겨울이라 찾아오는 사람들의 발길도 완전히 끊겨버린 무주공산이었다.

임상옥은 종무소로 찾아갔다.

비록 동안거 중이라 하지만 소임을 맡고 있을 스님들은 그곳에 있을 것이라 생각했기 때문이다. 안거 중에는 보통 차를 끓이는 전다(煎茶), 목욕물을 끓이는 욕두(浴頭), 밥공양을 준비하는 반두(飯頭), 안거 중인 스님들을 총괄하는 감무(監務) 등의 소임으로 나뉘어 있었다. 외부에서 찾아오는 사람들은 감무의 소임을 맡은 스님의 몫이었다. 마침 감무 스님이 그곳에 앉아 있었다. 임상옥이 합장하여 배례하고는 자신이 찾아온 목적을 말하였다.

"법천 스님을 뵈오러 왔습니다."

"법천 스님이시라면 주지스님이시온데 지금 안거 중이시라서."

원래 안거 중에는 일체의 면회가 금지되는 것이 상례였다.

"하오나 긴급한 일이라 부탁드리나이다."

임상옥은 자신의 이름을 말하고는 한때 자신이 이 절의 승려였었으며 법천은 은사 스님이었음을 말하였다. 감무 스님은 담담하게 말하였다.

"이곳에서 기다리고 계십시오. 말씀드리고 오겠나이다."

스님이 사라진 후 임상옥은 물끄러미 법당 앞마당을 바라보았다. 때마침 희끗희끗 싸락눈이 흩날리기 시작하였다. 저 뜨락이 자신이 아침마다 대빗자루로 쓸던 그 마당인가 하고 임상옥은 생각하였다. 저 마당에서 비질을 하다가 감히 석숭 스님의 몸을 향해 대빗자루로 한 방 후려쳤던 일이 엊그제 일처럼 떠오르고 있었다. 그 일이 엊그제 같은데 벌써 30년의 세월이 흐른 것이다.

싸락눈은 조금씩 알이 굵어지면서 앞마당의 탑들 위에도 내려 쌓이기 시작하였고 퇴색한 법당 앞 석등 위에도 내려 쌓이기 시작하였다.

이윽고 사라졌던 스님이 나타나 말하였다.

"주지스님이 만나뵙겠다고 하시나이다. 따라오시지요."

본존불을 모신 대웅전 뒤쪽으로 울창한 숲이 우거져 있었다. 반쯤 열린 문 안쪽으로 낯익은 석가모니불의 모습이 보였고 주불 앞에 피워진 향냄새가 향긋하게 풍겨오고 있었다. 그 우거진 숲 사이에 작은 암자 하나가 있었다.

어느덧 싸락눈은 함박눈으로 변하였으므로 온 풍경은 은세계가 되어 있었다.

산도, 숲도, 나무도, 암자도 온통 새하얀 은백색의 천지였다.

댓돌 위에는 짚신 한 켤레가 놓여 있었는데 내리는 눈발을 참따랗게 맞고 있었다. 왕골로 만든 짚신이었다.

그 짚신을 보자 임상옥은 문득 반가운 마음이 들었다.

법천 스님은 평소에 짚신을 삼는 데 남다른 재주가 있었다. 법천 스님은 부지런해서 항상 손에서 일감을 놓는 일이 없었다. 좀 한가

한 시간이다 싶으면 짚신을 삼아서 여러 대중들에게 나눠 주곤 했다. 법천의 눈대중은 틀림이 없어 한눈으로 보아도 짚신의 치수를 정확히 맞추곤 해서 그가 만들어주는 미투리는 발에 꼭 맞았다.

어릴 때부터 임상옥은 법천으로부터 글공부는 물론 짚신 삼는 법을 배우곤 했었다. 짚으로 새끼를 한 발쯤 꼬아 넉 줄로 날을 하고, 짚으로 엮어 발바닥 크기로 하여 바닥을 삼고, 양쪽 가장자리에 짚을 꼬아 총을 만들고, 가는 새끼로 총을 꿰어 두르면 짚신 하나가 완성되곤 했었다. 훗날 임상옥은 먼 길을 갈 때면 자신이 신을 짚신을 미리 여러 벌 준비해 두고 요긴하게 사용할 수 있었다.

법천 스님은 짚신뿐 아니라 생삼과 짚을 엮어 만든 삼신[麻履], 늪이나 연못가에 나는 부들이란 잎을 엮어 만든 향포신[香蒲履], 관초라고 불리는 왕골로 만든 왕골신[菅履] 등 온갖 짚신들을 다 만들어낼 줄 알았다.

논밭이나 습지에 사는 왕골의 줄기와 껍질로 만든 왕골신을 본 순간 임상옥은 문득 스승에 대한 반가움으로 가슴이 설레었다.

"스님, 법천 스님."

임상옥은 눈을 맞으며 소리를 질러 말하였다.

"임상옥이 문안인사 올리겠나이다."

"들어오시게나."

덜컹 암자의 문이 열렸다. 문 안에 법천 스님이 서 있었다. 비록 30년의 세월이 흘렀다고는 하지만 예전의 모습 그대로였다. 임상옥은 삼배를 올려 제자로서의 예를 다하였다.

"오고 가는 인편에 임 대인께오서 상업으로 성불하셨다는 소식을 들었습니다마는."

임상옥이 삼배를 올리자 그의 손을 맞잡아 자리에 앉히고 법천이 입을 열어 말하였다.

"성불이라니요, 스님. 이제 겨우 초견성(初見性)에 불과하나이다. 어린아이가 첫 걸음마를 떼어놓은 것에 불과할 따름이나이다."

임상옥은 물끄러미 법천 스님을 바라보았다. 30여 년 만에 보는 법천 스님은 한마디로 고불(古佛)의 모습이었다.

"임 대인이 퇴속을 한 것이 언제였더라."

법천은 혼잣말처럼 중얼거려 말하였다.

"강산이 세 번 변하였나이다. 벌써 30년의 세월이 흘러가버렸나이다."

임상옥이 대답하자 화롯불 속에 넣어두었던 뜨거운 주전자의 물을 찻잔에 따르던 법천이 멈칫거리며 말하였다.

"벌써 그렇게 되었나. 나는 엊그제처럼 생각이 드는데."

법천은 찻잔에 차를 따라 임상옥에게 내밀었다. 임상옥은 차를 한 모금 마셨다. 향긋한 차의 맛과 향기가 예전 그대로였다. 두 사람은 잠시 말을 잊은 채 열린 문밖에서부터 흘러들어 오는 흰 눈발을 바라보았다. 온 풍경을 뒤바꿔버린 설편(雪片)들은 어느 한곳으로 치우치거나 모자람도 없이 한결같이 모든 사물들을 공평하게 뒤덮어 삽시간에 은세계를 만들어내고 있었다.

그 모습을 바라보자 문득 임상옥은 어린 시절 석숭 스님으로부터 배운 화두 하나가 떠올랐다.

옛날 방거사(龐居士)가 약산 스님을 만나뵙고 떠나려 하자 약산이 선객(禪客)더러 배웅케 하였다. 사립문을 나서자 갑자기 폭설이 쏟아졌는데 이 눈발을 보며 방거사는 말하였다.

"송이송이 내리는 눈발마다 다른 곳에 떨어지지 않는구나(好雪片片 不落別處)."

우연히 떨어지는 눈발 한 조각도 모두 마땅히 앉을 곳에 앉는구나, 라는 방거사의 탄식에 선객은 문득 물어 말하였다.

"그러면 눈발들은 어느 곳에 떨어집니까."

방거사는 그 선객의 뺨을 후려치며 말하였다.

"당신은 눈은 있지만 보지 못하는 장님이요, 말은 하지만 벙어리와 같은 사람이오."

얼핏 보면 제멋대로 앉는 듯 보이는 눈송이 하나도 모두 앉을 것에만 앉아서 결국 조화로운 은세계를 펼쳐보인다는 화두를 임상옥에게 가르쳐주며 석숭 스님은 이렇게 말하였다.

"이 세상 만물 중에서 앉지 않아야 할 곳을 찾아 앉는 사물은 오직 사람뿐인 것이다."

임상옥은 향긋한 차를 마시며 어린 시절 스님으로부터 들었던 옛이야기를 가만히 떠올려보았다.

"사람만이 항상 높은 곳을 찾아 앉으려 하고, 좋은 곳을 찾아 앉으려 하고, 한 번 앉으면 그곳을 떠나려 하지 않는다. 그러므로 사람은 눈송이 하나보다도 못한 존재인 것이다."

임상옥은 차를 마시면서 웃으며 말하였다.

"30년의 세월이 흘러갔다지만 여전히 눈발들은 예나 지금이나 다른 곳에 앉지는 않습니다, 스님."

임상옥의 말뜻을 법천은 금방 알아차렸다. 두 사람은 차를 마시면서 함께 서로 마주보며 크게 웃었다.

"무슨 일로 대인어른께오서 찾아오셨나이까."

긴 침묵 끝에 문득 법천이 입을 열어 말하였다.

"공사다망 중이라서 이처럼 깊은 산중에 쉽게 찾아오실 수 없으셨을 터인데."

임상옥은 몸속에 간직하고 있던 계영배를 꺼내놓으며 말을 하였다.

"제가 금강사를 찾아온 것은 바로 이 물건 때문이나이다."

법천은 임상옥이 꺼내놓은 계영배를 집어올려 가만히 들여다보았다.

"이 물건이라면."

혼잣말로 법천은 중얼거렸다.

"노사(老師)님께서 쓰시던 찻잔이 아닐 것인가."

"그렇습니다, 스님."

"허지만 오래전에 쓰시던 찻잔이었고, 언제부터인가는 보이지 않던 물건이었는데."

어릴 때부터 석숭 큰스님을 시봉하던 법천이었으므로 석숭이 쓰던 물건에 대해서는 철저하게 눈이 밝았다.

"그렇습니다, 스님."

임상옥은 대답하였다.

"제가 퇴속하여 산을 내려갈 때 노사님께서 제게 주셨던 찻잔이었나이다."

"허어, 그러하신가."

임상옥이 마신 빈 찻잔에 다시 뜨거운 찻물을 따르며 법천이 혼잣말로 중얼거렸다.

"그런데 이 깨어진 찻잔 때문에 이처럼 찾아오셨다니. 도대체 무슨 일이신가."

"이 찻잔을 노장님께 돌려드리기 위해서 찾아왔나이다."

"노장님이시라면."

찻물을 따르던 법천이 순간 멈칫거리면서 임상옥에게 되물었다.

"누구를 말함이나이까."

"석숭 큰스님이시나이다. 이 찻잔의 원 주인은 석숭 큰스님이시니, 돌려드려야 마땅하다고 생각하였기 때문이나이다. 또한 돌려드리기 전에 물어보아야 할 말이 몇 마디 남아 있기도 하여서 이처럼 찾아오게 되었나이다."

임상옥이 말을 하자 법천은 한참을 침묵하였다. 긴 침묵 끝에 법천이 입을 열어 말하였다.

"대인어른께오서는 이제 이 찻잔을 영원히 노장님께 돌려드릴 수 없게 되었나이다. 또한 노장님께 물어봐야 할 말이 몇 마디 남아 있다 하여도 영원히 여쭤볼 수는 없게 되었나이다."

"무슨 말씀이신지."

이해가 가지 않아 임상옥은 법천을 쳐다보며 물었다.

"대인어른."

법천은 낮은 목소리로 말을 이었다.

"대인어른께오서는 한발 늦으셨나이다. 석숭 노장님을 찾아뵙고 몇 마디 여쭙고 나서 그 찻잔을 돌려드리려 하였다면 두 달 전에 찾아왔어야 했을 것이나이다. 적어도 두 달 전에만 찾아오셨더라도 노장님을 뵈올 수 있었을 것이나이다."

"그렇다면."

임상옥은 뭔가 짐작되는 것이 있었다.

"그렇다면, 노장님께오서는."

"그렇소이다."

법천은 머리를 끄덕이며 대답하였다.

"노장님은 두 달 전에 입적(入寂)하셨나이다."

임상옥은 맥없이 들고 있던 찻잔을 내려뜨렸다. 온몸에서 힘이 한꺼번에 빠져나갔다.

임상옥은 묵묵히 열린 방문 바깥으로 쏟아지는 눈발을 한참이나 쳐다보았다.

졌다, 하고 임상옥은 생각하였다. 한 번도 이겨보지 못하였던 석숭 큰스님. 그 큰스님의 얼굴을 향해 30년 만에 계영배를 집어던져 통쾌하게 보은하려던 꿈마저 깨어졌다, 하고 임상옥은 생각하였다.

"어디 아프시거나, 병환도 없으셨는데 갑자기 입멸(入滅)하셨나이다."

순간, 임상옥에게는 떠오르는 것이 있었다.

석숭 큰스님이 두 달 전에 입적하셨다면, 대충 일치되고 있음이 아닐 것인가. 계영배가 깨어진 날짜와 석숭 큰스님이 입적한 날짜가 일치되고 있는 것이 아닌가.

계영배는 깨어졌다, 두 달 전쯤에. 깨어졌을 뿐 아니라, 깨어진 술잔 부분에서 붉은 피가 흘러내리지 않았던가.

생각이 여기까지 미치자 임상옥은 모골이 송연함을 느꼈다.

"석숭 노장님께오서는 정확히 언제 열반에 드셨나이까."

법천이 대답하였다.

"지난 9월 초였나이다."

임상옥은 가만히 손가락을 짚어 날짜를 계산하여 보았다. 낭관 조상영이 자신의 집을 방문하였던 것이 정확히 언제였던가 하고 기억을 더듬어보았다. 정확한 날짜가 기억되어 떠올랐다.

"그러하면 석숭 노장님께오서 입적하신 날이 9월 초이튿날이 아니나이까."

"그렇소이다."

법천은 담담하게 대답하였다.

"석숭 노장님께오서 열반에 드신 날이 9월 초이튿날이 분명하나이다."

"시각은 어떠하였나이까."

임상옥은 다시 손가락을 짚어 시(時)를 계산하여 보았다. 연회가 파하고 계영배를 집어던져 깨뜨려버린 조상영이 돌아간 시간은 저녁 술시(戌時). 오후 7시부터 9시에 해당하는 시간이었다.

"…제가 말씀드려 보겠나이다. 노장님께오서 열반에 드신 시각이 정확히 병신년 9월 초이튿날의 술시가 아니셨나이까."

임상옥이 묻자 법천이 빙그레 웃으며 말하였다.

"노장님께오서 입적한 사실도 모르고 찾아오신 대인어른께오서 어떻게 노장님의 입적 날짜를 정확히 맞출 수 있으시나이까. 입적하신 시각까지 정확히 맞춰내시니 실로 신출(神出)이시나이다. 그렇소이다, 대인어른. 노장님께오서는 병신년 9월 초이튿날 술시에 열반에 드셨나이다."

법천은 다시 찻물을 임상옥의 찻잔에 따르며 혼잣말처럼 말하였다.

"그날 저녁 갑자기 노장님께오서는 북을 치라고 하셨나이다. 스님 하나가 둥둥둥 법고를 울리기 시작하자 때아닌 북소리에 소승이 놀라서 추월암으로 뛰어올라 갔나이다. 노장님은 추월암에서 누워 계시다가 소승이 찾아뵈옵자 '나 좀 일으켜 달라' 고 말씀하셨나이다."

법천은 담담하게 말을 이어내렸다.

"그래 소승이 노장님을 부축하여 일으키자 노장님은 평소에 공부하던 자세로 좌선하여 앉으셨나이다. 그러더니 느닷없이 이렇게 말씀하셨나이다.

'나 오늘 갈란다.'

어디 한군데도 병이 드신 일이 없는 건강한 몸이셨기에 소승은 놀라서 이렇게 물었나이다.

'언제쯤 가시겠습니까.'

그러자 이렇게 대답하셨나이다.

'잠시 후면 갈 것이다.'

그리고 노장님은 지그시 눈을 감고 손에 들었던 염주알을 굴리기 시작하셨나이다. 가끔 '무(無)라, 무라' 하는 소리를 하시면서, 평생을 무 자 화두와 싸우셨던 것을 알고 있었으므로 소승은 다급한 마음이 들었나이다. 노장님께서 입적하시겠다는 말씀을 하셨으므로 임종게(臨終偈)라도 받아둬야 했기 때문이었나이다. 그래서 소승이 이렇게 말하였나이다.

'스님, 마지막으로 한 말씀 하시겠습니까.'

노장님은 감았던 눈을 뜨고 말씀하셨나이다.

'도시몽중(都是夢中)인데 나보고 잠꼬대를 하고 떠나라는 말인가. 죽어 떠나야 하는 일이야말로 꿈을 깨는 일인데, 나보고 군더더기 소리를 하란 말인가. 평생을 헛소리만 해왔던 나에게.'

그래도 소승이 벼루와 붓을 가져다가 받쳐올리며 말하였나이다.

'노장님께서 가신다 하여도 저희들은 아직 꿈속에 머물고 있지 아니합니까.'

그러자 노장님은 붓을 들어 이렇게 써내리셨나이다.

七十餘年遊夢海(칠십여년유몽해)
今朝脫殼返初源(금조탈각반초원)
千古旅情百代事(천고여정백대사)
浮雲起滅月虧盈(부운기멸월휴영)
인생의 70여 년을 꿈의 바다에서 노닐다가
이제 껍질을 벗고 근본으로 돌아가노라.
천고의 나그네 마음 백대의 일들이여,
구름은 일었다 사라졌다 달은 찼다 기울었다.

임종게를 마악 쓰시고 나자 노장님은 잠잠히 앉으셔서 염주알을 굴리셨나이다. 이렇게 잠잠히 앉아 계시는 것을 보고 소승이 물었나이다.

'스님, 화두가 아직 살아 있나이까, 아직도 성성(惺惺)하시나이까.'

노장님은 아무런 대답도 하지 않으셨나이다. 그 순간 노장님은 갑자기 입으로 피를 토하시더니 그대로 손을 들어 금강인(金剛印)을 맺으시며 앉은 채로 좌탈입망하셨나이다. 며칠 후 다비식을 올리고 기골(起骨)하였는데 놀랍게도 골분 사이에서 영롱한 사리들이 삼십여 과가 나왔나이다."

법천은 혼잣말로 석숭 스님이 입적할 때의 상황을 요약해서 말하였다. 비록 요약해서 말하였지만 임상옥에게는 실제 상황처럼 눈앞에 선명하였다.

석숭 큰스님은 계영배가 깨어져 피를 흘리고 있는 바로 그 순간에 피를 흘리며 앉은 채로 숨을 거둔 것이다.

임상옥은 묵묵히 차를 마시며 생각하였다.

석숭은 계영배가 언제 깨어질 것인가를 꿰뚫어 보고 있었으며 그 깨어지는 순간이 바로 자신이 숨을 거두는 임종의 순간임을 알고 있었던 것이다.

석숭은 임상옥의 운명을 꿰뚫어 보고 있었으며, 그 계영배가 임상옥에 의해서 깨어지고, 그 깨어지는 순간 자신의 운명 역시 사라질 것임을 예견하고 있었던 것이다.

그 순간.

임상옥의 머리 속으로 계영배에 새겨져 있던 여덟 자의 문장이 떠올랐다.

'계영기원 여이동사(戒盈祈願 與爾同死)'

이 여덟 자의 문장 중 술잔이 깨어질 때 두 글자, 즉 '너와 함께 (與爾)'라는 글자는 떨어져나가버렸다.

술잔에 새겨진 '너와 함께 죽겠다'는 뜻은 문자 그대로 '술잔이 깨어져 운명을 고하는 바로 그 순간에 나도 함께 더불어 숨을 거두 겠다'는 의미가 아니겠는가. 술잔이 깨어져 피를 흘리는 바로 그 순 간에, 함께 피를 흘리며 좌탈입망한 석숭 스님은 잔에 새겨진 참위 (讖緯)가 그대로 적중되어 맞아떨어짐을 뜻하고 있는 것이다.

"스님."

임상옥은 문득 얼굴을 들어 법천을 쳐다보며 물어 말하였다.

"한 가지 여쭙고 싶은 말씀이 있나이다."

"무엇이나이까."

"석숭 큰스님의 속명이 무엇인가를 가르쳐주실 수 없으시나이 까. 또한 석숭 스님께오서 속인이셨을 때 무엇을 하시던 분이셨던 가를 가르쳐주실 수 없으시나이까."

임상옥은 자신의 질문이 우문(愚問)임을 잘 알고 있었다. 어리석 은 질문임을 잘 알고 있었으면서도 임상옥은 다른 방법을 구할 수 없었다. 임상옥의 질문을 받은 법천은 대답 대신 뜨거운 찻물을 빈 잔에 천천히 따르고 나서 한참을 침묵 끝에 답하였다.

"대인어른, 중에게 있어 과거는 전생임을 모르시나이까. 중에게 있어 속명이나 과거는 낡은 껍질에 불과함을 누구보다 잘 알고 계 시지 않으시나이까."

사승 법천의 말은 사실이었다.

출가한 사문에 있어 속세의 일들은 모두 태어나기 전 전생의 일에 불과한 것이다.

법천 스님이 석숭 큰스님의 속명이나 속인으로서의 직업을 가르쳐주지 않는다고 해도 임상옥은 확신을 가질 수 있었다.

석숭 스님은 바로 우명옥(禹明玉) 그 사람인 것이다. 지 노인의 양아들. 당대 최고의 설백색 갑번자기를 빚어낼 수 있는 최고의 명장 우명옥. 파란만장한 일생, 온갖 명예와 쾌락, 술과 여자의 욕망, 그리고 예술가로서 성취할 수 있는 최고의 극미(極美). 이 모든 것을 성취하였던 최고의 도공 우명옥.

그가 욕망의 한계를 나타내 보인 계영배를 빚고 난 후 아버지 지 노인을 떠나 사라진 곳은 바로 이 변경의 마을 의주인 것이다. 그는 계영배와 더불어 자신의 속명 우명옥을 버리고 석숭의 새 이름을 얻었으며, 당대 최고의 도공을 버리고 사문의 새 업을 택하였던 것이다.

지 노인이 그토록 기다려도 기다려도 아들 우명옥이 돌아오지 않았던 것은 우명옥이 전생의 업을 버리고 새 인간으로 거듭 태어났기 때문이다.

임상옥이 광주에서 돌아오자마자 30여 년 만에 금강산을 찾아온 것도 석숭 큰스님을 만나 그 전생의 일을 따져 묻고 그에게 깨어진 계영배를 되돌려주기 위함이었다.

그런데 한발 늦은 것이었다.

전생의 일을 따져 묻기 전에 석숭 스님, 아니 우명옥은 자신이 빚은 계영배에 스스로 새겨놓은 예언 그대로 계영배와 더불어 숨을 거둬버린 것이다.

"대인어른."

법천이 빙그레 웃으며 말하였다.

"원 주인이신 노장 큰스님께 이 찻잔을 돌려드리기 위해 돌아오셨다면 다시 찻잔을 갖고 돌아가십시오. 소승이 생각하기에는 노장님께오서 대인어른께 이 찻잔을 의발(衣鉢)로 전해주신 것으로 느껴지나이다."

의발. 스승이 제자에게 자신의 가사와 바리때를 물려주는 일.

이는 단순히 자신의 의발을 전해주는 일뿐 아니라 자신의 선지(禪旨)를 전해주어 법제자로 인정한다는 것을 의미하는 행위인 것이다.

"양지하시옵소서, 대인어른. 입적하신 석숭 노장님께오서 대인어른께 그 찻잔을 통해 의발을 전해주시어 수법제자로 삼으셨으니 그 오지(奧旨)를 받들어 섬겨서 부디 명철보신하시어 견성성불하시옵소서. 나무아미타불 관세음보살."

그날 저녁.

임상옥은 석숭 스님이 입적하기 직전 남기고 간 임종게를 직접 볼 수 있었다. 보통의 임종게들은 노장들이 입으로 구술하고 이를 시자들이 받아 적는 것이 대부분이었으나, 석숭의 임종게는 직접 본인이 쓴 게송이었다.

그러나 어디에든 죽음을 앞둔 흔적은 보이지 않았다. 힘이 넘쳐 필력이 느껴졌으며 치열한 선기가 엿보이는 선필이었다.

그 선필을 본 순간 임상옥은 확신을 가질 수 있었다.

계영배에 새겨진 문장과 임종게에 쓴 문장의 필치가 정확히 일치하고 있었던 것이다. 누가 뭐래도 같은 사람이 쓴 필적임이 분명하였다.

특히 '천고의 나그네 마음 백대의 일들이여, 구름은 일었다 사라졌다, 달은 찼다 기울었다'는 의미를 함축하고 있는 '千古旅情百代事 浮雲起滅月虧盈(천고여정백대사 부운기멸월휴영)'의 문장에서 나타나 있는 '영(盈)'자와 계영배에 새겨진 문장에서 '계영기원(戒盈祈願)'의 '영(盈)'자는 정확히 일치하고 있었다.

당대 최고의 명장 우명옥이 석숭 큰스님에 틀림없다는 사실이 정확하게 밝혀진 것이다.

임상옥은 금강사의 요사채에서 하룻밤을 머물렀다. 낮 동안 내린 폭설로 길이 끊겨 산을 내려갈 수 없어 법천이 만류하였기 때문이었다.

임상옥 역시 30여 년 만에 들른 금강사에서 하룻밤 유숙하고 싶은 마음이 간절하였다.

밤이 깊을 때까지 임상옥은 좀체로 잠을 이룰 수가 없었다. 자신이 예견하였던 대로 우명옥이 바로 석숭 큰스님이었다는 사실이 감회가 깊었을 뿐 아니라, 신기 계영배로 자신을 위기에서 구원해준 석숭 큰스님의 은덕과 그 은덕을 갚을 겨를도 없이 계영배와 더불어 운명을 같이한 스님에 대해서 감개가 무량하였기 때문이다.

임상옥은 자리에서 일어나 방문을 열고 밖으로 나왔다. 밤이 깊어가자 눈발은 그치고 날은 맑아졌으나 한낮 동안 내린 눈으로 온

강산은 눈천지였다.

언제 하늘이 흐리고 눈이 내렸느냐는 듯 밝은 밤하늘엔 둥근 달이 휘영청 떠올라 있었다. 그 흰 눈빛 위로 월색마저 흘러넘치고 있어 백야(白夜)가 찾아온 듯하였다.

임상옥은 천천히 발길을 옮겨 대웅전으로 다가갔다. 반쯤 문이 열린 대웅전 안은 촛불이 켜져 있었다. 석가모니불 앞에는 향불이 타오르고 있었다.

임상옥은 짚신을 벗고 그 불당 안으로 들어갔다. 그는 본존불 앞에서 무릎을 꿇고 앉아서 산을 내려가 사바세계에서 있었던 지난 30년간의 세월을 되새겨보았다.

그 30년간의 세월이 한바탕의 꿈과 같은 생각이 들었으며 석숭 큰스님의 임종게처럼 '꿈의 바다'에서 노닐었던 것 같은 느낌이 들었다.

그 모든 것이 낡은 껍질에 불과하고 흥망성쇠의 백대의 일들이 한갓 뜬구름이 일어났다 사라지며, 달이 차고 기울어지는 환상에 지나지 않음을 그는 깨달았다.

그는 본존불을 향해 절을 올리기 시작하였다.

이 절에서 행자 노릇을 하고 있을 때 임상옥은 매일같이 백팔배를 올리곤 했었다. 인간에게는 깨닫기만 하면 곧 없어지는 번뇌인 여든여덟 가지의 견혹(見惑)과 깨달아도 쉽사리 없어지지 않는 열 가지의 번뇌인 수혹(修惑)이 있다. 여기에 인간이 가지고 있는 본능인 탐심(貪心)과 화를 내는 진심(瞋心)과 어리석음의 치심(癡心) 등 근본 번뇌인 열 가지를 모두 합쳐서 백팔 가지의 번뇌가 있는 것이다.

마치 거울의 때를 닦고 칼을 숫돌에 갈 듯이 하나하나 자신의 번뇌를 생각하며 백팔배를 올리면 수도소단혹(修道所斷惑)이라 하여 이러한 번뇌가 조금씩 사라진다는 일종의 수행방법이었다.

임상옥은 옛 일을 생각하면서 배를 올리기 시작하였다.

그러나 마음과는 달리 몸은 예전 같지 않아서 백여 배에서부터 벌써 몸이 곤하기 시작하였다. 온몸에서 땀이 비오듯 솟구쳐 올랐다. 오백여 배에 이르렀을 때 임상옥은 기진하여 쓰러졌던 몸을 추스려 일으킬 수 없었다. 그는 이를 악물고 몸을 일으켰다. 이대로 물러서서는 절대로 아니된다고 그는 마음을 다잡았다.

오체투지(五體投地).

불교에서는 부처님께 드리는 예배를 오체투지라고 부른다. 인도에서부터 시작된 이 예배법은 두 무릎, 두 팔꿈치, 이마 등 인간의 오체를 모두 땅에 붙여 절하는 최경례법이었다.

임상옥은 전력의 힘을 다해서 오체를 투지하였다. 견딜 수 없는 고통이 다가왔다. 온몸의 마디마디가 다 쑤시고 관절이 부러지는 것 같았다. 온몸은 이미 땀이 흘러 비오듯 하였으며 무릎은 벌써 다 까졌다.

그는 한 배 한 배 절을 올릴 때마다 스스로 입을 열어 소리를 질렀다.

"육백구십일 배, 육백구십이 배, 육백구십삼 배…."

어느 순간 고통은 사라지고 무아지경과 같은 혼미가 찾아왔다. 몸이 가벼워진 것 같기도 하였다. 그는 당장이라도 쓰러질 것 같았다. 그러나 쓰러지면 다시 일어설 수 있을 것 같지가 않았다. 쓰러져서는 안 된다고 이를 악물고 마음을 다잡곤 하였다.

"구백구십여섯, 구백구십일곱, 구백구십여덟…."

마침내 일천배를 마치게 되었을 때 그는 쓰러져 한동안 일어서지 못하였다.

두 무릎과 두 팔꿈치, 그리고 온 얼굴을 바짝 붙인 채 그대로 바닥에 엎드려 있었다.

비오듯 흘러내리는 땀과 함께 뜨거운 것이 흘러내리고 있었다. 그것은 땀이 아닌 눈물이라는 것을 뒤늦게 깨달았다. 그는 자신이 왜 울고 있는 것일까, 그 이유를 헤아릴 수가 없었다. 마음이 슬프거나 애닯지도 않은데 어째서 눈물이 흘러내리는 것일까.

새벽 예불을 알리는 범종소리가 느닷없이 정적을 깨뜨리면서 울려퍼지기 시작하였다. 잠든 삼라만상을 깨우는 종소리였다. 임상옥은 일천배를 마치고 그대로 바닥에 쓰러져 엎드린 채로 그 종소리를 귀기울여 듣고 있었다.

그 소리만 들어도 모든 중생의 번뇌가 없어지고, 지혜가 자라나며, 지옥에서 벗어나고, 삼계에 윤회하는 일도 없이 성불할 수 있다는 범종소리.

그 종소리를 듣는 순간.

임상옥은 쓰러졌던 자세에서 벌떡 일어섰다. 한 줌의 미혹도 없이 모든 것이 천지광명과 같이 밝았다. 그는 덩실덩실 춤이라도 출 것 같은 환희를 느꼈다. 느닷없이 너털웃음이 터져 흘러서 그는 한참을 혼자서 껄껄 크게 웃었다.

그는 실성한 사람처럼 보였다.

당나라의 선승 임제는 말하였다.

"부처를 만나면 부처를 죽이고 스승을 만나면 스승을 죽여라."

바로 그 순간 임상옥은 임제의 말처럼 석숭을 만났으며 마침내 석숭을 죽여버릴 수가 있었다. 임상옥은 석숭을 딛고 뛰어넘을 수 있었던 것이다.

그날 새벽, 종소리를 들으며 큰 깨달음을 얻었던 임상옥이 그때의 느낌을 노래한 한 편의 시가 《가포집》에 남아 있다. '추월암의 새벽 종소리(秋月庵晨鍾)'라는 제목의 시 내용은 다음과 같다.

들마을에서는 시각을 부르는 악악한 닭소리요
산 깊은 절에는 새벽을 알리는 융융한 종소리로다
하늘 바람이 인간의 꿈을 깨우려 하여
천층만장의 봉우리에서 끌어내렸다
野村喔喔呼更鳥(야촌악악호경조)
山寺隆隆報曉鍾(산사융융보효종)
天風欲破人間夢(천풍욕파인간몽)
引下千層萬丈峰(인하천층만장봉)

석가모니 부처를 향해 일천배의 예불을 올림으로써 스승 석숭의 은혜에 참 보은하려 했던 임상옥은 참배를 마친 후 새벽 종소리에 큰 깨달음을 얻었다. 그 깨달음을 통해 석숭 큰스님을 죽일 수 있었던 것이다.

임상옥은 석숭이 내려준 계영배의 화두를 타파할 수 있었을 뿐 아니라 마지막으로 석숭이 내려준 언구(言句)마저 타파할 수 있었다.

"이 잔이 너의 마지막 위기를 잘 벗어날 수 있도록 도와줄 것이다. 이 잔이 너를 전에도 없고 앞으로도 없을 전무후무한 거부로 만들어줄 것이다."

수수께끼와 같은 석숭의 유언.

전무후무한 거부로 만들어줄 것이라는 계영배의 공안을 임상옥은 소리가 큰 융융한 새벽 종소리 속에서 처부술 수 있었다.

임상옥은 이 계송을 통해서 인간의 어리석은 꿈을 깨우는 하늘의 바람을 느꼈으며, 천층만층으로 말없이 에워싼 인간의 업장이 무너지는 깨달음을 노래하고 있는 것이다. 그런 의미에서 이 시를 불도의 진리를 깨달은 끝에 노래한 오도송(悟道頌)이라고 말할 수 있다.

임상옥은 그 새벽 종소리를 들으며 '현자는 모든 것에서 배우는 사람이며, 강자는 자기 자신을 이기는 사람이며, 부자는 자기 스스로 만족하는 사람'임을 깨달았다.

그러므로 석숭 스님이 '전에도 없고 앞으로도 없을 전무후무한 거부'가 되리라고 예언하였던 것은 임상옥이 앞으로 그러한 거부가 되리라고 예견한 것이 아니라, 욕망의 유한함을 깨닫고, 그 욕망의 절제를 통해 스스로 만족하는 자족이야말로 하늘 아래 최고의 거부로 나아가는 상도(商道)임을 예지하고 있었던 것이다.

임상옥은 자신의 상업과 부가 모두 자신의 소유물이라 착각하고 있었다. 임상옥은 항상 만족을 모르고 있었다. 아홉을 가지면 하나를 더 가져 열을 채워서 소유하려 하였으며, 열을 채워도 마음을 충족시킬 수가 없었다. 열을 채워도 마음 하나가 항상 부족하였다. 인간은 그 열을 채우려 하는 마음이 열을 더 가질 수 있다 하여도 스스로 만족할 수 없는 '천층만장(千層萬丈)'의 욕망에 사로잡혀 있는 존재인 것이다.

임상옥은 새벽 종소리를 들으며 자기가 앞으로 무엇을 어떻게 해야 할 것인가를 심사숙고하였다.

그는 깊은 상념 끝에 앞으로 행해야 할 세 가지의 길을 떠올렸다.

그것은 피하거나 돌아서 갈 수 있는 길이 아니라, 반드시 가야만 하는 길 없는 길임을 임상옥은 잘 알고 있었다. 그 세 가지의 길 없는 길을 끝까지 갈 수 있을 때라야만 비로소 자신이 '전에도 없고 앞으로도 없을 전무후무한 거부', 즉 상업의 부처가 될 수 있을 것임을 잘 알고 있었던 것이다.

그는 마음을 굳게 다잡고 향에 불을 붙여 향로 속에 꽂아 사르며 두 손을 모아 합장하였다. 소리를 내어 중얼거리며 말하였다.

"저는 이제 세 가지의 길을 떠나려 하나이다. 이 세 가지의 남은 길이 가기에는 어렵고, 험난한 길이온 줄 제가 알고 있사오나 반드시 남아 있는 이 애착의 욕망을 버림으로써 길 없는 길을 끝까지 갈 수 있도록 저를 도와주시옵소서. 나무아미타불 관세음보살."

그날 오후.

임상옥은 금강산을 떠났다.

떠나기 전 임상옥은 법천 스님과 더불어 추월암에 올라 석숭 스님의 사리를 친견하였다. 사리는 사리함 속에 들어 있었다. 다비식을 올린 뒤에 수습한 쇄신사리(碎身舍利)였다.

법천의 말처럼 삼십여 과가 넘는 둥근 구슬 형태의 연골이었다.

어떤 것은 황금색으로 빛나고 있었으며, 어떤 것은 진주처럼 이 지상의 것이라고는 말할 수 없는 형형색색의 영롱한 빛깔로 광채를 뿜고 있었다.

다 어디로 갔는가.

하늘 아래 그 누구도 감히 빚지 못하였던 설백색의 갑번자기를 만들 수 있었던 우명옥의 재능은 어디로 사라졌는가. 하늘 아래 신기인, 욕망의 유한함을 나타내 보이는 계영배를 만들고 그와 동시에 세속을 버렸던 석숭, 살아 있는 부처였던 그의 혼백은 어디로 사라졌는가.

인생이란 본시 있는 것도 없는 것도 아니며, 사는 것도 죽는 것도 아니며, 오는 것도 가는 것도 아님을 깨달았던 우명옥, 아니 석숭은 이처럼 영롱한 사리 몇 과만 남기고 사라져버린 것인가.

스승이 남긴 사리를 묵묵히 바라보는 임상옥의 마음은 착잡하였다.

눈 덮인 산길을 내려오면서 임상옥은 지난 새벽 종소리를 들었을 때 큰 깨달음 끝에 결심하였던 길 없는 길을 새삼스럽게 떠올려보았다.

이제 남아 있는 것은 그것뿐이다. 길 없는 길을 행동하여 실천에 옮기는 것뿐이다.

제3장 귀호곡(歸乎曲)

1

금강산에서 돌아온 그날 밤 임상옥은 술상을 차리고 박종일을 불러들였다. 경축할 만한 술자리였다. 오랜 기간은 아니었지만 전옥에 한 달 이상 갇혀서 항쇄를 쓰는 죄수 노릇에다가 안치형을 받아 일정한 장소를 벗어날 수 없는 두문불출의 유배상황에서 풀려나 자신의 본가로 돌아온 후 처음으로 맞는 술자리였기 때문이다.

임상옥의 죄명은 비변사들의 논척으로 '임상옥이 새로 지은 가옥이 참람(僭濫)하다'는 것이었다.

임상옥은 금강산을 내려와 비로소 자신이 지은 새 집을 둘러보았다. 조상 대대로의 묘소들을 중심으로 지은 새 집은 사람들의 눈총을 받을 만큼 화려하고 웅대하였다. 임상옥은 오랜 숙원이던 자신만의 꿈이 이루어져 거대한 현실로 나타난 것을 보았다.

4대째에 걸친 의주의 전통적인 상인의 집. 중국의 사신을 좇아다니며 보따리 행상으로 겨우 입에 풀칠이나 할 수 있었던 조상들. 찢어지게 가난하여 어쩔 수 없이 강물에 빠져 죽은 아비 임봉핵. 그의 두 동생도 비참하게 죽지 아니하였던가.

임상옥은 조상들을 비롯하여 아버지, 그리고 비참하게 죽은 두 동생의 묘소들을 일일이 둘러보았다. 이 묘소들이 자리잡은 백마산성의 삼봉산 아래 산기슭, 그 산기슭에 조상들과 가족들의 원혼을 달래줄 웅대한 가옥을 지을 것을 얼마만큼 소원하였던가. 마침내 그 소원이 이루어져 이처럼 궁궐과 같은 대우(大宇)가 우뚝 서게 된 것이다.

조상의 원혼을 달래줄 사당의 대문 위에는 짚으로 만든 제웅이 내걸려 있었다. 새로 이사간 집에서 일어나는 액을 막기 위해서 짚으로 만든 사람의 형상을 내거는 풍습에서 비롯된 초우인(草偶人)이었다.

그날 밤, 임상옥은 박종일 한 사람만을 불러 조촐한 술자리를 마련하였다.

"어떠하시나이까, 나으리."

모든 형기를 마치고 자유로운 몸이 되어서 새 집으로 들어와 첫날밤을 맞는 임상옥을 치하하면서 박종일이 말하였다.

"새 집으로 들어와 첫날밤을 맞으시는 기분이 어떠하시나이까."

이사한 첫날밤에는 팥죽을 끓여서 집안 곳곳에 뿌리기도 하고 가족들끼리 나눠 먹곤 하였다. 이는 귀신이 붉은색을 무서워하므로 붉은 팥의 주력을 이용하여 새 집에 붙어 있는, 모르는 악귀를 몰아내고자 함이었다.

임상옥은 팥죽을 먹으면서 대답하였다.

"선대로부터의 소원이 이루어졌는데 어찌 감개가 무량하지 않겠나."

팥죽을 다 먹기까지 임상옥은 아무런 말도 하지 않았다. 이윽고 술잔을 기울여 권커니 잣커니 술을 마시기 시작하자 흥이 오른 박종일이 먼저 입을 열어 말하였다.

"조선 팔도 안에서 이처럼 좋은 집에서 살고 있는 사람은 아마도 대인어른 한 사람밖에 없을 것이나이다. 나랏님이 살고 계신 궁궐이라 하더라도 이처럼 화려하지는 못할 것이나이다."

흥이 오른 박종일이 신명이 나서 말하였지만 임상옥은 아무런 말도 하지 않고 묵묵히 술을 마시고 있을 뿐이었다.

임상옥은 금강사에서 새벽 종소리를 들었을 때 대오각성하였던 세 가지의 길 없는 길만을 떠올렸다. 그중 첫 번째의 길을 곧바로 실행하여 옮길 때가 바로 지금이라는 생각이 들었다.

한참 동안 술을 마시며 침묵을 지키던 임상옥이 문득 입을 열어 말하였다.

"내가 새 집을 지은 것은 '집 위에 또 다른 집'을 지은 것에 지나지 않고 또한 '지붕 아래 또 다른 지붕'을 지은 것에 지나지 않네."

임상옥은 술을 따라 박종일에게 권하며 말을 이었다.

"그러니 말인데, 내 자네한테 부탁이 있네."

"무슨 말씀이시나이까."

"내가 이처럼 큰 집을 지은 것은 선조의 묘소 아래 집을 지어 조석으로 조상들을 모시며 살고 싶었던 원의 때문이며, 또한 모든 친척들이 함께 모여 거처하기 위함이었네. 허지만 이는 국법을 어긴 중죄여서 벌을 받아 마땅한 일이었소. 그러므로 이제 이 집을 짓기 이전의 상태로 돌아가고 싶은 것이 나의 바람이네."

"무슨 말씀이시나이까."

오랫동안 동업자로 눈빛만 보아도 임상옥의 속마음을 꿰뚫어 볼 수 있는 박종일이었지만 임상옥의 말이 무엇을 뜻하는가를 헤아릴 수가 없었다.

"내 말은."

임상옥은 똑바로 박종일을 바라보았다.

"이 집을 허물어버리고 싶단 말일세."

순간 박종일은 자신이 행여 말을 잘못 들었는가 하고 귀를 의심하여 임상옥을 쳐다보았다.

"무슨 말씀이시나이까."

"새로 지은 이 집을 허물어버리고 싶다는 말일세."

임상옥의 대답은 단호하였다. 그의 목소리에는 추호의 망설임도 깃들어 있지않았다.

"새로 지은 집 전부를 허물어버리시겠다는 말씀이시나이까."

"전부는 아니더라도 반 정도는 허물고 싶네. 특히 집 주위에 두른 담장은 모두 없애고 싶고, 두 다리 이층 기둥은 반드시 베어버리고 싶네. 또 호화롭게 채색한 기둥은 물론 단청도 벗겨버리고 싶네."

"나으리."

기가 막히다는 듯 박종일이 임상옥의 말을 잘랐다.

"나으리께오서는 제정신이시나이까. 오늘이 바로 새 집으로 입주하신 첫날밤이 아니시나이까. 새 집으로 이사하여 들어오는 첫날밤에 이게 도대체 무슨 해괴한 말씀이시나이까. 애써 지은 집들을 모두 헐어버리시라니요. 나으리, 그러하면 지금 나으리께오서 앉아 계신 이 집도 허물어버리란 말씀이시나이까."

망설임 없이 임상옥이 대답하였다.

"이 집 역시 부숴버리게. 하나도 남김없이 허물어버리시게."

임상옥의 말에 충격을 받은 박종일이 어리둥절한 목소리로 말을 받았다.

"나으리, 나으리께오서는 모든 형기를 마치시고 자유를 얻으셨나이다. 모든 죄를 다 갚으셨나이다. 그런데 어찌하여 스스로 새 집을 허물고 파가저택을 하려 하시나이까."

박종일은 말을 이었다.

"나으리께오서는 이제 이 새 집에서 사셔도 누가 무어라 할 사람은 없나이다. 나으리는 이 새 집에 사실 만큼 충분한 자격을 갖고 계시나이다. 나으리는 조선 팔도에서 최고의 거상이시고, 부자이시나이다."

묵묵히 술을 마시던 임상옥이 씁쓸한 웃음을 웃으며 말하였다.

"이보게 박공."

"말씀하십시오, 대인어른."

"자네는 내가 한때 산중에 들어가 승려 노릇을 하였던 것을 잘 알고 계시겠지."

"물론이나이다, 대인어른. 소인이 아니었더라면 아마도 대인어른께오서는 지금까지도 산중에 머물면서 나무아미타불이나 염불하고 계셨을 것이나이다."

다소 짓궂은 말투로 박종일이 농지거리를 했다. 가벼운 농지거리로 주인의 경직된 마음을 풀어보려는 속셈 때문이었다.

박종일의 농에 임상옥도 맞장구를 치면서 껄껄 소리를 내어 웃으며 말하였다.

"물론 그러하였겠지. 자네를 만나지 못하였더라면 아마도 나는 아직도 산중에서 나무아미타불 하고 염불이나 외우고 있었겠지."

껄껄 소리를 내어 웃고 나서 임상옥은 말하였다.

"산중에서 중노릇을 하고 있을 때 들은 이야기 중 하나가 있소이다. 부처님이 가르친 경전 중에 백유경(百喩經)이란 경전이 있소. 중생을 교화시키기 위해 지극히 쉬운 비유로써 불교를 쉽게 이해시킬 수 있게 만든 이야기들을 모아놓은 경전인데 그중에 이러한 이야기가 있소이다."

임상옥은 천천히 말을 계속 이어내려갔다.

"옛날에 미련하여 아는 것이라고는 아무것도 없는 어리석은 사람이 한 사람 살고 있었소. 이 어리석은 사람은 돈이 많아 아주 큰 부자였소이다. 어느 날 그 어리석은 부자는 이웃 부잣집에 갔다가 삼층으로 지은 누각(樓閣)을 구경하게 됐는데, 그것은 웅장하고 화려할 뿐만 아니라 사방이 탁 트이게 높이 지은 다락집으로 모든 것이 다 한눈에 내려다보이는 것이었소. 그 어리석은 부자는 이렇게 생각했소. 내 재산도 저 사람 재산만 못지않다. 저 사람이 부자라면 나도 부자임에 틀림이 없다. 그런데 어찌하여 나는 아직도 그런

삼층 누각을 짓지 못하고 있었던 것일까.' 그런 생각 끝에 그 부자
는 유명한 목수를 불러서 말하였소. '저 삼층 누각처럼 거대하고 웅
장한 누각을 지을 수 있겠소.' 그러자 목수가 대답하였소. '저 누각
은 바로 내가 지은 것입니다.' 그 화려한 삼층 누각을 지은 사람이
바로 자신이 부른 목수라는 사실에 신이 난 부자는 이렇게 말하였
소. '잘됐소. 그러면 나에게도 저와 같은 누각을 지어주시오.' 부자
의 명을 받은 목수는 곧 땅을 고르고 벽돌을 쌓아 누각을 짓기 시작
하였소. 낮은 땅바닥에서부터 벽돌을 쌓아 짓는 것을 지켜보던 어
리석은 부자는 의심이 나서 목수에게 물어보았소. '어떤 집을 지으
려는 것이오.' 목수는 대답했소. '삼층 누각을 짓고 있는 중입니
다.' 이 말을 들은 부자는 이렇게 말하였소. '나는 아래 두 층은 필
요없으니 맨 위층의 삼층 누각만 지어주시오.' 이 말을 들은 목수가
이렇게 말하였소. '어떻게 그럴 수가 있습니까. 아래층을 짓지 않고
어떻게 이층을 지을 수가 있으며, 이층을 짓지 않고 어떻게 삼층을
지을 수가 있겠습니까'. 그래도 어리석은 부자는 고집을 굽히지 않
았소. '나는 삼층만 필요하니 맨 위층만 지어주시오.' 목수는 이렇
게 말을 하였소이다. '나는 그런 집은 짓지 못합니다.' 그리고 목수
는 떠나버리고 말았소. 이보시게나 박공."

　임상옥은 미소를 띠면서 다시 술잔을 비웠다. 빈 잔을 박종일에
게 내주면서 말하였다.

　"나야말로 아래층을 짓지 않고 또 이층도 짓지 않고 삼층만 지으
려는 어리석은 부자였던 것이오. 비록 내가 약간의 돈을 모은 부자
이긴 하였으나 주제넘은 욕망으로 삼층의 누각을 지으려는 헛되고

어리석은 부자였던 것이오."

임상옥은 문득 붓을 들어 듬뿍 먹을 묻힌 후 종이 위에 일필휘지로 써내려갔다.

박종일은 임상옥이 쓴 문장을 읽어보았다.

今稱言行虛構者(금칭언행허구자)
日空中樓閣用此事(왈공중누각용차사)

문장을 쓴 임상옥은 이렇게 말하였다.

"이 문장을 쓴 사람은 청대(淸代)의 학자 적호(翟灝)란 사람인데 그 뜻은 다음과 같네. '지금 언행이 허구에 찬 사람을 일컬어 공중누각이라고 말하는 것은 이 일을 인용한 것이다.' 그렇소이다, 박공."

임상옥은 낮은 목소리로 그러나 확신에 가득 찬 목소리로 말을 이었다.

"아래층도 없이, 이층도 없이 허공에 떠 있는 누각은 공중누각으로 바로 신기루인 것이오. 나는 바로 그 신기루를 좇는 어리석은 부자였으며 또한 적호가 말하였던 '언행이 허구에 찬 사람'인 것이외다. 그러므로 내가 이제 무슨 공중누각이 필요하겠소이까. 이 새 집과 이 큰 집과 이 호화로운 집이 무슨 의미가 있겠소이까. 진실로 큰 집은 밖에 있는 공중누각이 아니라 내 안에 있는 집이 아니겠소이까. 내 안의 땅도 아직 고르지 못하였고 아직 아래층의 벽돌도 제대로 쌓지 못하였는데 어떻게 삼층 누각을 지을 수 있겠소이까."

말을 마치고 나서 임상옥은 물끄러미 박종일을 쳐다보았다. 짧은
침묵이 흐른 뒤 임상옥이 부드럽게 말하였다.

"내가 왜 이 새 집을 허물어뜨리려 하는지 그 이유를 아시겠는가.
내게 있어 이 집은 새 집이 아니라 바로 공중에 떠 있는 누각인 것이
외다. 하늘에 떠 있는 신기루인 것이외다."

임상옥은 말을 이었다.

"옛날 북송의 학자이자 정치가로 심괄이란 사람이 있었소. 호는
몽계옹(夢溪翁)이라 하였는데 그 사람은 사천감(司天監)이 되어 천
체를 관측하고 역법(曆法)을 만들었던 박물학자이기도 하였소이다.
특히 천문, 지리, 수학, 본초에 박식하였던 그는 나중에 지방장관이
되어 수차례에 걸쳐 변경 지역을 순시하였소. 이때 그는 이상한 경
험을 하게 되었소. 즉, 변경 지방인 등주를 순시할 때였는데 바다
위 수평선에 아름답고 화려한 누각의 성시(城市)들이 줄을 이어 서
있는 것을 보았던 것이오. 그래서 배를 타고 나아가 보니 그 수평선
위에 세워져 있는 화려한 누각이 한갓 신기루가 아니겠소. 심괄은
나중에 자신이 쓴 몽계필담(夢溪筆談)이란 박물지 속에서 이때의
경험을 다음과 같이 써내렸소이다."

임상옥은 다시 먹을 듬뿍 묻혀 붓을 세워들었다.

登州四面臨海(등주사면임해)

春夏時遙見空際(춘하시요견공제)

城市樓臺之狀(성시누대지상)

土人謂之海市(토인위지해시)

임상옥이 쓴 문장을 물끄러미 바라다보던 박종일이 물어 말하였다.

"이 문장의 뜻은 무엇이나이까."

빈 잔에 술을 따라 다시 단숨에 들이켜고 나서 임상옥이 말하였다.

"이 문장의 뜻은 '등주는 사면이 바다로 둘러싸여 있는데 늦은 봄에서 여름에 걸쳐 멀리 수평선 위로 누각들이 줄을 이은 도시가 보인다. 이 지방 사람들은 이를 가리켜 해시라고 부른다.' 그러니까 바닷가에는 수증기가 많이 있어 전혀 엉뚱한 곳에 물상(物像)이 생겨 있지도 않은 바다 위 수평선에 화려한 누각으로 둘러싸인 성시가 보인다는 뜻이네. 이를 그 지방 사람들은 '바다의 도시'라고 부른다는 것인데, 이는 말하자면 있지도 않은 공중누각과 같다는 뜻이네. 이보시게나, 박공."

임상옥은 넌지시 박종일을 쳐다보며 말하였다.

"내가 이처럼 참람한 큰 집을 지은 것은 그 어리석은 부자처럼 공중누각을 지으려 하는 것이며, 또한 사람이 사는 집이 아니라 바다 수평선 위에 떠오르고 있는 누각성시, 즉 있지도 않은 '바다의 도시'를 지으려 하였던 것이오. 이를 가리켜 해시(海市)라 하였으며 해시야말로 바다 위에 떠있는 신기루와 같은 것 아니겠소이까."

긴 말을 잇고 나서 임상옥은 말을 맺었다.

"그러므로 내가 지은 이 큰 집은 공중에 지으려 하는 어리석은 부자의 공중누각이며, 바다 위에 떠 있는 신기루이며, 모래 위에 세워진 사상누각인 것이오. 이제야 아시겠소이까, 박공. 내가 왜 이 새 집을 허물려 하는지 그 이유를."

그제야 박종일은 임상옥의 속뜻을 정확히 알 수 있었다.

　임상옥의 뜻이 확고한 이상 그 어떤 방법으로도 그 뜻을 바꿀 수 없음은 명약관화한 사실이다.

　박종일은 고개를 들어 임상옥을 바라보며 물어 말하였다.

　"정히 그러하시겠다면 언제부터 파가(破家)를 하시겠나이까."

　"지금부터."

　조금의 거리낌도 없이 임상옥이 단박 대답하였다.

　"바로 당장 여기에서부터."

　"하오나."

　박종일은 말을 잘랐다.

　"지금은 엄동설한이나이다. 밖은 북풍한설이 몰아치고 있는 한 겨울이나이다. 그러하오니 한겨울은 새 집에서 보내셨다가 봄이 되어 파가하여도 늦지 않으실 것이나이다, 나으리. 그러하오니 한 철만 늦추셨다가 새 봄이 들었을 때 이를 시행함이 옳을까 하나이다."

　박종일의 말을 들은 임상옥은 마시던 술잔을 갑자기 탁자 위에 내려놓으며 말하였다.

　"옛 중국의 건봉선사에게 제자 한 사람이 다음과 같이 물었소이다. '사방이 다 불토(佛土)로 뚫리고 큰길 하나가 곧바로 열반의 문으로 뚫렸는데 그 길을 가려면 어디서부터 출발하여야 합니까.' 이 질문에 건봉선사는 다음과 같이 답하였네. '눈앞이 곧 길이다.' 그리고 나서 건봉은 이렇게 말하였소. '곧바로 여기에서부터 출발하라.' 이보시게나, 박공. 공중에 뜬 누각을 허물어뜨리는 데 시기가 무슨 소용이 있으며 바다 위에 뜬 신기루를 무너뜨리는데 때를 살펴 무슨 소용이 있겠는가. 그러하오니 옛 스님이 말씀하였듯 '곧바로 여기에서부터 출발하는 것'만이 옳지 않겠는가. 그러니 박공, 당장 내일 아침부터 시작하시오."

그 다음날부터 파가가 시작되었다. 임상옥이 새 집으로 입주한 바로 그 다음날부터 새 집을 허무는 작업이 시작된 것이다.

임상옥의 지시대로 거대한 집을 둘러쌌던 담장도 철거되었으며 두 다리 이층의 기둥은 베어졌다. 지나치게 웅장하였던 집도 부숴졌으며 채색한 기둥은 물론 단청의 칠도 벗겨졌다. 온전한 것은 선고의 묘소들을 둘러싸고 있는 사당뿐이었다. 부인 홍남순이 놀라서 임상옥에게 쫓아와서 물어 말하였다.

"도대체 무슨 일을 하시려는 겁니까. 애써 지은 집을 살지도 아니하고 부숴버리시다니요."

평생을 통해 임상옥의 말에 순종하고 따랐던 정처(正妻) 홍남순의 질문에 임상옥은 빙그레 웃으며 다만 이렇게 대답하였다고 전해져 내려오고 있다.

"내가 집을 부숴버리려는 것은 보다 큰 집을 지으려 함이네."

홍남순은 다시 물었다.

"도대체 언제 어디에 그 큰 집을 다시 지으려 하심입니까."

임상옥은 다음과 같이 대답하였다고 한다.

"이제는 그 큰 집을 밖이 아니라 안에서 지으려 함이네."

그 말의 뜻을 알지 못한 홍남순이 다시 물었다.

"그 안이 어디이시나이까."

임상옥은 아내의 질문에 대답하지 아니하고 다만 자신의 가슴을 가리켰다고만 전해오고 있다. 임상옥의 그 수수께끼와 같은 대답이 실제로 큰 집〔大宇〕을 지을 곳은 밖이 아니라 가슴속의 마음〔心〕임을 나타내 보인 선문답이었는지 그 깊은 뜻을 헤아릴 길은 없다.

2

헌종 3년. 1837년 정유년 춘삼월.

임상옥은 의주를 떠나 곽산으로 출발하였다. 의주에서 곽산까지의 거리는 2백 리. 꼬박 이틀이 걸리는 여정이었다.

곽산은 임상옥이 연전까지만 하더라도 2년 동안 군수 노릇을 하던 성읍으로 수재 때 의연금을 내어 많은 이재민들을 구해주었던 바로 그곳이었다. 곽산의 성민들은 2년의 임기를 마치고 귀성부사로 영전되어 가는 임상옥을 위해 공덕비를 세웠던 유서가 깊은 고을이기도 했다.

귀성부사로 제수까지 되었던 그의 벼슬이 비변사의 논척으로 하루아침에 취소되었을 뿐 아니라 일년 동안 관직을 삭탈당하고 전옥에 갇혔으며 보수지가에 유배되어 형벌을 받을 수밖에 없었던 그 원인을 제공해준 고을 역시 바로 곽산이었다.

비변사의 논척으로는 임상옥이 '새로 지은 가옥이 참람하다'는 것이 그 표면상의 이유였지만 귀성부사에서 파귀(罷歸)되고 착수(捉囚)가 되었던 것은 바로 송이 때문이었다.

그로부터 일년 반.

임상옥은 꿈에도 잊지 못하였던 송이를 만나기 위해 곽산을 찾아가고 있었다.

송이는 아직도 마련해놓은 치가(置家)에서 임상옥만을 기다리며 살고 있었다. 그 집은 임상옥과 송이가 정식으로 혼례식을 치른 신방이기도 하였다.

그 집에서 임상옥은 54세의 나이로, 송이는 20세의 나이로 혼례를 치렀으며 이로써 송이는 임상옥의 소실, 즉 여부인이 되었다.

함께 늙어갈 수는 없을지라도 함께 죽어 한 구덩이에 묻힐 수는 있다는 송이의 말은 임상옥의 뇌리에 항상 남아 있었다.

임상옥은 송이를 진심으로 사랑하고 있었다. 처음에는 송이가 고우였던 이희저의 친딸이어서 그녀를 속신시켜 주기 위해 가까이 하였으나 차츰 송이에게 빠져들고 있었다.

송이는 아름답고 문재(文才)가 있는 데다 영특하고 매혹적이었다. 또한 나이 차이가 있었음에도 두 사람의 운우지정(雲雨之情)은 궁합이 맞았다.

임상옥이 구름이라면 송이는 비였고, 임상옥이 산이라면 송이는 아침의 구름(朝雲)이었다. 임상옥이 물새[雎鳩]라면 송이는 마름풀[荇菜]이었고 임상옥이 거문고라면 송이는 비파였다.

단 하루도, 임상옥은 송이를 잊은 적이 없었다. 아니었다. 한날뿐 아니라 한시도 임상옥의 머리에서 송이에 대한 그리움이 떠나본 적이 없었다.

그동안 송이는 어떻게 변하였을까.

송이는 자신이 써보낸 단오부채 위의 문장처럼 매일 밤 빈 방에서 홀로 자면서 먼 곳의 임을 생각하며 비와 같은 눈물을 흘리고 있을 것이다.

그것은 임상옥도 마찬가지였다.

매일 밤 송이를 생각해서 이러저리 뒤척이며 잠을 못 이루고 전전반측(輾轉反側)하고 있었다. 몽매에도 잊지 못할 송이였다. 송이가 보내온 부채를 부칠 때마다 일어나는 바람 속에 송이의 향훈(香薰)이 녹아 흐르는 듯하였다.

먼산에는 아지랑이가 아른아른 피어오르고 있었고, 지난해 산에 불을 질렀던 소흔(燒痕) 위에는 푸른 풀들이 새파랗게 돋아오르고 있었다. 산성 너머의 골짜기를 따라 봄꽃들이 흐드러지게 피어 있었고, 그 숲에서부터 뻐꾸기의 울음소리가 뻐꾹— 하고 들려오고 있었다.

산자락에는 진달래와 철쭉들이 천지사방으로 피어나 있어 붉은 피를 토하고 있는 듯하였다.

춘봄의 향과 함께 옛 감흥에 젖으며 임상옥은 생각하였다.

'그러나, 내가 이제 송이를 만나러 가는 것은 상사의 정 때문만은 아닌 것이다. 일년 반 만에 송이를 만나서 반드시 해야 할 일이 있는 것이다. 만나서 회포의 정을 푸는 일보다 더 중요한 일이 따로 있는 것이다.'

지난 겨울 동안 새 집을 부숴버리는 작업은 계속 진행되었다. 봄이 오자 그 작업은 일단락될 수 있었다.

2년에 걸쳐 지었던 거대한 집은 삽시간에 무너져 반 이하로 규모가 줄어버렸다. 이젠 그 누구도 임상옥의 집을 대하라고 수군대는 사람들이 없을 정도였다.

새 집을 부숴버림으로써 가야 할 세 가지의 길 중 그 첫 번째의 길을 실행하였던 임상옥은 두 번째의 길을 가기 위해서 이렇게 곽산을 향해 송이를 만나러 가고 있었던 것이다.

말이 이끄는 대로 말 위에 올라앉아 있으면서도 임상옥은 줄곧 깊은 상념에 빠져 있었다.

내가 과연 그 두 번째의 길 없는 길을 행동으로 옮길 수 있을 것인가. 아아, 아무리 궁궐 같은 호화로운 집이라 할지라도 그것을 무너뜨려버리는 것은 어렵지 않은 일이다. 그러나 몽매에도 잊을 수 없는 송이, 그 송이를 내가 과연 잊을 수 있을 것인가.

임상옥은 삿갓을 눌러썼다. 양반들은 삿갓을 쓰는 경우가 드물었으나 임상옥은 부들로 만든 늘삿갓을 써 얼굴을 가렸다.

곽산은 그가 2년간 지방 수령으로 있었던 고을이었고 민생을 살피기 위해서 다니지 않은 곳이 없었으므로 웬만한 성민들은 모두 낯이 익어 삿갓으로 얼굴을 가리지 않으면 금방 정체가 드러날 판이었기 때문이다.

성문을 들어서자 곧 읍내가 드러났다. 읍내에 들어서자 임상옥은 종자 하나를 먼저 송이의 집으로 보내어 자신이 오고 있다는 소식을 미리 전하도록 하였다.

이윽고 자신이 머무르던 관아를 지나 송이가 살고 있는 집에 가까이 이르자 멀리 대문 가에 짚에 불이 붙어 활활 타오르고 있는 모습이 보였다.

먼 길을 오느라 날이 어둑어둑 저물어가고 있었는데, 대문 앞에는 누군가 임상옥을 향해 연신 허리를 굽히며 절을 하고 있는 모습이 보였다.

송이의 양어미 산홍이었다.

말에서 내린 임상옥이 대문 가에 놓인 짚불을 뛰어넘어 집안으로 들어서자 산홍이 춤을 추면서 말하였다.

"나으리, 이게 웬일이시나이까. 이것이 꿈이나이까 아니면 생시이나이까. 오신다는 기별도 없이 이게 도대체 웬일이시나이까."

"그렇게 되었네."

임상옥이 그렇게 대답하자 산홍은 덩실덩실 춤을 추면서 말을 이었다.

"어찌된 일이시나이까. 까막까치들이 하늘에서 머리를 이어 오작교를 만들어주셨나이까. 은하수를 건너서 나으리께오서 이처럼 찾아오시다니요. 하늘도 기뻐서 칠석우(七夕雨)를 뿌릴 것입니다요."

임상옥은 집안을 두리번거려 보았으나 송이의 모습은 보이지 않고 있었다.

송이는 지난 일년 반 동안 매일같이 방안에 베틀을 들여놓고 명주를 짜고 있었다. 임을 그리는 마음을 달랠 수 있는 방법이란 베틀을 돌려 직접 옷감을 짜는 일뿐이었다.

송이는 누에고치를 끓는 물에 넣어 실켜기를 하여 제사(製絲)한 실을 구해다 임상옥이 입을 두루마기와 마고자 등 포(袍)를 만들었다. 임을 만나뵈올 수는 없다 하더라도 그리움에 눈물을 흘리기보다 길쌈에 열중하여 그리움을 잠깐이라도 잊고, 임을 위한 옷을 만들고 있노라면 어느 정도 시름을 달랠 수 있었기 때문이다.

그런데 오늘 따라 이상한 일이 일어났다. 용두머리를 돌리기 위해서 밟아 흔들던 베틀신이 갑자기 멈춰섰다.

가늘고 얇은 대오리를 참빗날같이 세운 바디가 어그러지면서 짜고 있던 명주의 실이 끊어져버린 것이다.

그 순간 송이는 생각하였다.

어째서 전에 없던 일이 생겨난 것일까. 왜 갑자기 바디가 어그러지면서 명주가 끊어져버린 것일까. 지난 일년 반 동안 베틀로 옷감을 짜면서 이처럼 피륙이 끊어져버린 적은 한 번도 없었는데….

이것은 무슨 불길한 징조인가.

명주는 보름새라 하여서 촘촘하게 짜는 것이 보통이었는데 갑자기 실타래가 엉기면서 명주의 실이 끊어져버렸을 뿐 아니라 튕겨져 나온 날카로운 바디의 침이 북을 들고 있던 송이의 손가락을 내리 찔렀다.

송이는 비명을 지르며 베틀을 멈췄다. 손가락에서는 금세 붉은 피가 솟구치고 있었다.

'이게 도대체 무슨 일인가.'

송이는 붉은 피가 솟아나오는 손가락을 바라보면서 생각하였다. 바디에 찔려 피가 흘러나오는 일은 가끔 있는 일이었지만 바디가 어그러지고 한꺼번에 실이 끊어져버린 것은 이제껏 한 번도 없었던 일이 아닌가.

'이 무슨 일인가. 이 무슨 불길한 흉조인가.'

무명실로 더 이상 피가 흘러내리지 않도록 손가락을 묶고 있을 때 갑자기 방문밖에서 벽제(辟除) 소리가 들려왔다.

"의주에 사시는 임 대인께오서 납시었소. 임 대인께오서 행차하시었소."

별배(別陪)의 고함소리를 들은 순간 송이는 자신이 잘못 들었는가 귀를 의심하였다.

의주에 사는 임 대인이라면 꿈에도 그리는 서방님이 아니신가. 그분께서 납시었다면 기별을 보내오신 것이 아니라 몸소 행차하셨다는 뜻이 아닌가.

거의 동시에 양어미 산홍의 목소리가 들려왔다. 맨발로 마당으로 뛰어나간 산홍은 덩실덩실 춤을 추면서 소리쳐 말하였다.

"송이 아씨, 별배의 고함소리를 못 들으셨나이까. 서방님께오서 행차하신다는 말을 들으셨나이까."

그 말을 들은 순간 송이는 그 자리에 무너져 앉았다. 다리에 맥이 풀려 더 이상 서 있을 수가 없었다.

아아, 사랑하는 서방님이 오신 것이다.

그런데, 어인 일인고. 명주실이 끊어지고, 바디의 침에 찔려 붉은 피를 흘린 바로 그 순간에 꿈에 그리던 사랑하는 서방님이 찾아오신 것이다.

그날 밤.

송이의 집에서는 새로 신방이 꾸며졌다. 이미 술과 안주로 거나하게 취한 임상옥이 자리에 눕고, 얼마 후 밤이 이슥하였을 때 송이가 들어왔다. 신방에서는 신부의 족두리와 저고리의 끈을 반드시 신랑이 먼저 풀어주는 것이었으므로 임상옥은 송이의 저고리 끈을 잡아당겨 풀어주었다. 임상옥의 손길이 송이의 앞섶을 풀어헤치자 송이의 몸은 불덩어리처럼 뜨거워졌다. 그것은 정념의 불꽃이었다.

"네가 누구냐."

임상옥은 신음하면서 송이의 얼굴을 감싸쥐면서 물어 말하였다. 송이는 아무런 대답도 하지 않았다. 일년 반 사이에 송이의 육체는 놀라울 정도로 농염하게 무르익어 있었다. 단순히 상사의 마음만으로 불타오르는 소녀에서 이제는 육체의 열락마저 기다리는 성숙한 여인의 몸과 마음으로 농익어 있었다.

"네가 누구냐고 내가 묻지 않더냐."

송이의 몸은 불덩어리였고 그녀의 입에서는 불꽃과 같은 입김이 터져 흐르고 있었다. 낯익은 육향(肉香)이었다.

"소녀는, 소녀는 송이이나이다."

임상옥은 짓궂게 송이의 가슴을 어루만지며 물어 말하였다. 송이의 가슴은 그리움과 기다림으로 물결치고 있었고, 젖꼭지는 곤두서 있었다.

"송이가 누구더냐."

임상옥이 송이의 젖가슴을 입술로 가볍게 깨물면서 다시 물어 말하였다. 두 사람이 나누는 말들은 오래전 합환을 나눌 때 쓰던 말들이었다.

"송이는 송이이나이다."

"아니다, 송이는 마름풀이다."

"소녀가 마름풀이라면 서방님은 무엇이나이까."

"나는 물새로다."

"서방님이 물새라면 물새는 어찌 우나이까."

"물새는 꽉꽉— 하며 울지. 꽉꽉— 하고 울면서 마름풀을 찾아다니고 있지."

임상옥의 입은 물새의 부리가 되었으며 물새의 부리는 들쭉날쭉한 마름풀을 이리저리 헤치고 있었다. 물새의 부리가 마름풀을 이리저리 캐기 시작하자 모래톱으로 옥수(玉水)가 가득 차오르기 시작하였다.

"그러하면 서방님, 이제는 마름풀을 찾으셨나이까."

"찾았지. 암, 찾았고 말고."

"마름풀이 어디에 있나이까."

"이곳에 있지 않느냐."

임상옥은 송이의 옥문 속으로 자신의 몸을 밀어넣으면서 신음하여 말하였다.

"송이 네가 바로 마름풀이 아니더냐."

몸을 섞으면서 두 사람이 나누는 말은 일종의 타령이었다. 사랑타령이자 방아타령이었다.

"아니나이다."

임상옥의 몸이 디딜방아처럼 발을 구르자 송이의 몸은 물레방아가 되어 흘러내렸다.

"소녀는 마름풀이 아니나이다."

"그러면 무엇이냐."

"소녀는 구미호이나이다. 서방님, 제 엉덩이에는 꼬리가 아홉 개가 달려 있는 구미호이나이다."

"어디 한번 만져보자."

임상옥의 손이 송이의 엉덩이를 어루만졌다.

송이의 몸은 자지러지고 있었다. 그녀의 몸은 바들바들 경련하고 있었다.

"송이야."

헐떡이면서 임상옥이 질문하였다.

"송이 네가 어디 있느냐."

"서방님."

송이가 대답하였다.

"바로 서방님 품속에 있지 않나이까."

"그런데 어찌하여 네가 보이지 않는단 말이냐. 이제 보니 네가 정녕 사람이 아니로구나."

"사람이 아니라면요."

"백년 먹은 여우가 아니겠느냐."

"백년 먹은 여우라면 어찌하여 제 몸에 꼬리가 없겠나이까."

"그러니까 백호가 아니겠느냐. 백년 먹은 흰여우야 한 번 둔갑할 때마다 꼬리가 있다가도 없고, 없다가도 있다 하니, 그러니 네가 정녕 흰여우가 아니고 무엇이란 말이냐. 그러니 네가 무엇하러 사람이 되어 내 곁으로 찾아왔단 말이냐."

"사람으로 태어나길 원해서이나이다. 여우의 몸에서 벗어나 사람의 몸을 받아 환생하기를 원해서이나이다."

"네가 여우에서 사람의 몸으로 환생하기 위해서는 어떻게 해야 할 것이냐."

"그것은."

송이가 임상옥의 몸을 손톱으로 할퀴면서 신음하였다.

"서방님의 간을 빼어먹는 일이나이다. 소녀가 서방님의 간을 빼어먹을 수 있다면 소녀는 사람의 몸을 받을 수 있을 것이나이다."

"그러하면."

임상옥이 이를 악물며 말하였다.

"네 뜻이 정녕 그러하다면 간을 빼어먹으려무나."

"정녕이시나이까."

"정녕 그러하다고 내 이르지 않았느냐. 먹어라, 내 간을 빼어먹어라."

순간 송이가 임상옥의 가슴을 핥고 그리고 깨물었다. 임상옥은 신음하였다.

"소녀는 나으리의 간뿐 아니라 심장도 빼어먹고 나으리의 혼백도 빼어먹겠나이다."

송이는 임상옥의 오장육부뿐 아니라 혼백마저도 빼어먹었다. 두 사람은 함께 죽어 함께 백골이 되었다. 백골이 되어도 두 사람의 정념은 끝이 없었다.

순식간에 새벽닭이 우는 달구리가 되었으나 두 사람의 달구질은 끝이 나질 않았다.

이틀 낮, 이틀 밤을 임상옥과 송이는 문밖 출입도 하지 않았다. 두 사람은 함께 먹고, 마시고, 아이들처럼 벌거벗고 분탕질을 하면서 장난하고 함께 자고 함께 몸을 섞었다.

서로에 대한 갈증은 쉽사리 채워지지 않았다. 탐닉하면 할수록 그들의 육체는 만족을 모르는 아쉬움 속에서 타오르고 또 타올랐다. 그 불이 타오를 때는 열락이 있었지만 불이 꺼지면 참따랗게 재만 남곤 했었다. 열락의 불이 꺼지면 공허가 있었고 쾌락의 불이 꺼지면 허무가 있었다. 그 덧없는 허무가 싫어서 임상옥은 쉴 새 없이 물새가 되어 송이의 마름풀을 이리저리 헤집고 다녔다.

이틀째의 밤이 깊어갈 무렵, 임상옥이 송이에게 오늘은 일찍 잠을 자자고 말하였다. 무슨 일이냐고 송이가 묻자 임상옥이 대답하였다.

"내일 아침 일찍 먼 길을 떠나야 할 곳이 있어서 그러하니라."

송이로서는 금시초문이었다. 아침 일찍 먼 길을 떠나신다니. 일 년 반 만에 찾아오신 지 이제 겨우 이틀 밤이 지나고 사흘째가 되어 갈 뿐인데 날이 새면 아침 일찍 먼 길을 떠나신다니. 도대체 나으리는 어디로 떠나신다는 말이신가.

송이는 가슴이 철렁하고 눈앞이 캄캄하였다.

혹시 나으리께서 의주로 돌아가신다는 뜻이 아닐 것인가.

그렇지 않아도 송이는 뭔가 마음 한구석이 불안불안하였다. 서방님이 찾아오신 바로 그 순간에 명주실이 끊겨지고 동시에 날카로운 바디의 침에 손가락을 찔려 붉은 피를 흘리게 되었던 것이다.

이는 불길한 징조가 아닐 것인가.

그러한 불안감이 서방님과 함께 있는 이틀 낮, 이틀 밤 동안에도 마음 한구석에서 항상 살아 움직이고 있었다.

그래서 임상옥이 피가 흘러나오지 않도록 무명실로 칭칭 묶은 송이의 손가락을 보고 무슨 일이냐고 물었을 때도 송이는 그 연유를 대답하지 않았던 것이다.

"나으리."

송이는 조심스럽게 임상옥의 얼굴을 살피면서 물어 말하였다.

"…내일 아침 일찍 길을 떠나신다니요."

"물론이다. 먼 길을 떠날 것이다."

"하오면."

떨리는 목소리로 송이가 물었다.

"어디로 가시나이까."

"가산까지 가야 하느니라."

가산(嘉山). 가산은 곽산에서 거리로는 별로 떨어져 있지 않다. 하지만 가산은 곽산보다 더 깊은 첩첩산중이고 가는 길이 험로여서 쉽사리 가고 올 수 있는 길이 못 되었다.

임상옥의 입에서 의주로 돌아가지 않고 가산으로 간다는 말이 흘러나오자 송이는 일단 안심이 되어 마음이 놓였다.

"가산까지는 대체 무슨 일로 가시나이까."

송이의 무심한 질문에 임상옥은 가슴이 탁 막혔다. 송이는 자신의 고향이 가산임을 이처럼 꿈에도 모르고 있는 것이다.

임상옥은 조금의 내색도 하지 않고 다만 이렇게 대답하였을 뿐이었다.

"내일이 한식이 아니더냐. 그러니 가산으로 찾아가서 성묘를 해야 할 곳이 있기 때문이니라."

한식은 동지로부터 105일째 되는 날. 이날은 절사(節祀)라 하여서 여러 가지 주과(酒果)를 마련하여 성묘하고, 묘가 헐었으면 봉분을 개수하고 주위에 사초(莎草)도 하는 날이다.

"가산에도 제향해야 할 묘소가 있으시나이까."

막연히 임상옥의 4대조에 걸친 선조들의 묘소가 모두 의주에 있음을 알고 있던 송이는 임상옥이 친히 찾아가 성묘할 만큼 가까운 친척의 묘소가 가산에 있을까 의아하게 생각하여 물어 말하였다. 조상의 묘소가 아닐 때에는 대리인을 시켜 제향을 올려도 무방하였던 것이다.

그런데 어째서 서방님은 친히 그 먼 가산까지 찾아가서 제사를 올리겠다는 것일까.

그뿐이 아니었다.

임상옥은 송이에게 다음과 같이 말하였던 것이다.

"나 혼자서만 길을 떠나는 것이 아니라 송이도 함께 길을 떠나야 할 것이니라."

임상옥의 말은 송이로서는 뜻밖이었다. 가산까지의 먼 길을 서방님 혼자서 떠나지 아니하고 자신도 함께 동행하여 떠나야 한다니.

"나으리."

송이는 정색을 하고 물어 말하였다.

"소첩은 무슨 말씀이신지 그 뜻을 정히 모르겠나이다. 소첩도 나으리와 함께 길을 떠나야 한다니요."

"가산에는 송이도 찾아뵙고 제향을 올려야 할 선묘가 있다."

"그러하면."

영민한 송이가 말을 덧붙였다.

"길을 떠날 때 소첩은 상복을 입어야 옳으리까."

"상복을 입을 필요는 없을 것이다."

임상옥이 대답하였다.

"하지만 상복을 입지 않는다고 해도 가슴에는 최(衰)를 달도록 하여라."

최. 원래 최란 작은 베조각을 가슴에 다는 것을 가리킨다.

주로 심장이 있는 왼쪽 가슴에 달았는데 이것은 죽은 사람을 그리워하는 '눈물받이'의 역할까지 하여 심장의 슬픔을 가리키는 상징적인 뜻을 가지고 있었다.

임상옥의 말을 들은 송이의 가슴은 또 한 번 철렁하였다. 보통 돌아가신 사람들을 추모할 때는 가슴에 최를 달거나, 슬픔을 등에 지었다 하여 부판(負版)의 삼베조각을 등쪽의 옷깃에 달거나, 적(適)이라 하여 양쪽 어깨에 삼베조각을 매다는 풍습이 있었다. 그중에서도 가슴에 다는 최는 가장 가까운 부모들이 돌아가셨을 때 애최(哀衰)의 뜻을 표현하기 위한 상장(喪章)이었다.

상복을 입지 아니하더라도 가슴에는 최를 달라는 서방님의 말은 가산에서 성묘할 고인이 부모와 같은 육친임을 나타내 보이고 있음이 아닐 것인가.

다음날 새벽.

동이 트기 전에 임상옥과 송이는 곽산을 떠나 가산으로 출발하였다. 임상옥은 말을 타고 송이는 교부들이 멘 가마를 타고 떠났다.

간밤에 이른 대로 송이는 흰 상복을 입지 아니하였으나 삼베로 만든 최를 양쪽 가슴에 매달았으며 백댕기라 하여서 삼베로 만든 헝겊으로 머리를 묶고 있었다.

예로부터 '2월 한식에는 꽃이 피어도 3월 한식에는 꽃이 피지 않는다'는 말이 전해오고 있었다. 2월에 한식이 드는 해는 철이 이르고, 3월에 드는 해는 철이 늦기 때문이다.

가산을 찾아가는 길 양옆에는 유난히 철이 이른 탓인지 흐드러지게 봄꽃이 피고 있었다.

가산은 곽산보다 남쪽에 있었고, 청천강과 대령강의 두 강줄기가 합쳐지는 그 어귀에 자리잡고 있는 작은 한촌이었다. 길은 멀지 않았지만 주위에 첩첩한 산이 많아 가고 오기가 수월치 않았다.

해가 있는 동안에 성묘를 마치고, 해거름까지는 곽산으로 돌아와야 했으므로 임상옥은 인부들을 재촉하여 서둘러 길을 가도록 명령하였다.

임상옥은 20여 년 만에 가산으로 이희저의 무덤을 찾아가고 있었다.

임상옥은 종자가 이끄는 대로 말을 타고 가면서도 줄곧 마음이 착잡하였다.

남의 눈을 피해 매장을 하였으니 묘비는 물론 봉분조차도 제대로 세우지 못하였다. 10년이면 강산이 변한다 하였는데 20여 년의 세월이 흘러 강산이 두 번 이상 변하였으므로 이희저의 묏자리를 어떻게 쉽사리 찾아낼 수 있으리오. 비록 강물이 잘 보이는 둔덕 높은 곳에 묏자리를 만들었다고는 하지만 해마다 강물은 범람하여 떼자리도 입히지 못하였던 묘소에는 잡초가 우거져서 어디가 어디인지 분간할 수 없을 만큼 풀이 자랐을지도 모르는 일이다.

임상옥은 생각하였다.

비록 황폐하여 묘소를 찾을 수 없다고 할지라도 그곳 어딘가에 이희저의 혼백은 남아 있으리라. 백골은 진토되었다 하더라도 넋은 살아남아 있으리니 평생 처음으로 찾아오는 딸 송이의 모습은 맞이할 수 있을 것이다.

그날 오후, 임상옥의 일행은 대령강에 도착하였다. 그들은 적개정에서 나룻배를 타고 섬 한가운데에 있는 신도로 들어갔다. 적개정은 세조가 명나라에 사신으로 들어갈 때 지나가다 지어준 정자의 이름이었다.

찾아온 섬은 임상옥이 생각했던 대로 어디가 어디인지 분간이 가지 않았다. 섬을 돌아다니며 그나마 햇살이 잘 드는 양지바른 둔덕 가장 높은 자리, 흘러가는 강물이 잘 보이는 언덕 위에 이희저의 묏자리를 만들었으므로 그 위치를 찾아내는 것은 어렵지 않았다.

그 자리 위에는 잡초가 우거지고 갈대가 무성하였다. 하인들을 시켜 그 잡초들을 일일이 베어내도록 하였다. 키를 넘는 잡초들을 베어내는 동안 임상옥과 송이는 언덕 위에 서서 흘러가는 강물을 바라보고 있었다.

한겨울 얼어붙었던 강물은 무르익은 봄날의 따뜻함으로 녹아 와랑와랑 소리를 내면서 흘러내리고 있었다.

"나으리."

오랜만에 임상옥을 따라 나왔으므로 송이의 마음은 한껏 부풀어 있었다.

"저는 쑥을 캐겠나이다."

송이는 양지바른 곳을 따라 돋아난 다북쑥을 손으로 캐기 시작하였다. 그녀의 모습은 나물을 캐러 산으로 들로 나선 봄처녀처럼 보였다.

하인들은 잡초들을 베어내고 칡넝쿨과 가시나무 등을 잘라내었다. 그 어디에도 봉분이 보이지 않는 평평한 평지였으므로 하인들은 임상옥이 그 자리에다 제향을 차리라고 말하자 어리둥절해 하였다.

임상옥은 하인들에게 모두 멀리 떨어져 있으라고 주위를 물리쳤다. 이쪽에서 기별을 보내기 전에는 얼씬도 하지 말라고 엄중하게 명령을 내리고는 송이와 단둘이서만 그곳에 남았다.

"나으리."

단둘이서만 남게 되자 주위를 둘러보던 송이가 임상옥에게 물어 말하였다.

"이곳까지 성묘를 하러 오셨나이까."

"물론이다."

임상옥은 대답하였다.

"이곳에 성묘를 하러 온 것이다."

"하오나."

주위를 둘러보면서 송이가 다시 물었다.

"무덤이 도대체 어디에 있습니까. 아무 곳에도 봉분이 보이지 않지 않습니까."

"무덤은 바로 이곳이다."

손을 들어 임상옥이 바로 앞 평지를 가리키면서 말하였다. 그 평지 앞에서 임상옥은 갓을 벗고 무릎을 꿇고 앉았다. 그는 두 손으로 술잔에 술을 따른 후 그 평평한 평지 주위를 세 바퀴 돌아 배향을 하고 술잔에 담긴 술을 흙 위에 골고루 뿌려내렸다.

갑자기 임상옥의 가슴이 무너져내렸다. 기가 막힌 일이었다. 생각하면 생각할수록 기가 막힌 일이었다. 그는 무릎을 꿇고 두 손으로 땅을 짚은 채 엎드려서 울기 시작하였다. 20여 년 전에 대역죄인으로 죽어 이토록 봉분조차 세우지 못하고 죽은 친구의 억울함도 기구하지만 그 이후에 있었던 운명의 기구함 때문이었다.

"나으리."

임상옥의 통곡이 거세어지자 지켜보던 송이가 부축하여 일으키며 말하였다.

"너무 상심치 마시옵소서, 나으리. 행여 몸을 상하실까 염려되나이다."

임상옥의 상심은 좀처럼 그치지 않았다. 그의 눈에서는 계속 눈물이 흘러내렸다.

"도대체 누구의 시신이 이곳에 묻혀 있나이까."

잔에 술을 따라 두 손으로 받쳐올리면서 송이가 물었다.

술이나 한 잔 마시면 어느 정도 마음이 진정되리라 생각하였던 모양이었다. 그러자 술잔을 받아 단숨에 들이켜고 나서 임상옥이 말하였다.

"이곳에 묻혀 있는 사람은 일가친척이 아니라 내 절친한 고우였느니라."

"하오나."

송이가 다시 조심스럽게 물었다.

"아무 곳에서도 비석조차 보이지 않나이다."

"그것은."

임상옥은 길게 한숨을 쉬며 대답하였다.

"그럴 만한 까닭이 있기 때문이다."

"그 까닭이 무엇이나이까."

"그것은 이곳에 묻힌 사람이 나라에 큰 죄를 지은 대역죄인이기 때문이다."

잔을 채운 술을 다시 들이마시면서 임상옥이 말을 이었다.

"20여 년 전에 이곳 일대에 큰 역모가 일어났었느니라. 한때는 평서지방 모두를 장악할 만큼 큰 세력을 떨쳤으나 이내 관군에 의해서 패하여 몰살되었느니라."

"소문은 소첩도 익히 전해들어 잘 알고 있습니다, 나으리."

걱정스런 얼굴로 송이가 말을 덧붙였다.

"하오면 그때 나으리께오서 남의 눈을 피해 그 대역죄인의 시신을 이곳에 묻어주셨나이까."

"그렇다."

임상옥이 대답하였다.

"어찌하여 그 대역죄인의 시신을 이 외진 섬에까지 가져와 이곳에 파묻으셨나이까."

"그것은 그 대역죄인의 고향이 바로 이곳이기 때문이니라. 그 죄인은 이곳에서 태어났으며 이곳에서 광산을 경영하여 모르는 사람이 없을 정도로 큰 거부가 되었었느니라."

"그 죄인의 이름이 무엇이오니까."

"그 죄인의 이름은 이자, 희자, 저자, 이희저라 한다. 이곳에 묻혀 있는 사람의 이름이 바로 이희저인 것이다."

임상옥은 손을 들어 무덤자리를 가리키면서 분명하게 대답하였다.

그때였다.

조심스럽게 임상옥의 말을 듣던 송이가 날카롭게 질문을 던졌다.

"나으리, 한마디 여쭤보겠나이다. 나으리께오서는 간밤에 상복을 입는 대신 소녀에게 가슴에 최를 달라고 이르셨나이다. 가슴에 최를 다는 것은 육친간에나 할 수 있는 상장이나이다. 하오면 이 무덤에 묻힌 사람과 이 소녀와는 어떤 연관이 있나이까."

단도직입적인 질문이었다.

임상옥은 말문이 콱 막혔다. 어디서부터 답변의 실마리를 풀어나가야 할지 판단이 서질 않았다. 어차피 때는 왔다고 임상옥은 생각하였다. 송이를 데리고 이곳에 온 것은 그녀의 출생에 얽힌 비밀과 그녀의 신분에 관한 모든 수수께끼를 명명백백하게 밝혀주기 위함이 아니었던가.

"송이야."

임상옥은 낮은 목소리로 입을 열었다.

"말씀하십시오, 나으리."

"이제부터 내가 하는 말을 잘 듣거라. 내 입에서 어떤 말이 나오더라도 놀라거나 무서워해서는 아니될 것이다. 알겠느냐."

송이는 봄 햇살을 반짝이며 흘러가는 강물을 물끄러미 바라보고 있을 뿐 어떤 대답도 하지 않았다. 그녀는 이미 모든 것을 각오한 표정이었다. 그 표정에는 죽은 이희저의 결연한 표정 같은 것이 깃들어 있었다.

"송이 너는 관기였던 산홍의 친딸이 아니니라. 산홍은 다섯 살 때 너를 양딸로 삼아서 키웠으니 산홍은 너를 낳은 친모가 아니라 너를 키운 양어미이니라. 그 사실을 알고 있었느냐."

임상옥의 질문에 송이는 아무런 대답도 하지 않았다. 그녀는 빈 잔에 술을 따라 자작하여 들이켜면서 말하였다.

"이제 와서 그런 얘기를 하시는 까닭이 무엇이오니까. 어미 산홍이 나를 낳은 어미가 아니라 나를 키운 양어미인 줄 모르는 사람이 곽산 지방에서 누가 있겠나이까."

"너를 낳은 생모가 누구인 줄 알고 있느냐."

"모르옵니다, 나으리. 하오나 관기의 딸이면 어떻고 관노의 딸이면 어떠하나이까. 어차피 둘 다 종년의 계집이 아니겠나이까."

송이의 말은 자조적이었다. 그녀는 자신이 관노의 자식임을 어렴풋이 알고 있었던 것이다.

"물론이다. 송이 너는 관노의 자식이다. 너를 낳은 생모의 이름은 손(孫)자, 복(福)자, 실(實)자, 손복실이라 하였다."

임상옥의 입에서 자신의 생모 이름이 흘러나오자 송이는 움찔하였다.

"나으리."

긴 침묵 끝에 마침내 송이가 입을 열어 말을 뱉었다.

"소녀를 낳은 생모가 이제 와서 밝혀진들 무엇을 어떻게 하겠나이까. 어차피 기생의 딸이면 어떠하고, 노비의 딸이면 어떠하리까."

"아니다."

임상옥은 말을 끊었다.

"너를 낳은 생모는 관노이긴 하였지만 나면서부터 노비는 아니었느니라. 너의 어미는 공노비였느니라. 알겠느냐. 너의 어미는 태어날 때부터 노비가 아니라 어느 날 조정에 의해 하루아침에 노비가 되어버릴 수밖에 없었던 것이니라."

충격을 받음직하건만 내색조차 하지 않는 얼굴로 송이는 임상옥을 바라보며 물어 말하였다.

"소녀의 생모는 도대체 무슨 죄를 지었나이까. 전쟁에서 포로가 되었나이까, 무슨 죽을 죄를 지어서 하루아침에 공노비로 전락하였나이까."

"너의 어미는 아무런 죄도 짓지 아니하였느니라. 너의 어미는 섬섬옥수를 가졌었던 반가(班家)의 아낙이었느니라."

"어찌하여 소녀를 낳은 어미는 아무런 죄를 짓지 아니하였는데도 하루아침에 공노비로 될 수밖에 없었나이까."

"그것은 바로 지아비 때문이었다. 송이 너를 낳은 어미가 하루아침에 공노비가 될 수밖에 없었던 것은 송이 너를 낳은 아비 때문이다."

"나으리."

임상옥의 얼굴을 정면으로 쳐다보며 송이가 물었다.

"소녀의 아비는 도대체 무슨 죄를 지었나이까."

준엄한 질문이었다. 임상옥은 더 이상 말을 돌려서는 안 된다고 생각하였다. 이제는 더 이상 물러설 곳이 없다고 생각하였다.

"너를 낳은 아비야말로 지금 네 바로 앞에 묻혀 있다."

임상옥은 못박아 대답하였다.

"이제야 알겠느냐. 내가 어찌하여 송이 너에게 가슴에 죄를 달게 하고 이곳까지 데리고 온 것인가, 그 이유를 알겠느냐. 그렇느니라. 너를 낳은 아비의 이름은 바로 이희저. 한때는 평서지방에서 모르는 사람이 없을 정도로 천하장사에 굴지의 부호였느니라. 어릴 때부터 가슴에 웅지를 품고 있던 호걸이기도 하였느니라. 그러나 그릇된 꿈을 펼치기 위해서 너를 낳은 아비는 역모를 꾀하여 군사를 일으켜 대란을 일으켰느니라. 결국 관군에 패하여 끝까지 싸우다가 참살되었는데 이로 인해 남은 가족들이 뿔뿔이 공노비가 되어 몸종으로 팔려나갔느니라. 바로 그때 이희저의 아내, 네 어미는 뱃속에 유복자 하나를 배고 있었는데 그 뱃속의 아이가 지금 이곳에 앉아 있는 송이 자네이니라."

깊은 침묵이 왔다. 송이의 얼굴은 창백하게 질려 있었다.

격정을 억누르기 위해서 이를 악물고 있는 듯 그녀의 표정은 굳어 있고 온몸은 바들바들 떨리고 있었다. 그녀의 흰 관자놀이에서 태양혈의 핏줄이 금방이라도 터질 듯 한껏 부풀어올라 격동치고 있었다.

"처음에 나는 이 모든 비밀을 끝까지 그 누구에게도 밝히지 아니하리라 결심하고 있었다. 하늘 아래 이 비밀을 알고 있는 사람은 오직 한 사람, 나뿐이었으므로 나만 입을 다물고 있다면 이 비밀은 영원히 미궁 속에 빠질 것이라 생각하고 있었느니라. 하지만 나는 깨달은 바가 있었느니라. 내가 알고 있는 모든 사실을 하나도 숨김 없이 있는 그대로 밝혀야 한다고 나는 결심했었느니라."

차려놓은 제삿상 위의 술잔을 채우고 나서 임상옥은 송이에게 말하였다.

"자, 어떡하겠느냐. 일어서서 돌아가신 망인에게 술을 따르고 배
례를 올려 넋을 달래야 하지 않겠느냐. 그래야 죽은 원혼이라도 달
랠 수 있지 않겠느냐."

넋을 잃고 망연히 앉아 있던 송이가 결심한 듯 몸을 일으켰다.

그녀는 술잔에 술을 따라 그 술을 무덤가를 세 번 돌면서 조금씩
흩뿌렸다. 그러고 나서 무덤을 향해 배례를 올리기 시작하였다. 어
느 순간 그녀의 몸이 무덤가에 무너졌다. 송이의 몸이 무덤가를 덮
었다. 그녀의 온몸이 물결처럼 흔들리고 있었다.

"아버지."

무덤을 향해 절규하는 그녀의 울음소리가 간간이 새어나오고 있
었고 목놓아 우는 통곡소리도 깊은 침묵 속에 섞여서 간간이 터져
흐르고 있었다.

"아버지—."

내버려둬야 한다고 임상옥은 생각하였다. 울고 싶은 대로 실컷
울어야 한다고 그는 생각하였다. 그래야만 한이 풀릴 것이다. 가슴
에 맺힌 모든 한이 풀릴 때까지 울 수 있으면 실컷 울도록 내버려둬
야 할 것이다.

"아버지—."

헐벗은 맨땅을 손가락으로 움켜쥐고서 송이는 피를 토하듯 숨죽
여 외치고 있었다.

그 외마디 소리가 어제도 그제도, 20여 년 전에도 변함없이 흘러
가고 있는 강물 위를 흘러가고 있었다.

"아버지— 아버지—."

모든 비밀은 밝혀진 것이다. 송이의 출생에 관한 모든 비밀과 송이의 신분에 관한 수수께끼는 백일하에 드러나게 되었다. 이젠 홀가분하게 마음의 정리를 끝낼 수 있게 된 것이다.

그날 오후 늦게 성묘를 끝내고 임상옥은 곽산을 향해 걸음을 재촉했다.

돌아오는 말 위에서 임상옥은 생각하였다.

이로써 이희저에 대한 모든 마음의 빚은 갚은 것이다. 모든 비밀을 송이에게 밝힘으로써 송이와 헤어질 마음의 준비를 끝낸 것이다.

읍참마속(泣斬馬謖).

촉한의 제갈량이 군령을 어긴 마속을 눈물을 흘리면서 목을 베었다는 고사처럼 사랑하는 송이를 진심으로 위하는 길은 송이의 목을 단칼에 내려치는 것임을 임상옥은 깨달을 수 있었다.

송이를 진심으로 위하는 것은 단칼에 인연의 끈을 끊어버림으로써 그녀를 자유롭게 하여 주는 것이다. 사사로운 정념으로 그녀를 구속하는 것이 아니라 단칼에 내려침으로써 그녀를 죽여버리는 일인 것이다. 이제야말로 송이를 죽여버릴 바로 그때가 다가온 것이다.

그로부터 며칠 뒤.

임상옥은 곽산을 떠났다.

떠나기 전날 밤, 두 사람은 마지막으로 술상을 차려놓고 마주앉았다. 입을 열어 말을 하지는 않았지만 송이는 오늘 밤이 두 사람이 함께 지내는 그 마지막 밤임을 잘 알고 있었다.

송이는 임상옥의 입을 통해 자신의 출생에 얽힌 비밀을 알게 되고, 죽은 아비 이희저의 무덤에 직접 데리고 간 이유를 통해 아비 이희저와 임상옥이 생전에 절친한 친구라는 사실을 알게 된 순간부터 임상옥이 자신의 곁을 떠나려 한다는 사실을 직감적으로 깨달았다.

내 곁을 떠나려 하신다. 나으리께오서 내 곁을 떠나려 하신다. 옛날부터 내려오는 귀호곡(歸乎曲)처럼. 사랑하는 나으리께오서 내 곁을 떠나가시려 한다.

가시리 가시리잇고 나를 버리고 가시리잇고.
날더러 어찌 살라 하시고 나를 버리고 가시리잇고.
붙잡아 두고 싶지옵마는 행여 아니 올세라.
설은 님 보내옵노니 가시는 듯 돌아오소서.

사랑하는 나으리께오서 나를 버리고 떠나가시려 한다. 날더러 어찌 살라 하시고 나를 버리고 떠나가시려 한다. 이 일을 어찌하면 좋을 것인가.

행여 서방님이 돌아오시면 드리리라 짜고 있던 명주옷은 이제 막바지에 이르고 있었다. 베틀을 돌려 옷감을 서둘러 완성하면서도 송이의 마음은 애절하고 곡진하였다.

아아, 이 일을 어찌하면 좋을 것인가. 사랑하는 님께오서 나를 두고 떠나려 하신다. 붙잡아도 소용없고 매달리면 행여 더욱 돌아오지 않으시리니. 차라리 모른 체할 것인가. 그리하여 모른 체 보내면 떠나가신 것처럼 돌아오실 것인가.

"…처음에 내가 곽산에 수령으로 부임하였을 때 기생 점고 중에 너를 본 순간 심히 놀래었었느니라."

송이가 따라주는 술을 마시면서 임상옥은 천천히 지난 일들을 회상하여 말하였다.

"그것은 처음으로 본 너의 얼굴이 낯설지가 않고, 수십 차례 만난 사람처럼 친숙하였기 때문이었다. 그리하여 네가 치마무검을 춘 날 밤, 내가 은밀히 너를 따로 불러 일찍이 나를 본 적이 있었더냐고 물어보았느니라."

"기억하고 있나이다, 나으리."

임상옥의 회상에 맞장구를 치면서 송이가 말하였다.

"나으리께오서는 저에게 낳은 어미와 아비가 누구인지 하고 물으셨나이다."

"그리하여 나는 아전만을 은밀히 데리고 산홍을 만나기 위해 주막집까지 암행하여 보기도 하였느니라. 그러나 산홍으로부터 아무런 비밀도 알아내지 못하였으므로 관아로 돌아와 노비안을 가져오도록 하였느니라. 노비안을 통해 송이 네 호적을 찾아본 순간 나는 심히 놀랬었다. 송이의 아비가 이희저로 노비안에 분명히 적혀 있었기 때문이었느니라. 어찌하여 송이 네가 처음 본 순간부터 낯설지가 아니하고 수십 번 만나본 듯한 숙세(宿世)의 인연이 있는 것처럼 느껴졌던 그 비밀을 알게 되었느니라. 그날 밤, 나는 하룻밤을 꼬박 새우며 고민하고 또 고민하였다. 그날 밤, 내가 밤을 새우며 고민하였던 것이 무엇인지 알겠느냐."

열어젖힌 방문밖에는 봄비가 내리고 있었다. 활짝 피어난 매화꽃

위로 이슬 같은 봄비가 자욱히 적시고 있었다.

　한참을 생각해보고 나서 송이가 대답하였다.

　"…제가 어찌 그것을 알겠나이까."

　"그날 밤."

　임상옥은 술잔을 기울이며 말을 이어내려갔다.

　"나는 한 가지의 결심을 하였는데 그것은 바로 송이 너를 수청 들이는 일이었다. 신임 사또가 송이 너에게 빠졌다는 소문이 온 마을에 퍼져나가도록 계속해서 너를 수청 들이는 일이 바로 그날 밤을 꼬박 새우는 고민 끝에 내린 결심이었다. 과연 발 없는 말이 천리를 간다고 두세 번 수청을 들이고 나자 온 성안에 소문이 자자하게 퍼져나갔음을 내가 곧 알게 되었느니라. 이 모든 것이 내가 미리 정한 계략이었으며 모든 일이 계략대로 척척 맞아떨어졌느니라. 내가 어찌하여 송이 너를 수청 들이려 하였는지 그 이유를 아직도 모르겠단 말이냐."

　임상옥이 묻자 송이는 한숨처럼 대답하였다.

　"나으리의 깊은 뜻을 소첩이 어찌 알겠나이까."

　"…그 모든 것은 너를 내 소실로 삼기 위함이었다. 너를 소실로 들여 첩치가를 삼기 위함이었다. 너를 첩으로 얻어 딴 살림을 차려야 한다는 것이 그날 밤을 꼬박 새워가며 세운 계략이었다."

　"어째서이나이까."

　송이가 술을 마시며 물어 말하였다. 그녀의 얼굴은 이미 홍조가 되어 붉게 물들어 있었다.

　"어째서 소녀를 수청 들이고 일부러 소실이 되도록 하여 마침내 딴 살림을 차려 치가를 하셨나이까."

"그것은."

단숨에 술을 들이켜고 나서 임상옥이 대답하여 말을 이었다.

"오직 송이 너를 구하기 위함이었다. 그날 밤, 나는 밤을 꼬박 새우며 노비안을 들여다보면서 깊이 고민하고 또 고민하였다. 옛 고우 이희저의 딸 송이를 관기에서 빼어내 면천하여 양민으로 속신시켜 주는 방법이 어떤 것이 있을까 생각하였으나, 그 방법은 오직 하나뿐이었다. 사노비라면 돈으로 얼마든지 속신시켜 줄 수 있으나 그 아비가 대역죄인으로 온 가족이 공노비로 노비안에 입적되었다면 방법은 오직 하나, 관노가 호적에서 벗어나는 길은 양민의 소실이 되는 것이었느니라. 그리하여 내가 세운 모든 계략은 남의 의심을 사지 않고 송이를 내 소실로 삼는 것뿐이었느니라."

"그리하여."

한숨을 쉬면서 송이가 말을 받았다.

"…모든 것이 나으리의 뜻대로 되었나이까."

"보다시피."

짐짓 껄껄 소리내어 웃으며 임상옥이 말하였다.

"모든 것이 내 뜻대로 되었느니라. 그날 밤, 결심하였던 대로 나는 너를 세 번이나 수청 들였으며 그 소문은 온 성읍으로 번져나가 신임 사또가 송이에게 혼이 나갔다는 소문이 자자하게 되었으며 자연스럽게 송이를 소실로 맞아들일 수 있었고, 그리하여 마침내 너는 기적에서 벗어나 속량하여 양민으로 돌아올 수 있게 되었느니라."

"하오면."

송이가 물어 말하였다.

"이 모든 것이 나으리의 계략이었나이까. 모든 것이 나으리의 뜻대로 되었나이까."

"헛허허."

너털 웃으며 임상옥이 자신의 무릎을 내리치며 말하였다.

"일러 무엇하겠느냐. 보다시피 모든 것이 내 뜻대로 되지 아니하였느냐."

"하오면 단지 그것뿐이었나이까."

송이가 정면으로 임상옥의 얼굴을 쳐다보며 물어 말하였다.

"나으리께오서 저를 품안에 안아주심은 옛 친구의 딸을 속량시켜 노비에서 구해내고 싶은 우정, 그 하나의 이유 때문이었나이까."

송이의 질문은 매서웠다. 임상옥은 그 예봉을 피하면서 대답하였다.

"그러하면 우정 이외에 또 다른 감정이라도 있을 것이냐."

"나으리."

송이의 목소리는 가늘게 떨리고 있었다.

"소첩은 나으리를 상사하고 있었나이다. 꿈에도 잊지 못하고 몽매에도 잊지 못하였나이다. 그럼에도 그 모든 것이 우정 때문이셨나이까."

"우정 이외에 무슨 사사로운 감정이 있을 것이냐."

분명하게 임상옥이 대답하였다.

"하오나 나으리, 소첩은 나으리와 몸을 섞었나이다. 소첩이 마름풀이라면 나으리는 물새였나이다. 나으리가 견우라면 소첩은 직녀

이옵고, 나으리가 무산이셨다면 소첩은 아침의 구름이었나이다. 이 모든 것도 단지 친구와의 우정 하나 때문이셨나이까."

송이는 정곡을 파고드는 질문의 화살을 쏘아대고 있었다. 그러할 때마다 그 화살을 피하면서 임상옥은 껄껄 웃으며 대답하였다.

"그러하면 그 우정 말고 무슨 사사로운 감정이 있을 것이냐, 헛허 허. 아버지와 딸 사이에 상피(相避)라도 붙는단 말이냐. 내 말을 잘 들을 거라. 송이 너의 아비가 이희저라면 나 또한 너의 아비와 다름이 없는 것이다. 아비와 딸 사이에 어찌 상간(相姦)이 있을 수 있겠느냐."

"하오나."

송이는 물러서질 않았다. 그녀의 두 눈은 임상옥의 얼굴에서 조금도 물러서지 않고 있었다.

"나으리는 소첩과 혼례식을 올리셨나이다. 나으리는 소첩의 서방님이 되셨나이다. 나으리가 말씀하셨나이다. 바로 이 방에서 신방을 보내는 첫날밤에 나으리는 소첩에게 아내라고 말씀하여 주셨나이다. 그때 소첩은 해로동혈이라 하였습니다. 그러자 나으리는 '같이 늙어갈 수는 없지 않겠느냐'고 말씀하시옵고 소첩은 이렇게 대답하였나이다. '함께 나으리와 늙어갈 수는 없다고 할지라도 함께 한 구덩이에 묻힐 수는 있을 것이나이다'라고 말입니다. 그러하면 그러한 맹세도 거짓이었나이까. 그러한 상사의 맹세도 전부 옛 친구와의 우정 때문에 꾸민 거짓이셨나이까."

묵묵히 듣고 있던 임상옥이 입을 열어 말하였다.

"송이야."

임상옥이 부르자 송이가 말하였다.

"말씀하십시오, 나으리."

"내 말을 잘 듣거라. 내 말을 명심하여 듣겠느냐."

"…여부가 있겠습니까."

"송이 너를 면천하여 양민으로 속량시켜줄 수 있는 유일한 방법이야말로 송이 너와 살림을 차려 소실을 삼는 것뿐이라고 내가 몇 번이나 말하지 않았더냐. 너의 아비 이희저는 죄인 중에서도 대역죄인으로 네가 살 수 있는 방법은 오로지 그것뿐이었느니라. 이번에 내가 조정으로부터 착수(捉囚)가 되어 일년 가량 유배형을 받은 그 연유를 네가 알 수 있겠느냐. 하늘 아래 비밀이란 없는 법이라고, 대역죄인의 딸을 소실로 삼았다는 것이 비변사로부터 논척되었기 때문이었느니라."

일단 말을 그치고 나서 임상옥은 빈 잔을 송이에게 내밀었다. 송이는 두 손으로 술병을 기울여 잔을 가득 채웠다. 임상옥은 묵묵히 술잔을 비울 때까지 아무런 말도 하지 않았다. 긴 침묵 끝에 임상옥은 입을 열어 말하였다.

"내 말을 잘 듣거라. 내 말을 절대 명심토록 하여라. 이제 모든 것이 뜻대로 되었다. 송이는 면천되어 양민이 되었다. 이제 그 누구도 너를 노비의 자식이라고 말하는 사람은 없을 것이다. 너는 자유의 몸이 되었다. 그러니 먼 곳으로 떠나거라. 네가 멀리 떠나서 새 생활을 할 수 있도록 충분한 돈을 내가 보태줄 것이다. 또한 나도 이제 다시는 너를 찾아오지 않을 것이다. 이 밤이 지나면 나는 날이 밝기 전에 너를 떠날 것이다. 이것이 마지막으로 다시는 너를 찾아오지 않을 것이다. 만약 사사로운 정으로 인연의 끈을 끊지 못한다면 그때 너와 나는 둘 다 죽게 될 것이다. 그러나 이번 기회에 그 인연의 끈을 단칼에 베어버린다면 나도 살고 너 또한 살 수 있는 쌍생(雙生)의 길이 될 수 있을 것이다. 그러니 가까운 시일 내에 먼 곳으로 떠나거라. 다행히 너는 아직 나이가 젊으니 얼마든지 새 출발을 할 수 있을 것이다. 네 핏속에는 용맹하고 출중한 아비의 피가 흐르고 있지 아니하냐. 또한 이제 네가 아비의 성인 이(李)가를 물려받아 새 이름을 얻지 아니하였더냐. 이송이, 그것이 너의 새 이름이 아니더냐."

그윽한 눈빛으로 임상옥이 송이의 두 눈을 마주보았다. 송이의 두 눈에는 눈물이 맺혀 있었다.

드디어 사랑하는 사람으로부터 떠나시겠다는 가시리의 말이 터져나온 것이다.

그러나 그 눈물은 방울되어 흐르지는 아니하였다. 독한 마음으로 송이는 애써 눈물을 자제하고 있었다.

"소첩에게도 술을 한잔 따라주시옵소서."

송이가 말을 하자 임상옥은 자신이 마시던 술잔에 잔이 넘치도록 술을 따라주었다. 그 잔을 받아 술을 들이켜고 나서 붉은 얼굴로 송이가 말하였다.

"나으리, 나으리의 깊은 뜻을 이제야 모두 알겠나이다. 나으리께오서 어찌하여 소첩을 아비의 무덤까지 데리고 가셨는지 그 깊은 뜻도 이제야 잘 알겠나이다. 또한 나으리께오서 날이 밝으면 떠나시옵고, 떠나시면 아주 오지 않겠노라고 하신 말씀의 뜻도 잘 알겠나이다. 또한 나으리께오서 소첩에게 먼 곳으로 떠나 양민으로 새 출발 하라고 이르신 말씀의 깊은 뜻 또한 잘 알겠나이다. 하오나 나으리, 소첩이 이제 마지막으로 한마디 묻겠나이다."

송이는 잠시 말을 끊었다. 그녀는 술잔에 남은 술을 단숨에 들이켰다. 그러고 나서 빈 잔에 두 손으로 술을 따라 다시 임상옥에게 바쳐올렸다.

술잔을 바쳐올리면서 송이가 말하였다.

"나으리께 마지막으로 묻겠사오니 솔직하게 답변하여 주시겠나이까."

"여부가 있겠느냐."

술잔을 받으면서 임상옥이 대답하였다. 그러나 송이는 아무런 말도 하지 않았다. 술잔을 받은 임상옥이 한 잔을 다 마실 때까지 송이는 입조차 열지 아니하였다. 참다 못한 임상옥이 먼저 입을 열었다.

"네가 방금 나에게 묻고 싶은 말이 있다고 하지 않았느냐."

"그러하면 묻겠나이다."

잠시 비 내리는 정원 쪽으로 얼굴을 돌렸던 송이가 임상옥을 쳐다보면서 물어 말하였다.

"나으리, 나으리께오선 정말 자신이 있으시나이까. 소첩을 떠나서 소첩을 잊을 자신이 있으시나이까. 소첩을 보지 않아도 견딜 수 있으시나이까. 소첩을 떠나보낸 후 그것으로 심신에 병환이 들어 눕지 않을 자신이 있으시나이까. 정말로, 정말로 날이 밝으면 이별의 길을 떠나 영원토록 다시는 돌아오지 않을 자신이 있으시나이까. 소첩을 보지 않아도 하루하루를 사는 생활에 기쁨이 있을 수 있겠나이까. 허망하고 허망하여 상심에 젖지 않을 자신이 있으시나이까. 소첩이 없더라도 활기에 찰 자신이 있으시나이까. 소첩의 몸이 그리워서 밤마다 뒤척이지 않을 자신이 있으시나이까. 날마다 차가워지는 나으리의 몸을 덥혀줄 소첩의 생각에 시름에 겨워 한숨을 쉬지 않을 자신이 있으시나이까. 진실로 진실로 나으리께 묻사오니 이 송이가 없이도 살아갈 자신이 있으시나이까. 저승도 막지 못한 이승에서의 숙세의 인연을 단칼에 베어버릴 자신이 있으시나이까."

송이의 말은 구구절절이 구곡간장의 깊은 마음속을 털어놓는 듯하였다. 한바탕 말을 쏟아내고 나서 송이는 잠시 말을 끊고 긴 한숨을 쉬었다.

"나으리."

애절한 눈빛으로 송이가 임상옥의 눈을 마주보며 말하였다.

"나으리께오서 하라시면 소첩은 능히 할 수 있나이다. 먼 길을 떠나라면 소첩은 이르시는 대로 능히 할 수 있나이다. 먼 곳으로 떠나 새 출발을 하라시면 소첩은 능히 그렇게 할 수 있나이다. 하오나, 나으리."

송이는 술잔을 비우고서 말을 이었다.

"나으리께오서는 제가 없으면 살지 못하실 것이나이다. 나으리께오서는 제가 없으면 인생이 허망하여서 살지 못하실 것이나이다. 나으리께오서 소첩을 찾으실 때 소첩이 없으면 애통하여 몸져 누우실 것을 저는 알고 있나이다. 소첩이 나으리의 곁을 못내 떠나지 못함은 바로 나으리 때문이나이다. 소첩은 나으리가 죽으면 함께 죽겠나이다. 소첩은 나으리가 땅에 묻히면 함께 묻힐 자신이 있나이다. 그 이상 이승에서 더 무엇을 바랄 수 있겠나이까. 잠시 머물다 사라질 이승에서 나으리 곁에 소첩이 있고, 소첩 곁에 또한 나으리 가 있어 서로 상사하고 상사하니, 더 이상 무엇을 바랄 수가 있겠나이까. 그러하니 나으리, 소첩이 마지막으로 묻겠사오니 정말로 자신이 있으시나이까. 이 소첩이 먼 곳으로 사라져 다시는 만날 수 없다 하더라도 소첩을 잊을 자신이 있으시나이까."

송이는 임상옥의 두 눈을 쳐다보며 물었다. 단도직입적인 질문이었다.

비켜가거나 돌아가는 일 없이 평소의 그녀답게 요점을 향해 곧바로 찔러 들어가는 질문이었다. 질문을 받은 임상옥이 웃음 띤 얼굴로 말하였다.

"술을 한 잔 따라주지 아니하겠느냐."

송이가 두 손으로 술을 따라주었다. 임상옥은 묵묵히 잔을 들이켜고 다시 빈 잔을 내려놓으며 말하였다.

"한 잔 더 따라주지 아니하겠느냐."

송이가 따라주자 다시 그 잔을 들이켜고 나서 임상옥은 빈 잔을 술상 위에 내려놓으며 말하였다.

"다시 한 잔 더 따라주지 아니하겠느냐."

술 석 잔의 삼배(三杯)였다. 예로부터 술 석 잔의 삼배를 마신다 함은 자신의 결연한 의지를 드러내놓겠다는, 술자리에 있어서의 주도였다.

송이 역시 그 주법을 잘 알고 있었다. 그녀는 말없이 두 손으로 다시 빈 잔을 채웠다. 이미 마신 술이 상당하여 취했을 법도 하건만 임상옥은 조금도 취한 기색이 없이 묵묵히 송이가 따라주는 삼배를 들이켜고 나서 빈 술잔을 소리가 나도록 술상 위에 내려놓았다. 그러고 나서 송이를 마주보며 입을 열어 말하였다.

"네가 물으니 내가 분명히 대답할 것이다. 묻지 아니하면 대답하지 않아도 좋은 것을 송이 네가 물으니, 그러면 내가 대답하겠다. 이제 모든 것은 끝이 났다. 모든 것이 내 소원대로 이루어졌다."

임상옥은 벼루를 가져오게 한 후 붓에 먹을 듬뿍 묻혀서 종이 위에 단숨에 한시를 써내려갔다.

下馬飲君酒(하마음군주)
問君何所之(문군하소지)
君言不得意(군언부득의)
歸臥南山陲(귀와남산수)
但去莫復問(단거막부문)
白雲無盡時(백운무진시)

흰 종이 위에 한시를 써내리고 나서 임상옥이 송이에게 물어 말하였다.

"이 시가 누구의 시인지 알고 있느냐."

"알고 있나이다. 당의 시인 왕유(王維)의 시이나이다."

임상옥은 붓을 던지며 말하였다.

"이 시는 왕유의 '송별(送別)'이라는 시이니라."

임상옥은 손가락으로 일일이 짚어내리면서 자신이 쓴 왕유의 시를 읊어내려갔다.

"말에서 내려 그대에게 술을 권하면서, 그대에게 묻노니 '어느 곳으로 갈 것인가', 그대 말하기를 '뜻을 얻지 못하여 남산 언저리에 돌아가 눕겠네', '그저 가게 다시 묻지 않겠네. 흰구름이 끝날 때가 없을 테니까.'"

왕유의 시를 읊고 나서 임상옥이 송이를 쳐다보며 말을 이었다.

"나는 이제 뜻을 얻지 못하였으니 남산 언저리로 돌아가 누울 것이다. 그러니 송이야, 다시는 내게 어디로 갈 것인가 묻지를 말아라. 어차피 흰구름이 그칠 때는 없을 테니까."

왕유의 시를 빌려 한마당의 타령을 끝내고 나서 임상옥이 말을 맺었다.

"송이야, 너는 이제 내 마음에서 떠났음이니라. 한 번 흘러간 물은 거꾸로 흘러갈 수 없고 한 번 흘러간 마음은 돌이킬 수가 없는 것이니라."

그것이 송이의 마지막 질문에 대한 임상옥의 최종답변이었다. 임상옥의 마지막 답변을 들은 송이가 몸을 일으키며 말하였다.

"나으리, 잘 알겠사옵니다."

다음날 아침.

날이 밝기 전에 임상옥은 곽산을 떠났다. 행여 마을 주민들이 알아볼까 삿갓을 쓰고 가져온 돈과 보화들은 산홍에게 물려준 후 곽산을 떠났다. 그 보화들은 간밤에 말하였던 대로 송이가 먼 길을 떠나 낯선 곳에서 충분하게 새 출발을 할 수 있을 정도의 큰돈이었다.

간밤에 있었던 두 사람의 작별을 전혀 모르고 있던 산홍으로서는 뜻밖의 횡재에 입이 벌어질 만큼 함박웃음을 띠며 좋아하였다.

"잘 있게나, 장모."

다시는 돌아오지 않을 길을 떠나면서 임상옥은 산홍에게 손을 흔들어 보였다. 산홍은 대문 밖으로는 나가지 못하고 문 안에서 전송하여 말하였다.

"나으리, 항상 대문을 열어놓고 기다리고 있겠나이다. 안녕히 가시옵소서, 안녕히 가시옵소서."

송이는 방안에서 떠나는 임상옥의 목소리와 발자국소리와 양어미 산홍의 호들갑스런 목소리를 듣고 있었다. 송이는 숨죽여 듣고 있었다. 자칫 통곡으로 터져 흐르려는 눈물을 막기 위해서 송이는 입안에 가득 숨을 베어물고 있었다.

가신다.

임께서 떠나가신다.

떠나가시오면 이제 다시는 돌아오지 않으신다.

아아, 날더러 어찌 살라시고 나를 버리고 떠나가신다.

임상옥이 문밖으로 나아가 발자국소리가 멀어져가자 송이는 노리개로 차고 있던 칼집 속에서 날카로운 은장도를 빼어들었다.

송이가 정절을 지키기 위해서 항상 옷고름에 차고 다니던 패도(佩刀). 그러나 이제 정절이 무슨 소용이 있을 것인가. 송이는 칼집에서 날카로운 칼을 빼어들고 허공으로 치켜들었다. 유사시에는 상대를 공격하거나, 마지막으로는 자결하기 위해서 갖고 다니던 칼이 아니었던가.

허공으로 치켜들었던 은장도를 송이는 순간 내리찍었다.

송이의 손에서 은장도는 춤추었다. 베틀 위에 거의 완성되어가던 명주옷의 실을 은장도는 단숨에 베어내었다.

임이 오시면 만들어주리라 일년여 동안 직접 짜던 명주옷이었다. 그러나 이제 떠나가 다시는 돌아오지 않을 임을 위해 옷감을 짜서 무엇하며, 옷을 지어 무엇할 것인가.

임은 떠났다. 임은 다시 돌아오지 않는다.

송이는 베틀에 걸려 있는 명주옷을 은장도로 갈갈이 찢어내리면서 무너졌다. 참았던 울음이 통곡이 되어 터져 흘렀다.

날더러는 어찌 살라 하시고 나를 버리고 떠나시고 말았다.

절현(絶絃).

옛 중국의 춘추전국시대 때 거문고의 명수 백아(伯牙)가 자기가 타는 거문고의 가락을 알아주던 유일한 벗 종자기(鍾子期)가 죽은 후에는 거문고의 줄을 끊고 다시는 타지 않았던 것처럼 송이는 사랑하는 임의 옷을 찢어 절연함으로써 마침내 맺었던 의를 끊고 절의할 수 있었던 것이다.

이 무렵.

임상옥은 곽산 성문을 벗어나고 있었다.

성문을 지나 산마루에 이르자 임상옥은 삿갓을 벗고 말을 세웠다. 그는 말에서 내려 철쭉꽃이 온 산을 피처럼 물들이고 있는 바위 위에 걸터앉았다. 산 아래로 자신이 떠나온 곽산 읍내의 풍경이 아련하게 펼쳐보이고 있었다.

이로써.

임상옥은 소리를 내어 중얼거렸다.

곽산에 올 때부터 생각해 두었던 소기의 목적을 다하고 돌아가게 되었다. 새벽종이 울리는 금강사에서 깨달았던 세 가지의 길 없는 길 중에서 그 두 번째의 길을 행하고 돌아가는 것이다.

혼신의 힘을 다해 표정을 숨기고 내색을 하지 않았지만 임상옥의 가슴도 이별의 슬픔으로 갈갈이 찢어지고 있었다.

과연 내가 살 수 있을까.

송이의 마지막 질문처럼 내가 과연 송이를 떠나서 살 수 있을까. 송이를 보지 않아도 살 수 있을까. 정말로 이별의 길을 떠나 영원토록 다시는 이 곽산으로 돌아오지 않을 자신이 있을 것인가. 저승도 막지 못한 이승에서의 숙세인연을 단칼에 베어버릴 자신이 있는 것일까.

일찍이 부처는 경전에서 말하였다.

애욕이 생사의 근원임을 밝힌 부처는 '어찌하면 윤회의 근원을 끊을 수 있습니까' 하고 묻는 미륵보살에게 대답한다.

"…모든 중생들에게는 시작 없는 옛적부터 갖가지 애정과 탐심과 음욕이 있기 때문에 생사가 윤회하는 것이다. 중생들은 음욕으로 인해 각자의 성품과 생명을 타고나는 것이니 윤회의 근원이 애욕임을 명심하여라. 음욕이 애정을 일으켜 생사가 계속되는 것이다. 음욕은 사랑에서 오고, 생명은 음욕 때문에 생기는데 중생이 또다시 생명을 사랑하여 드디어 음욕을 의지하니 음욕을 사랑함은 원인이 되고 생명을 사랑함은 결과가 되는 것이다."

부처는 다음과 같은 결론을 내린다.

"사람이 애욕에 얽매이면 마음이 흐리고 어지러워 도를 볼 수 없다. 깨끗이 가라앉은 물을 휘저어 놓으면 아무리 들여다보아도 그림자를 볼 수 없는 것과 같다. 너희들은 반드시 애욕을 버려야 한다. 애욕의 때가 씻기면 도를 볼 수 있을 것이다. 도를 보는 사람은 마치 횃불을 가지고 어두운 방안에 들어갔을 때 어두움이 사라지고 환히 밝아지는 것과 같다. 도를 배워 진리를 보면 무명(無明)은 없어지고 지혜만 남을 것이다."

내게 있어 송이를 떠남은 부처의 말처럼 애욕을 끊는 일이다. 애욕을 끊음으로써 마음의 흙탕물은 깨끗이 가라앉고 죽고 사는 생사의 윤회에서 벗어나게 될 수 있을 것이다. 내가 애욕을 끊음은 오로지 나를 위한 길만은 아니다. 송이에게 있어 나야말로 애욕의 대상이다. 송이에게 있어 나야말로 음욕의 마군(魔軍)이며 온갖 번뇌와 집착을 일으키는 마귀인 것이다. 진실로 송이를 위하는 길은 내가 스스로 그녀의 곁을 떠남으로써 애욕으로부터 벗어나게 하여 주는 길인 것이다.

임상옥은 마음속에 남아 있는 한 가닥의 미련마저 읍내가 바라보이는 산마루에서 훌훌 털어버리고 다시 말 위에 올라 길을 재촉하였다. 그의 귓가로 젊었을 무렵 사찰에서 들었던 부처의 사자후가 천둥소리가 되어 들려왔다.

"가까이 사귄 사람끼리는 사랑과 그리움이 생긴다. 사랑과 그리움에는 고통이 따르기 마련이다. 연정(戀情)에서 근심이 생기는 것임을 알고 무소의 뿔처럼 혼자서 가라. 애욕은 그 빛이 곱고 감미로우며 즐겁게 한다. 또한 여러 가지 모양으로 우리들의 마음을 산산이 흐뜨려 놓는다. 관능적인 애욕에는 이와 같은 위험이 있다는 것을 알고 무소의 뿔처럼 혼자서 가라. 소리에 놀라지 않는 사자와 같이 그물에 걸리지 않는 바람과 같이 무소의 뿔처럼 혼자서 가라."

나는 이제 무소의 뿔처럼 혼자서 갈 것이다. 그것은 송이도 마찬가지다. 내가 무소의 뿔처럼 혼자서 갈 때 송이도 그물에 걸리지 아니하는 바람처럼 혼자서 갈 수 있을 것이다. 이것이야말로 함께 사는 공생의 길이다.

임상옥은 스스로의 약속을 지켰다. 그는 다시는 송이를 만나기 위해 곽산으로 찾아온 적이 없었다.

그것은 송이도 마찬가지였다. 그녀는 임상옥이 떠난 몇 달 후 집을 정리하고 먼 곳으로 떠났다. 아무도 그녀가 어디로 떠났는지 알지 못하였다. 심지어 송이의 양어미 산홍조차도 송이가 어디로 떠났는지 알지 못하고 있었다.

3

곽산에서 돌아온 임상옥은 즉시 금강사에서 새벽 종소리를 들었을 때 깨달았던 길 없는 길 중에서 그 세 번째의 길을 실행에 옮길 것을 결심하였다.

이미 스스로 지은 집을 파가하는 것으로 그 첫 번째의 길을 실천하였던 임상옥은 사랑하는 송이와의 인연을 끊고 이별함으로써 두 번째의 길 없는 길을 행하였다.

이제 남은 것은 세 번째의 길이었다.

임상옥은 조촐한 주안상을 차린 후 박종일을 불러들여 단둘이 마주앉았다. 주거니 받거니 몇 순배의 술잔이 오간 뒤 임상옥이 먼저 입을 열어 말하였다.

"이제 다시는 곽산으로 내려가지 않을 것이오."

박종일은 주인 임상옥의 말을 이해하지 못하였다. 곽산에는 주인이 사랑하는 애첩 송이 아씨가 살고 있지 않은가. 그럼에도 불구하고 어찌하여 다시는 곽산으로 내려가지 않을 것이라고 장담하고 있는 것일까.

"또한 앞으로는 될 수 있는 대로 문밖출입을 자제하여 두문불출할 것이오."

이해가 가지 않는 얼굴로 박종일이 물어 말하였다.

"이 세상과 절연하시겠다는 말씀이나이까."

임상옥은 단숨에 대답하였다.

"그렇소이다. 속세를 벗어나겠소이다."

"세속을 벗어나서 무엇을 하실 생각이시나이까."

"못을 파서 연못을 만들고, 꽃을 심고, 그 속에서 책을 읽고, 시를 지으며 자적(自適)할 것이오. 그리하여 무엇보다 휴식을 취할 것이네. 새소리를 듣고, 하늘 위에 흘러가는 구름도 바라볼 것이오. 일찍이 당나라의 시인 왕유는 이런 시를 남겼었소. 行到水窮處 坐看雲起時(행도수궁처 좌간운기시). '물이 끝나는 곳까지 따라가 앉아서 구름이 피어오르는 것을 보리라'라는 뜻이오. 이제는 나도 모든 세속을 버리고 물이 끝나는 수궁처를 따라가고 싶소."

"하오면."

박종일이 말을 받았다.

"나으리의 상업은 어떠하시겠나이까. 나으리의 상업은 날로 번창일로에 있나이다. 나으리야말로 조선 팔도 제일의 거상이 아니시나이까."

"마찬가지요."

임상옥은 대답하였다.

"앞으로는 상계에도 나가지 않을 것이오."

"그러면 무엇을 하시겠다는 것이나이까."

"나는 가객(歌客)이 될 것이오."

임상옥이 대답하였다. 가객이라 함은 시조를 잘 짓거나 창을 잘하는 사람으로 일정한 주거지역 없이 떠돌아다니면서 술을 얻어먹는 가인(歌人)을 말함이었다.

"그래서 말인데, 박공."

넌지시 박종일을 불러 술잔에 술을 따라주면서 임상옥이 말하였다.

"앞으로 상업은 모두 박공이 나를 대신하여 운영하여 주시오. 상업의 전권을 모두 박공에게 양도하겠으니 앞으로는 박공이 주인이 되고 나는 물러가 종이 될 것이오."

박종일은 천부당만부당한 소리라는 듯 펄쩍 뛰면서 말하였다.

"이를 법이나 하실 말씀이시나이까. 어찌 소인이 대인어른의 수완을 당해낼 재간이 있겠나이까. 나으리께서는 하늘이 내신 거상이시옵고 소인은 일개 잡상에 지나지 않나이다."

임상옥이 무엇인가를 꺼내서 술상 위에 얹어놓았다. 쨍그랑 소리가 나는 그 물건을 박종일이 바라보았다. 그것은 상평통보(常平通

寶)였다. 상평통보는 조선에서 통용되는 유일한 화폐로 이를 법화(法貨)라고 하였다

"이것이 무엇이오, 박공."

술상 위에 상평통보를 소리가 나도록 올려놓은 후 임상옥이 물어 말하였다.

"화폐가 아니나이까."

박종일이 대답하였다.

"구리로 만들었으므로 동전이라고 부르기도 하고, 또 엽전이라고 부르기도 하나이다. 사람들은 일러 돈이라고 부르기도 하나이다."

상계에서는 통화 기능을 대신해온 쌀, 포 등 물물화폐와 칭량은화(稱量銀貨)의 화폐 기능이 한계를 드러내게 되자 법화인 상평통보를 거래의 주요 수단으로 사용하고 있었다.

박종일이 대답하자 임상옥이 입을 열어 말하였다.

"아니오, 박공. 이것은 화폐도 아니고, 동전도 아니고, 엽전도 아니고, 돈도 아니오."

"그러면 무엇이나이까."

"이것은 아도물(阿堵物)이오."

임상옥은 짤막한 대답을 하고 술잔을 비웠다. 박종일은 임상옥의 말을 이해할 수 없었다.

아도물. 중국에서는 이것을 가리킬 때 '아도(阿堵)'란 속어를 사용하고 있었다. 그러므로 '아도물'이라면 '이 물건'을 가리키는 중국의 속어였다. 임상옥의 대답은 그러니까 '이것은 이 물건이다'라

는 식의 답변이었다.

"무슨 뜻인지."

박종일이 짧은 침묵 끝에 말을 이었다.

"소인은 전혀 모르겠나이다. 어찌하여 나으리께오서는 이 화폐를 '이 물건'이라고 부르시나이까."

임상옥은 술을 마시면서 천천히 대답하였다.

"일찍이 중국에 왕연이란 사람이 있었소. 그는 죽림칠현(竹林七賢)의 한 사람인 왕융의 종제(從弟)로서 명문 출신이었소. 때는 위진시대로 진나라가 몰락하고 있을 때였는데 그는 요직을 두루 거치면서도 정무를 보는 일은 뒷전으로 미룬 채 오로지 세속을 떠나 청담(淸談)으로만 세월을 보내었는데 그래도 정무는 순조로웠다고 전해지고 있소이다. 그는 후에 석추를 앞세워 흉노가 진의 도읍 낙양으로 쳐들어왔을 때 제대로 싸워보지도 못하고 잡혀서는 다음과 같이 변명하였소. '내가 출세욕이 있어 이 자리에 이른 것이 아니라 다만 사령에 따라 이리 되어버린 것'이라고 말이오. 그러자 이 말을 들은 석추는 왕연을 비웃으며 목을 베어 죽였는데 그에 대한 일화가 오늘까지 남아 있소. 그는 세속에 관한 것을 혐오하였는데 특히 금전이나 화폐에 관한 말을 입에 담기조차 꺼려하였소. 어느 날 남편이 잠들어 있을 때 그의 아내가 남편을 시험하려고 그가 자고 있는 침대 앞에 돈을 깔아놓도록 하녀에게 명하였소. 하녀는 시키는 대로 침대 주위에 돈을 깔아놓았지. 잠을 깬 왕연은 무심코 침대에서 일어나려 하다가 발밑에 깔려 있는 돈을 보고는 소스라쳐 이렇게 소리질렀소. '거각아도물(擧却阿堵物).' 이 말의 뜻은 '이 아도물을 치워버려라'라는 것인데, 그러니까 왕연이 했던 말은 돈이란 말조차 입에 담기 싫어했던 사람이었으므로 '돈을 치워라' 하지 않고 '이 물건'을 치워라 하고 말한 것이오."

임상옥은 술상 위에 놓인 상평통보를 손가락으로 가리키며 말하였다.

"나는 평생 동안 이 물건을 주우며 살아왔소. 이것이 나를 행복하게 해줄 것이라고 믿고 이 물건을 모으기 위해 혼신의 힘을 다해왔소. 그런데 이제 와서 돌아보니 이것은 다만 하나의 물건, 즉 아도물임을 깨달았던 것이오. 나는 이것이 나의 것이라 생각해왔으나 이 물건은 본디 그 누구도 소유할 수 없는 물건임을 깨달았소. 마치 흐르는 물이나 푸른 하늘이나 대기처럼 이 물건은 가질 수도, 소유할 수도 없는 하나의 물건임을 나는 깨달았소. 이것은 잠시 내가 맡고 있는 것일 뿐, 언젠가는 내 곁을 떠나 다른 사람에게 돌아갈 물건이오. 이 아도물을 내가 영원토록 소유하려 하는 것이야말로 집착임을 깨달았던 것이오. 옛 중국 전한의 무제 때 큰 세력을 떨쳐 중앙정권에 큰 위협이 되었던 회남왕(淮南王) 유안은 《회남자》란 책을 남겼는데 이 책 속에 이런 말이 나오고 있소."

임상옥은 잠시 붓을 들어 먹을 묻힌 후 종이 위에 다음과 같이 써내렸다.

逐鹿子不見山(축록자불견산)
攫金子不見人(확금자불견인)

임상옥은 박종일을 바라보며 말을 이었다.

"사슴을 쫓는 사람은 산을 보지 못하고, 금을 움켜쥐려는 자는 사람을 보지 못한다."

임상옥은 껄껄 웃으며 말하였다.

"이 말이야말로 나를 두고 하는 말이오. 나는 평생 동안 사슴을 쫓아다녔으므로 산을 보지 못하였고, 나는 평생 동안 이 아도물을 쫓아다녔으므로 제대로 사람을 본 적이 없소이다. 내가 사람을 본 것은 이 사람이 내게 이로운 사람인가 해로운 사람인가, 이익을 남겨줄 사람인가 손해를 끼칠 사람인가만 따져보았을 뿐 그 사람의 진면목은 보지 못하였던 것이오. 이 모든 것이 이 아도물에서 비롯된 것이오. 나는 눈앞의 이익에만 눈이 멀어 장님이 되고 말았소. 이 모든 것도 이 아도물 때문에 비롯된 것이오. 이제 나는 이 사슴을 버림으로써 산을 볼 것이며, 금을 버림으로써 사람을 제대로 보고 싶소. 또한 이 아도물을 버림으로써 하늘과 땅의 모든 천지만물을 똑똑히 보고 싶소이다."

술병을 들어 박종일의 술잔에 술을 따르며 임상옥이 말하였다.

"이제야 아시겠소. 내가 어찌하여 아도물과 세속을 버리고 가객으로 돌아가려 하는지."

임상옥의 질문에 박종일이 대답하였다.

"대충 알아듣겠나이다, 나으리. 나으리를 대신하여 상업에 종사하여 경영해 달라는 뜻을 짐작할 수 있겠나이다. 하오나 한 가지 묻고 싶은 말이 있사옵니다."

"그것이 무엇이오."

정색을 하고 임상옥이 말하자 박종일이 물어 말하였다.

"도대체 무엇이 나으리를 이처럼 변하게 하였나이까. 나으리께오서 세속을 버리시겠다고 말씀을 하셨다면 무슨 계기가 있었을 것이 아니겠습니까. 그것이 도대체 무엇이나이까."

임상옥은 빙그레 웃으며 말하였다.

"물론 있소이다. 장님이었던 내 눈을 휘번쩍 뜨게 한 장본(張本)이 있소이다."

"그것이 무엇이나이까."

"그것은 바로 저것이야."

임상옥은 손을 들어 찬탁을 가리켰다.

박종일은 임상옥의 손끝이 가리킨 찬탁 위에 놓인 물건을 바라보았다. 그것은 깨진 술잔 하나였다. 그 언젠가 조상영이 집어던져 깨트렸던 평범한 술잔이었던 것이다.

"저 깨어진 잔이 나으리의 두 눈을 뜨게 하였단 말씀이시나이까."

"그렇소이다."

임상옥은 분명하게 대답하였다.

"하지만."

박종일은 어이가 없었다. 그는 주인의 마음과 말을 알아들을 수가 없었다.

"저 잔이야말로 하찮은 물건이 아니나이까."

"물론 그러하겠지. 하지만 나를 낳아준 사람은 부모이지만 나를 이루게 해준 것은 바로 저 잔인 것이오."

그날 밤, 박종일은 임상옥의 제의를 받아들였다. 임상옥이 상업에서 손을 떼고 물러앉는 대신 박종일이 전면으로 나서 경영을 맡기로 합의를 본 것이다.

임상옥은 그 즉시 작은 연못 하나를 조성하고 그 주위를 따라 숲을 가꾸고 꽃을 심었다. 작은 집 하나를 마련하고 자신의 호를 '가포(稼圃)'라 지었다. 가포의 뜻은 '채마밭에 채소를 심는 사람'이란 뜻이었다.

그는 자신의 호처럼 그 이후에는 채소를 심는 사람처럼 은둔생활에만 파묻혀서 다시는 상계에 나서지 아니하였다. 그는 그때부터 자연에 심취하고 시를 짓는 일에만 몰두하였으므로 자신의 소망대로 가객이 되었다.

스스로 상계에서 물러나 가객이 됨으로써 금강사에서 새벽 종소리를 들었을 때 깨달았던 길 없는 길의 세 번째 길을 완성한 임상옥은 자신이 자서한 《가포집》 서문에서 자신의 인생을 근본적으로 바꾼 계영배에 대해서 이렇게 서술하고 있다.

나를 낳아준 사람은 부모이지만 나를 이루게 해준 것은 그 하나의 잔이었다(生我者父母 成我者一杯).'

이때의 심경을 임상옥은 《가포집》 서문에 담담한 필치로 간단하게 표현하고 있다.

'…새 집을 짓고 입주하여 들어오매, 숲과 연못, 꽃과 돌 사이에 새들이 날아와 다투어 집을 지으며 지저귄다. 가히 책을 읽고 시를 지으면서 만년에 휴식을 취할 장소가 될 만하다.'

제4장 세한도(歲寒圖)

1

    비행기가 일본 나리타 공항에 내린 것은 오후 일곱 시 무렵이었다.

    비행기가 무사히 착륙하고 저희 비행기를 탑승해주셔서 고맙다는 안내방송이 나오고, 비행기가 완전히 멎을 때까지 그대로 좌석 벨트를 맨 채 좌석에서 기다려 달라는 스튜어디스의 말이 나오자 그제야 한기철은 눈을 뜨고 하품을 하면서 말하였다.

    "아아, 벌써 동경에 닿은 모양이지요."

    그는 김포공항을 출발하여 나리타 공항에 도착할 때까지의 두 시간 동안 내내 잠에 떨어져 있었다. 비행기가 출발하자마자 스튜어디스에게 독한 위스키를 두어 잔 얻어 함께 마신 뒤로 한기철은 줄곧 깊은 잠에 빠져 있었다.

격무로 인해 항상 만성피로가 누적되어 있다가 느닷없는 해외출장으로 한꺼번에 피로함이 몰린 탓일까. 아예 작정한 듯 스튜어디스로부터 눈을 가리는 검은 안대를 얻어 쓰고는 웃으며 말하였다.

"잠깐 눈 좀 붙이겠습니다."

그의 말은 단지 인사말에 지나지 않았다. 비행 중에 제공되는 기내식도 먹지 않고 그는 가늘게 코까지 골면서 잠들어 있었다.

나는 잠깐만이라도 눈을 붙일 수가 없었다. 원래 성격이 예민한 터라 공공장소에서는 피곤해도 잠을 잘 수 없는 습성 때문이기도 했지만 그보다도 느닷없는 이번 여행에 대한 궁금증 때문이었다.

이번 여행은 전혀 예정된 것이 아닌 돌발적인 것이었다. 한기철로부터 연락을 받은 것이 오늘 아침이었다. 그는 대뜸 내게 이렇게 말했다.

"정 선생님, 혹시 여권은 갖고 계시겠지요."

내가 '있다'고 대답하자 그는 다시 물어 말하였다.

"혹시 일본 비자는 갖고 계십니까."

"…없는데요."

한기철은 다시 물었다.

"미국 비자는 갖고 계시겠지요."

일본에 비하면 미국은 훨씬 인심이 후한 편이어서 한 번 비자를 발급받으면 보통 여권 기간의 만료 시기까지는 연장해주어 미국 비자는 살아 있었다.

"미국 비자는 있습니다."

내가 대답하자 한기철은 잘됐다는 듯 말을 이었다.

"그러면 됐습니다. 일본은 비자 없이도 72시간은 통과 체류할 수 있으니까요. 72시간이면 충분합니다. 정 선생님, 저와 함께 일본에 잠깐 동안만 다녀오시지 않겠습니까."

"일본이라면 어디를 말하는데요."

"동경입니다. 오늘이 마침 금요일이니까 저녁 비행기로 출발하면 일곱 시쯤 동경에 닿을 것이고, 주말에 모든 일을 끝마치고 늦어도 일요일이면 서울로 돌아올 수 있을 것입니다."

"그럼 오늘 저녁에 출발하자는 말인가요."

나는 당황했다. 오늘 중으로 써야 할 급한 원고가 있었기 때문이었다.

"그렇습니다. 오후 다섯 시쯤 동경으로 출발하는 비행기가 있습니다. 한 시간 전에 공항에서 모든 수속을 하면 되니까 오후 네 시쯤 제2청사 C은행 앞에서 만나면 될 것 같습니다. 나오실 때 여권만 잊지 말고 갖고 나오시지요. 비행기표는 저희들이 따로 마련해 놓았습니다. 참, 정 선생님의 영어 철자가 어떻게 되시는지요."

한기철은 오랫동안 무역으로 단련된 세일즈맨답게 신속하고 빈틈이 없었다.

"도대체 무슨 일인가요."

나는 따로 머리 속으로 시간 계산을 하면서 말하였다. 오후 네 시까지 김포공항으로 나가야 한다면 오후 세 시에는 집에서 출발해야만 한다. 3일의 짧은 여행이라면 작은 백 하나면 충분하므로 짐을 싸고 떠날 준비를 하는 데 삼십 분도 걸리지 않을 것이다. 그러므로 오후 두 시까지는 원고를 쓰는 일에 몰두할 수 있을 것이다.

"그것은 전화로 말씀드릴 수는 없고 만나뵙고 말씀드리겠습니다. 일단 오후 네 시에 김포공항 제2청사에서 뵙겠습니다. 출국 수속을 하는 2층에 C은행이 있으니까 그 은행 앞에서 기다리고 있겠습니다."

일방적으로 전화가 끊긴 후 나는 서둘렀다. 두 시까지 원고를 끝내고 송고까지 마치려면 시간이 빠듯했으므로 성급히 책상 앞에 앉아서 펜을 들었다.

7월 초순인데도 날씨는 복더위처럼 무더웠다. 더위와 씨름하면서 30매에 달하는 청탁 원고를 무사히 끝낼 수 있었다.

시간이 촉박했으므로 갈아입는 옷만 대충 챙겨 작은 가방을 들고 점심도 거른 채 택시를 타고 김포공항에 달려왔지만 출국수속을 하는 C은행 앞에 도착한 것은 약속시간보다 십 분 늦은 네 시 십 분 무렵이었다.

그러나 미리 도착해서 기다리고 있을 줄 알았던 한기철의 모습은 보이지 않았다.

C은행 앞은 여행객들로 만원을 이루고 있었다. 외국으로 단체 여행을 떠나는 사람들의 집합 장소였는지 각종 깃발을 든 여행사 직원들이 함께 떠날 여행객들의 이름을 부르고 주의 사항을 알려주느라 야단법석이었다.

한기철이 나타난 것은 네 시 삼십 분 정도였다.

"죄송합니다. 회사 업무가 바빠서요."

이것저것 따질 겨를이 없었다. 우리 둘은 빠르게 수속하고 빠르게 출국 검색대를 빠져나왔다. 동경으로 출발하는 비행기가 머무르고 있고, 기항장은 이미 모든 승객들이 탑승을 완료한 후였다. 우리 둘은 아슬아슬하게 비행기에 올랐고, 비행기의 출입구가 닫혔다.

한기철을 마지막 본 것이 지난 봄이었으니 다시 만난 것은 삼사 개월 만의 일이었다. 그는 자신의 말대로 바쁜 회사 업무에 시달리고 있었는지 초췌하고 지쳐 있었다.

"비행기가 동경에 도착하면 동경 지사에서 직원이 마중을 나와 있을 겁니다."

"도대체 무슨 일입니까."

얼음을 넣은 위스키를 시켜 나누어 마시면서 나는 한기철에게 물었다.

"정확한 이유는 저 역시 잘 모릅니다. 동경에 가서 동경 지사장을 만나봐야 정확한 이유를 알 수 있을 겁니다."

"그렇다면 군이 저까지 출장 여행을 떠나야 할 이유가 없지 않습니까."

"아, 아닙니다."

손을 저으면서 한기철이 대답하였다.

"정 선생님을 모시고 가는 것은 제 뜻이 아닙니다. 오늘 아침 동경 지사장으로부터 긴급 연락이 왔습니다. 가능하다면 빨리 정 선생님을 모시고 동경으로 출장을 와달라는 전언입니다. 정 선생님을 모시고 가는 것은 동경 지사장으로부터의 정식 요청 때문이지 저의 개인적인 용무 때문은 아닙니다."

그리고 나서 한기철은 수수께끼처럼 말을 덧붙였다.

"저도 정확한 이유는 모르지만 아마 돌아가신 회장님과 관련된 매우 긴급한 업무 때문이 아닐까요. 동경 지사로부터 전송되어온 팩스에 'K-2에 관한 문건'이라고 명기되어 있었으니까요."

K-2.

그것은 김기섭 회장을 가리키는 암호명임을 나 역시 잘 알고 있었다. 무슨 이유로 동경 지사에서는 K-2에 관련된 업무로 굳이 나를 동경까지 와달라는 긴급 전문을 보내온 것이었을까.

위스키 두어 잔으로 취기가 오른 한기철은 그대로 깊은 잠에 빠져들어 더 이상 대화를 나눌 기회가 없었다.

비행기가 동경까지 도착하는 동안 나는 궁금증을 떨쳐버릴 수가 없었다.

천천히 활주로를 선회하여 기항장으로 다가가는 비행기의 창문을 통해 본 나리타 공항은 어둠이 깔려 있었다. 서울의 일곱 시라면 잔광이 남아 있는 석양 무렵이었으나, 동경은 위치상 우리나라보다 해가 일찍 뜨고 그만큼 일찍 지는 탓인지 이미 어둠이 내려 있었다.

비행기를 내리자 일본 특유의 후텁지근한 공기가 눅눅한 습기를 띠고 몸에 달라붙어 금세 땀이 솟아올랐다.

우리는 입국수속을 하였다.

한기철이나 나나 간편한 휴대용 백을 들고 있었을 뿐 따로 짐을 부치지 않았으므로 그대로 세관 심사대를 통과하여 통관 구역을 빠져나왔다.

사람들을 기다리는 통로 앞에서 누군가 한기철을 부르고 반갑게 손을 흔들었다. 몹시 더운 날씨임에도 그는 정장 차림에 넥타이까지 매고 있었다.

"인사드리지요."

먼저 악수를 나눈 후 한기철은 나를 쳐다보며 말했다.

"저희 회사의 동경 지사장입니다."

"안녕하세요, 정 선생님. 정 선생님의 소설은 모조리 읽었습니다. 애독자 중 한 사람입니다."

그는 지갑 속에서 명함을 한 장 꺼내어 내게 내밀었다. 나는 악수를 한 후 그가 준 명함을 쳐다보았다.

박동우(朴東宇).

"차를 가져왔습니다. 주차장까지 함께 가시겠습니까."

박동우는 앞장서서 걸으며 말하였다.

그나마 에어컨으로 통제되고 있던 무더위가 실내를 빠져나오자 무차별로 덤벼들고 있었다. 끈적끈적한 무더위가 한순간 덤벼들었기 때문에 숨이 막힐 정도였다.

차를 세워둔 곳까지는 이 분도 채 되지 않는 짧은 거리였지만 한기철과 나는 완전히 물에 빠진 사람처럼 땀에 젖어 있었다.

그는 차에 앉자마자 최강으로 에어컨을 가동시켰다. 한바탕 냉기를 샤워처럼 폭발시키고 난 후 박동우는 천천히 차를 몰고 주차장을 빠져나왔다.

"잘 아시겠지만."

주차장을 빠져나오면서 그는 말하였다.

"공항에서 동경 시내까지는 한 시간 반 정도 걸립니다. 러시아워일 때는 두 시간이 넘게 걸린 적도 있습니다. 그러니까 서울에서 동경까지의 비행 시간이나 나리타 공항에서 동경 시내까지의 운전 시간이나 같은 시간이 걸리는 셈이지요."

박동우의 말대로 동경으로 들어오는 고속도로는 차들로 만원을 이루고 있었다. 차는 제대로 속력을 올리지 못하고 가다 서다를 반복하고 있었다.

차가 동경 시내로 접어들 무렵 박동우가 입을 열어 말하였다.

"어떻습니까, 한 실장님. K-2 기념관은 잘 진행되고 있습니까."

"건물은 개관 예정일까지 완공되겠지만 그 안에 진열될 유물의 내용이 문제예요."

한기철은 다소 걱정되는 목소리로 말하였다.

"내용이 빈약한 것 같아 걱정입니다."

박동우가 머리를 끄덕이면서 말을 받았다.

"어쩌면 이번에 잘하면 K-2에 관한 뜻밖의 자료를 얻게 될 수 있을지도 모르겠습니다. 정 선생님을 함께 모시자고 전문을 보낸 것도 바로 그 때문이었습니다."

차는 동경의 시내로 접어들고 있었다. 동경 특유의 현란한 네온사인이 불야성을 이루고 있었다.

"호텔은 긴자(銀座) 쪽에 잡아놓았습니다. 시장하시겠지만 우선 방에 들어가 간단히 씻고 난 후 식사를 하시도록 하시지요."

긴자는 동경에서는 가장 전통 있는 오래된 번화가. 그러나 장기간의 불황 때문인지 오랜만에 보는 긴자 거리는 어쩐지 활기를 잃고 침체의 늪에 빠진 느낌이었다. 거리를 밝힌 네온사인의 광고탑들도 광휘가 퇴색된 느낌이었고, 거리를 오가는 행인들의 모습에도 생기가 없어 보였다. 연중무휴로 일본의 전통극인 가부키를 공연하는 극장 근처에 있는 호텔에 차가 멈춘 것은 저녁 아홉 시 무렵이었다.

"먼저 안으로 올라가셔서 간단히 씻으시고 나오시지요. 호텔 로비에서 기다리고 있겠습니다."

우리는 동경 지사에서 미리 예약해준 방으로 올라가 땀에 흠뻑 젖은 옷을 벗고 샤워를 했다. 욕실 안은 전형적인 일본 호텔방답게 공중전화 부스처럼 작고 비좁았다.

나는 묘기를 보이는 곡예사처럼 아슬아슬하게 샤워를 하고 머리를 감고 양치질을 했다.

몸에 묻은 물기를 수건으로 닦은 후 서둘러 옷을 갈아입었다. 엘리베이터를 타고 로비로 내려오자 이미 두 사람은 나를 기다리고 있었다.

"긴자 근처에 간단하게 술과 안주 겸 식사를 할 수 있는 제법 이름이 알려진 식당이 하나 있는데 괜찮으시겠습니까."

박동우가 우리에게 의향을 물었으나 우리는 가타부타 대답을 할 처지가 못 되어 머리를 끄덕였다.

"가까우니까 차는 주차장에 놓아두고 걸어서 가시지요."

박동우는 앞장서 호텔을 빠져나갔다.

끈적끈적이는 땀을 씻어내리고 새 옷을 갈아입은 뒤끝이라 그런지 초여름의 무더위는 한결 가신 느낌이었고 밤바람마저 상쾌하였다.

박동우는 미로와 같은 긴자의 골목길을 이리저리 빠져나갔다. 긴자는 오래된 번화가로서의 명성을 뉴타운들에게 모두 빼앗겼는지 오가는 사람들은 젊은이들이 아니라 정장을 한 회사원들이 대부분이었다. 간혹 일본의 전통복인 기모노를 입은 여인들의 모습도 보였다.

박동우가 안내한 식당은 가까운 거리라고 했으나 걷기에는 좀 먼 거리였다. 좁은 골목에 있는 지하실이었다. 계단을 밟고 내려가자 툭 터진 홀이 나타났고, 홀 안은 사람들로 가득 차 있었다. 제법 알려진 식당답게 인근에서 모여든 회사원들로 발 디딜 틈이 없었다.

미리 예약을 해두었는지 박동우가 나타나자 구석진 자리로 안내했다. 아마도 박동우의 단골집인 모양이었다.

"이 집 음식이 제법 유명합니다. 술값도 비교적 싼 편이고 분위기도 좋아서 저희들과 같은 비즈니스맨들이 많이 찾고 있습니다. 안주도 전통적인 일본 음식들이 나오는데 독특한 맛이 있습니다. 제가 한번 시켜 보겠습니다."

"그럽시다."

한기철이 쾌활하게 대답하여 말하였다.

"그보다도 우선 찬 맥주 한 잔부터."

박동우는 생맥주를 석 잔 시켰다. 일본에서는 병맥주보다는 나마비루라고 불리는 생맥주가 더 감칠맛이 있다는 것이었다. 우리는 500cc 잔에 가득 담겨온 맥주부터 마시기 시작하였다.

혼잡한 음식점 안은 담배연기와 떠들썩한 사람들의 목소리, 부딪치는 술잔들의 덜그덕 소리, 귀에 거슬릴 정도로 큰 샹송 풍의 노랫소리로 가득 차 있었다.

술을 좋아하는 한기철이 생맥주로 만족할 리 만무하였다. 우선 생맥주로 입가심을 한 그는 위스키를 시켰다. 위스키에다 찬물을 타서 마시는 일본식으로 술을 마시기로 했다.

박동우가 시킨 일본 특유의 안주 겸 식사의 음식들이 연이어 나오고, 취기가 오르기 시작하자 박동우가 입을 열어 말하였다.

"두 분께 이렇게 긴급으로 동경에 출장오시라고 전문을 보냈던 것은 바로 돌아가신 K-2에 관한 용건 때문입니다."

박동우는 천천히 말을 이어내려갔다.

"지난 여름 바로 이맘때쯤이니까 아마도 일년 전쯤이 되겠네요. K-2께서 해외여행 중에 동경에 들렀습니다."

일년 전쯤 이맘때라면 김기섭 회장이 죽기 5개월 전의 이야기가 아닌가.

"K-2께서는 저를 은밀히 부르시더니 갑자기 명령을 내리셨습니다. 그것이 바로 이 메모용집니다."

박동우는 들고 있던 작은 봉투 속에서 종이 한 장을 꺼내었다. 그 종이는 흔한 사무용지였다.

종이 위에는 다음과 같이 적혀 있었다.

'前 京城帝大 敎授 藤塚(전 경성제대 교수 '후지스카')'

우리들이 메모지를 충분히 본 것을 확인한 박동우는 말을 이었다.

"K-2께서는 느닷없이 이 메모용지 하나를 주시고는 이 사람의 유족들이 어디에 살고 있는가를 한 달 내로 찾아내라고 말씀하셨습니다. K-2의 명령이라 발칵 뒤집혔는데 솔직히 뜬구름을 잡는 듯한 무모한 짓이었습니다. 전 경성제대의 교수라면 벌써 60년이나 지난 오래전의 일이었으니 생존해 있을 가능성은 전혀 없었고, 설사 유족들이 살아 있다 해도 이름도 모르고 오직 후지스카(藤塚)란 성만 가지고 노학자의 흔적을 찾아내는 것은 불가능한 일이었기 때문이었습니다. 그러나 정보 수집을 최우선으로 하는 종합상사로서 K-2의 엄명을 거스를 수는 없었습니다. 우리는 동경에 살고 있는 수많은 학자들을 통해 정보를 수집했으며 그 결과 후지스카의 유족들이 동경 시내에 살고 있음을 확인할 수 있었던 것입니다."

박동우는 우리들에게 술을 권할 뿐 자신은 좀처럼 술을 마시려 하지 않았다. 차를 타고 돌아가야 했으므로 음주를 삼갈 수밖에 없다는 것이 그의 변명이었다.

"우리는 즉시 그 사실을 K-2에게 보고했습니다. 후지스카 교수 유족들의 소재지를 알아냈으니 다음 명령을 기다리겠습니다라고 말입니다."

"도대체 후지스카란 사람이 무엇하는 사람이었습니까."

잠자코 찬물을 탄 위스키를 마시던 한기철이 질문을 던졌다.

"그건 우리도 전혀 알고 있지 못했던 부분이었습니다."

박동우는 대답하였다.

"전 경성제대 교수인 후지스카 교수가 도대체 무엇을 하는 사람인지 우리로서도 전혀 신상에 관한 정보를 갖고 있지 못했습니다. 저희들 지사망이 알아낸 것이라곤 후지스카 교수는 이미 오래전에 작고하였고, 그의 아들이 미망인을 모시고 살고 있는데 아들도 이미 환갑을 넘긴 노인이라는 것뿐이었습니다. 어쨌든 저희들이 소재지를 알아내었다는 전문을 띄워 보내자 그로부터 며칠 뒤 본사로부터 훈령이 내려왔는데 즉시 입국하라는 명령이었습니다. 저는 명령을 받고 곧 귀국하였습니다. 입국한 즉시 K-2를 만나뵈었더니 K-2

는 내게 은밀히 말씀을 내리셨습니다. 후지스카 교수는 우리나라에 있을 때 완당(阮堂) 연구가로 유명한 학자였다는 것이었습니다. 완당이라면 잘 아시다시피 우리나라 조선시대의 대표적인 서예가이자 학자였던 추사 김정희 선생의 호가 아니겠습니까. 어쨌든 후지스카는 서울대 전신인 경성제대에 재직하고 있을 무렵 광범위하게 추사의 대표적인 작품들을 수집하고 있었던 것으로 유명한 사람이었습니다. 추사의 대표작인 수십 점의 국보급 유물들을 소장하고 있었으며 1940년 나이가 들어 경성제대 교수직을 퇴임하게 되자 그 유물들을 갖고 동경으로 돌아가 은둔생활을 하였던 노학자라는 것이었습니다. 그런데 불행하게도 그가 갖고 있던 국보급의 추사 김정희 선생의 유작들은 제2차 세계대전 때 공습으로 전소되어 버렸다는 것이었습니다."

후지스카(藤塚).

박동우의 입에서 흘러나온 추사 김정희 연구가 후지스카. 그제야 술에 취한 내 머리 속으로 뭔가 기억되어 떠오르는 것이 있었다.

"소문에 의하면 후지스카 교수가 소장했던 수십 점의 김정희 유물은 한순간에 잿더미로 변해버렸다고 전해지고 있습니다. 하지만 나중에 안 것이지만, 공습에 의해 자신의 집이 직격탄을 맞아 불에 타기 시작하자 후지스카 교수는 불타는 집으로 뛰어들어 목숨을 걸고 대부분의 유작들을 구해내어 온전히 보관하고 있었다고 합니다. 이때 폭격으로 후지스카 교수는 얼굴에 화상을 입었으며 골절상까지 입어 말년에는 발을 저는 장애인이 되었다는 소문까지 있었다고 합니다. 이 모든 것은 K-2의 입을 통해 직접 들은 이야기로 어쨌든 우리가 천신만고 끝에 그 소재지를 알아낸 후지스카란 인물의 정체가 바로 완당 연구가로 밝혀진 셈이지요."

박동우의 말을 듣는 동안 내 머리 속으로는 보다 구체화된 역사적 사실의 내용이 선명하게 떠오르고 있었다.

나는 이미 알고 있었다. 추사에 미쳤던 전설적인 인물 후지스카. 그가 불타는 집에서 목숨을 걸고 건져온 유물이야말로 바로 김정희 생애 최대의 걸작품인 '세한도(歲寒圖)'였던 것이다.

추사 김정희가 말년에 제주도에서 유배당하고 있을 무렵, 찾아온 제자 이상적(李尙迪)의 인품을 소나무와 잣나무에 비유하여 그려준 김정희 최고의 걸작 세한도. 이 최고의 명작품은 추사에 미쳤던 후지스카의 살신성인에 의해 간신히 생명을 건질 수 있었던 것이다.

박동우는 말을 이었다.

"그리고 나서 K-2는 저에게 다시 명령을 내리셨습니다. 후지스카가 소장하고 있는 추사 김정희의 유물 중에 혹시 가포 임상옥에게 헌사된 유물이 있는가를 확인해 달라는 것이었습니다. 그리고 만약 추사 김정희 선생께서 가포 임상옥의 이름으로 헌사한 유작이 있다면 그 값의 고하 여부를 막론하고 무슨 수를 써서라도 그 작품을 구입하여 소장하여 놓으라고 말씀하셨습니다."

밤이 깊어가자 사람들은 하나씩 둘씩 빠져나가고 술집 안은 차분히 가라앉고 있었다.

찬물을 위스키에 섞어 마시는 일본식 주법이 마음에 들지 않는 듯 한기철은 얼음도 넣지 않고 스트레이트로 위스키를 마시고 있었다.

"K-2의 명령을 받고 동경으로 돌아온 저는 즉시 후지스카 교수의 후손들에게 연락을 취해보았습니다. 그때 전 놀라운 사실을 하나 알게 되었습니다. 후지스카 교수의 후손들은 그들이 소장하고 있는 추사 김정희 선생의 유품에 관한 한 일체의 코멘트는 물론 사사로이 열람하는 일도 허용할 수 없다고 완강히 거절했습니다. 우리들은 도대체 무슨 이유 때문에 후지스카 유족들이 그런 알레르기 반응을 보이는 것일까, 조사해보았습니다. 알아본 결과 후지스카가 소장하고 있던 최고의 걸작품 중에 '세한도'가 있었는데 이 걸작품을 서예가 손재형(孫在馨) 씨가 일본으로 건너가 후지스카의 양심에 호소하고 또한 거액을 들여 사들여 우리나라로 가져온 뒤 뒤늦게 이를 후회하였던 후지스카가 임종을 앞두고 한 유언 때문이었습니다. 그는 자신이 소유한 추사의 유작들은 이유 여하를 막론하고 박물관에 기증하면 몰라도 사사로이 팔거나 넘기는 일은 절대로 없게 하라는 유언을 남겼고 이후부터 후손들은 철저히 이를 지켜나가고 있었다는 것이었습니다. 하지만 우리도 쉽게 물러설 수가 없었습니다. K-2의 명령을 받은 이상 후지스카 가문의 소장품 중 추사가 임상옥에게 헌사한 유작이 있는가 없는가 하는 자료확인 정도라도 해야 할 의무가 있었기 때문입니다. 그렇게 힘 겨루기 싸움을 하고 있던 중 지난 겨울 K-2께서 불의의 교통사고로 돌아가시게 되었다는 비보를 전해듣게 되었습니다. 저는 오랫동안 생각했습니다. K-2께서 돌아가신 이상 이 프로젝트는 포기해야 하는 것일까. 곰곰이 생각한 끝에 아니다라는 결론을 내렸습니다. 비록 이 프로젝트가 공적인 일이 아니라 K-2의 사사로운 명령이라 할지라도 여전히 유효할 뿐 아니라 오히려 더 적극적으로 추진하여 성사시킬 책임까지 있다는 생각이 들었던 것입니다. 그래서 우리는 여러 가지 루트를 통해서 후지스카 교수의 외아드님이신 후지스카 세이지(藤塚淸次) 씨를 설득하기 시작했습니다. 세이지 씨는 정년퇴직을 한 전형적인 은행원으로 아는 상사를 통해 여러 경로로 우리의 성의를 표시하자 지난 봄이었던가요, 드디어 우리에게 메시지가 왔습니다. '귀하의 요청을 받고 완당 선생의 유작을 정리하던 중 완당 선생이 가포에게 헌사하신 '가포시상(稼圃是賞)'이란 제호가 들어 있는 유품 한 점이 발견되었습니다'라고 말입니다."

후지스카의 유족이 새로이 발견한 김정희의 유작 중 가포 임상옥에게 헌사함을 나타내 보인 결정적인 증거인 제호 '가포시상'.

일찍이 자신의 제자 이상적을 위해 그려준 '세한도'에도 이상적의 호인 '우선(藕船)'을 빌려와 '우선시상(藕船是賞)'이란 관지(款識)를 사용한 것을 보면 '가포시상'이라 함은 문자 그대로 가포 임상옥을 위해 그려준 역사적 사실을 명백히 증명하고 있는 것이다.

"후지스카 세이지 씨로부터 그런 메시지를 받자 우리는 '만약 추사 김정희 선생이 가포 임상옥의 이름으로 헌사한 유작이 있다면 그 값의 고하 여부를 막론하고 무슨 수를 써서라도 그 작품을 구입하여 소장하여 놓을 것'이라는 K-2의 엄명을 떠올릴 수밖에 없었습니다. 전 세이지 씨에게 그 그림을 한 번이라도 열람해볼 수 없겠느냐는 전문을 보냈는데 유족 측의 반응은 한마디로 난색이었습니다. 선친인 후지스카의 유언이 사사로이 추사의 작품을 공개해서는 안된다는 것이어서 어쩔 수가 없다는 것이었습니다. 우리는 또다시 아는 루트를 총동원하여 설득에 나설 수밖에 없었습니다. 글쎄요,

저희들의 정성에 마음이 움직였는지 자신의 집으로 방문해도 좋다는 허락을 받게 된 것입니다. 단, 허락의 조건으로 절대로 사진 촬영을 할 수 없다, 또한 이를 취재하기 위해서 신문기자나 방송 관계자들의 동행도 허락되지 않는다, 그뿐 아니라 추사 김정희 선생의 작품을 감정하는 전문가들의 배석도 허락되지 않는다, 열람시간은 삼십 분에 국한한다는 까다로운 조건이 있었습니다. 이 조건을 수락하기 전에는 열람할 수 없다는 것이 유족들의 부탁이었기에 사전에 모두 이를 수락한다는 각서를 쓰고 나서야 후지스카의 집을 방문할 수 있는 허락을 받게 된 겁니다.”

운전 때문에 술을 한 모금도 입에 대지 않고 있던 박동우가 그간에 있었던 경과 보고를 대충 마무리졌는지 물 탄 위스키를 한 잔 마시면서 말을 맺었다.

“후지스카 씨의 집을 방문키로 허락된 날짜가 바로 내일 토요일 오후 세 시입니다. 그러니까 우리들은 세 시에서 세 시 삼십 분까지만 추사가 가포 임상옥에게 헌사한 그림을 볼 수 있는 기회를 얻게 된 겁니다.”

박동우는 한 잔을 단숨에 비우며 말하였다.

“저희들이 정 선생님을 이렇게 모신 것은 비록 선생님이 서예가거나 추사 김정희의 전문가는 아니시지만 이런 분야에 조예가 깊으시고, 또한 생전에 김 회장님과는 각별한 우정을 맺고 계셨고, 곧 개관될 ‘여수기념관’의 자문 역할을 맡고 계신 적임자이시므로 이렇게 모시게 된 것입니다.”

말을 끝낸 박동우는 집이 멀어 먼저 일어서기로 하고 한기철과 나는 술집에 계속 남았다. 술값은 미리 박동우가 계산하고 갔으므로 우리는 남은 술을 깨끗이 비웠다. 한기철은 이미 대취하여 있었다. 그러나 나는 긴장이 됐는지 좀처럼 취기가 오르지 않았다. 술이 떨어지자 한기철은 더 마시자고 억지를 부렸지만 그를 달래어 간신히 거리로 나섰다.

나는 그를 부축하여 엘리베이터에 탔고 그의 방문을 열어주고 방안으로 들어가는 것을 확인하고 나서야 내 방으로 돌아올 수 있었다.

시간은 이미 열 시가 넘어 있었지만 맹숭맹숭한 느낌이었다. 복도에 있었던 자판기가 문득 떠올랐으므로 동전 몇 개를 들고 자판기에서 맥주 몇 통을 뽑아들었다.

혼자서 TV를 켜고 침대에 누워서 맥주를 캔째로 벌컥벌컥 들이켜면서 나는 생각하였다.

내일 오후 세 시면 추사 김정희가 임상옥을 위해 그려준 유작을 직접 내 눈으로 감상하게 된다. 후지스카의 유물. 세계 최고의 완당 연구가이자 수집가였던 전설적인 인물 후지스카. 그 후지스카가 소장하고 있는 미공개의 걸작을 내 눈으로 감상하게 될 것이다.

나는 죽은 K-2, 그러니까 김기섭 회장의 날카로운 통찰력에 대해 찬탄을 금할 수 없었다.

김 회장은 어떻게 추사 김정희가 가포 임상옥을 위해 그려준 그림을 후지스카가 소장하고 있을지도 모른다는 데까지 추리력을 발동할 수 있었던 것일까.

김 회장의 추리력은 보기 좋게 적중되지 않았는가.

물론 김기섭은 임상옥의 생애를 추적하는 동안 임상옥과 김정희가 생전에 깊은 교분을 맺은 사실을 밝혀냈을 것이다. 임상옥이 김정희보다 7년 연상이었지만 두 사람은 깊은 우정을 맺고 있었다. 그 결과 김정희를 통해 석숭 스님이 내려준 수수께끼의 문자였던 '사(死)'자와 '정(鼎)'자의 비의를 밝혀낼 수 있지 않았던가.

후지스카.

당대 최고의 추사 수집가인 후지스카가 김정희가 임상옥에게 그려준 유작을 소장하고 있으리라는 김 회장의 계산은 그러므로 합당한 추론이었다.

후지스카가 완당에 있어 최고의 수집가라는 사실은 널리 알려져 있다. 1940년까지 경성제대 교수로 있었던 후지스카는 완당에 미쳐 있던 완당 연구가였다.

그가 완당 연구가로서 독보적인 위치로 손꼽히는 것은 바로 추사의 대표작인 '세한도(歲寒圖)'를 소장하고 있었기 때문이다.

세한도는 헌종 10년인 1844년 추사 김정희가 제주도에서 귀양살이하고 있을 무렵, 자신의 제자인 역관 이상적을 위해 그려준 일품이었다.

이때 김정희의 나이는 59세였는데, 그의 제자 이상적은 두 번이나 제주도로 건너가 문안을 하였고 역관의 직함으로 수시로 연경을 드나들 때마다 구했던 귀한 자료들을 김정희에게 전해줄 수 있었다.

특히 자학(字學)에 밝은 계복(桂馥)의《만학집(晚學集)》8권과 우경(禑耕)이 편찬한 120권짜리 방대한《황청경세문편(皇淸經世文編)》의 자료들은 절해고도에서 유배생활을 하고 있는 김정희에게는 지극히 고마운 선물이었다.

김정희는 제자 이상적을 위해 청송(靑松) 세 그루가 서 있는 외딴 집의 겨울풍경을 그렸는데 이를 제하여 '세한도'라 하였다. 이렇게 해서 김정희 최고의 걸작 '세한도'가 탄생된 것이다.

'세한도'의 내용은 사제간의 의리를 잊지 않고 두 번씩이나 연경으로부터 귀한 책들을 구해다준 이상적의 인품을 소나무와 잣나무의 지조에 비유하여 그에게 답례로 그려준 것이다.

'세한도'를 더욱 빛내고 있는 발문의 내용은 다음과 같다.

지난해(헌종 9년. 1843년)에는 《만학집》과 《대운산방문고》의 두 책을 부쳐왔고, 올해는 우경의 《황청경세문편》을 부쳐왔다. 이는 모두 세간의 흔한 책들이 아니라 천만리 밖의 먼 곳에서 사들인 것으로 몇 년을 거쳐 구한 것이지 졸지에 얻어진 것이 아니다. 또한 세상의 밀물 같은 풍조는 오직 권세와 이득에 귀속시키기 마련인데, 바다 밖에 귀양온 초라하고 쓸쓸한 자에게 귀속시키기를 세상의 권세와 이득에 쏠리는 것과 같이 하다니, 이는 저 태사공(太史公, 사마천)이 '권세와 이득으로 야합한 자는 권세와 이득이 없어지면 교분이 성글어진다'고 했는데, 자네 역시 세상의 밀물과 같은 풍조 속의 한 사람으로서 초연히 스스로 특출하여 밀물 같은 풍조와 권세와 이득이 밖에 있으니 나를 권세와 이득으로써 보지 않는다는 말이신가. 일찍이 공자는 '날씨가 추운 연후에야 소나무와 잣나무의 잎의 시들음이 늦음을 안다'고 말하였다. 사실 소나무와 잣나무는 사철을 통해서 잎이 시들지 않아 날씨가 추운 이전에도 한 소나무와 잣나무요, 날씨가 추운 이후에도 같은 소나무와 잣나무인 것이다. 그렇다면 전(前)의 자네야 지칭할 수 없지만 후(後)의 자네는 성인으로부터 지칭을 받을 수 있을는지 모르겠다. 선인의 특별한 지칭은 한갓 잎의 시들음이 늦어지는 곧은 절조와 굳은 무침이 있어서다. 아아, 서한(西漢)의 인심이 순박하고 후한 시대에 급암(汲黯:직간으로 이름 높은 선비)과 정당시(鄭當時:천하의 명사와 사귀되 귀천을 가리지 않았던 인물)와 같은 어진 이도 빈객(賓客)이 시세와 더불어 성하고 쇠했지만 하구의 적공(翟公)이 문에다 방을 붙여 인심을 풍자한 처사는 박절함이 너무했다. 서글픈 일이다. 완당노인(阮堂老人)은 쓴다.

세한도'를 비롯하여 김정희의 유작을 수십 점 소장하고 있던 전설적인 인물, 후지스카 지카시.

그의 소장품 중에서 지금까지 전혀 알려지지 않았던, 추사 김정희가 조선 최대의 무역왕 임상옥에게 헌사한 귀중한 작품을 내일 오후 세 시면 내 눈으로 직접 열람할 수 있게 된다.

내일 오후 세 시면 날카로운 김기섭 회장의 추리력으로 재발견된 추사 김정희의 새로운 유작을 직접 열람하게 될 것이다. 그것은 어떤 작품일까.

추사 김정희는 자신의 벗이었던 가포 임상옥을 위해 어떤 그림을 그려주고 어떤 발문을 써주었던 것일까. 지금까지 한 번도 역사의 수면 위에 떠오르지 않았던 그 작품은 얼마만큼의 예술적인 가치를 가지고 있는 것일까.

2

다음날 오후.

우리는 호텔로 찾아온 박동우와 늦은 점심을 먹고 오후 두 시쯤 후지스카의 집으로 출발하였다. 주말 오후였으므로 거리는 사람들로 흘러넘치고 있었다.

우리들이 찾아가고 있는 곳은 아오야마(青山)였다.

오후가 되자 날씨는 다시 살인적으로 더워지기 시작하였다. 남의 집을 방문할 때는 선물을 하는 것이 일본의 예법이었으므로 우리는 무슨 선물을 할까 잠시 망설였다.

일본에서는 될 수 있는 한 2천 엔이 넘지 않는 선물을 하는 것이 주는 사람도 그렇고 받는 사람도 부담없어 한다고 박동우는 말하였다. 지하철의 상점에서 파는 화과자(和菓子)를 살까 하다가 대신 꽃을 사기로 하였다.

아오야마로 가는 지하철의 노선은 긴자선이었다. 차를 타지 않고 지하철로 가기로 하였는데 박동우는 그렇게 하는 것이 편리하다는 설명이었다.

탄환처럼 달려가는 열차가 터널을 지날 때마다 차체는 불규칙적으로 몸부림치며 흔들리고 있었다. 내려야 할 정거장이 가까워지면 스피커에서는 조는 듯한 목소리로 다음 정거장의 이름을 되풀이해서 낭독해주고 있었다. 내려야 할 정거장이 가까워졌으므로 우리들은 자리에서 일어났다.

약속시간은 아직 삼십 분 정도 남아 있었다.

박동우는 선물로 산 꽃다발을 들고 앞장서 걷기 시작하였다. 냉방장치가 잘된 지하철에서 나오자마자 살인적인 무더위가 덤벼들었기 때문에 더위에 약한 한기철은 연신 흘러내리는 땀을 손수건으로 닦아내고 있었다.

다소 한적한 교외의 거리였다.

도로를 따라서 잠시 한가한 시간을 틈낸 택시들이 줄을 지어 서 있었다. 어떤 운전기사는 차 속에서 잠이 들어 있었고 어떤 운전기사는 도시락을 먹고 있었다.

가파른 언덕길을 따라 올라가기 전 우리는 갑자기 낯선 풍경과 맞닥뜨리게 되었다.

언덕 위에는 묘비들이 빽빽하게 밀집되어 있었다. 끝간 데를 모르는 '묘비의 바다'였다.

"웬 공동묘지입니까."

한기철이 박동우에게 물었다.

"이곳 아오야마에는 옛 황실이나 국가의 유공자, 귀족 가문들의 무덤들이 함께 모여 있습니다. 저 보이는 비석 하나하나는 대부분 잘 알려진 사람들의 이름입니다."

이따금 오토바이를 탄 젊은이들이 소음장치를 제거해서 일부러 뚜뚜따따 폭발음을 내며 달려가고 있을 뿐 거리는 물을 끼얹은 듯 조용했다. 주택가는 대낮의 정적 속에 잠겨 있었다. 마침내 찾던 집을 발견했다는 듯 앞서 걷던 박동우가 어느 집 앞에 서서 우리를 돌아보았다.

후지스카의 집은 낡고 전통적인 구옥일 것이라고 생각했던 우리들의 상상과는 달리 비교적 새로 지은 듯한 일본 특유의 신흥주택이었다. 차 한 대가 겨우 들어갈 수 있는 주차장과 좁은 마당에는 잘 정리된 소나무가 두 그루 웃자라고 있었다. 대문에 걸린 문패를 확인하고는 박동우가 이마에 맺힌 땀을 닦으면서 말하였다.

"이 집이 맞습니다. 이 집이 후지스카 댁입니다."

나는 대문 옆에 달린 문패를 쳐다보았다.

'藤塚清次(후지스카 세이지)'

오랜 일본생활에 익숙해져 있는 박동우는 옷매무새를 가다듬은 후 초인종을 눌렀다. 손님을 기다리고 있었다는 듯 곧바로 목소리가 흘러나왔다.

잠시 후 전통적인 일본의 화복을 입은 여인 하나가 종종걸음으로 현관문을 열고 나와서 우리를 맞이하였다. 찾아온 손님을 맞이할 때 아낙네가 나와서 맞을 뿐 주인은 현관에서 손님을 맞는 것이 전통적인 일본의 예법이었다.

"기다리고 있었습니다. 어서 오십시오."

허리가 땅에 닿을 듯한 일본식 절이었다. 박동우가 들고 온 꽃다발을 부인에게 내밀자 여인은 허리가 땅에 닿을 듯한 절을 하면서 말하였다.

"진심으로 진심으로 감사합니다."

마당에는 작은 일본식 정원이 꾸며져 있었다. 한가운데에 놓인 수석을 중심으로 비질 자국이 그대로 남아 있는 모래밭과 작은 연못이 만들어져 있었다. 연못 속에는 잉어들이 헤엄을 치고 있었다.

누군가 현관의 마루 위에 서 있었다.

"어서 오십시오."

화복을 입은 사내는 얼굴에 미소를 띠면서 말하였다.

"안녕하십니까."

박동우는 현관을 들어서자마자 지갑 속에서 자신의 명함을 빼어들고 인사를 나누었다. 나는 그가 내어준 명함을 보자 그가 바로 문패 위에 씌어 있는 '후지스카 세이지'임을 확인할 수 있었다.

우리는 거실로 안내되었다.

정면을 향한 투명한 유리창 너머로 멋부려 가꾼 일본식 정원이 환히 보이고 있었다.

"더우시면 부채를 드릴까요."

창문은 활짝 열려 있었지만 바람 한 점 없는 성하(盛夏)였다. 냉방장치가 안 된 실내였으므로 우리는 쥘부채를 하나씩 건네받아 펼쳐들었다.

후지스카의 부인이 얼음을 넣은 냉차를 한 그릇씩 가지고 왔다. 나는 거실의 사방을 살펴보았다.

이미 오래전 죽었다고는 하지만 후지스카의 가문은 여전히 추사의 수집가로서 명망을 떨치고 있다. 거실 어딘가에는 추사의 작품 하나쯤은 걸려 있지 않을까 하는 생각 때문이었다.

과연 내 예상은 적중되었다.

거실 안쪽에 액자 하나가 걸려 있었다. 그 액자에는 한눈에 추사의 솜씨임을 확연히 알아볼 수 있는 난초 그림이 그려져 있었다.

생전에 추사는 난을 치는 그림(寫蘭)에 대해서 엄격하였다. 추사는 글을 쓰는 솜씨가 제법 있고 그림을 그리는 솜씨가 제법 있다

하여 난을 치고 문인화를 함부로 그리는 경박한 세태에 대해서 엄중히 질책하고 있었다.

그는 난을 그림에 있어 그 마음가짐에 대해 말하였다.

"이로써 한 줄기의 잎, 한 장의 꽃잎이라도 스스로 속이면 얻을 수 없고, 또 그것으로써 남을 속일 수도 없으니 난초를 치는 데 손을 대는 것은 스스로를 속이지 않는 것에서부터 시작하는 것이다."

그러므로 천하 최고의 천재였던 추사도 생전에 난 그림을 몇 점 남기지 않았다.

과연 거실 한켠에 내걸린 추사의 난 그림은 한눈에 보아도 '한 줄기의 잎, 한 장의 꽃잎이라도 스스로를 속이면 얻을 수 없는' 엄격함과 꿋꿋한 선비정신과 향기로 가득 차 있었다. 함부로 뻗어 올라간 난초 잎은 거침이 없고 활달하였으며 그 잎 사이로 피어난 난초의 꽃은 그윽한 향을 뿜고 있었다.

그 난초의 위에는 다음과 같은 문장이 씌어 있었다.

春濃露重(춘농노중)
地煖草生(지난초생)
山深日長(산심일장)
人靜香透(인정향투)

나는 속으로 그 문장의 뜻을 새겨보았다.

'봄 깊어 이슬 많고 땅 풀려 풀 돋는다. 산 깊고 해는 긴데 자취 고요하여 향기만 살고 있다.'

부인이 가져온 냉차를 마시는 동안 우리는 별로 대화를 나누지 않았다. 얼음을 넣은 냉차의 찬 기운이 더위를 식히자 입을 열어 후지스카가 말하였다.

"찾아오신 용건은 잘 알고 있으니 잠깐만 기다리시면 곧 그림을 보여드리도록 하겠습니다."

평생을 은행원으로 근무하다 정년을 넘어 은퇴한 사람답게 후지스카는 예의바르고 빈틈이 없었다.

"그럼."

후지스카는 일어서서 우리에게 양해를 구하고는 사라졌다. 우리들은 주인이 없는 빈 거실에 침묵을 지키며 앉아 있었다. 거실에는 여주인이 솜씨를 부린 듯한 꽃꽂이 작품 하나가 놓여 있었다.

잠시 후 후지스카가 손에 무엇인가를 들고 나타났다. 종이를 가로로 둥글게 만 두루마리였다. 주지(周紙)로 된 화첩이었는데 그것을 본 순간 '세한도'도 두루마리로 된 화첩임이 생각났다. 후지스카는 어느새 손에 흰 장갑을 끼고 있었다. 소중한 추사의 작품에 조금이라도 해를 끼쳐서는 안된다는 그의 철두철미한 자세를 엿볼 수 있었다.

"오랫동안 기다리시게 해서 죄송합니다."

후지스카는 소파 앞 탁자 위에 그 두루마리를 내려놓았다.

마침내 추사가 임상옥에게 헌사한, 한 번도 공개되지 않았던 작품을 내 눈으로 직접 보게 되는 것이다.

후지스카는 천천히 두루마리를 펼쳐내리기 시작하였다. 오른쪽에서부터 왼쪽으로 이어지는 화첩이었으므로 자연 글씨는 오른쪽에서 왼쪽으로 읽혀질 수밖에 없었는데 우선 나온 글씨는 다음과 같았다.

'商業之道(상업지도)'

두루마리를 펼치자 나온 넉 자의 단어는 나를 흥분하게 하였다.

그 문장의 뜻은 바로 '상업의 길'이 아닐 것인가. 당대 최고의 거상 임상옥을 위한 그림이었으므로 그런 화제(畵題)를 붙인 것이었을까.

후지스카는 조금 더 두루마리를 펼쳤다.

그러자 다음과 같은 문장이 차례로 나타났다.

'稼圃是賞(가포시상)'

다음과 같은 김정희의 호도 나오고 있었다.

'老果(노과)'

노과는 추사 김정희의 백여 가지가 넘는 호 중의 하나로 주로 말년에 기거하였던 과천 봉은사(奉恩寺) 시절에 사용하였던 호였다. '세한도'가 제주도에서 유배하였던 그의 나이 59세 때의 작품이었다면 김정희가 임상옥을 위해 그려준 '상업지도'는 그가 숨을 거두기 직전인 철종 5년인 1854년 이후, 그의 나이 70세 때의 작품이 아닐 것인가.

김정희는 제주도에서 9년간 유배생활을 하였다가 풀려난 이후에도 함경도 북청으로 유배되는 파란만장한 말년의 일생을 보냈다. 그러다가 70세의 나이 때 과천에 있는 봉은사에 머물면서 말년을 보냈다.

젊어서부터 집안에 화암사(華巖寺)란 원찰(願刹)을 세우고 불전을 섭렵하였던 그는 말년에 수년간은 봉은사에서 기거하면서 당대의 선지식(善知識)의 대접을 받았던 것이다.

이 무렵 김정희의 나이는 70세의 고희를 넘긴 나이로 이 기간에 남긴 작품들은 거의 전해지지 않고 있다. 오늘날 남아 전하는 유작은 본존불을 모신 대웅전에 쓴 '大雄殿(대웅전)'이라는 편액과 죽기 3일 전에 쓴 '坂殿(판전)'이라는 편액의 글씨뿐이다.

이 무렵 김정희는 '老果(노과)', '天竺古先生(천축고선생)'과 같은 호를 사용하고 있었다. '늙은 과일'을 뜻하는 이 익살스런 호는 임상옥을 위해 그려준 이 '상업지도'의 서화가 김정희의 유작들 중 가장 말년에 그려진 작품임을 여실히 증명하고 있는 것이다.

노과라는 호 위에는 자신의 작품임을 인증하는 김정희의 낙관이 선명하게 찍혀 있었다.

후지스카가 다시 천천히 두루마리를 풀어내렸는데 서서히 한 폭의 그림이 드러나기 시작하였다.

그것은 풍경화였다.

김정희는 생전에 풍경화는 별로 그린 적이 없었다. 청고고아(淸高古雅)의 뜻으로 서화를 그려야 한다는 평소의 철학으로 보아 풍경화처럼 자연의 풍광을 제재로 한 그림은 그의 취향에 맞지 않았을지도 모른다.

멀리 낮은 산자락이 솟아 있고 밑으로는 강물이 흘러가고 있었다. 앞에는 전원이 펼쳐져 있고 그 전원 한가운데에는 등 굽은 노인 하나가 밭일을 하고 있었다.

모든 것이 지극히 생략되어 있어서 얼핏 보면 풍경화가 아니라 몇 가닥의 선으로 이루어진 추상화처럼 보이기도 하였다.

제주도 유배시절에 그린 세한도에도 이미 이런 흔적이 보인다.

생전의 김정희는 이렇게 말하였다.

"대체로 서도를 전공하는 데에는 12종류의 필법이 있다. 곧 은필(隱筆), 지필(遲筆), 질필(疾筆), 역필(逆筆), 순필(順筆), 삽필(澁泌), 전필(轉筆), 과필(過筆)…. 이처럼 붓을 쓰는 데 살리고 죽이고 하는 법은 그윽하게 숨기는 데 있는 것이고 빠르고 느린 데 있는 것이다."

자신이 말하였던 12종류의 필법 중에서 말년에 그가 추구하였던 필법은 삽필이었다. 삽필은 사물의 선을 생략하고 단순화하여 먹을 사용할 때에는 피 한 방울 아끼듯이 최소한으로 그림으로써 여백의 미를 최대한으로 살리는 필법이었다. 그러므로 이 필법을 사용할 때에는 자연 부드러운 붓이 사용되지 않고 독필(禿筆)이라고 불리는 몽당붓이 사용되기 마련이다. 세한도에 보이는 네 그루의 나무들과 작은 집의 모습이 거칠고 투박하게 보이는 것은 바로 모든 털이 다 빠져나간 몽당붓을 사용하여 억지로 먹을 묻혀 그린 거친 붓질 때문이었다.

그러나 그런 거친 붓질 때문에 모진 풍설 속에서도 끝내 조절(操節)하는 작가의 꿋꿋한 선비정신이 날카롭게 표출되고 있었다.

상업지도에 나오고 있는 강물, 산, 전원, 그 전원에서 밭일을 하고 있는 노인의 모습들은 세한도의 그림을 더욱 심화시켜 몽당붓도 아닌 그냥 나무토막으로 한 방울의 먹도 아껴서 쥐어짜듯 그려낸 그림이었다.

김정희는 생전에 이렇게 말하였다.

"글자는 먹을 바탕으로 하니 먹은 글자의 피와 살이 되며, 힘을 쓰는 것은 붓끝에 있으니 붓끝은 글자의 힘줄이 된다."

그의 말처럼 '피와 살'을 이루는 먹은 삽필에 의해서 간신히 겨우 비칠 뿐이어서 산도, 강도, 사람도 다만 선으로 나타날 뿐이었다.

그의 말처럼 근육의 힘줄을 이루는 붓끝 역시 거친 몽당붓의 독필을 사용함으로써 다만 점으로만 나타나고 있었다.

김정희 특유의 기(氣)도, 향(香)도, 기교도 모두 사라져버리고 남은 것은 최소한의 점과 선으로 이루어진 뼈〔骨〕뿐이었다.

아아.

무심코 그림을 쳐다보던 나는 가슴이 서늘해지는 듯한 느낌을 받았다.

그곳에서 나는 추사 김정희의 무심(無心)을 본 것이다. 젊은 날의 정열도, 끓는 피와 육체의 정념도, 꼿꼿한 선비정신도, 예술혼과 기개도 모두 사라져버린 칠십 노인의 달관한 유골(遺骨)을 본 것이다.

그림 뒤를 이어서 김정희가 임상옥에게 써준 제발(題跋)의 문장이 적혀 있었다. 허락된 30분의 짧은 시간 안에 전문가의 식견을 가지지 못한 내가 그 발문의 내용을 읽어내리는 것은 무리였었다.

얼핏 보아 100자가 넘어 보이는 발문 맨 끝에 다음과 같은 글자가 적혀 있었다.

'老果老人書(노과노인서)'

그 문장 위에 추사의 낙관이 찍혀 있었다. 방금 낙관을 한 듯 붉은 인주의 빛깔이 선명하게 빛나고 있었다.

날씨는 여전히 무더워 모두들 땀을 흘리고 있었지만 그 누구도 부채질을 하지 않았다. 실내는 깊은 침묵에 빠져 있었다.

탁자 위에 놓인 추사 김정희가 그린 그림이 뿜어내는 광채가 분위기를 압도하고 있었기 때문이다.

이 그림이야말로 추사가 남긴 작품 중 궁극의 것이었다.

우리는 곧 후지스카의 집을 떠났다.

약속시간이었던 삼십 분을 정확히 넘기자 "그럼 이만" 하는 소리와 함께 후지스카가 탁자 위에 펼쳐놓았던 그림을 둘둘 말기 시작하였기 때문이다. 그림을 본 이상 더 할 말이 남아 있지 않았으므로 잠시 의례적인 인사의 말들을 나누던 우리는 곧 일어서기로 하였다.

후지스카와 그의 부인은 우리를 대문까지 전송하여 주었다. 손님이 안 보이는 곳에 이를 때까지 시선이 마주치면 계속 인사를 나누는 것이 일본의 독특한 예절이었으므로 우리는 경쟁이나 하듯 계속 허리를 굽혀 인사를 나누었다.

주택가를 벗어나 아오야마 묘지가 있는 언덕길을 오르기까지 우리들은 각자 생각에 잠겨서 깊은 침묵에 빠져 있었다.

나는 언덕길을 내려가면서 흘러내리는 땀을 손수건으로 닦으며 생각하였다.

이 작품이 후지스카의 소장품이 될 수 있었던 것일까. 이상적의 집안에서 가보로 전해 내려오던 세한도가 후지스카의 손으로 넘어간 것도 미스터리라면 임상옥의 집안에서도 틀림없이 가보로 전해 내려왔을 상업지도의 그림이 후지스카의 손으로 넘어간 것도 또 하나의 미스터리인 것이다.

"어디 가서 땀을 식힐 겸 찬 빙수라도 먹는 것이 어떨까요."

앞서 걷던 박동우가 지하철역에 이르자 발길을 멈추며 우리들의 의향을 물었다. 지하철역을 중심으로 작은 상가가 형성되어 있었다. 우리는 울긋불긋한 '氷(빙)' 자가 그려진 깃발이 펄럭이고 있는 제과점으로 들어갔다. 제과점 안은 냉방장치가 작동되고 있었다.

"어떻습니까."

어느 정도 더위가 가시기를 기다려서 박동우가 나를 쳐다보면서 물었다.

"그림을 보신 소감이 어떠한지요."

"글쎄요."

나는 대답했다.

"전문가가 아니어서 정확한 것은 모르겠습니다. 어쨌든 제가 보기에는 엄청난 값어치가 있는 추사의 유작이라는 생각이 듭니다만."

"아, 그렇습니까."

박동우가 나의 말에 수긍이 간다는 듯 머리를 끄덕이면서 말을 받았다.

"그보다도 돌아가신 K-2께서는."

박동우는 못내 그것이 이해가 가지 않는다는 표정으로 혼잣말로 중얼거렸다.

"어떻게 후지스카 가문에서 추사가 임상옥에게 헌사한 유작을 소장하고 있을 것이라는 정확한 추정을 하셨던 것일까요. 저를 불러 만약 후지스카 가문에 그런 작품이 있는 것이 확인된다면 값의 고하를 막론하고 무슨 수를 써서라도 그 작품을 소장하여 놓으라고 말씀하셨던 회장님이 아니십니까. 돌아가신 회장님께서는 무슨 신들린 족집게 무당처럼 어떻게 정확하게 그런 사실을 예측할 수 있었던 것일까요."

"그러게 말이오."

침묵을 지키던 한기철이 얼음을 와작와작 소리가 날 정도로 깨먹으며 맞장구를 쳤다.

"더구나 그 그림의 화제가 '상업지도(商業之道)'라니, 이를테면 '상업의 길'이라는 뜻이 아니겠습니까. 그 그림의 제목을 본 순간 저는 이런 생각을 했습니다. 회장님이 후지스카의 가문을 뒤져서 김정희 선생이 임상옥에게 헌사한 유작을 찾으려 했던 것은 당대 최고의 무역왕이었던 임상옥에게 써준 '상업의 정도(正道)'를 얻기 위함이 아니었을까 하는 생각 말입니다."

"어떻게 생각하십니까."

팥빙수를 먹던 박동우가 문득 고개를 들고 한기철을 쳐다보면서 물었다.

"뭘 말이오."

"실장님께서는 후지스카가 그 '상업지도'의 그림을 선선히 내놓을 것이라고 생각하십니까. 저로서는 비록 돌아가셨지만 K-2의 명령은 아직 유효하게 살아 있다고 생각하고 있습니다. 아니, 오히려 돌아가셨기 때문에 K-2의 명령은 저희에게 유언 이상의 의미를 갖고 있다고 생각하고 있습니다. 저는 그 그림을 보고 있는 동안 어째서 K-2께서 그 그림에 그토록 집착하고 있었던가 그 이유를 깨닫게 되었습니다. 값의 고하 여부를 막론하고 무슨 수를 써서라도 그 작품을 구입해 소장하여 놓으라는 K-2의 목소리가 귓가에 쟁쟁하게 들려오는 것 같습니다. 어떻게 생각하십니까."

박동우는 한눈에 두 사람을 동시에 바라보며 물었다.

"후지스카가 그 그림을 우리에게 선선히 내놓을 것이라는 생각이 드십니까."

"네버."

얼음을 와작 깨물면서 한기철이 머리를 흔들면서 대답하였다.

"절대로, 절대로 내놓지 않을 것이오."

한기철은 단숨에 결론을 내렸다.

"바로 박 지사장이 우리에게 말하지 않았소. 소장하고 있던 세한 도를 서예가 손재형 선생께 건네주고 난 뒤 이를 후회하였던 후지 스카가 임종을 앞두고 유언을 하였다고 말이오. 그는 이유 여하를 막론하고 자신이 소유한 추사의 유작들은 박물관에 기증하면 몰라 도 사사로이 팔거나 남에게 넘기는 일은 절대로 없게 하라는 유언 을 남겼고 이후부터 후손들은 이를 철저하게 지켜나가고 있다고 말 하지 않았습니까. 그러니 어찌 상업지도를 우리에게 내놓겠습니까. 더구나 방금 전의 행동을 모두 보지 않았습니까."

한기철은 와작와작 소리를 내면서 얼음을 깨물며 말을 이었다.

"정확히 약속시간 삼십 분 동안만 그림을 열람시키지 않았습니 까. 그동안에도 내내 우리를 감시하고 경계하고 있었습니다. 우리 들이 마치 사진을 찍으러 온 신문기자가 아닌가, 아니면 추사의 전문가가 아닌가 내내 경계하는 눈치였던 것을 박 지사장도 잘 알고 있지 않습니까."

한기철의 말은 사실이었다.

깍듯이 예의를 갖추고 있으면서도 만나고 있는 동안 내내 후지스카는 경계심을 풀지 않았다.

"물론."

박동우는 선선히 수긍하였다. 그리고 나서 말을 이었다.

"실장님의 말씀이 맞으실 겁니다. 하지만 일찍이 해방된 이후에 찾아왔던 손재형 선생은 후지스카 지카시를 찾아가 눈물로 호소했다고 알려져 있습니다. 듣기에는 정확히 백 일간을 꼬박 찾아가 문안인사를 하고 감정에 호소하였다고 전해지고 있습니다. 후지스카 지카시가 손재형 선생에게 전후 궁핍해진 사정 때문에 거액의 돈을 받고 세한도를 넘겼다는 항간의 소문은 사실이 아닐 겁니다. 물론 그냥 공짜로 넘겼을 리는 없겠지만 그렇다고 알려진 것처럼 천문학적인 돈을 받고 흥정을 한 뒤 그 대가로 세한도를 넘겨준 것도 사실이 아닌 것입니다. 만약 돌아가신 K-2의 명령이 아직도 유효한 것이라면 저는 서예가 손재형 선생처럼 백 일이 아니라 천 일이라도 찾아가 문안인사를 올리고 무슨 수단방법을 가리지 않고서라도 상업지도를 수집하여 오는 가을 개관되는 여수기념관에 진열시켜 놓을 것입니다. 그 대신 사전에 정 선생님께 여쭙겠습니다."

박동우는 나를 쳐다보았다.

"선생님께서는 방금 보신 상업지도의 그림이 그럴 만큼의 값어치가 있다고 보십니까. 세한도를 수집하기 위해 백 일 동안 찾아갔던 손재형 선생처럼 상업지도의 그림도 충분히 그 이상의 값어치가 있다고 생각하십니까."

그는 내게 결정을 요구하고 있었다.

나는 난감하였다. 박동우는 바로 이런 이유 때문에 나를 동경까지 출장을 오라고 부른 것이다.

나는 대답 대신 담배를 피워 물었다. 나는 담배 한 대를 모두 피울 때까지 아무런 말도 하지 않고 심사숙고하였다. 그러고 나서 입을 열어 대답하였다.

"전 전문가가 아니어서 정확히 말씀드릴 수 없습니다. 방금 우리가 보고 온 상업지도의 그림이 엄청난 예술적 가치가 있는가 없는가는 객관적으로 판단을 해드릴 만한 자격이 없는 사람입니다. 한 가지 분명한 것은 돌아가신 김기섭 회장님에게 있어서 이 그림은 반드시 수집해야 할 물건 중의 하나임에는 틀림이 없습니다. 그는 이미 생전에 임상옥에 관한 유품은 무엇이든 수집하여 놓았을 정도였습니다. 임상옥의 저서는 물론 전설 속에 나오는 깨어진 잔 계영배도 수집해 놓았습니다. 그러므로 할 수 있다면 김기섭 회장님의 밀명대로 그 그림을 수집하는 것이 옳다고 생각됩니다. 오는 가을 개관되는 여수기념관에 반드시 그 그림이 함께 전시된다면 돌아가신 김기섭 회장님의 유훈을 받들어 모시는 뜻깊은 일이 될 것임을 확신합니다."

나는 조심스럽게 말을 맺었다.

"아, 그렇습니까."

박동우가 선선히 수긍하였다.

박동우는 한기철을 보며 물었다.

"여수기념관의 개관 날짜가 언제로 잡혀 있습니까."

"11월 3일이오. 바로 회장님의 생일이니까요."

"좋습니다."

박동우는 자리에서 일어나며 혼잣말로 말하였다.

"그럼 이 프로젝트의 데드라인이 바로 11월 3일인 셈이군요. 좋습니다. 한번 승부를 걸어보겠습니다. 그날까지 후지스카의 손에서 상업지도의 그림을 건네받아 기념관 벽 위에 전시될 수 있도록 혼신의 힘을 다할 것입니다. 그럼 이만 나가실까요."

우리는 제과점을 빠져나와 지하철로 내려가는 계단을 밟기 시작하였다. 우리는 누구도 박동우의 말을 귀담아 듣지 않았다.

기념관의 개관 일자까지 상업지도를 후지스카의 가문으로부터 인수하여 전시할 수 있도록 최선을 다할 것이라는 박동우의 말은 어차피 불가능할 것이라고 마음속으로 확신하고 있었으므로.

우리는 묵묵히 지하도 계단을 걸어갔고 묵묵히 지하철이 도착하기를 기다려 묵묵히 지하철을 탔다.

그러나 그 무더웠던 한여름, 동경에서 느꼈던 부정적인 예상은 그해 가을 보기 좋게 빗나가게 된다.

절대 불가능할 것이라고 판단되었던 추사 김정희의 그 그림이 여수기념관의 정면 홀에 전시될 수 있었던 것이다. 세한도의 예술적 가치를 능가하는 추사 김정희의 최후의 유작 상업지도의 발굴은 센세이셔널한 화제를 집중시킬 수 있었다.

지금까지 한 번도 볼 수 없었던, 마치 피를 쥐어짜내 그린 듯한 혈서와 같은 추사의 마지막 작품은 매스컴의 화려한 조명을 받기에 충분한 명작이었으며, 조선 최대의 무역왕이었던 임상옥을 위해 써 준 상업지도의 발문 내용이야말로 오늘을 사는 우리에게 던지는 궁극의 메시지였기 때문이다.

그렇다면 봉은사에 머물러 있으면서 말년을 보냈던 김정희를 찾아가 상업지도의 그림을 받을 때까지 임상옥은 어떻게 남은 여생을 보냈던 것일까.

애써 지은 집을 부숴버리고, 사랑하는 여인 송이를 멀리 떠나보낸 후, 스스로 물러나 '채소를 심는 사람(稼圃)'으로 자연에 심취하고 시를 짓는 일에만 몰두하였던 임상옥은 어떻게 남은 생애를 마쳤던 것일까.

제5장 혈세(血洗)

1

신축년 헌종 7년인 1841년 봄.

각종 유기와 철기들이 가득한 지게를 진 유기장수 한 사람이 임상옥의 상가를 찾아들었다. 그는 대문을 지키는 하인들 앞에 지게를 내려놓고 각종 놋그릇을 흥정하기 시작했다.

"이 사람아."

나이든 하인이 한심한 얼굴로 유기장수를 쳐다보며 말하였다.

"이 집이 어느 집안이라고 놋그릇을 흥정하려 한단 말이신가. 이 집이 바로 임부자댁 아니신가. 없는 물건이 없는 임부자댁에서 뭣 땜에 놋그릇이 필요하단 말이신가. 딴 데 가서 알아보시게나."

하인의 말을 듣자 유기장수는 차라리 안심이 된 얼굴로 말하였다.

"그러하면 이 집이 임부자댁이 맞습니까. 천하의 기보(奇寶), 명보(名寶), 명기(名器) 등 없는 것이 없는 '부엉이 창고'가 있는 임부자댁이 맞습니까."

"이제야 제대로 알아보았군."

나이든 하인이 의기양양하게 말을 하자 유기장수는 주섬주섬 풀어놓았던 그릇들을 챙기면서 혼잣말을 했다.

"공자 앞에서 문자 쓴 꼴이로군. 하오나."

유기장수는 나이든 하인에게 다가서며 말하였다.

"좋소이다, 노인장. 내가 지금 하늘 아래 둘도 없는 물건 하나를 꺼내 보일 터이니 이 물건을 임 대인한테 보이면 당장이라도 살 것이오. 내기를 걸어도 좋소이다. 만약 임 대인이 이 물건을 사겠다 하시면 그 이문의 반을 노인장에게 드리겠고, 사지 않겠다 하면 그대로 돌아가겠소이다."

밑져봐야 본전이라고 하인은 생각하였다.

유기장수의 말대로 그 물건을 임 대인어른에게 보여서 만약 사겠다 하면 그 이문의 반을 공짜로 먹는 셈이고, 만약 보여주고 사지 않겠다 하면 그냥 돌려주면 그만인 땅 짚고 헤엄치기의 흥정이었기 때문이다.

"그 물건이 무엇인데."

하인이 흥미를 보이면서 다가왔다.

"이 물건은 하늘 아래 둘도 없는 보물 중의 보물이오. 만약 노인장께오서 임 대인에게 보여드리면 당장에 이 물건을 사실 것이오. 안 그러면 내가 손에 장을 지지겠소이다."

"그 물건이 무엇이냐고 내가 묻지 않더냐. 물건을 봐야 싸움이고 흥정이고 할 것이 아니겠느냐. 싸움은 말리고 흥정은 붙이라는 옛말이 있는 것을 듣지 못하였느냐."

"좋소이다."

유기장수는 품속에서 무엇인가를 꺼내었다. 그것은 순간 햇빛을 받아 반짝, 하고 빛이 났다. 그러나 유기장수는 그 물건을 손아귀 속에 쥐고 있을 뿐 쉽사리 꺼내놓으려 하지 않았다.

"무엇이냐, 그 물건이."

"노인장."

유기장수는 정색을 한 얼굴로 하인의 얼굴을 쳐다보며 말하였다.

"물건을 보여드리기 전에 분명히 약속하시오. 이 물건을 반드시 임 대인에게 보여드리고 웬 유기장수 하나가 이 물건을 팔러 왔다고 말을 전할 것을 약속하시오. 그렇지 않으면 보여드리지 못하겠소."

"…약속하겠다."

그 물건을 보고 싶은 호기심에 노인은 땅에 침을 뱉으며 말하였다.

"좋소이다."

유기장수는 손에 들었던 물건을 하인에게 내밀었다. 하인은 재빠르게 그 물건을 받아들었다. 그리고 자세히 바라보았다.

하인은 순간 당황하였다. 그의 손에 들린 물건은 다름 아닌 비녀〔簪〕였기 때문이다.

"아니."

하인은 혼잣말로 중얼거렸다.

“이건 비녀가 아니더냐.”

“그렇소이다. 그 물건은 비녀올시다.”

“그러하면 아녀자들이나 쓰는 비녀를 대인어른께 사시라고 보여주라는 말이더냐.”

“하오나 이 비녀는 예사 비녀가 아니올시다.”

한눈에 보아도 그 비녀는 예사 비녀가 아니었다. 보통 아녀자들이 사용하는 비녀는 나무나 뿔, 뼈와 같은 단순한 재료로 만든 것들이 대부분이었다. 그러나 그 비녀는 은과 산호로 만든 고급이었다. 또한 부귀와 장수, 다산을 기원하는 아름다운 잠두도 갖고 있었다.

그러나 아무리 고급이라 할지라도 어디까지나 아녀자들의 노리개일 뿐, 임 대인에게 보여드릴 만한 물건은 되지 못하였던 것이다.

“예끼 놈.”

하인은 화가 나서 버럭 고함을 질렀다.

“아녀자들이 쓰는 비녀를 대인어른께 흥정하려 하다니. 네놈이 진정 나를 놀리는 것이 아니고 무엇이란 말이냐.”

“그렇지 않습니다, 노인장.”

유기장수는 침착하게 말하였다.

“반드시 대인어른께오서는 이 비녀를 사실 것이나이다. 천만금, 만만금이라 하여도 이 비녀를 본 순간 사실 것이나이다.”

유기장수의 얼굴은 확신에 가득 차 있었다. 하인도 하인대로 마음에 걸리는 구석이 있었다.

“좋다.”

하인은 화를 내며 말하였다.

"일단 약속을 한 이상 대인어른께 보여드리고 오겠다. 만약에 대인어른께오서 화라도 내시거들랑 네놈은 당장에 저 빗자루로 불방망이를 맞을 것이다."

하인은 마당을 쓸던 빗자루를 가리키며 말하였다.

"네놈은 꼼짝 말고 이 자리에서 기다리고 있거라."

하인은 한 손에 비녀를 들고 나는 듯이 집안으로 들어갔다.

임상옥은 몇 년 전부터 집안 한구석에 작은 연못을 파고 암자 하나를 지어서 그곳에서 따로 별거하고 있었다. 장사는 모두 박종일이 맡아 하고 있을 뿐 임상옥은 별채에서 채소나 가꾸면서 소일하고 있었다.

임상옥은 정원 한켠에 마련해놓은 채마밭을 파헤치고 있었다.

"나으리."

단숨에 뛰어왔으므로 숨을 헐떡이며 하인이 말하였다.

"…무슨 일이냐."

나이든 하인이 헐레벌떡 뛰어왔으므로 임상옥은 하던 일을 멈추고 물어 말하였다.

"나으리. 웬, 웬 유기장수 하나가 찾아왔는뎁쇼. 찾아와서는 나으리께 무슨 물, 물건 하나를 팔러왔다고 말하였는뎁쇼. 천, 천만금 만만금이라 하여도 대인어른께오서는 반드시 사실 것이라고 말하였는뎁쇼."

"도대체 무슨 소리냐. 난 무슨 말을 하는지 모르겠구나. 유기장수가 찾아와 나에게 놋그릇을 팔러 하였다는 말이더냐."

"아, 아닙니다요, 나으리."

하인은 가쁜 숨을 가누면서 말을 더듬었다.

"그게 아닙니다요, 나으리. 유기장수가 꺼내 보인 것은 놋그릇이 아니옵고 다른 물건이옵는데, 유기장수의 말인즉 나으리께오서는 반드시 이 물건을 사실 게 틀림이 없다고 하였나이다."

"그 물건이 무엇이냐."

임상옥은 무슨 물건인가를 등뒤에 감추고 있는 하인에게 물어 말하였다. 하인은 마음에 걸리는 구석이 있었으므로 더듬거리며 말하였다.

"하오나 나으리, 유기장수가 가져온 물, 물건은 아녀자들이나 사용하는 물건이옵고, 나으리께오서는 사용하시지 못할 물건이나이다."

"그 물건이 무엇이냐고 내가 묻지 않더냐."

임상옥이 채근하자 하인은 손에 들었던 비녀를 임상옥에게 두 손으로 내밀었다. 임상옥은 그 비녀를 받아들고 이리저리 살펴보았다.

"아니, 이건 비녀가 아니더냐."

어이없다는 표정으로 임상옥은 비녀를 살피면서 혼잣말로 중얼거렸다. 어느 순간, 임상옥의 얼굴에서 표정이 사라졌다. 임상옥의 손에 들린 비녀가 눈에 띌 정도로 가볍게 흔들리고 있음을 하인은 눈치채었다.

"이봐라. 그 유기장수는 어디 있느냐."

임상옥이 묻자 하인은 대답하였다.

"대, 대문 앞에서 기다리고 있나이다."

"가서 그 유기장수를 이곳으로 데리고 오너라."

임상옥이 명령하였다.

"하오면 나으리."

이해가 가지 않는다는 얼굴로 하인이 물어 말하였다.

"그 비, 비녀를 사, 사시겠다는 말씀이시나이까."

"비녀를 사겠다고 전하고 그 유기장수를 데리고 이리로 오너라."

"…분부대로 하겠나이다, 나으리."

하인은 허리를 굽혀 절을 하고 다시 대문까지 달려가기 시작하였다. 알다가도 모를 일이었다. 임 대인에게 보여드리면 천만금이건 만만금이건 반드시 비녀를 살 것이라는 그 유기장수의 말도 알 수 없는 것이었고, 또한 그 비녀를 보자 처음에는 역정이라도 낼 듯한 얼굴이었으나 갑자기 심상치 않은 표정으로 당장에 유기장수를 데려오라는 임 대인의 명령 또한 알 수 없는 일이었다.

유기장수는 시킨 대로 대문 앞에 앉아서 기다리고 있었다.

"어찌되었습니까, 노인장."

"자네를 데리고 오랍신다."

"그러하면."

과연 그럼 그렇지, 하는 표정으로 유기장수는 몸을 일으키며 말하였다.

"그 비녀를 사시겠단 말씀이시나이까."

"여부가 있겠느냐. 유기 지게는 이곳에 맡겨두고 들어가자꾸나."

상가를 가로질러 후원의 별채로 가는 동안 하인은 마음이 급해져서 새삼 다짐하였다.

"…약, 약속한 것을 설마 잊지는 않았겠지. 내가 약속을 지켰으니

자, 자네 또한 나하고 맺은 약속, 이를테면 그 비녀가 팔리면 이문의 반을 내게 넘겨주겠다는 약속은 잊지 않았겠지."

"…여부가 있겠습니까. 한 입으로 어찌 두말을 하겠나이까."

임상옥은 유기장수를 기다리고 있었다.

"나으리."

허리를 굽혀 절을 하면서 하인이 말하였다.

"유기장수를 함께 대령하였나이다."

임상옥이 유기장수를 쳐다보며 물어 말하였다.

"네가 내게 비녀를 팔러 온 그 유기장수에 틀림이 없느냐."

"틀림이 없나이다."

유기장수는 대답하였다.

"내가 그 비녀를 사겠다. 그러하면 값은 얼마면 되겠느냐."

유기장수는 조금도 망설이지 않고 대답하였다.

"…나으리, 옛말에 이르기를 공양미는 삼백 석이라 하였나이다. 하오니 삼백 석 값은 내셔야 할 것이 아니겠나이까."

옆에서 듣고 있던 하인은 놀라서 입이 벌어졌다. 비녀 하나에 공양미 삼백 석의 값이라니. 그보다도 '값은 얼마면 되겠느냐'는 질문에 느닷없이 '공양미 삼백 석'의 값이라니. 이 또한 무슨 해괴한 말대꾸인 것인가.

"…공양미 삼백 석이라고 하였는가, 그 비녀의 값이."

"그렇사옵니다, 나으리."

"사겠네. 그 값을 치르고 내가 그 비녀를 사겠네."

임상옥은 단숨에 대답하였다.

"어떻게 하겠는가. 당장 여기에서 어음을 끊어줄까."

"나으리."

유기장수가 입을 열어 말을 받았다.

"저희 같은 봇짐장수들에게 어음은 유통시키기도 어려우니 차라리 돈을 주셨으면 하나이다."

"이 사람아, 천오백 냥의 현금이 어찌 당장에 있을 수 있겠는가."

"하오면, 나으리."

유기장수는 침착하게 대답하였다.

"지금 당장에 주지 않으셔도 되나이다. 해질녘이 지나 어둠이 내리면 읍내 시장거리에 도기를 파는 와기전(瓦器廛)에서 나으리를 기다리고 있겠나이다. 그 전방으로 찾아오시면 되나이다. 그곳에서 값을 지불해주시면 되겠나이다."

"가겠네."

임상옥은 대답하였다.

"시장거리의 와기전으로 자네를 찾으러 가겠네."

땅거미가 내린 후 와기전에서 따로 만나 비녀값을 치르기로 약속한 뒤 임상옥은 유기장수를 떠나보냈다.

유기장수가 돌아가자 임상옥은 마루 위에 올라앉아 물끄러미 손에 들린 비녀를 바라보았다.

틀림없는 그 비녀였다.

은과 산호로 만들어진 고급 비녀. 부귀와 장수와 다산을 기원하는 매화와 대나무의 꽃잎이 새겨진 잠두를 갖고 있는 고급 노리개.

그 비녀는 매죽잠에 틀림없었다. 임상옥은 그 매죽잠을 선명하게 기억하고 있었다.

　이 매죽잠이 송이의 양모 산홍으로부터 전해진 것이 분명하다면 산홍은 유기장수를 통해 남의 눈을 피해 은밀히 자신을 부르고 있음인 것이다.

　일찍이 임상옥은 송이와 혼례식을 올리기 전에 산홍을 불러서 매죽잠을 사겠다고 이른 후 그 값을 얼마만큼 쳐주었으면 좋겠느냐고 물었던 적이 있었다. 그때 산홍은 미리 준비하고 있었던 듯 말을 했었다.

　"나으리, 옛말에 이르기를 공양미는 삼백 석이라 하였나이다. 심청이도 공양미 삼백 석에 몸이 팔려가지 않았나이까. 내 딸 송이도 나으리에 몸이 팔렸사오니 공양미 삼백 석의 값은 내셔야 하지 않겠나이까."

　유기장수가 귀띔한 공양미 삼백 석의 비녀값은 그러므로 당사자 둘이서만 알 수 있도록 꾸민 일종의 암호였다.

　산홍이 남의 눈을 피해서 나를 만나기 위해 비상수단을 강구한 것이다. 유기장수를 통해 은밀히 만나자는 전령을 보내온 것이다.

　유기장수가 지정하였던 시장거리의 와기전에서는 바로 산홍이가 자신을 기다리고 있을 것이다.

　과연 산홍이가 자신을 만나기 위해서 은밀하게 전갈을 보내온 것인가. 아니다. 그럴 리가 없다. 산홍이가 무엇 때문에 남의 눈을 피해 자신을 만나려 할 것인가. 산홍이가 매죽잠의 비녀를 통해 자신을 은밀히 만나자고 연락을 보내온 것은 송이가 남의 눈을 피해 자신을 만나기 위해서 그런 방법을 취한 것이다.

산홍을 움직인 사람은 바로 송이인 것이다.

송이가 임상옥에게 만나자는 연락을 보내온 것이다.

송이.

송이를 한시라도 잊은 적이 있었던가. 모질게 정을 끊고 떠나온 그해 가을, 임상옥은 은밀히 사람을 보내어 송이의 집을 염탐하고 돌아오라고 명령을 내렸다. 돌아온 사람으로부터 오래전에 송이는 그 집을 떠나 어디론가 사라졌고 행방조차 알 수 없다고 한 말을 전해듣고 얼마나 슬퍼하였던가. 이별을 아쉬워하고 이별을 후회하였던, 그의 상사는 송이가 어디론가 사라져 행방을 알 수 없다는 말에 하늘이 무너지는 듯하였다.

임상옥은 비녀를 바라보면서 송이와 헤어진 햇수를 헤아려보았다.

송이와 헤어진 것이 정유년 봄이었으니 어느덧 4년의 세월이 흐른 것이다. 헤어질 때 송이의 나이가 스물다섯이었으니 이제는 서른이 다되었을 것이다. 그동안 송이는 어디서 무엇을 하고 있었을까.

송이와 헤어진 후 임상옥은 하루하루가 허망하여 상심에 젖어 지냈다. 송이가 그리워서 밤마다 잠을 못 이루고 뒤척이며 밤을 새웠다. 보고 싶어 보고 싶어, 그리워서 그리워서 사는 것이 사는 것이 아니었다. 그렇게 살아온 지난 세월이었다.

어느새 임상옥의 나이는 환갑, 진갑을 넘긴 예순셋의 노인이었다.

그렇게 보고 싶고 그리워하였던 송이로부터 실로 수년 만에 만나자는 기별이 온 것이다.

어둑어둑 땅거미가 내리고 어두워질 때까지 임상옥은 도무지 마음을 안정시킬 수가 없었다. 마침내 어둠이 내리자 임상옥은 삿갓을 쓰고 거리로 나섰다.

의주는 예로부터 상업이 성하였던 성읍이었으므로 시장거리는 번창하였다.

시장거리는 어둠이 내려 철시한 점포들도 많았으나 그래도 오가는 사람들로 혼잡하였다. 소년시절 때부터 몸담았던 시장거리는 언제나 그러하듯이 활기가 넘쳐흐르고 있었다.

인근 중국과 무역 거래를 하면서 중국의 물건들을 주로 취급하는 만상점에서부터 비단을 짜는 조하방(朝霞房), 염색을 해주는 염방(染房), 표백을 맡아하는 표전(漂廛), 나물과 채소를 파는 소전(蔬廛), 철기와 유기들을 만드는 대장간인 철유전(鐵鍮廛), 가구의 칠을 맡아주고 있는 칠전(漆廛), 가죽을 도맡아하고 있는 피전(皮廛), 목기를 직접 만들어 파는 마전(磨廛), 짚신을 엮어 만들어 파는 마리전(麻履廛), 약초를 팔고 간단한 진맥을 짚어주는 의원까지 겸하는 약전(藥廛) 등 시장거리는 없는 것이 없는 상점들로 가득 차 있었고 각지에서 모여든 상인들로 화류항(花柳巷)을 이루고 있었다.

"여보시오."

육전 앞에서 지나가는 행인들을 향해 유객을 하고 있던 술청 어멈이 삿갓을 쓰고 가는 임상옥을 향해 소리쳐 말하였다.

"어딜 그리 바삐 가시오, 삿갓 쓴 양반 나으리. 출출한데 목이나 축이고 가시오."

임상옥은 곁눈도 주지 않고 계속 시장거리를 걸어내려갔다. 유기장수와 만나기로 한 와기전이 어디에 있는가를 주의 깊게 살피면서.

와기전이라면 진흙을 구워서 만든 토기들을 파는 상점이었다. 유약을 쓰지 않는 맨그릇이었으므로 서민들이 가장 많이 사용하는 일상용품을 파는 상점이었다.

시장거리 후미진 곳에 와기전이 있었다. 해가 져서 이미 파장이 되었으므로 전방의 문은 닫혀 있었다.

와기전임을 확인한 임상옥은 소리 높여 말하였다.

"이리 오너라."

전방 안에서는 아무런 인기척이 없었다. 임상옥은 가게의 문을 와랑와랑 소리가 나도록 두들겨보았다. 그러자 안에서 누군가 나오는 기색이 있었다.

"뉘시오니이까."

조심스레 바깥을 살피는 얼굴 하나가 어둠 속에 떠오르고 있었다. 잔뜩 수염을 기른 중늙은이였다. 아마도 토기를 굽는 토기장이인 모양이었다.

"물건값을 치르러 왔네."

임상옥은 소리를 낮춰 말하였다. 토기장은 머리를 흔들며 말하였다.

"토기를 사러 오셨다면 날이 밝은 내일에 찾아오시옵소서. 전방 문은 닫았나이다."

"난 토기를 사러 온 것이 아닐세."

황급히 임상옥이 말하였다.

"비녀값을 치르러 왔네."

이미 임상옥은 유기장수를 통해 비녀를 사라는 산홍의 전갈을 받았을 때부터 뭔가 이 만남에는 남의 눈을 피해야 하는 절박한 사연이 숨어 있음을 간파하고 있었다. 임상옥이 그 누구도 대동하지 않고 단신으로 이렇게 찾아온 것도 그 때문이었다.

"비녀값을 치르러 오셨다니요."

토기장은 능청스럽게 말하였다.

"우리 집은 비녀를 파는 상점이 아니라 토기를 파는 와기전인넵쇼."

"이보시게."

문을 닫으려는 노인을 향해 임상옥은 품속에서 비녀를 꺼내 보이면서 다급하게 말을 하였다.

"바로 이 비녀값을 치르러 찾아왔다는 말일세."

노인은 손을 내밀어 보이면서 말하였다.

"그 비녀를 제게 한번 보여주시겠습니까."

임상옥이 건네주자 노인은 주의 깊게 비녀를 살펴본 후 비로소 허리를 굽혀 정중히 예를 갖추며 말하였다.

"어서 오십시오, 대인 나으리. 대인어른을 진즉부터 기다리고 있었나이다."

임상옥은 상점 안으로 들어갔다.

상점 안 어디에도 불빛은 보이지 않았다. 상점 바깥으로 난 중문을 열자 그제야 불빛이 보이고 그 불빛 속에 누군가가 서 있었다.

"어서 오십시오, 대인어른."

임상옥은 그 목소리가 낮에 찾아왔던 유기장수의 목소리임을 알 수 있었다.

"까다롭게 굴어서 송구스러웠나이다, 대인어른."

유기장수의 모습은 지난 낮과는 전혀 달라 보였다. 굽신거리던 태도는 간 곳 없이 당당하고 의젓하였다.

"비녀값을 가져오셨습니까."

유기장수는 물어 말하였다.

"물론 가져왔네. 이곳에서 받을 터인가."

유기장수는 머리를 흔들며 대답하였다.

"아, 아닙니다, 나으리. 비녀는 제 것이 아니나이다. 그러하오니 비녀값은 원 주인에게 치르도록 하십시오."

"그러하면 비녀의 원 주인은 어디에 계신가."

"방안에서 기다리고 계시나이다."

상점 안쪽에는 간단하게 살림을 할 수 있는 방 하나가 만들어져 있었다. 그 방에서부터 밝은 불빛이 내비치고 있었다. 약속이나 한 듯 유기장수와 노인은 어둠 속으로 물러가고 임상옥은 그 방문 앞에 서 있었다. 임상옥은 헛헛, 두어 번 헛기침을 하였다. 안에서부터 방문이 열렸다.

"어서 오십시오, 나으리."

귀에 익은 목소리가 들려왔다.

"기다리고 있었습니다, 대인어른."

과연 생각했던 그대로였다. 방안에는 비녀의 주인이었던 산홍이가 얼굴 가득히 웃음을 띠고 서 있었다.

"이게 도대체 얼마만의 일이나이까, 나으리. 그간 별고가 없으셨나이까."

임상옥이 신을 벗고 방안으로 들어서자 산홍이가 기다리고 있었다는 듯 두 손을 이마 위에 올리면서 말하였다.

"절부터 받으시지요, 대인어른."

"이보시게나."

큰절을 올리려는 산홍을 황급히 만류하면서 임상옥이 말하였다.

"절은 무슨 절. 앉으시게, 앉으시게나."

"아니나이다."

막무가내로 산홍이가 손을 뿌리치면서 말을 하였다.

"오랜만에 뵈었으니 나으리께 이 산홍이가 큰절을 올려야지요."

산홍은 큰절을 올리기 시작하였다. 그래도 한때 산홍은 임상옥의 장모이기도 하였으므로 임상옥은 함께 맞절을 하여 예를 갖추었다.

"그간 가내에 별고 없으셨나이까. 옥체 만강하셨나이까."

"덕분에 잘 지내었네. 산홍은 어떠하신가."

임상옥의 질문에 산홍은 소리내어 웃으며 말하였다.

"이미 할망구가 다된 늙은년에게 무슨 사는 재미가 있겠나이까, 나으리."

산홍의 말은 사실이었다. 4년의 세월을 비켜갈 수가 없었던지 산홍의 얼굴은 자신의 자조적인 말처럼 늙어 할망구가 다된 얼굴이었다.

"늙은 것은 산홍뿐이 아닐세. 나도 늙어 할아범이 다되었네."

임상옥이 말을 받자 천만의 말씀이라는 듯 산홍이가 손을 저으며 말하였다.

"천만의 말씀이시나이다. 나으리의 신색은 예전보다 훨씬 더 좋으시나이다. 백년 묵은 산삼을 쪄서 드셨나이까, 아니면 젊어지는 샘물을 한 바가지 마시셨나이까."

산홍의 걸판진 입담은 여전하였다. 딿아서 한 바퀴 틀어올린 트레머리에 빨간색의 헝겊을 매단 행색 역시 예전 그대로였다.

"그래, 산홍은 요즘 무엇을 하고 계시는가."

임상옥이 묻자 산홍은 키득키득 웃으며 말하였다.

"평생 배운 도둑질이라야 술 마시고 노래하고 남정네들 가슴팍을 쥐어박는 것이었는데 늙어서도 다른 무슨 짓을 하겠나이까. 여전히 길거리에서 주막집을 차려놓고 주모 노릇을 하고 있나이다."

"여전히 곽산에서 말이더냐."

"곽산이냐고 물으셨나이까."

임상옥의 입에서 곽산이란 이름이 흘러나오자 산홍은 기가 막히다는 듯 받아 말하였다.

"곽산이라면 이 산홍이가 지긋지긋하게 생각하고 있는 곳이옵는데 아직도 그곳에 머무르고 있겠나이까, 나으리. 이 산홍이도 곽산을 떠난 것이 수년이 되었나이다. 곽산을 떠나서 철산의 한 거리에서 주막집을 하고 있나이다. 나으리께오서는 이 산홍이가 어찌하여 곽산을 지긋지긋하게 생각하고 있는지, 그 연유를 아시고 계실 것이나이다."

아직 봄이었는데도 울화라도 치미는 듯 산홍은 펄럭펄럭 소리가 나도록 손부채질을 하고 있었다.

"다 늙은 퇴기년이 늘그막에 딸년 덕을 보려고 곽산군수 사위를 본 것이 어제만 같은데 어느 날 갑자기 사위는 영이별을 하였삽고, 상사병에 걸린 딸년은 어느 날 갑자기 지 어미에게 오고 간다 한마디의 말도 없이 행방을 감추어 생이별을 하였으니, 버림받은 늙은 년이 어찌 그 지긋지긋한 곽산에 머무르고 있겠나이까."

산홍은 은근히 임상옥을 빈정대고 꾸짖고 있었다.

"미안하게 되었네, 장모."

임상옥이 빙그레 웃으면서 말하였다. 산홍은 짐짓 펄쩍 놀라는 표정으로 물어 말하였다.

"나으리, 나으리께오서 이 산홍을 뭐라고 부르셨나이까."

"장모라고 불렀네."

임상옥은 장난스레 말을 이었다.

"예전에 산홍에게 값을 치르고 비녀를 삼으로써 산홍을 장모로 모시지 않았던가. 그러므로 나 또한 자네의 사위가 되지 않았던가."

산홍은 펄쩍펄쩍 부치던 부채질을 문득 멈추고 정색을 한 얼굴로 임상옥을 쳐다보았다.

"도대체 무슨 말씀이시나이까. 나으리가 이 산홍의 사위가 되셨다니요. 또한 이 산홍이가 나으리의 장모라니요. 이를 말이 있으시나이까, 나으리. 이 산홍에게는 딸이 없는데 무슨 사위타령에 장모타령이시나이까."

"이보시게, 산홍."

임상옥은 단도직입적으로 본론으로 들어가기로 마음을 굳혔다.

"…송이는 요즈음 어떻게 지내고 있는가."

임상옥의 입에서 송이의 이름이 흘러나오자 놀란 듯 멈칫거리며 산홍이가 말을 받았다.

"나으리, 송이가 도대체 누구이시나이까."

“이보시게, 산홍. 송이는 산홍의 딸이지 않은가.”

“나으리, 이 산홍은 돌계집이라서 아이를 낳을 수 없는 석녀이나이다. 그러니 이 돌계집에게 무슨 딸이 있었단 말씀이시나이까.”

한심하다는 표정으로 산홍이 억지를 부렸다.

“하루아침에 의절을 하고 이 에미의 가슴에 쾅쾅 대못을 박고 떠난 딸이오니 이미 송이는 내게 있어 죽은 딸년이옵고 나 또한 송이에게 있어 죽은 에미이나이다. 그러하오니 이제 와서 새삼스레 무슨 어이딸이시나이까.”

어이딸.

이는 어미와 딸을 뜻하는 모녀의 순우리말이었다.

“그런데 나으리.”

산홍이가 능청을 부리며 말하였다.

“죽은 혼령이 귀신이 되어 나타났나이다.”

“귀신이 나타나다니.”

“나으리.”

산홍이가 말을 이었다.

“죽은 사람이 다시 살아났다면 이는 귀신이 아니겠나이까.”

“이보시게, 산홍.”

임상옥이 항복을 하였다.

“난 도무지 무슨 말인지 잘 모르겠네. 오랜만에 나타나 비녀값을 치르라는 말의 뜻도 모르겠고 죽은 혼령이 귀신이 되어서 다시 살아났다는 산홍의 말도 무슨 뜻인지 도무지 모르겠네.”

“정히 모르시겠나이까.”

다짐을 하면서 산홍이가 말하였다.

"죽은 귀신이 다시 살아나 찾아왔나이다. 송이 아씨가 다시 제 발로 찾아오셨나이다."

짐작은 하고 있었지만 임상옥의 가슴이 쾅, 하고 무너져내렸다. 심장이 멎는 느낌이었다.

"그렇습니다, 나으리. 이 늙은 퇴기년이 이렇게 몇 년 만에 나으리를 찾아온 것은 바로 송이 아씨 때문이었나이다. 이 산홍이가 유기장수를 시켜 비녀를 사달라고 꾀를 쓴 것은 나으리께오서는 그 비녀를 보시면 금방 숨은 뜻을 알아낼 수 있으시리라 생각하였기 때문이었나이다."

"…송이는."

임상옥은 천천히 말을 꺼내었다.

"송이는 어디에 있는가."

"나으리."

산홍은 목이 메어 말하였다.

"송이 아씨는 이 산홍을 찾아오자마자 대인어른을 무슨 일이 있어도 다시 만나야 한다고 말씀하였나이다."

"송이가 어디에 있느냐고 내 묻지않느냐."

임상옥이 연거푸 채근하여 묻자 산홍은 입을 떼며 말하였다.

"송이 아씨는 지금 다른 곳에서 나으리를 기다리고 계시나이다."

"다른 곳이라니."

"이제 곧 나으리를 송이 아씨가 계신 곳으로 안내하여 드리겠나이다."

산홍은 자리에서 일어났다. 임상옥이 이를 만류하여 말하였다.

"잠깐, 비녀값은 치러야 할 것이 아니겠느냐."

"나으리, 이 늙은 년에게 또다시 비녀값을 치르시다니요. 하루 벌어 하루 먹고 사는 게 충분하온데 이 늙은 년에게 무슨 돈이 따로 필요하겠나이까. 나으리께오서 이 늙은 퇴기년을 모른다고 마다하지 않으시고 이처럼 몸소 찾아와주신 것만 해도 비녀값은 이미 충분히 치르셨나이다."

산홍은 일어서서 벽걸이에 걸어두었던 옥색 옥양목 치마를 꺼내들었다. 그녀는 치마를 쓰개치마처럼 머리 위에 뒤집어쓰고 손으로는 앞을 여며서 잡은 후 임상옥을 쳐다보며 말하였다.

"송이 아씨를 만나러 나가시지요."

보통 쓰개치마는 나들이를 할 때 부녀자들이 사용하는 내외용 쓰개였으나 산홍의 모습에는 자신의 신분이 노출될 것을 두려워하여서 정체를 감추려는 기색이 역력하였다.

두 사람은 방을 나왔다. 어디선가 유기장수가 나타나 앞장을 섰다. 세 사람은 와기전을 나왔다.

그새 어둠이 내려 시전은 완전히 철시하고 있었다. 상설 점포들은 이미 문을 닫았고 드문드문 보이던 난전 상인들의 모습도 사라져버려서 시전거리는 텅 비어 있었다. 오가는 사람들의 발길도 끊어져버려 나다니는 사람은 세 사람뿐이었다.

임상옥은 뭔가 마음속으로 이상한 느낌을 지울 수가 없었다.

혼자 시장거리의 와기전으로 남의 눈을 피해 삿갓을 쓰고 찾아올 때부터, 뭔가 이 만남에는 은밀한 사연이 숨어 있다고 짐작하였다.

처음에는 그 은밀한 기별이 임상옥의 입장을 고려해서 당사자들 끼리만 통하는 암호를 보낸 것이라고만 생각하였는데 차츰차츰 임 상옥은 그것만이 아닌 무엇인가가 이 만남 속에 숨어 있음을 짐작 하게 되었다.

　저 유기장수도 돌아다니면서 봇짐장수를 하는 장사치의 모습과 는 거리가 있어 보인다. 비록 행색이 남루하지만 가만히 살펴보면 어딘가 기품이 있어 보이지 않는가.

　그보다도, 이와 같이 철저한 암행(暗行)은 무엇인가. 산홍이도 쓰 개치마로 자신의 몸을 가려 정체를 숨겼고, 유기장수 또한 주위를 살피며 걷는 품이 잠행(潛行)을 떠나는 사람처럼 보인다. 송이를 만 나는데 이처럼 복잡한 절차를 거쳐야만 하는 이유는 무엇인가.

　"나으리."

　성큼성큼 앞장서 걸어가는 유기장수와 달리 종종걸음으로 임상 옥과 나란히 걸어가던 산홍이가 낮은 목소리로 말하였다.

　"송이 아씨를 만나시더라도…."

　산홍은 속삭이듯 임상옥에게 귀띔하였다.

　"놀라서는 아니 되옵니다."

　"놀라다니."

　임상옥이 되묻자 산홍은 빠르게 말하였다.

　"이 산홍이도 송이 아씨를 처음 보았을 때 너무나 놀라서 죽은 혼 령이 귀신이 되어 나타난 줄 알았나이다. 놀라지 마시옵소서. 송이 아씨는 나으리께서 아옵시는 그 송이 아씨가 아니나이다."

　"그러하면."

임상옥이 묻자 산홍이가 대답하였다.

"나으리께오서 아시는 송이 아씨는 이제 죽었나이다. 죽어서 백골이 분토되었나이다. 나으리, 나으리께오서는 지금까지의 송이 아씨와는 전혀 다른 새 송이 아씨를 만나게 되실 것이나이다. 그러하오니 심히 놀라지 마시옵소서."

어디선가 나무토막을 두들기는 소리와 함께 저벅이는 발자국소리가 들려왔다. 그 소리가 들려온 순간 유기장수는 순식간에 임상옥의 몸을 감싸들고 전방 앞으로 밀어붙였다. 산홍이도 바짝 곁에 붙어서 숨을 죽이고 있었다.

타박타박, 나무토막 두드리는 소리와 함께 둘이 함께 조를 이룬 사람들이 그들의 곁을 스쳐 지나갔다. 그들은 순찰을 도는 야경꾼들이었다.

시전에서는 한밤에 자신들의 전방을 순시하는 야경꾼을 고용하고 있었다. 한밤을 틈타 노리는 도둑들의 범죄나 화재를 미리 방비하기 위한 순찰꾼들이었다. 이들은 '딱딱이'라고 불리는 나무토막을 두드리며 일정 시간에 시장거리를 돌아다니면서 경계하고 있었다. 그들의 임무는 주로 순찰이었지, 이처럼 숨어야 할 만큼 공포의 대상은 아니었다.

이윽고 발자국소리가 완전히 사라지자 그들은 다시 걷기 시작하였다.

밤은 깊어 짙은 어둠이 드리웠지만 달은 밝아 시야는 투명하였다. 마침내 그들이 도착한 곳은 약전 앞이었다.

"나으리."

약전 앞에 이르자 산홍이가 임상옥에게 입을 열어 말하였다.

"산홍이는 이곳에서 그만 물러가겠나이다."

"물러가다니."

"이 전방 안에서 송이 아씨가 나으리를 기다리고 계시나이다."

유기장수는 말없이 전방의 덧문을 열었다.

"들어가시오소서, 나으리."

산홍이가 임상옥의 손을 가만히 잡으며 말하였다.

"이 산홍에게 있어 나으리는 평생 은인이시나이다. 이 늙은 년이 죽어서 눈에 흙이 들어간다 하더라도 나으리께 입은 은혜는 백골난 망이나이다. 부디 만수무강하시옵고 옥체 보존하소서."

뭐라고 따로 인사말을 덧붙일 새도 없이 그들은 사라졌다. 임상 옥은 전방 앞에 홀로 서 있었다. 그는 자신이 어떻게 해야 하는가를 잊어버린 사람 같았다.

임상옥은 전방의 문을 열었다. 안에서 빗장을 잠그지 않았는지 문은 그대로 열렸다.

전방 안으로 들어가자 한약 냄새가 진동하였다. 약초를 팔기도 하고, 의원들이 찾아오는 사람들의 진맥을 짚어 간단한 처방을 해 주는 약전이었으므로 사람들을 맞을 수 있도록 작은 방이 마련되어 있었다. 그 방에서부터 희미하게 불빛이 새어나오고 있었다. 임상 옥은 덧문의 빗장을 내리걸었다.

그는 설레는 마음으로 불빛이 새어나오고 있는 방문 앞으로 다가 갔다. 떨리는 손으로 방문을 밀었다.

방안에 누군가 다소곳한 자세로 앉아 있었다. 분명히 인기척을

들었을 터이고, 열린 방문으로 새어 들어오는 바람으로 촛불이 깜
북거렸을 터인데도 여인은 비껴 앉은 자세 그대로 장옷을 입은 채
앉아 있을 뿐이었다.

송이였다.

수년의 세월이 흘렀다고는 하지만 임상옥은 비껴 앉은 여인의 모
습을 본 순간 한눈에 송이임을 알 수 있었다.

임상옥은 신을 벗고 방에 들어가 앉았다. 찾아오는 환자들의 진
맥을 보기 위해서 마련된 작은 방은 벽 전면이 약초들을 넣어두는
약장으로 가득차 있었고 천장에는 말리기 위해서 매단 약초들이 주
렁주렁 내걸려 있었다. 스며들어 오는 바람결에 깜북거리던 촛불도
잦아들고 두 사람은 깊은 침묵 속에 앉아 있었다.

"오랜만이나이다, 나으리."

긴 침묵 끝에 송이가 얼굴을 가리웠던 장옷을 벗으며 임상옥에게
먼저 입을 열어 말하였다. 두 사람의 시선이 처음으로 마주쳤다.

임상옥은 섬뜩한 느낌을 받았다. 앞에 앉아 있는 여인은 꿈에도
그리던 송이임에 분명하였고 목소리, 마주치는 눈빛 또한 송이임에
틀림이 없었지만 뭔가 다른 분위기가 송이의 몸을 감싸고 있음을
직감적으로 느꼈기 때문이다.

산홍의 말처럼 송이는 완전히 변해 있었다. 송이는 분명한 송이
였지만 산홍의 말처럼 그가 알던 송이는 정녕 아니었다.

송이의 모습과 행동에는 이 세상 것으로는 생각되어지지 않는 신
령스런 기운과 신성한 분위기가 감돌고 있었다. 얼굴 또한 달라져
있었다.

정열적이고 아름답던 송이의 얼굴은, 내적으로 충일한 기쁨으로 인해 얼굴 전체에서 빛이 나고 있을 만큼 눈부실 정도로 맑고 투명하였다.

그녀의 얼굴 전체에서 광명의 빛이 흘러나와 얼굴 뒤에는 후광이 뿜어지고 있어 보였다.

"문안인사 올리겠나이다, 나으리."

송이는 큰절을 올리기 위해서 몸을 일으켰다.

임상옥은 정좌를 하고 송이가 올리는 큰절을 받았다. 인연이 끊겨서 남남이 되었다고는 하지만 아직까지도 송이는 임상옥의 소실이었다.

큰절을 올리기 위해서 두 손을 이마 위에 얹은 송이의 손에 무엇인가 낯선 물건이 들려 있는 것을 임상옥은 한눈에 알아보았다. 그 물건은 염불을 할 때 한 알씩 넘기면서 송주(誦呪)를 하는 염주처럼 보였다.

"나으리, 그동안 옥체만강하셨나이까."

절을 올리고 나서 무릎을 꿇고 앉은 자세로 송이가 문안인사를 하였다.

"이 늙은이가 어찌 만강할 수 있겠느냐. 하루하루를 무사히 보존하고 목숨을 부지하고 있으니 그것만으로도 평안하고 안녕할 뿐이니라."

"나으리."

물끄러미 임상옥의 얼굴을 바라보며 송이가 말을 막았다.

"나으리의 신색은 예나 지금이나 전혀 변한 곳이 없으시나이다."

"쓸데없는 소리를 하고 있구나. 그래, 송이 너는 어떠하냐."

"나으리."

순간 송이는 두 손을 합장하여 모으면서 말하였다.

"이 소녀는 행복하나이다. 하루하루가 천국이나이다."

송이의 말을 듣는 순간 임상옥의 뇌리에는 무엇인가 스치는 것이 있었다. 하루하루가 천국이라는 말에 임상옥은 번득이는 영감을 얻었다.

천국이란 천상에 있다는 이상적인 세계를 가리키는 말로 불교에서는 이를 극락이라고 부르고 있다. '고난이 없는 낙원'을 이르는 말로 다른 말로는 천당이라고 부르기도 한다. 그러나 이 낯선 말은 들려오는 소문에 의하면 천주학(天主學)쟁이들이나 쓰는 용어가 아닌가.

천주학쟁이.

조정에서는 하늘에 있는 제천의 왕인 상제를 믿는다는 사교(邪敎)를 천주악(天主惡)이라고 불러 경멸하고 있었다. 그 천주학의 교리는 이 세상에 태어날 때부터 사람은 귀한 사람도 없고 천한 사람도 없이 평등하며 하늘나라에는 나랏님보다 높고 부모님보다도 먼저이신 천주님이 계신데, 이 세상에서 착한 일을 하면 상을 받아 천국에 가고 살아 있을 때 악한 일을 하면 벌을 받아 지옥에 간다는 것이다.

'하루하루가 천국'이란 송이의 대답은 무심결에 그녀가 천주학쟁이임을 드러내 보인 것이 아닐 것인가.

"송이의 손에 들려 있는 것이 무엇이냐."

임상옥이 송이의 손에 들려 있는 낯선 물건을 가리키며 물어 말하였다.

"무엇을 말씀이시나이까. 소녀의 손에는 아무것도 들려 있지 않나이다."

송이는 오른손을 펼쳐보였다.

"오른손 말고 왼손에 말이다."

송이는 망설이다 왼손바닥을 펼쳐보였다. 과연 그녀의 손바닥에는 무엇인가 들어 있었다. 그것은 작은 나무구슬들을 줄에 꿴 물건이었다.

염주처럼 보였지만 염주는 아니었고 그 끝에는 엇갈린 십자(十字) 형태의 작은 나무토막이 매달려 있었다.

"그것이 무엇이냐, 염주냐."

임상옥이 묻자 송이는 대답하였다.

"아니나이다."

"그럼 그것이 무엇이냐."

"이것은 묵주(默珠)라고 부르는 물건이나이다."

"묵주라니."

"'장미로 만든 꽃다발'이란 뜻이나이다."

"끝에 매달린 그 나무토막은 무엇이냐."

임상옥은 십자 형태의 나무조각을 가리키며 물었다.

"이것은 십자가라고 부르나이다. 나무로 만든 형틀이라는 뜻이나이다."

임상옥은 그 이상한 나무로 만든 형태 위에 아주 작게 조각된 물건 하나가 매달려 있는 모습을 보았다. 그 물건은 사람의 형상을 하고 있었다. 철물을 부어 만든 작은 사람의 형상은 그 십자 형태의 나무조각에 두 팔을 벌린 채 매달려 있었다.

"사람이 왜 이렇게 이상한 형상으로 십자 형태의 나무조각에 매달려 있느냐."

"그 사람의 이름은 야소(耶蘇)라 하나이다."

"야소가 도대체 누구인가."

송이는 대답하였다.

"야소님은 천주님의 아드님이시나이다."

비로소 송이는 자신이 천주학쟁이임을 밝힌 셈이다.

순간 임상옥은 이 만남 어딘가에 수수께끼와 같은 은밀한 무엇이 숨어 있는 듯한 느낌이 어디서부터 비롯된 것인가를 깨달을 수 있었다.

4년 만의 만남에 어째서 그토록 복잡한 절차를 거쳐야 했던가를 임상옥은 알 수 있었다. 왜 유기장수는 그토록 자신의 정체를 숨기려 했던가. 소문에 듣기에 천주학쟁이들은 전국을 돌아다니면서 토기들을 팔고 다닌다는데 그렇다면 그 유기장수 또한 천주학쟁이임이 분명한 것이다. 시장거리의 야경꾼을 왜 그토록 경계할 수밖에 없었던지 그 이유를 임상옥은 그제야 깨달을 수가 있었다.

조정에서는 눈에 불을 켜고 천주학쟁이들을 색출해내고 있었다. 천주학쟁이들은 조상을 위한 제사마저 거부하는 '무부무군(無父無君)'의 사교 집단이었다.

그리하여 2년 전인 기해년, 전국적으로 사학토치령(邪學討治令)

에 의해서 천주학쟁이들을 색출하는 한편 가혹한 형벌로 천주학을 근절하기 위한 대학살이 자행되었던 것이다.

기해사옥(己亥邪獄).

기해년에 일어났던 천주학에 대한 박해를 기해사옥이라 하였다. 교인이라면 누구를 막론하고 추적되었고 투옥은 모면한 사람일지라도 가산과 전답을 버리고 도망쳐야만 했다. 박해는 강원도, 전라도, 경상도, 충청도 등지에 골고루 미쳤으나 가장 심했던 곳은 경기도와 서울 지역이었다.

당시의 기록인 '기해일기'에 의하면 참수되어 순교한 자가 54명이고 그밖에 옥에서 교수되어 죽고 장하(杖下)에 죽고 병들어 죽은 자들 또한 60여 명이 넘는 전국적인 대박해였다.

그런데 송이가 자신의 입으로 '하늘에 있는 천주'를 믿는 천주학쟁이임을 고백하고 있지 아니한가.

"천주는 도대체 누구인가."

임상옥은 송이에게 물어 말하였다.

송이는 부드러운 미소를 띠며 대답하였다.

"천주는 이 세상 만물을 만드신 전지전능하신 분이옵고 무시무종(無始無終)한 분이시나이다."

"무시무종이라니, 그러면 시작도 없고 마침도 없다는 뜻인가."

"그렇사옵니다, 나으리."

"어찌하여 시작도 없고 마침도 없을 수 있단 말인가. 그러하면 그 천주라는 분이 우리들 사람도 만들었단 말인가."

"그렇사옵나이다, 나으리. 우리들 인간도 천주님께오서 흙을 빚어 만드셨나이다."

"그러하면 야소는 천주의 아들이란 말이더냐."

임상옥은 십자 형태의 나무토막 위에 묶여 있는 조각상을 가리키며 말하였다.

"그렇사옵나이다, 나으리. 야소님은 천주님의 아드님이십니다."

"천주의 아들이 어째서 이처럼 십자가의 형틀 위에서 죽어 있단 말이냐."

"그것은, 그것은."

송이가 손을 들어 자신의 가슴을 손가락으로 찌르며 말하였다.

"야소님께서 이 송이가 지은 죄를 대신해서 벌을 받아 십자가의 형틀 위에서 못박혀 돌아가신 것이나이다."

"죄라니, 네가 무슨 죄를 지었단 말이냐."

임상옥이 묻자 송이가 미소를 띠며 대답하여 말하였다.

"나으리, 이 세상 모든 사람들 중에 하늘을 우러러 감히 죄를 짓지 않은 이가 있겠나이까. 이 소녀 또한 죄 중에 태어났으며 죄인 중의 죄인이나이다."

"도대체."

임상옥이 단도직입으로 물었다.

"어떻게 하늘 위에 천주가 있을 수 있단 말이냐. 너는 천주를 보았느냐."

"보지 못하였습니다."

"그러면 천주를 어떻게 믿느냐. 보지도 못한 천주가 어떻게 존재하고 있다고 믿을 수 있겠느냐."

"나으리."

임상옥의 질문에 송이가 입을 열어 대답하였다.

"하오면 나으리께오서는 나랏님을 믿으십니까. 이 나라를 다스리는 사람이 누구라고 생각하십니까."

"이 나라를 다스리는 사람은 바로 임금이 아니시더냐."

"하오면 임금님은 어디에 살고 계시나이까."

"그야 이를 말이 있겠느냐. 임금님이야 왕궁 속에 살고 계시지 아니하겠느냐."

"하오면 나으리, 나으리께오서는 임금님을 만나뵈신 적이 있으시나이까."

송이의 질문에 임상옥은 말문이 막혔다. 임상옥은 송이가 어째서 그런 질문을 하고 있는가 진의를 깨달았기 때문이다.

"아직까지 나랏님을 뵈온 적은 없으시지 않나이까. 하오면 나으리께오서도 직접 눈으로 뵙지 못하셨는데도 어찌하여 궁궐 속에 나랏님이 살아 계신 것을 분명히 믿고 계시나이까. 마찬가지이나이다. 이 소녀도 나으리와 마찬가지이나이다. 나으리께오서 직접 뵙지는 못하셨으나 나랏님이 계신 것을 믿고 계신 것처럼 이 소녀 또한 직접 하늘에 계신 천주님을 만나뵙지는 못하였으나 하늘 위에는 우리를 만들고 우리의 생명을 주관하시는 천주님이 분명히 계시온 것을 굳게 믿고 있나이다."

송이의 얼굴에는 기쁨이 흘러넘치고 있었다. 임상옥이 알고 있던 송이의 모습은 이미 죽어 사라지고 전혀 새로운 송이가 그곳에 앉아 있었다.

"그러하면."

임상옥이 낮은 목소리로 물어 말하였다.

"너는 천주학쟁이가 되었느냐."

임상옥의 질문에 송이는 잠시 침묵하였다.

그녀는 말없이 임상옥의 얼굴을 마주보았다. 두 사람의 시선은
짧게 마주쳤다.

"그렇사옵나이다, 나으리."

송이는 분명한 목소리로 대답하였다.

"이 소녀는 천주학쟁이가 되었나이다. 나으리께오서 알고 계신
송이는 이미 죽어 사라졌나이다. 나으리, 소녀는 이제 새 사람이 되
었나이다. 소녀는 또한 새 이름을 갖게 되었나이다."

"새 이름을 갖게 되었다구."

"그렇습니다, 나으리."

"새 이름이 무엇이냐."

임상옥이 묻자 송이는 잠시 망설이다가 대답하였다.

"막달레나이나이다."

"막달레나라구. 그것은 서양 사람의 이름이 아니더냐."

"그렇사옵나이다, 나으리. 막달레나는 몸을 팔던 천한 창기였나
이다. 길거리에서 남정네들에게 몸을 팔다가 붙들려서 돌에 맞아
죽을 뻔하였던 것을 천주님의 아드님이신 야소님께오서 살려주셨
나이다. 나으리, 이 소녀 또한 웃음을 팔던 비천한 창기가 아니었나
이까. 그런 소녀를 야소님께오서 살려주셨나이다."

송이의 새 이름 막달레나.

송이의 말처럼 거리에서 몸을 팔던 천한 창기, 거리에서 몸을 팔다가 현장에서 붙들려 와서 돌에 맞아 죽을 뻔하였던 것을 야소가 살려준 여인. 송이 스스로 표현하였듯 자신도 비천한 창기와 다름없었으므로 천주학쟁이가 되어 가진 새 이름 마리아 막달레나(瑪利亞 瑪達肋納).

"나는 네가 무슨 말을 하고 있는지 도무지 모르겠구나."

긴 한숨을 쉬면서 임상옥이 탄식하여 말하였다.

"네가 지금 서양귀신에게 홀려 있는 것이 아니겠느냐."

송이가 얼굴에 미소를 띄워 올린 후 대답하였다.

"언젠가는 나으리께오서도 이 소녀의 말을 믿게 되실 것이나이다."

밤이 깊어갈수록 바람은 거세어져 전방은 금방이라도 어디론가 휩쓸려갈 것처럼 덜컹거렸고 문틈으로 새어 들어오는 바람에 촛불은 금방이라도 꺼질 듯이 깜북거려 두 사람의 그림자는 벽 위에 너울너울 춤추고 있었다.

"도대체 어떻게 해서 네가 천주학쟁이가 되었단 말이냐."

임상옥이 묻자 송이는 미소를 띄워 올렸다.

"정히 아시고 싶으시나이까."

"물론이지."

"정히 그러하시다면."

긴 한숨과 더불어 송이는 입을 열었다.

"이 소녀가 말씀드리겠나이다."

송이는 묵주를 손바닥으로 움켜쥔 채 잠시 허공을 응시한 후 천천히 말을 이어내려갔다.

"나으리께오서 다시는 이 소녀의 곁으로 돌아오지 않으시겠다는 작별의 말을 남기고 떠나신 이후부터 소녀는 도저히 곽산에서 살 수가 없었나이다. 여름과 가을을 눈물로 지새운 후 비로소 그해 겨울 소녀는 큰 결심을 하였나이다. 나으리께오서 이 소녀에게 하셨던 말씀, 이제 자유의 몸이 되었으니 먼 곳으로 떠나라는 말씀대로 곽산을 떠나기로 결심하였던 것입니다. 다행히도 나으리께오서 이 소녀에게 멀리 떠나 새 생활을 할 수 있도록 큰돈도 보태주셨으므로 소녀는 큰 결심을 할 수 있었습니다. 곽산에 그대로 머물고 있어서는 나으리에 대한 그리움으로 사사로운 인연의 끈을 베어버릴 수가 없었기 때문이었나이다. 처음에는 유경(柳京)으로 나아갈까 생각하였나이다. 하오나 곧 생각을 고쳐서 유경보다는 대처(大處)인 한양으로 올라가리라 결심하였나이다. 유경이 비록 평서지방에서는 제일 큰 대처이긴 하오나 곽산이 가까워 나으리를 향한 그리움의 물결을 떨쳐버릴 수가 없었기 때문입니다."

송이는 감정이 섞이지 않은 담담한 목소리로 말을 이어내려갔다. 임상옥은 묵묵히 벽에 몸을 기대고 앉아서 송이의 말을 귀담아 듣기 시작하였다.

송이는 자신의 생각대로 무턱대고 한양으로 올라왔다. 그녀가 정착한 곳은 한강변에 있는 서강(西江)이었다. 사대문 안에 들어가 살기에는 신분이 적합지 못했기 때문이었다. 관기의 신분에서 면천하여 양민이 되었다고는 하지만 사대문 안에는 양반들과 상인들이 살고 있었으므로 일개 양민인 송이로서는 감히 꿈조차 꿀 수 없었다.

서강은 전형적인 중인들이 모여 살고 있는 중인촌이었다. 주로 의관(醫官)이나 역관(譯官), 향리 따위의 세습적인 기술직이나 사무직에 종사하는 사람들이 모여 살던 곳이었다. 송이는 이곳에서 집을 사서 혼자서 생활하기 시작하였다.

송이는 머리를 얹어 결혼한 여자 행세를 하였으며 소복을 하여 초년 과부 행세를 하였다. 그렇게 해야만 주위 사람들로부터 이상한 눈길을 피할 수 있다고 생각했기 때문이다.

임상옥이 큰돈을 보태주었다고 하지만 대처로 나와서 집을 사고 자리를 잡느라 거의 다 바닥이 났고, 살아가는 호구지책은 마련해야 했으므로 삯바느질을 시작하였다. 솜씨가 촘촘하고 뛰어나다고 해서 제법 손님이 그칠 새가 없을 정도였다.

그렇게 해서 어렵지 않게 생면강산(生面江山)인 서대문 밖 서강에서 자리잡을 수 있게 되었다.

송이가 살고 있는 바로 옆집은 대대로 의관의 집이었는데 장안에서 소문난 명의였다. 나이가 들어 의관에서는 물러나 향리인 서강에서 의술을 펼치고 있었다. 워낙 의술이 뛰어나 문안 사대부집에서 찾아오기도 하고 가마를 보내서 초청을 하기도 했다.

이 한약방에는 장성집이란 사람이 살고 있었다. 바로 명의 장영덕의 조카뻘이었다. 그는 한약방에서 허드렛일을 하면서 생활을 하고 있었는데 소문난 팔난봉이기도 하였다. 그는 일찍 두 번이나 결혼하였으나 두 번 다 아내를 사별한 불우한 사람이었다. 그는 옆집으로 이사온 송이의 미모에 반해 마음속으로 송이를 원하고 있었다.

마침 그때 장영덕은 의녀(醫女)의 필요함을 절실히 느끼고 있었다. 아무리 소문난 명의라고 하지만 남녀간에 내외하는 풍습이 엄격했으므로 부인들은 자신들의 병을 장영덕에게 진단받기를 꺼려하고 있었기 때문이다.

조정에서는 따로 의녀를 뽑아 주로 부인들의 맥경(脈經)과 침구(鍼灸)의 법을 가르쳐 진료하도록 하였다. 남녀의 자유로운 접촉을 기피하던 때였으므로 중서계급(中庶階級)에 속한 여자들은 이 업에 종사하기를 원치 않아 주로 비녀(婢女) 가운데서 동녀(童女)를 뽑아 침구술과 맥경 보는 법을 가르쳐 지방으로 내려보내곤 했다.

나중에는 이 의녀들이 기녀(妓女)가 되어서 의술뿐 아니라 춤과 노래를 가르쳐 연회에 참석하는 기생이 되었다. 연회에서 의녀는 흑단(黑緞) 가리마란 족두리를 쓰고, 일반 기생들은 흑포(黑布)를 두르게 함으로써 의녀를 약방기생이라 불러 관기 중에서도 제일품으로 대우하였지만 의술은 유명무실할 뿐 실제로 의술에 종사하는 의녀들은 전무하였다.

그러므로 명의 장영덕은 사사로이 자신이 갖고 있는 의술을 전수시킬 의녀를 원하고 있었다.

장영덕에게 송이를 의녀의 후보감으로 천거한 사람이 바로 장성집이었다.

송이는 의술을 배우지 않겠느냐는 장성집의 권유에 선뜻 마음이 움직였다. 의녀들이 기녀화되어 비천한 직업이 되었다고는 하지만 사람을 살리고 죽이는 의술의 소중함을 익히 알고 있던 송이였으므로, 더욱이 의술을 가르쳐주는 스승이 명의인 장영덕이었으므로 송이는 이를 마다할 이유가 없었다.

그렇게 해서 송이는 장영덕의 내제자가 될 수 있었다.

영민하고 명석한 송이는 하나를 가르쳐주면 열을 알았다. 의술을 가르쳐주는 스승이 놀랄 정도였다.

맥경(脈經)을 보는 법, 침구법(鍼灸法), 약제법(藥劑法), 점혈법(點血法) 등 놀라운 속도로 의술을 배워나갔다. 송이는 삯바느질을 그만두고 의원에서 일을 하게 되었는데 찾아오는 부인들의 진맥은 모두 송이의 일이었다. 얼마 안 되어 송이는 그 의원에서 없어서는 안될 존재가 되었다.

이 무렵 송이에게 운명적인 일이 생기게 되었다. 송이가 살고 있는 서강에서 가까운 곳에 밤섬이 있었다. 이 밤섬은 한강 한가운데에 떠 있는 섬으로 한여름 장마가 들 때에는 물에 잠겨 사람들이 뭍으로 피난을 가야 하는 사주(砂洲)였다. 이 밤섬에서 대대로 농사를 짓고 있는 한 가족이 있었는데 살림이 제법 넉넉하였다. 가족들은 아버지가 병이 들자 배를 타고 의원으로 찾아왔다. 그러나 이미 환자는 골수에까지 병이 들어 차도를 보지 못하고 곧 숨을 거두었다.

이때 아버지를 모시고 온 여인의 이름은 김효임이라 하였다. 그녀는 김효주라 불리는 여동생과 함께 찾아왔으며 아버지가 차도를 보이지 못하고 죽었지만 이로 인해 송이와 친하게 되었다.

특히 언니 김효임과 송이는 동갑내기였다. 김효임은 그후부터 밤섬에서 나는 각종 농산물을 송이에게 보내주곤 했다. 이따금 송이도 밤섬으로 두 자매를 만나기 위해 건너가곤 했다.

그러던 어느 날이었다.

찾아간 송이에게 식사를 대접하면서도 정작 자신은 음식을 전혀 입에 대지 않는 것을 보고 송이가 의아해서 물어본 적이 있었다.

"함께 먹지 그래요."

그러나 언니 효임뿐 아니라 동생 효주도 전혀 음식을 입에 대지 않았다.

기록에 의하면 가족은 모두 6남매였는데 이들 모두는 부친을 여읜 후 전가족이 천주교에 입교하였다고 전해지고 있다. 또한 매주 두 차례씩 대재(大齋)를 지켜 단식을 철저히 행하였다고 전해지고 있다.

천주교에서는 인류를 구원하기 위해서 고난받고 죽은 예수의 죽음을 생각하여 죄와 욕정의 사슬을 끊고 자신을 완전하게 봉헌하기 위해 정해진 날, 음식을 끊는 단식재를 거행하는데 이를 모르고 있는 송이로서는 이들의 단식이 전혀 이해되지 않았던 것이다.

그뿐인가.

이미 효임, 효주 두 자매는 중국인 신부 유방제(劉方濟)로부터 세례를 받은 천주교인이었으며 그로 인해 평생 결혼을 하지 않고 수정(守貞)을 결심하여 동정을 지키기로 맹세하고 있었다.

송이가 봐도 두 자매는 눈부시게 아름다운 처녀였다. 집안은 부유한 편이라 여기저기서 혼담이 들어온다는 것을 송이도 잘 알고 있었다.

자매는 이미 혼기를 놓친 노처녀들이었으며, 그것이 스스로 결심하여 수정하기 위함이라는 말에 송이는 심히 놀랐다.

"어째서 동정녀가 되려는 것인가요."

비록 정실은 아니었지만 사랑하는 남자 임상옥을 만나 이미 한 번 혼약을 맺었던 송이는 두 자매의 수정을 전혀 이해할 수가 없었다.

언니 김효임은 송이에게 이렇게 말하였다.

"우리도 약혼한 사람이 없는 것은 아닙니다. 우리도 사랑하는 낭군님이 계시나이다."

언니 효임의 말은 송이의 궁금증을 한층 더 강하게 만들었다. 약혼하여 사랑하는 낭군이 있다니. 그러나 어디에도 그녀들이 말하는 낭군은 없지 아니한가. 두 자매는 더욱 이해할 수 없는 다음과 같은 말을 하고 있지 아니한가.

"우리 자매는 한날한시에 같은 낭군님과 혼례식을 올렸나이다."

한날한시에 언니 동생 두 자매가 같은 낭군과 혼례식을 올리다니. 이 또한 무슨 해괴한 언약이란 말인가.

"도대체 무슨 말씀인지 통 모르겠나이다. 하오면 그 낭군님은 도대체 어디에 살고 계시나이까."

송이가 묻자 머뭇거리던 언니 효임이 결심하였다는 듯 손에 들고 있던 묵주를 꺼내 보이며 말하였다.

"우리 자매가 혼례식을 올린 사람은 다름 아닌 이분이시나이다."

효임은 나무구슬을 꿰어 만든 물건을 가리켰다. 그 나무구슬 끝에는 십자 형태로 만든 물건이 매달려 있었고 그 십자 형태 위에는 철제 금속으로 조각된 사람의 형상이 붙박혀 있었다.

"이 사람이라구요."

"그렇습니다. 우리 자매가 혼례식을 올린 낭군님은 바로 이분이시나이다. 이분은 우리 자매의 서방님이시나이다."

"도대체 이 사람이 누구시나이까."

송이가 묻자 동생 효주가 웃으며 말하였다.

"이분은 야소이시나이다. 바로 하늘에 계신 천주님의 아드님이 시나이다."

동생 효주의 말을 들은 송이는 두 자매가 말로만 듣던 천주학쟁 이임을 알 수 있었다.

송이는 가슴이 철렁하였다.

어쨌든 조정에서는 야소를 서양귀신이라 하고, 천주를 믿는 천주 학쟁이들을 천주악이라 하여서 천인공노할 대죄인으로 취급하고 있지 아니한가.

"이 사람은 죽은 서양귀신이 아니나이까. 어찌하여 죽은 귀신과 혼례식을 올리시나이까."

송이가 묻자 이번에는 언니 효임이가 웃으며 대답하여 말하였다.

"이분은 죽은 사람이 아니라 천년이고 만년이고 영원히 살아계 시나이다. 세상이 있기 전부터 계시고, 세상이 없어진 후에도 계시 는 무시무종하신 분이시나이다."

그날 밤, 송이는 언니 효임으로부터 그 묵주를 선물로 받아들고 집으로 돌아왔다. 송이는 그들 자매가 중국 신부 유방제로부터 세 례를 받아 언니 김효임은 꼴룸바, 동생 김효주는 아네스라는 새 이 름을 얻은 사실도 알게 되었다.

두 자매는 자신의 가족이 아니면서도 병든 환자들을 데리고 의원 까지 나와서 자신의 돈으로 치료까지 해주는 덕행을 베풀고 있었다.

송이는 그녀들이 혼례식을 올렸다는 야소는 믿을 수가 없었지만 두 자매가 보여주는 덕행에 대해서만큼은 믿지 않을 수가 없었다. 무엇이 두 자매를 저토록 마음씨가 곱고 어진 사람으로 만들고 있는 것인가.

아직도 송이는 마음속으로 서방님 임상옥을 잊지 못하고 있었다. 아니었다. 세월이 갈수록 임상옥을 향한 그리움은 날로 더해가고 있었다. 임을 향한 그리움과 육체의 열락을 염원하는 정념으로 송이는 밤마다 잠을 이룰 수가 없었다.

가혹한 형벌이었다. 사랑하는 임을 두고도 보지 못하는 생이별의 아픔도 혹독하였지만 그보다 더 혹독하였던 것은 육체적 욕망이었다.

누구보다 육체의 쾌락에 끓어오르던 송이가 아니었던가. 이제 겨우 스물여섯의 젊은 나이. 열락을 자제하기엔 젊디젊은 육체가 아닐 것인가.

견딜 수 없는 욕정이 끓어오를 때면 송이는 바늘로 자신의 허벅지를 찔러 피를 내기도 했다.

그러나 누구보다 아름다운 효임, 효주 두 자매는 수정하여 동정녀가 되기를 맹세하고 야소라는 서양귀신과 혼례식을 올린 것이다. 스스로 생처녀가 되었을 뿐 아니라 얼굴에는 평화가 흘러넘치고 있는 것이다.

그것이 가능한 일인가.

송이가 언니 효임으로부터 묵주를 선물로 받고 돌아와 이러한 의심과 회의에 번민하고 있을 무렵, 또 다른 운명적인 사건이 송이가 일하고 있는 의원에서 일어났다.

송이를 의녀로 천거한 장성집이 어느 날 갑자기 돌변한 사건이었다.

후에 알려진 사실이지만 장성집은 원래 천주학쟁이였다. 서른 살경 천주학을 알기 시작하여, 세례를 받지는 못하였지만 열심히 예비신자로 살았다. 그런데 두 번 결혼했으나 두 번 다 아내가 병으로 죽어버리자 허무주의에 사로잡혀 재산 모으기에 몰두하였고, 육체적 쾌락에 사로잡히게 되었던 것이다.

그가 의녀로 천거하였던 것도 송이의 미모에 반해 유혹해보려는 욕망 때문이었다.

그 무렵, 장성집은 다시 신앙생활로 돌아오게 되었는데 자신의 죄를 뉘우치고 보속하는 일에 전념하게 되었다. 그 참회의 방법이 가혹하였다.

방문을 걸어잠그고 그는 몇날 며칠을 굶었다. 한겨울이 되었는데도 방에 불을 들이지 못하도록 하였다. 굶주림과 추위와 싸우면서도 그는 한 발자국도 방에서 나오지 않았으며 연일 대성통곡하는 울부짖음 소리가 터져나오고 있었다. 이를 보다 못한 그의 부모가 다음과 같이 물었다고 전해지고 있다.

"도대체 네가 무슨 죄를 지었느냐. 네가 무슨 죄를 지었기에 이처럼 대성통곡을 하고 있느냐."

장성집은 다음과 같이 대답하였다고 전한다.

"저는 삼가 하늘에 죄를 지었나이다."

"예전에 자유롭게 드나들면서 생활한 것이 도대체 무슨 죄란 말이냐."

부모들의 걱정에 지금은 우리나라가 낳은 103위 순교 성인(聖人) 중의 한 사람인 성(聖) 장성집 요셉은 이렇게 대답하였다고 기록은 전하고 있다.

　"제가 지은 죄는 의식(衣食)을 넉넉히 하려는 욕심에서 나온 것입니다. 다시 그런 죄를 짓는 것보다는 추위와 굶주림으로 죽는 것이 더 낫습니다."

　그리하여 마침내 무술년, 1838년 4월 장성집은 세례를 받게 된다. 장성집에게 세례를 준 사람은 범세형(范世亨)이라는 불란서 신부였다. 원 이름은 라우렌시오 앵베르 신부로 중국에서 활동 중 제2대 조선 교구장으로 임명되었던 외방선교회 소속 신부였다.

　같은 외방선교회 소속이자 불란서 신부인 소(蘇·브뤼기에르) 신부가 제1대 교구장으로 임명되었음에도 조선 땅에는 입국조차 못하였던 것에 비하면 범 신부는 1837년 12월 18일 처음으로 조선 입국에 성공하였던 첫 주교였다.

　그는 이미 입국하여 있던 모방(羅伯多祿), 샤스탱(鄭牙各伯) 두 신부와 함께 전교에 힘쓴 결과 불과 일년 사이에 9천 명에 가까운 천주교 신자들에게 세례를 베풀 수 있게 되었다.

　장성집이 범 신부로부터 세례를 받은 것이 바로 이 무렵이었다. 서강에 살고 있던 세 명의 교우들도 함께 세례를 받았는데 이 은밀한 세례식을 우연히도 송이는 참석하여 지켜보게 되었다.

　천주교 신자들은 아직 본격적인 탄압을 받지 않고 있었지만 조정으로부터 엄격한 감시를 받는 불온분자였다. 범 주교의 입국 사실은 불과 서너 달도 되지 않았음에도 당국에 알려지게 되었으며 주교를 비롯하여 다른 신부를 추적하는 포졸들의 수색작업이 본격적으로 가동되기 시작할 무렵이었다.

송이가 천주교 신자가 아닌데도 은밀한 세례식에 참석할 수 있었던 것은 김효임, 효주 두 자매의 각별한 배려 때문이었다.

세례식은 서강의 한강변에서 거행되었다. 장성집을 비롯하여 세 명의 신자들은 흰옷을 입고 강가에 서 있었다.

해질녘이었다.

뉘엿뉘엿 기울어가는 봄 햇살이 서편 하늘을 핏빛으로 물들이고 있었다. 그 핏빛 노을이 강물 위에 번져 강물 역시 핏빛이었다. 본격적인 천주학쟁이가 된다는 세례식은 의외로 단순하고 간단하였다.

신자들은 알 수 없는 이상한 몸짓을 하였으며 외국 신부 앞에 무릎을 꿇었다. 외국 신부는 한 사람 한 사람씩 신자들의 머리 위에 손을 얹었다.

먼 후일에 알게 되었지만 그것은 안수기도였다.

성직자가 신자들의 머리 위에 손을 얹고 축복이나 성령(聖靈)의 힘이 내릴 것을 기도하는 일. 그 이상한 몸짓으로 이어진 세례식은 곧 서투른 한국말을 하는 신부의 질문과 신자들의 답변으로 이어졌다. 그들은 큰소리로 말을 하지는 않았지만 워낙 사위가 조용하였으므로 송이는 그들이 나누는 대화를 똑똑히 들을 수가 있었다.

신부는 그들에게 "당신은 전능하신 천주님을 믿습니까"라고 물었으며 그들은 한결같이 "믿습니다" 하고 대답하였다.

또다시 신부가 그들에게 "당신은 천주님의 외아들 야소님을 믿습니까" 하고 물었으며 그들은 역시 "믿습니다" 하고 대답하였다.

또다시 신부가 그들에게 "당신은 성신(聖神)을 믿습니까" 하고 물었으며 그들은 역시 "믿습니다" 하고 대답하였다. 신부는 그들에게 다시 질문을 하였는데 그 질문은 다음과 같은 것이었다.

"마귀를 끊어버립니까."

그 질문에 신자들은 대답하였다.

"끊어버립니다."

신부는 신자들을 흘러가는 강물로 씻어주기 시작하였다. 남자들은 완전히 강물 속에 담가서 침례(浸禮)하였으며 여자들은 강물을 떠서 그 물을 이마 위에 부어내렸다. 그 물이 천주교인의 죄들을 씻어내린다고 김효임은 송이에게 설명하여 주었다. 그때의 강물은 강물이 아니라 성수(聖水)로서 그 사람이 지은 죄를 깨끗이 씻어주고 새 인간으로 거듭나게 해준다고 김효임은 송이에게 설명하여 주었다.

그것으로 모든 세례식은 끝이었다.

외국인 신부는 한 사람씩 끌어안고 입을 맞춰주었는데 송이는 놀라운 모습을 보았다.

저녁 노을이 핏빛으로 번져나가 어둑어둑 어둠이 내리기 시작하였음에도 이제 막 세례를 받은 신자들의 얼굴에서는 광채가 뿜어나오고 있었던 것이다.

저녁 노을빛도 장엄하였고, 사람들의 얼굴에는 초자연의 광휘가 흘러넘치고 있었다.

장성집의 얼굴과 모습은 완전히 변해 있었다. 송이가 아는 장성집은 이미 죽어 있었고 새 인간의 장성집이 강변에 서 있었다.

송이는 마음속에서부터 어떤 간절한 소망 하나가 용솟음쳐서 솟구쳐 오르는 것을 느꼈다.

아아, 나도 저 물속에 뛰어들고 싶다. 저 물속에 뛰어들어 전신을 물속에 담그고 싶다. 저 성스러운 물로 내 몸에 묻은 모든 죄와 더러운 육신의 때를 씻어버리고 싶다.

저 물속에 뛰어들 수만 있다면 임을 향한 그리움도, 임을 향한 육체의 욕망도 모두 끊어버릴 수 있을 것이다. 저 물속에 뛰어들 수 있다면 전생으로부터의 업도 끊어버릴 수 있을 것이다. 대역죄인으로 죽은 아비, 이희저. 아비의 대역죄로 인해 비참하게 죽고 관노로 팔려간 형제들의 악업도 말짱하게 소멸되어버릴 것이고 나도 저들처럼 새로운 사람으로 거듭 태어나게 될지도 모른다.

송이의 속마음을 눈치챘는지 언니 김효임이 송이의 손을 찾아 꼭 쥐면서 말하였다.

"언젠가 송이 아씨도 천주학을 믿으세요. 믿으셔서 저처럼 영세를 받으세요."

송이가 아무런 대답도 하지 못하자 김효임이 웃으며 말을 맺었다.

"송이 아씨도 언젠가는 믿게 되실 거예요."

이후부터 송이가 다니는 한의원에서는 믿을 수 없는 기적이 일어났다. 하루아침에 장성집이 변해버린 것이다. 한순간의 뉘우침으로 스스로 차디찬 방에서 식음을 전폐하고 고행하던 장성집이 영세를 받고 나자 완전히 다른 사람으로 변해버린 것이다.

그는 자신이 갖고 있던 모든 재산을 가난한 이웃에 나눠 주었다. 그리고 집에서 모시고 있던 조상님의 신주들을 모조리 불살라버렸다. 그의 부모들이 아들이 망령이 들었다고 간곡히 이를 만류하였으나 장성집은 막무가내였다.

자신이 가진 모든 재물을 가난한 이웃에게 나눠 주었지만 장성집의 얼굴에는 기쁨이 흘러넘치고 있었다.

완전히 변해버린 장성집의 모습이야말로 송이에게는 불가사의한 것이었다. 어떻게 인간이 한순간에 저처럼 탈바꿈할 수 있을 것인가. 저렇게 변한 장성집의 모습이야말로 그가 가지고 있던 원래의 진면목이 아니었을까. 인간이면 누구나 갖고 있는 본래의 참모습이 그가 지은 죄와 업으로 인해 가려져 있었던 것은 아니었을까.

송이는 자신도 모르게 자신의 마음이 천주학으로 이끌려가고 있음을 느끼고 있었다.

언니 김효임이 '언젠가는 송이 아씨도 믿게 되실 거예요' 하고 말하였던 것은 송이의 마음속에서 싹트고 있는 신앙의 씨앗을 꿰뚫어 본 때문이 아니었을까.

이 무렵 우리나라 역사상 가장 처참한 천주교 박해 중의 하나였던 기해박해가 일어나게 된다.

기해박해는 1801년(순조 1년)에 일어났던 신유박해(申酉迫害)에 이어 38년 만에 다시 일어났던 제2차 천주교 박해사건으로 그 규모는 박해 사상 가장 크고 잔인하였다.

기해박해는 1839년 사학토치법에 의해서 시작되었다. 표면상으로는 무부무군(無父無君)의 멸륜지교(滅倫之敎)인 천주학을 몰아내기 위함이었으나 실은 시파(時派)인 안동김씨의 세력을 빼앗으려는 벽파(僻派)의 풍양조씨가 일으킨 정권다툼이었다.

안동김씨는 천주교를 싫어하는 벽파와는 달리 천주교에 대해 관대하였지만 정권이 천주교에 대해서 적대시하고 있던 우의정 이지연으로 넘어가게 되자 천주교인에 대한 박해가 다시 시작되었다.

조정에서는 '오가작통법'이란 악랄한 방법으로 천주교인들을 색출하는 데 혈안이 되어 있었다. '오가작통법'이란 평민 다섯 집을 한 통(統)으로 조직하여 만약 그들 내에서 범죄행위가 발각되면 전체에게 형벌을 준다는 인보조직(隣保組織)이었다.

특히 천주학에 대해서는 더욱 엄격하여 만약 임의로 그 통내에서 천주교 신자들을 숨겨준 것이 발각되면 함께 국문을 하고 심한 경우에는 함께 목을 벤다는 엄명이 내려져 있었다.

박해의 파도는 송이가 살고 있던 서강 일대로까지 확산되었다.

마을 사람들은 장성집이 불란서 신부로부터 세례를 받은 천주교 신자임을 알고 있었다. 그러나 마을 사람들은 장성집을 고발하지 못하고 있었다. 왜냐하면 함께 살고 있는 마을 사람들은 대부분 인척지간이었고, 장성집이 베푼 인덕에 감화되어 있었던 것이다.

장성집은 유진길, 정하상, 조신철 등 조선교회 재건운동의 중요 인물이며 선교사들의 측근 요인들이 체포되고 많은 신자들이 고문과 죽음을 당하면서도 끝까지 신앙을 지켰다는 말을 듣고 스스로 순교할 의도로 자수하려 하였다.

그러나 장성집은 54세의 노년이었고 중병 상태여서 많은 사람들이 자수를 만류하였다.

마침내 1839년 4월 6일, 장성집은 주민의 밀고로 체포되었다.

체포될 무렵 장성집은 거동도 못할 상태에서 포졸들이 가마에 태우려 하였다. 그러나 장성집은 이를 거절하고 말하였다.

"야소님께오서는 십자가를 지고 죽음에 이르는 언덕까지 친히 걸어가셨소이다. 그런데 내가 어찌 가마를 탈 수가 있겠나이까."

송이는 사람들 속에 끼어 장성집이 체포되어 이끌려가는 모습을 보고 있었다.

거동도 제대로 못하였던 장성집이 일어났다가는 쓰러지고, 넘어 졌다가는 다시 쓰러지면서 포청까지 걸어가는 모습을 숨죽여 지켜 보았다.

송이는 무서웠다.

그녀는 천주교 신자는 아니었지만 김효임으로부터 묵주를 선물 받아서 소중히 간직하고 있었으며 또한 은밀하게 천주교 교리를 공 부하고 있었다. 언젠가는 천주교에 귀의할 것이라고 굳게 다짐하고 있었지만 막상 눈앞에서 벌어지고 있는 처참한 광경을 보자 두렵고 무서웠다. 천주교 신자가 아니라 할지라도 묵주와 같은 성물을 갖 고 있는 것만으로도 체포될 수 있었기 때문이다.

기록에 의하면 장성집은 포청에서도 형관들에게 맑은 정신으로 천주교 교리에 대해서 설명한 후 혹형과 고문을 기쁘게 이겨내었다 고 전한다.

두 발목을 함께 묶은 다음 다리 사이에 뜨거운 막대기를 끼워서 엇비슷이 주리를 트는 형벌에도, 가부좌를 틀게 하고 움직이지 못 하도록 묶은 다음 그 위에 무거운 돌을 올려놓는 압슬에도 그는 이 렇게 말하였다고 전해지고 있다.

"야소님은 그 손과 발에 못이 박혀서 돌아가셨나이다. 그에 비하 면 이러한 형벌은 아무것도 아니나이다."

장성집은 치도곤을 맞고 장사(杖死)하였다. 그때가 1839년 5월 26일이다.

원래 천주교인들은 죽어도 대역죄인이라 하여서 시신을 수습하지 못하였으나 장영덕은 은밀히 돈을 주어 장성집의 시신을 수습하였다.

송이는 처참하게 죽은 장성집의 시신을 직접 자신의 눈으로 보았다. 장성집의 시신은 갈갈이 찢겨 있었고 온몸은 붉은 피로 물들어 있었다.

그러나 이상한 기적이 일어나고 있었다.

죽은 그의 몸에서 피비린내가 나거나 시신에서 맡을 수 있는 썩은 냄새가 나는 것이 아니라 오히려 향기로운 향내가 나고 있었던 것이다.

그것은 착각이 아니었다.

죽은 장성집의 몸에서 풍겨오는 이상한 향기. 도저히 이 세상의 것이라고는 말할 수 없는 신비로운 향기. 그뿐인가, 온몸이 갈갈이 찢겨 처참하게 죽었으면서도 그 얼굴에는 기쁨이 흘러넘치고 있었다. 기쁨이 흘러넘치는 그대로 죽은 장성집의 사면(死面).

그 신비로운 모습을 본 순간 송이는 마음속으로 결심했다.

나는 천주학을 믿을 것이다. 나도 천주학쟁이가 될 것이다. 죽음이 저와 같이 기쁜 일이고, 죽음의 고통이 저와 같이 향기로운 일이라면 내가 무엇을 더 망설이고 무엇을 더 무서워할 수 있겠는가. 장성집은 죽음을 물리치고서까지 천주학을 지켜내지 않았던가. 죽음보다 강한 무엇이 천주학에 있음이 아닐 것인가.

송이는 그 즉시 밤섬으로 출발하였다. 언니 김효임을 비롯하여 6명의 가족들은 불안하게 하루하루를 보내고 있었다. 그녀들은 고향인 밤섬을 떠나 경기도의 용머리라는 곳으로 이사를 갈 채비를 차리고 있었다.

그녀들은 송이가 나타나자 뛸 듯이 기뻐하였다. 송이가 천주교의 세례를 받고 싶다고 고백을 하자 언니 효임은 이렇게 말했다.

"송이 아씨, 하필이면 이때 믿으려 하십니까. 자칫하면 죽게 되는 것을 모르십니까."

송이는 마음의 흔들림이 없었다. 오히려 박해 속에서 향기롭게 죽어간 장성집의 모습을 통해서 신앙에 대한 결의를 굳힐 수가 있었던 것이다.

송이가 자신이 직접 본 장성집의 모습을 낱낱이 고백하자 언니 효임은 이렇게 말했다.

"순교하여 죽는 것은 영광스런 일이나이다. 순교하여 피를 흘리는 것을 혈세(血洗)라 하나이다. 물로 세례를 받는 것보다 피로써 세례를 받는 것이야말로 곧바로 하늘나라 천국에 드는 것이나이다. 장요셉 님은 이제 혈세로써 하늘나라에 드셨나이다. 하늘나라에 들어서 야소님을 만나고 천주님을 만나신 것이나이다. 이제 장요셉 님은 선민이 되셨나이다."

혈세. 자신의 피로써 자신의 죄를 씻는 피의 세례.

송이는 김효임의 말을 통해 혈세의 의미를 깨달을 수 있었다.

송이는 김효임을 대모(代母)로 해서 세례를 받기로 하였다.

송이에게 세례를 준 신부의 이름은 장성집에게 세례를 베풀었던 범세형 신부로서 그는 수원의 양감이라는 곳에 숨어 은둔하고 있었다.

범세형 신부가 숨어 있던 양감은 수원 근처인 바닷가로 교우의 집이었는데 비교적 안전한 곳이었다.

그는 이곳으로 모방 신부와 샤스탱 신부를 불러 중국으로 몸을 피할 것을 종용하였으나 이들은 한결같이 신자들과 더불어 함께 죽을 것을 원하였으므로 하는 수 없이 몸조심을 당부하고 지방으로 돌려보냈다.

송이는 자신의 세례명으로 마리아 막달레나를 선택하였다.

막달레나는 언제나 야소의 곁을 떠나지 않았으며 야소가 죽기 전날 밤에는 그의 발에 향유를 바르고 이를 자신의 머리털로 닦아드린 여인이었다. 그 발에 입을 맞춘 여인이기도 하였다.

송이는 자신이 막달레나와 다름없다고 생각하고 있었다. 막달레나가 거리에서 몸을 팔던 창기였다면 자신도 사람들 앞에서 춤을 추고 웃음을 팔던 관기가 아니었던가.

송이가 세례를 받겠다고 결심하자 김효임과 효주는 뛸 듯이 기뻐하면서 당장 수원으로 송이를 데리고 달려갔다. 전국이 천주교 박해의 사학토치령으로 들끓고 있어 위험하였지만 한 사람의 영혼을 위하는 일이 더 값어치가 있음을 잘 알고 있었기 때문이다.

송이는 범세형 신부의 집전으로 마침내 세례를 받을 수 있었다. 송이가 세례받는 것을 지켜본 사람은 김효임과 효주 자매 둘뿐이었다.

해질녘의 바닷가였다.

송이는 하늘에 있는 천주와 그의 아들인 성자와 그의 영인 성신의 이름으로 성호를 긋고 전생으로부터 이어온 자신의 악업과 죄를 씻었다. 송이는 전능하신 천주님과 그의 아드님이신 야소를 믿고 우리의 육체가 죽음을 이기고 부활할 것을 믿으며 영원히 살 수 있다는 신앙을 고백함으로써 드디어 천주교 신자가 될 수 있었다.

범세형 신부는 송이의 머리 위에 바닷물을 붓고 그리고 손을 얹어 안수기도를 해주었다.

바로 그 순간.

송이는 불덩어리와 같은 뜨거운 그 무엇이 자신의 몸속으로 내리꽂히는 것을 느꼈다. 바닷가의 수평선 너머로 사라지는 저녁 해에서부터 뜨거운 화염이 분출해서 몸을 뚫고 들어와 자신의 영혼에 깊은 화인(火印)을 새기는 듯한 느낌이었다.

그날 밤 송이는 하룻밤을 그곳에 머물면서 범세형 신부에게 고백을 했다.

송이는 지금까지 살아오면서 저질렀던 모든 죄를 고백하였으며 자신이 한때 한 남자의 아내로서 혼인을 맺었던 사실도 고백했다. 그 혼인을 통해 가졌던, 사랑했던 남자에 대한 애증도 고백했으며 그 남자와 함께 타올랐던 육체의 정념에 대해서도 고백했다.

송이는 울면서 말했다.

자신도 이 지상에서의 헛된 사랑을 깨끗이 씻어버리고 동정녀로서 한평생 야소님과 함께 살고 싶다고 말했다. 범세형 신부는 그것이 가능하다고 말해주었다. 한때 결혼을 했다 하더라도 얼마든지 동정녀로 되돌아가 평생 수정하면서 천주님만 모시고 살 수 있다고 대답해주었다.

송이는 귀가 번쩍 뜨였다. 평생 처녀의 몸으로 동정을 지키면서 살 것을 맹세하고 있는 김효임, 효주 자매에 대해 선망의 감정을 느끼고 있었기 때문이다.

자신도 효임과 효주처럼 처녀의 몸이라면 얼마나 좋을 것인가. 남자의 육체에 대해서는 전혀 알지 못하는 그런 소녀의 몸이라면 얼마나 좋을 것인가. 그런데 얼마든지 처녀의 몸으로 돌아갈 수 있다니. 동정녀의 몸으로 되돌아가 평생 수정하면서 천주님만 모시고 살아갈 수 있다니.

그러자 범세형 신부는 이렇게 말했다.

"…결혼한 당사자로부터 그 혼인이 무효임을 인정받을 수 있다면 그 혼약은 없었던 일로 되돌아갈 수 있을 것입니다."

실제로 이경이라는 여인은 어떤 내시에게 속아서 결혼하였으나 곧 집으로 돌아왔고 후에 범세형 신부에게 청하여서 그 결혼이 무효임을 인정받은 적이 있었다. 이경이라는 여인도 후에 순교하여 '성녀 이경이 아가다'로 103인의 성인 반열에 들 수 있었던 것이다.

박해는 더욱 심해져서 결국 김효임, 효주 자매는 체포되었다. 그녀들은 밤섬을 떠나 용머리에 몸을 숨기고 있었으나 천주교 신자임이 발각되어 두 자매는 함께 서울로 압송되었다.

그녀들은 포청에서 남동생 김 안토니오가 숨어 있는 피신처와 교회 서적을 감춘 곳을 자백하라는 국문을 당했으며 이 때문에 혹독한 고문과 형벌을 받았다.

기록에 의하면 효임, 효주 자매는 학춤이란 고문을 당했다고 한다.

학춤이란 고문은 죄인의 옷을 모두 벗긴 뒤 양팔을 뒤로 젖혀 엇갈리게 묶은 후 허공에 높이 매달아 사방에서 채찍이나 몽둥이로 때리는 잔학한 형벌이었는데 이 자매들은 신음소리 하나 내지 않고 이를 견디었다고 전해지고 있다.

언니 효임에 대한 형벌은 더욱 가혹해서 불에 달군 쇠꼬챙이로 몸의 열세 곳을 지져대는 잔혹한 고문을 당했다고 전해지고 있다.

포청에서의 혹형과 고문을 이겨낸 김효임은 효주와 함께 형조로 이송되었으며, 형조판서의 신문에 겸손하고 영리하게 대답하여 형조판서를 감동시켰다고 전해지고 있다.

그 뒤 수개월 동안 두 자매는 옥에서 병과 싸우면서 순교를 준비하고 있었는데 이때의 고통은 이루 말할 수 없는 것이었다. 후일 조선교구 제5대 교구장이 되었던 안돈이(安敦伊·마블뤼 안토니오) 주교는 이때의 옥중생활을 이렇게 기록하고 있다.

'…교우들은 감옥 속에 빽빽이 처넣어져 있었으므로 발을 뻗고 누울 수 없을 정도이다. 그들이 한결같이 말하는 바에 의하면 이 지긋지긋한 옥중의 괴로움에 비하면 고문은 문제가 안 된다. 상처에서 흐르는 피와 고름 때문에 멍석은 푹푹 썩어가고 고약한 냄새를 풍기게 되니 이로 말미암아 심한 병이 들기 시작하여 이삼 일 안에 죽는 신자들도 많이 있었다. 그러나 가장 무서운 형벌은 굶주림과 목마름이었다. 고문하는 곳에서는 용감히 그 신앙을 고백했던 사람들도 그 기갈을 참지 못하여 항복하는 자가 적지 않았다. 하루에 주먹만 한 조밥덩이를 두 끼만 먹일 뿐이므로 참다 못하여 썩어빠진 멍석자리를 뜯어 씹기도 하고 심할 때는 옥 안에 들끓고 있는 이를

먹기도 하였다.'

김효임, 효주 자매는 5개월 동안이나 이 지옥 같은 감옥 속에서도 굳게 신앙을 지켜나갔으며 마침내 9월 3일 동생 효주가 먼저 서소문 밖 형장에서 5명의 교우와 함께 참수형을 받아 목이 베어져 순교하였다.

감옥에서 이 소식을 전해들은 언니 효임은 슬퍼하지 아니하고 다만 이렇게 말했을 뿐이라고 기록은 전하고 있다.

"…효주가 먼저 하느님의 나라로 돌아갔구나. 효주가 먼저 영광의 순간을 맞이하였구나."

20여 일 뒤인 9월 26일 언니 효임도 교우 8명과 함께 서소문 밖 형장에서 참수형을 받고 순교한 동생의 뒤를 따랐다.

언니 김효임 그리고 동생 김효주 자매는 1925년 7월 5일 로마의 성 베드로 성당에서 교황 성 비오 10세에 의해서 복자(福者) 위에 올랐으며, 1984년 5월 6일 교황 요한 바오로 2세에 의해서 두 자매는 성인의 반열에 오르게 된다.

한편 양감에 피신하고 있었던 범 신부는 배교자 김순성에 의해 그의 거처가 알려지게 되자, 몸을 피하라고 권유하는 교우들에게 말하였다.

"내가 다른 곳으로 몸을 피하면 나를 숨겨준 사람들에게 화가 미치게 될 것입니다. 내 목숨을 구하기 위해서 나를 숨겨준 사람들을 대신 죽일 수는 없는 일인 것입니다."

그는 1839년 7월 3일 스스로 포졸 앞에 나아가 자수하였다.

자수하기 전 그는 모방 신부와 샤스탱 신부에게도 함께 자수할 것을 권유하는 편지를 썼으며 그 내용은 대충 다음과 같은 것이었다.

"주님의 어린 양들이 우리를 대신하여서 매일같이 피를 흘리면서 죽어가고 있습니다. 양떼를 돌보는 목자로서 우리들을 대신하여 피를 흘리면서 죽어가는 모습을 그냥 지켜볼 수만은 없어서 이렇게 편지를 씁니다. 그러므로 그대들에게도 자수할 것을 권면합니다. 주님께서 말씀하신 때가 다가온 것입니다. 주님께서는 이렇게 말씀하셨습니다. '자, 일어나 가자.'"

자수하기 직전 남은 두 신부에게 쓴 범 신부의 편지는 교우들에 의해서 은밀하게 전하여졌다.

이 무렵 모방 신부와 샤스탱 신부는 홍주에 머무르고 있었다. 두 신부는 자수하기 직전에 쓴 범 신부의 편지를 읽는 순간 그 권유에 순명할 것을 결심하였다. 성직자에게 있어 '청빈'과 '정결' 그리고 '순명'이야말로 반드시 지켜야 할 덕목이었기 때문이다.

두 신부는 9월 6일 홍주 근처에서 대기 중이던 포졸들에게 자수하여 서울로 압송되었다. 프랑스 외방선교회 소속이었던 세 신부는 9월 26일 새남터에서 군문효수(軍門梟首)라는 극형으로 참수되어 순교하였다.

이들의 시신은 처형된 지 20일이 지나도록 그대로 새남터에 방치되어 있었다. 두려워서 그 누구도 이 신부들의 시신을 수습하려 나서지 않았기 때문이다.

이 시신을 수습한 사람들은 새남터에서 가까운 서강에 사는 신자들로 기해박해 때 체포되지 않고 기적적으로 살아남은 사람들이었다.

기해박해는 천주학의 괴수인 세 신부를 처형한 뒤부터 가라앉기 시작하였으므로 20일쯤 지나자 살아남은 신자들이 시신을 수습할 수 있었다.

이 신자들 속에 송이도 끼어 있었다. 송이가 기적적으로 박해 속에서 살아남을 수 있었던 것은 늦게 세례를 받아 천주교 신자임을 아무도 몰랐기 때문이었다.

송이를 비롯한 네 명의 교우들은 야밤을 틈타 한강변의 새남터에 함부로 방치되어 있던 세 신부의 시신을 거둬들였다. 그들은 세 신부의 시신을 가까운 노고산(老姑山)에 파묻었다.

세 신부의 시신은 그로부터 4년 뒤인 1843년 시흥에 있는 삼성산(三聖山)으로 옮겨져 묻혔고, 오랜 세월이 흘러 명동성당이 완공되자 1901년 11월 2일 명동대성당의 지하실에 모시게 될 수 있었다.

이들도 역시 김효임, 김효주 두 자매처럼 1925년 7월 5일 교황 비오 10세에 의해서 로마의 성 베드로 대성당에서 순교자 78명과 함께 천주교 교회사상 처음으로 복자가 되는 영광을 얻게 되었고, 1984년 5월 6일 한국천주교 200주년 기념을 위해 방한했던 요한 바오로 2세에 의해서 성인의 반열에 오르게 되었다.

3

"이렇게 하여 소녀는 천주학쟁이가 되었나이다."

자신이 어떻게 천주교를 믿게 되었는가를 고백하고 나서 송이는 긴 한숨을 쉬면서 말을 하였다.

"이렇게 하여 소녀는 새 사람으로 거듭나게 되었나이다."

아직 문밖에서 새벽빛이 스며들지 않고 있었으나 송이의 고백은 밤을 새우며 이어지고 있었다. 먼 곳에서 첫닭 우는 소리가 어둠을 뚫고 들려오고 있었다.

처음 만났을 때에는 타오르기 시작하였던 촛불도 송이의 고백을 듣는 동안 밑동을 태우고 있었다.

"사옥(邪獄)이 가라앉았다고는 하지만."

오랜 침묵을 지키던 임상옥이 입을 열어 말하였다.

"아직 천주학에 대해서는 토치령을 내리고 있지 아니하냐. 그러니 이렇게 함부로 나다녀도 위험하지 않을 수가 있겠느냐."

기해박해가 마무리되어 2년이 지난 신축년이라 하지만 여전히 조정에서는 천주교 신자들을 색출하는 데 혈안이 되어 있었다. 그러므로 송이가 이곳에까지 온다는 것은 섶을 지고 불구덩이로 뛰어드는 위험하기 짝이 없는 일이었다.

"나으리."

임상옥의 말을 듣자 미소를 띤 얼굴로 송이가 말하였다.

"소녀는 더 이상 죽음이 두렵지 아니하나이다. 소녀는 수없이 죽어간 사람들의 모습을 통해 죽음이 죽음이 아니라 부활이며 죽음이 고통이 아니라 기쁨임을 깨달았나이다. 이제 소녀는 죽음이 무섭지 아니하나이다. 아니 이미 소녀는 이 세상에서는 죽은 목숨과 다름이 없나이다."

죽었다가 다시 살아나는 것이 어떻게 가능한 일일 것인가.

임상옥의 속마음을 꿰뚫어 본 듯 송이는 웃으며 말을 이었다.

"나으리, 이 소녀가 나으리를 찾아뵈온 것은 나름대로 뜻이 있어서이나이다."

송이는 다소곳이 자세를 고쳐 앉으면서 말을 꺼내었다.

송이가 이렇듯 천주교인이 되어 자신의 말대로 다시 되살아난 새사람이 되어 찾아온 것에는 분명한 사유가 있을 것이다. 옛 정을 못 잊어 다시 한번 만나고 싶다는 상사(相思)의 그리움 때문이 아닌, 분명한 다른 이유가 있을 것이다.

"하오니 나으리께오서 이 소녀의 소청을 들어 허락하여 주옵소서. 나으리께오서 이 소녀의 소청을 들어 허락하여 주옵신다면."

송이는 잠깐 말을 끊고 임상옥의 얼굴을 바라보았다. 그 눈빛이 서늘하고 아득하였다.

"…다시는 나으리를 찾아뵙지 아니할 것이나이다. 이것이 나으리를 뵙는 마지막 상봉이 될 것이나이다."

천천히 날이 밝아오고 있는 듯 새벽을 알리는 닭소리가 여기저기서 화답하며 들려오고 있었다.

"무엇이 너의 소청이냐."

임상옥은 입을 열어 말하였다.

송이는 묵묵히 입을 다물고 물끄러미 임상옥의 얼굴을 바라볼 뿐이었다. 이 사람이 자신이 그토록 사랑했던 사람이었던가. 내 앞에 앉아 있는 바로 이 사람이 그토록 보고 싶고 그리웠던 그 사람이었던가 하는 회한의 감정이 솟구쳐 오르는 듯한 표정이었다.

"너의 소청이 무엇이냐고 내가 묻지 않느냐."

임상옥이 재촉하자 송이가 입을 열어 대답하였다.

"나으리께오서 물으시니 소녀가 답하리이다. 나으리, 이 소녀는 한때 나으리의 아내였나이다. 비록 정실은 아니지만 어찌하였든 나으리와 정분을 맺고 혼약을 맺었나이다. 나으리께오서는 소녀의 낭군이 되었고, 이 소녀는 나으리의 지어미가 되었나이다. 그러므로 나으리는 이 소녀의 주인이시옵고 이 소녀는 나으리의 종이었나이다. 그러나 이제 이 소녀는 새로운 주인을 모시게 되었나이다. 말씀드린 그대로 이 소녀는 천주학을 믿어 야소라는 분을 주인으로 새로 모시게 되었나이다. 그러나 하늘 아래에서 한 여인이 두 주인을 섬길 수 있겠나이까. 옛말에 이르기를 '한 하늘 아래에서 두 주군을 섬길 수 없다'고 말씀하시지 아니하였나이까. 한 신하가 두 주군을 섬길 수 없는 것이 바로 충(忠)이라면, 한 여인이 두 지아비를 섬길 수 없는 것이 바로 정조요, 절개가 아니겠습니까. 부부간에 맺은 혼약도 하늘이 맺어준 부부지약(夫婦之約)이어서 이를 사람이 함부로 끊거나 베어버릴 수는 없는 것이나이다. 그러나 소녀는 두 주인 중 한 분의 주인만을 선택할 수밖에 없게 되었나이다."

그녀는 묵주를 손으로 움켜쥐고 먼 영원을 응시하는 아득한 눈빛이 되어 천천히 말을 이어내려갔다.

"…소녀가 택한 주인은 이제 한 분뿐이시나이다. 그분의 이름은 야소님뿐이시나이다."

송이는 천천히 말을 이어내려갔다.

"…소녀는 이제 야소님만을 모시고 평생을 수정하면서 살아가려 하나이다. 한때 나으리의 지어미였사오나 이제는 야소님만을 모시고 평생 동정을 지키면서 살아가겠나이다. 일찍이 소녀에게 세례를 집전하여 주셨던 범세형 신부님도 소녀가 한때 혼약을 맺어 유부녀가 되었다 하더라도 얼마든지 동정녀의 몸으로 되돌아가 평생 수정을 하면서 살아갈 수 있다고 말씀하셨나이다. 그렇게 하기 위해서는 한 가지 조건이 있다고 하였나이다."

"그 조건이 무엇이냐."

묵묵히 듣고 있던 임상옥이 물어 말하였다.

송이는 다시 임상옥의 얼굴을 마주보며 말하였다.

"…결혼한 당사자로부터 그 혼인이 무효임을 인정받을 수 있다면 그 혼약은 없었던 일로 되돌아갈 수 있다고 말씀하셨나이다."

그제야 임상옥은 송이가 이처럼 4년여의 세월이 흐른 후 느닷없이 나타난 이유를 알 수 있을 것 같았다. 송이가 나타난 이유는 맺었던 혼약을 파기하여 달라는 이유 때문인 것이다.

"그러하면 네가 나에게 바라는 것이 무엇이냐. 이이(離弛)란 말이냐."

이이. 원래 조선시대의 사회에서는 이혼이 없었다. 부부는 천정배필이어서 천합(天合)과 같아 하늘이 맺어준 것을 사람이 함부로 풀 수 없다고 생각했기 때문이었다.

일부다처제가 보편화되어 있었고 축첩이 공인되어 있었으므로 아내를 버리거나(棄) 내보내거나(出) 내쫓거나(逐) 나가게 하는(去) 일은 있어도 법률적으로 이혼하는 일은 드문 일이었다.

간혹 사대부층에서는 가장이 큰 죄를 범하여 처벌될 경우 그 화가 미칠 것을 두려워하여 헤어지는 경우가 있었는데 이때도 이를 이혼이라고 부르지 아니하고 이이라고 부르고 있었다.

그러나 이렇듯 법률적으로 헤어지는 이이는 가문의 명예를 더럽히는 일이었으므로 사람들은 꺼리고 있었다.

"아니나이다, 나으리."

송이는 다소곳이 무릎을 꿇은 채 대답하였다.

"감히 이 소녀는 나으리께 이이까지 바라지는 아니하나이다."

"그럼 무엇이냐."

"파의(罷議)하여 주시옵소서."

파의는 이혼과 같은 성격을 지니고 있었지만 법률적인 구속력을 갖지 않는 일종의 관행이었다.

이를 다른 말로 사정파의(事情罷議)라 하였다. 이는 부부간에 서로 협의하여 헤어지는 행위로 이혼이라기보다는 일종의 의절(義絶)이었다.

임상옥은 입을 열어 말했다.

"파의건 이이건 간에 이미 모두 끝이 났던 일 아니냐. 나는 일찍이 너를 만나서 그렇게 말하지 않았더냐. 너는 자유의 몸이 되었으니 이제 먼 곳으로 떠나거라. 먼 곳으로 떠나서 새 생활을 하라고 말하지 않았더냐. 그리고 나서 나는 이렇게 언약하지 않았더냐. 이것을 마지막으로 다시는 너를 찾아오지 않을 것이라고 맹세하지 않았더냐."

"나으리께오서 하셨던 그 모든 말씀을 소녀는 아직도 기억하고 있나이다."

송이는 대답했다.

"나으리께오서 하신 말씀은 구구절절 옳으신 말씀이시나이다. 하오나, 나으리. 이제 소녀가 나으리를 찾아온 것은 하늘이 맺어준 부부로서의 천합을 끊어버리는 징표를 주셨으면 하는 것이나이다."

그 순간 송이는 천천히 저고리를 벗기 시작하였다.

임상옥은 갑자기 송이가 저고리를 벗기 시작하자 당황하였다. 송이는 고름을 풀어내리고 천천히 가슴을 풀어헤쳤다.

저고리를 벗은 송이는 그 저고리를 임상옥의 앞에 가지런히 내려 놓았다.

"나으리, 나으리께오서 의절의 징표를 이 소녀에게 내려주소서. 휴서(休書) 하나를 이 소녀에게 내려주소서."

임상옥은 송이가 바라는 징표가 무엇인가를 알아낼 수 있었다.

휴서. 의절의 징표로 내려주는 상징적인 물건.

이를 다른 말로는 할급휴서(割給休書)라고 부른다.

부부간에 헤어질 때는 그 이혼의 징표로 아내가 입던 저고리의 깃을 잘라 상대방에게 주곤 하였다. 남편이 아내가 입던 저고리의 깃을 자르는 것은 아내의 육체에 대한 소유권을 포기하는 의식이었다.

"나으리."

송이는 임상옥의 눈을 마주보며 입을 열어 말하였다.

"소녀가 입던 저고리를 벗었나이다. 하오니 저고리의 깃을 잘라 주시옵소서. 자른 그 헝겊을 소녀는 할급휴서로 알고 이혼의 징표로 간직하겠나이다."

송이는 저고리 옆에 가위를 내놓았다. 임상옥은 송이가 바라는 소청이 무엇인가를 확연히 알 수 있었다.

임상옥은 서슴지 않고 가위를 세워들었다. 그는 겉섶을 밀어 저고리를 벌렸다. 낯익은 송이의 저고리였다. 일부러 부부의 인연을 맺을 때 입었던 노랑 저고리를 그대로 입고 온 모양이었다.

임상옥은 그 저고리를 아직도 기억하고 있었다. 혼례를 치를 때 입었던 송이의 갑사(甲紗) 저고리. 혼례를 치른 첫날밤 송이가 입었던 노랑저고리. 그 저고리의 옷고름을 임상옥은 풀어내렸었다. 그것으로 한 사람은 지아비가 되었고 또 한 사람은 지어미가 되었었다.

그뿐인가.

그 낯익은 저고리에서는 낯익은 송이의 냄새가 풍겨오고 있었다.

낯익은 송이의 몸에서부터 풍겨오는 강렬한 육향.

임상옥은 그런 상념들을 일시에 떨쳐버리려는 듯이 날카롭게 가위를 세워들었다.

저고리의 소매 끝부분인 끝동과 겨드랑이와 접촉이 되는 곁막음 부분과 옷고름과 깃 부분은 노랑저고리의 빛깔과 달리 분홍 빛깔로 구분되어 있었다.

임상옥은 분홍 빛깔의 저고리 깃을 가위로 자르기 시작하였다. 날카로운 가위의 날은 싹둑싹둑 소리와 함께 단숨에 깃의 한 부분을 베어나가기 시작하였다. 부부로서의 인연을 끊어버리는 절의의 칼날이었다. 임상옥의 손끝은 머뭇거리거나 추호의 망설임도 없었다. 베어라, 베어버릴 것은 베어버려라. 끊어야 할 것은 끊어버려라.

임상옥은 저고리의 깃을 한 조각 잘라내어 그것을 송이에게 건네주면서 말하였다.

"이것으로 징표가 되었느냐."

다소곳이 앉아서 담담하게 바라보고 있던 송이가 임상옥이 건네주는 천조각을 두 손으로 받으면서 대답하여 말했다.

"충분하나이다."

송이는 벗었던 저고리를 다시 입기 시작했다. 임상옥은 송이가 옷을 입는 모습을 지켜보았다. 송이는 저고리를 입고 깃을 여미었다.

그러고 나서 송이는 입을 열어 말하였다.

"이제 소녀가 나으리를 찾아뵌온 목적은 모두 이루게 되었나이다. 이제 앞으로 다시는 나으리를 찾아뵙게 될 이유는 없게 되었나이다. 나으리, 나으리께오서 이 소녀의 소청을 들어주서서 감사하나이다."

날은 이제 완전히 밝아 있었다. 캄캄하던 어둠은 물러가고 신새벽의 여명이 물처럼 스며들고 있었다.

더 이상 머뭇거릴 시간이 없었다. 조금 더 갓밝이의 빛이 밝아지면 잠들었던 시장거리가 깨어나고 장사꾼들이 앞다투어 나올 시간이었다.

어차피 남의 눈을 피해 헤어질 것이라면 조금이라도 어두울 때 헤어지는 편이 나을 것이다.

"난 이제 가겠다."

임상옥이 벗어놓았던 옷과 갓을 집어들자 송이가 먼저 몸을 일으키며 말했다.

"잠깐만 그 자리에 앉아 계시옵소서."

임상옥이 다시 자리에 앉아 정좌하자 송이가 말했다.

"나으리께 마지막으로 이 소녀가 삼배를 올리겠나이다. 나으리께오서는 나를 낳지는 아니하였사오나 나를 길러주셨으며 또한 나를 살려주신 분이시나이다. 이 소녀가 이처럼 생명을 부지할 수 있었던 것도 모두 나으리의 은덕 때문이었나이다. 또한 이 소녀가 뒤늦게나마 천주님을 알아 새로 태어날 수 있게 된 것도 모두 나으리의 은덕 때문이었나이다. 나으리께서 나를 살려주시지 아니하셨더라면 이 소녀는 아직도 비천한 천기가 되어서 술을 팔고 노래와 춤을 추며 웃음을 파는 창기가 되어 있을 것이나이다. 하오니 이 소녀에게 나으리의 은혜는 바다보다 깊고 하늘보다 높으시나이다. 죽어도 백골난망이나이다."

송이는 천천히 무릎을 굽혀 삼배를 올리기 시작했다.

마침내 삼배가 끝나자 임상옥은 의관을 정제했다. 송이는 무릎을 꿇은 자세 그대로 그 자리에 엎드려 있었다. 임상옥이 의관을 갖춰 입고 신발을 신고 방문을 닫을 때까지 송이는 그대로 방바닥에 엎드려 있었다.

임상옥은 아무런 말도 없이 총총히 약전을 나섰다.

아직 어둑새벽이었으므로 시장거리에는 나다니는 사람도 없었다.

약전을 나선 후에야 임상옥은 왜 송이가 지난밤에 굳이 시장거리의 약전에서 만나자고 약속장소를 정했는가 하는 그 이유를 알 수 있을 것 같았다.

송이는 지금 부인들의 맥경과 침구를 맡아서 의술에 종사하고 있는 의녀이다. 장안 제일의 명의인 장영덕의 내제자로서 의술에 종사하고 있다면 자연 전국적으로 약전들과 서로 연관을 맺고 있었을

것이다. 자신의 정체를 숨기는 은밀한 장소로서 시장거리의 약전을
택한 것은 지극히 당연한 일이었을 것이다.

빠른 걸음으로 시장거리를 걸어가면서 임상옥은 생각하였다.

이것으로 모든 것은 끝이 났다.

하늘이 맺어준 부부로서의 천합을 끊어버리는 징표, 할급휴서.

송이가 혼례식을 올리던 그날 밤 입었던 갑사 저고리의 깃을 잘
라 그 조각을 징표로 줌으로써 이제 송이와 나는 완전히 남남이 되
어버린 것이다.

이 무렵에 지은 것으로 보이는 임상옥의 시 한 구절이 그의《가포
집》에 남아 전하고 있다.

그 시의 내용은 다음과 같다.

새벽 삼경의 촛불은 꽃샘추위에 놀라 떨고 있고
해를 넘겨 그대를 만나니 할 말이 많이 있구나
누각 주인은 전날의 태수이고
시 읊는 가객은 늙은 선비로다
즐겨 놀며 오늘의 만남을 기뻐하니
이 지방에는 정다운 사연이 어찌 이리 많은가
길고 짧던 세상 일, 한 번 서주로 가버린 뒤
영청교 다리 위엔 달빛만 유유히 흐르고 있네

다리 위의 누각에 모여 달밤에 술을 마시며 노는 야회를 노래하
고 있지만 영청교 다리 위에 떠오른 달빛을 바라보며 '길고 짧던 세

상 일'의 부질없음을 노래한 임상옥의 시를 통해 그 무렵 송이와의
영원한 이별을 아쉬워하는 그의 심정을 엿볼 수 있는 것이다.

제6장 적중일기(寂中日記)

1

12년이 흐른 계축년.

15년간 재위하던 헌종이 죽고 철종이 왕위에 오른 지 4년째 되던 1853년 봄.

지리했던 겨울이 물러가고 오랜만에 화창한 햇살이 눈부시게 빛나고 있는 봄날이었다.

임상옥은 대청마루에서 목침을 베고 잠깐 낮잠에 들었다가 깨어났다. 한가로운 봄날의 오후였다.

아직 그늘진 곳에서는 지난 겨울에 내린 잔설이 쌓여 있을 정도였지만 모처럼의 봄 햇살은 만물을 소생시키는 화기를 충만히 담고 있어 어느새 뜨락의 헐벗었던 나무들에서는 푸른 잎새가 움트고 있었다.

임상옥은 목침을 벤 채 대청마루 위 처마밑에서 지지배배 울고 있는 제비들의 모습을 물끄러미 바라보고 있었다. 임상옥은 자신이 낮잠에서 깨어난 것은 그 시끄러운 제비들의 울음소리 때문이었다는 것을 알 수 있었다.

보름 전쯤일까.

지난해 내내 살다 떠난 어미새 한 마리가 제비집으로 또다시 날아들어온 것은.

어미새는 제비집에 들어앉아서 알을 품기 시작하였다. 한밤중에 임상옥은 사다리를 타고 올라가 관솔불로 어미새의 눈을 비추어 잠시 정신을 잃게 하고 둥지 안을 살펴보았더니 대여섯 개의 제비알이 옹기종기 모여 있었다. 둥지 속에 손을 넣어 그 제비알을 만져보았는데 어미새의 체온으로 따뜻한 온기가 묻어 있었다.

그후부터 임상옥은 이제나저제나 하고 새끼제비들이 알에서 깨어나기만을 기다리고 있었다.

어미새는 드물게 뻐찌뻐찌 하고 울 때가 있는데 그럴 때면 어김없이 가까운 숲속에서 태어날 새끼들의 아비새인 수새 한 마리가 날아와 산고의 고통을 인내하고 있는 어미새의 입에 먹이를 찔러넣어주곤 하였다.

그런데 어제, 보름 이상 둥지를 지키고 앉아 있던 어미새 자리가 텅 비어 있고 그 자리엔 이제 막 알을 까고 나온 새끼제비들이 노오란 부리들을 합창이라도 하듯 벌리고서 재재 울고 있었다.

새끼들이 알에서 깨어난 것이다.

보름 이상 알을 품고 있던 어미새는 어느새 힘차게 날갯짓을 하면서 부지런히 먹이를 구해와 새끼들의 부리 속에 찔러넣고 있었다. 어미새가 먹이를 물고 날아올 때마다 눈조차 뜨지 못한 새끼들은 엄마가 찔러주는 먹이를 받아먹기 위해서 더욱 시끄럽게 재재재재 거리고 있었다.

그는 목침을 베고 누운 채 처마 끝에서 벌어지고 있는 생명의 신비를 물끄러미 바라보고 있었다.

북풍한설 몰아치는 긴 겨울에는 영원히 봄이 찾아올 것 같지 않지만 때가 되면 어김없이 봄은 찾아온다. 봄이 찾아오면 죽은 듯 보이던 나무에도 생명의 새순이 돋아나고 저 머나먼 강남땅으로, 돌아온다는 기약도 없이 떠나버린 제비도 영원히 돌아올 것 같지는 않지만 때가 되면 어김없이 돌아와 저처럼 알을 낳고 새끼를 키운다. 저 새끼는 또다시 어미가 되어서 돌아와 알을 낳고 새끼를 키울 것이다.

그러나 어쩔 것인가.

한 번 간 인생은 또다시 돌아오지 않는다. 제비는 또다시 돌아온다 하더라도 그 제비가 어제의 제비가 아닌 것처럼, 겨울이 지나면 봄이 또다시 찾아온다 하더라도 오늘의 봄이 지난해의 봄은 아니다. 젊음은 이제 영원히 돌아오지 않는다.

임상옥의 나이는 올해로 일흔 하고도 다섯 살.

부즉류(不喞溜)란 '칠칠치 못한 늙은이'를 가리키는 중국의 속어로 임상옥은 비록 75세에 불과하였지만 자신이야말로 '늙고 병들어 칠칠치 못한 늙은이'임을 절실히 느끼고 있었다.

어찌할 것인가.

임상옥은 지지배배 울고 있는 새끼제비들의 모습을 바라보면서 생각하였다.

새 봄이 찾아와 또다시 제비가 날아온 것은 기쁘지만, 어김없이 제비가 찾아와 봄소식을 전해온 것은 기쁘지만, 어찌할 것인가. 지난 가을에 있었던 추억들은 어찌할 것인가. 지난 세월에 맺었던 인연들은 어찌할 것인가.

임상옥은 몸을 일으켰다.

시흥(詩興)이 솟아오르고 시를 짓고 싶은 시심이 떠올랐기 때문이었다. 먹을 갈면서 그는 머리 속에 떠오른 시상들을 정리하기 시작하였다.

붓에 먹을 듬뿍 묻힌 후 종이 위에 단숨에 써내리기 시작하였다.

新春簾幕爭來燕(신춘염막쟁래연)
拘約江湖恐負鷗(구약강호공부구)
새 봄의 처마엔 제비가 다투어 날아오지만
강호에서 기러기와 맺었던 옛 약속 잊혀질까 두렵네.

새 봄을 맞아 처마 밑으로 제비가 날아들어 오는 것은 기쁘지만 지난 가을 강가에서 맺었던 기러기와의 옛 약속이 잊혀질까 두렵다는 임상옥의 심정이야말로 늙고 병들어가는 자신의 몸을 한탄하면서, 그보다 더 두려운 것은 아름답던 지난 추억마저 잊혀져가는 망각임을 노래하고 있는 것이다.

《적중일기(寂中日記)》.

이 무렵 임상옥은 자신이 읊은 창화시만을 따로 추려내어 자영(自詠)한 시집을 발간하였다. 그 시집의 이름이 바로 《적중일기》였다. '적중일기'라 함은 문자 그대로 쓸쓸한 적요(寂寥)의 나날을 기록한 내용으로, 이 무렵 임상옥이 얼마나 외롭게 만년의 인생을 보냈던가를 미뤄 짐작할 수 있다.

그런데 그날 오후.

《적중일기》에 실린 '삼교시붕(三橋詩朋)'에 나오는 제1연의 '제비 노래'를 지은 바로 그 봄날의 오후. 임상옥에게는 뜻하지 않은 일이 벌어지게 된다. 일찍이 석숭 스님이 예언하였던 임상옥의 마지막 운명, 그 마지막 운명을 암시하는 뜻하지 않은 사건이 벌어지게 되었던 것이다.

봄볕이 따뜻하게 내리쬐는 뜨락에는 어미닭이 갓 태어난 병아리들을 이끌고 모이를 쪼아먹고 있었다. 평화로운 풍경이었다.

임상옥은 노오란 병아리들이 암닭을 쫓아다니면서 물 한 모금 마시고 허공 한 번 쳐다보기도 하고, 마당 위에 던져준 모이들을 쪼아먹는 모습을 물끄러미 바라보고 있었다.

그때였다.

갑자기 평화롭던 마당 위로 검은 그림자 하나가 드리워졌다. 검은 그림자는 쏜살같이 허공에서부터 날아와 무엇인가를 홱 하고 채고는 재빠르게 사라졌다. 너무나 갑작스런 일이라 도대체 무슨 일이 일어난 것인지 임상옥은 종잡을 수가 없었다. 그러나 한 가지만은 분명하였다. 검은 그림자가 나타났다 사라진 이후 병아리를 돌보던 어미닭 모습이 보이지 않는다는 사실이었다.

　무슨 일이 일어났는지 알 수 없어 어리둥절한 것은 임상옥만이 아니었다. 순식간에 일어난 어미닭의 증발에 대해서 실감이 나지 않는 병아리들은 우왕좌왕하면서 어미닭을 찾고 있었다.

　임상옥은 대청마루에서 일어나 마당 한가운데로 달려나갔다. 그리고 그는 맨발로 마당 한가운데 서서 허공을 바라보았다.

　푸른 하늘에는 유유히 솔개가 날아다니고 있었다. 임상옥은 마당 위를 쏜살같이 내려왔다 사라진 그림자의 정체가 무엇인가를 확연히 알 수 있었다.

　그것은 솔개였다. 공중에 높이 떠 맴돌면서 지상 위에서 움직이고 있는 들쥐나 개구리, 물고기는 물론 병아리, 닭을 채어가서 먹는 육식조였다.

　임상옥은 약육강식의 살육 현장을 생생하게 지켜볼 수 있었던 것이다.

　그날 밤.

　임상옥은 좀처럼 잠을 이룰 수가 없었다.

　마당에서 새끼들과 더불어 모이를 쪼아먹고 있는 닭은 잠시 후면 닥쳐올 위험을 전혀 모르고 있었다. 새끼들도 자신의 어미에게 닥쳐올 위험에 대해서는 전혀 짐작조차 못하고 있었다.

　그것이 어찌 닭과 솔개의 경우뿐이겠는가.

　사람도 한 치 앞을 내다보지 못하고 있다. 미구에 밀어닥칠 죽음의 그림자에 대해서 전혀 모른 채 마당을 돌아다니는 봄날 오후의 닭은 우리의 인생이 아닐 것인가.

임상옥은 문득 《장자(莊子)》에 나오는 한 구절을 떠올렸다.

장자는 여러 가지 재미있는 우화를 통해 '인간세편'의 취지에 입각한 글들을 많이 썼다. 그중에서도 산목(山木)편에 나오는 우화는 너무 유명하다.

장주(莊周)는 조릉(雕陵)의 밤나무 밑 울타리를 거닐고 있었다. 그때 예사롭게 생기지 않은 한 마리의 새가 남쪽에서 날아오는 것을 보았다. 날개의 너비는 7척이나 되고 눈의 크기는 직경이 한 치나 되어 보였는데 그 새는 장주의 이마를 스치고 날아가더니 밤나무 숲에 앉았다.

장주는 무의식중에 중얼거렸다.

"이것은 어찌된 새인가. 날개가 큰데도 제대로 날 줄을 모르고 눈이 크면서도 아무것도 보이지 않는 것이로구나."

장주는 바짓자락을 걷고 빠른 걸음으로 다가가서 새를 잡는 화살을 들고서 새를 엿보았다. 가만히 보니까 그 나무 시원한 그늘에서는 한 마리의 매미가 울고 있었다. 그리고 한 마리의 사마귀가 잎사귀에 몸을 숨기고서 이를 잡으려 하고 있는 중이었다. 사마귀는 매미를 잡는 데만 열중하여 자신의 몸을 잊고 있었다. 그런데 아까 본 이상하게 생긴 새는 사마귀를 노리고 있었는데 이처럼 눈앞의 이익에 혹하여서 장주가 자기를 잡으려 활을 겨누고 있는 것을 전혀 모르고 있었던 것이다.

이에 장주는 몸서리를 치면서 중얼거렸다.

"아, 생물들은 서로 해치고 이해(利害)는 서로 상대를 불러들이고 있구나."

생각이 여기에 미치자 장주는 활을 버리고 되돌아서 밤나무 숲길을 빠져나왔다.

이번에는 밤을 훔쳐가는 줄 알고 관리인이 쫓아오면서 욕을 퍼부었다. 장주는 새를 잡는 데 정신이 팔려 남의 밤나무밭에 들어간 사실도 몰랐던 것이다.

장주는 집으로 돌아와 사흘이나 꼼짝도 아니하고 심기가 불편한 표정을 짓고 있었다.

스승 장주의 모습을 본 제자 인저(藺且)가 물었다.

"선생님께서는 요즘 왜 그렇게 심기가 불편하십니까."

제자의 질문에 장주가 대답하였다.

"외부의 사물에 정신이 팔린 나머지 나는 진정한 나 자신을 잃고 있었다. 마치 흐린 물에 반해 맑은 물을 잊은 격이다. 나는 예전에 선생님으로부터 '그 풍속 속에 들어가면 그 풍속을 따라야 한다'는 말씀을 들은 적이 있거니와 처음부터 금지구역인 그런 밤나무밭 속에는 들어가지 말았어야 옳았다. 이번에 나는 조릉을 산보하다가 자신을 망각한 탓으로 들어가지 않아야 할 밤나무밭에 들어가 나 자신을 상실한 탓으로 관리인으로부터 모욕을 받았다. 내가 마음이 편치 않은 까닭이 여기에 있는 것이다."

임상옥은 하룻밤을 새우며 《장자》에 나오는 이 우화를 곰곰이 심사숙고하였다.

매미는 시원한 그늘에서 자신의 몸을 잊은 채 울고 있었다. 그러나 매미는 사마귀가 잡아먹으려고 노리고 있었다. 사마귀는 매미를 잡으려는 데 정신이 팔려 있어서 자신을 새가 노리고 있음을 전혀 눈치조차 채지 못하고 있었다. 또한 새는 사마귀를 잡아먹으려는 데 정신이 팔려 장주가 활을 들어 겨누는 사실을 눈치조차 채지 못하고 있었다. 그뿐인가.

새를 잡는 데 정신이 팔려 남의 밤나무밭에 들어와 있던 장주는 잠시 후면 관리인에게 모욕을 당할지도 모른다는 사실을 까마득히 잊고 있었던 것이다.

닭이 마당에서 모이를 쪼고 있느라 허공 위에서 솔개가 노리고 있음을 눈치조차 채지 못하고 있는 것처럼 그 병아리를 바라보고 있는 나 또한 죽음이 등뒤에서 노리고 있는 것이다.

아아.

장자가 탄식한 것처럼 나는 외부의 사물에 정신이 팔린 나머지 진정한 자기를 까마득히 잊고 있었구나.

임상옥은 벼락을 맞은 것과 같은 전율을 느꼈다. 마치 허공을 떠돌던 솔개가 한순간에 땅으로 내리꽂히며 날카로운 발톱으로 병아리를 움켜채듯 임상옥의 뇌리를 향해 고함 하나가 천둥소리가 되어 내리꽂혔다.

"네 이놈, 아직도 내 말의 뜻을 알아차리지 못하였단 말이냐."

그 소리에 임상옥은 정신이 번쩍 들었다. 수십년의 시공을 초월하여 내리꽂힌 석숭 큰스님의 할(喝)이었다.

"네 이놈."

석숭 스님의 고함소리가 그의 뇌리로 박혀들었다.

"아직도 이 뜻을 모르겠다는 말이더냐."

퍼뜩 정신이 든 임상옥은 누운 자세에서 일어나 정좌를 하고 앉았다. 갑자기 폭포물로 전신을 씻은 듯 정신이 맑아졌다. 임상옥은 까마득히 오래전에 들었던 석숭 큰스님의 목소리를 기억하여 떠올렸다.

아아, 생각난다.

석숭 큰스님은 계영배를 걸망 속에 집어넣고 일어서려는 임상옥에게 이렇게 말을 하였다.

"마지막으로 한마디만 더 하겠노라."

이제 막 하산하려는 임상옥에게 하신 석숭 큰스님의 마지막 한마디. 그 한마디의 말씀이 천둥이 되어 임상옥의 뇌리를 뒤흔들었다.

"…마지막으로 말하거니와 네 생각과 네 뜻과 관계없이 네가 한 푼이라도 손해를 보는 일이 있으면 그때가 네 상운(商運)이 다한 것을 알고 네가 가진 모든 것을 남에게 나눠 주고 장사에서 손을 떼어라. 현명한 사람은 지붕에서 한 방울의 낙숫물이 떨어지는 모습을 보는 순간 얼마 안 가서 지붕이 무너져내리는 것을 미리 짐작하여 알게 되느니라. 알겠느냐."

지금껏 임상옥은 석숭 큰스님이 예언하였던 세 가지의 위기에만 신경을 쓰고 정신이 팔려 있었다. 석숭 큰스님이 내려주신 그 비의가 무엇인가를 곰곰이 생각하고 그 화두를 타파하는 데에만 매달려 있었던 것이다.

그러나 석숭 스님의 예언은 아직 끝난 것이 아니었다.

지난 한낮에 보았던 살벌한 풍경.

한낮에 한가로이 병아리를 데리고 모이를 쪼던 어미닭을 허공에
서 맴돌고 있던 솔개가 쏜살같이 내려와 날카로운 발톱으로 채어서
허공으로 치솟던 모습을 바라본 임상옥의 귓가에 들려오던 석숭 큰
스님의 대갈일성.

석숭 큰스님의 예언은 지난 낮, 닭 한 마리를 솔개가 발톱으로 낚
아채어 감으로써 마침내 완성될 수 있었던 것이다.

그 닭은 분명히 임상옥의 소유였다. 그러나 그 닭은 허공을 날아
다니는 솔개에 의해서 사라졌으며 임상옥은 자신의 의지와는 상관
없이 손해를 보게 되었던 것이다.

비록 미미한 닭 한 마리의 손해였으나 분명하게 석숭 큰스님은
이렇게 말을 하지 않았던가.

"…네 생각과 네 뜻과 관계없이 네가 한 푼이라도 손해를 보는 일
이 있으면 그때가 네 상운이 다한 것을 알아라."

잘 지은 집이라도 언젠가는 무너지게 되어 있다. 아무리 튼튼한
집도 결국 한 방울의 낙숫물에서부터 무너지기 시작하는 법이다.
마찬가지로 천하의 권력도 언젠가는 무너지고, 하늘 아래 제일의
거부도 언젠가는 망하게 되어 있는 것이다. 천하의 구중궁궐도 한
방울의 낙수에서 무너짐이 비롯되듯 천하 재물의 무너짐도 결국 미
미한 손실에서부터 비롯되는 것이다.

임상옥은 자신의 무릎을 소리가 나도록 철썩 때리고는 중얼거려
말했다.

'이제야 알겠다. 닭 한 마리야말로 지붕에서 떨어지는 한 방울의
낙숫물인 것이다. 이 낙숫물은 점점 더 떨어지고 떨어져 드디어는

지붕이 새고 무너져내릴 때가 다가올 것이다.'

임상옥은 마침내 깨달았다.

이제 석숭 큰스님이 예언하였던 마지막 말씀, 내 상운과 명운이 다하는 바로 그 지경에 이르게 된 것이다.

2

다음날 아침.

임상옥은 하인을 시켜 모든 창고의 문을 활짝 열게 한 후 말을 하였다.

"창고에 있는 금덩어리와 은덩어리를 모두 마당에 꺼내 햇볕을 쬐도록 하여라."

하인 하나가 영문을 몰라 어리둥절한 채 물어 말했다.

"햇볕을 쬐라시니 무슨 뜻이나이까."

임상옥은 대답하였다.

"햇볕을 쬐어야만 녹이 슬지 않을 게 아니겠느냐."

하인은 주인의 말을 이해할 수 없었다.

"나으리."

하인이 조심스럽게 말하였다.

"금덩어리와 은덩어리가 녹이 슬다니요."

쇠붙이라면 녹이 슬겠지만 순금과 순은은 녹이 슬지 않는 물건이 아닌가.

"나으리."

하인이 다시 물어 말하였다.

"어떻게 금덩어리와 은덩어리에 녹이 슬 수 있겠습니까."

임상옥은 소리쳐 말하였다.

"이놈아, 쇠붙이에 녹이 슬 때에는 털어내고 벗겨내면 그만이지만 금덩어리에 녹이 슬면 구할 방도가 없다. 네놈이 이 도리를 어찌 알겠느냐. 시키는 대로 즉시 하지 않겠느냐."

임상옥이 호통을 치자 하인들은 그 즉시 마당에 멍석을 깔고 그 위에 백지를 펴고 금덩어리와 은덩어리를 있는 대로 꺼내 햇볕에 말리기 시작하였다. 그 엄청난 수량이 가히 장관이었다.

그리고 나서 임상옥은 박종일을 불러 모든 문부(文簿)를 가져오도록 하였다.

문부라 함은 장사할 때 사용하는 모든 문서와 장부로, 들고 나는 수입과 지출 등 회계에 대한 기록은 물론 외상에 관한 기록도 포함되어 있는 부책(簿冊)이다.

박종일이 문부를 가져오자 임상옥은 즉시 외상 장부에 적혀 있는 부채인(負債人)들을 불러 모으도록 명령을 하였다. 성읍에 살고 있는 상인 치고 임상옥에게 부채를 지고 있지 않은 상인은 없었다. 이들은 임상옥의 부름을 받고 단걸음에 달려오면서도 모두들 불안해 하고 있었다. 빚을 갚고 그 빚에 따른 이자까지 계산해내라는 호출이 아닌가 싶었는데, 임상옥의 상가에 도착하고 보니 그게 아니었다.

임상옥은 한 사람 한 사람씩 만나서 부채를 확인하고는 이를 강제로 받아내려는 것이 아니라 오히려 탕감해주고 있지 않은가.

또한 임상옥은 빚진 사람들이 보는 데서 그 장부에 적힌 이름을 일일이 붓으로 지워주었다. 원래 상업에서 발생된 부채관계는 본인이 죽으면 자식에까지 세습되는 무서운 계약이었다. 빚을 아비가 갚지 못하면 반드시 그 빚을 아들이 갚아야 했다.

임상옥도 죽은 아비 임봉핵이 남기고 간 빚을 갚기 위해서 얼마나 노심초사하였던가.

자신이 경험했던 쓰라린 기억이 이유가 되었을까. 일일이 외상을 탕감해주었을 뿐 아니라 장부에서까지 그 명단을 지워주는 임상옥의 선행에 상인들은 모두 놀라서 입이 떡 벌어졌다.

그뿐인가.

마당에서 햇볕을 쪼이고 있는 금괴나 은괴 중 한 덩어리씩을 들려서 집으로 돌려보내는 것이 아닌가.

빚진 상인들은 일시에 부채를 탕감받고 횡재까지 하게 된 셈이었다.

모든 상인들을 돌려보내고 나서 임상옥은 마당에 불을 피우고 문부책을 태우기 시작하였다. 임상옥의 행동을 낱낱이 지켜보던 박종일이 못마땅하여 물어 말했다.

"이름을 일일이 지웠으면 그만이지 어찌하여 문부까지 태워버리십니까."

임상옥은 웃으며 말하였다.

"못을 빼도 못구멍은 남는 법이오. 마찬가지로 아무리 이름을 지워버렸다 해도 문부가 있으면 구멍, 즉 흔적은 남기 마련이오. 흔적을 없애려면 마음에서 지워버려야 하오. 마음에서 지워버려야 한다면 처음부터 없을 무(無)로 돌아가야 할 것이 아니겠소. 태워버리는 것이야말로 소신공양(燒身供養)인 셈이어서 아예 있지도 않았던 한 처음으로 돌아가는 셈이오."

그날 밤.

두 사람은 주안상을 마련하여 마주앉았다. 박종일은 사전에 단 한마디의 의논도 없이 뜻밖의 일을 벌인 임상옥에게 불만의 감정을 갖고 있었다. 임상옥은 이를 잘 알고 있었다.

별다른 대화 없이 몇 순배 술잔이 오고 가자 어색했던 감정이 어느 정도 풀리고 말문이 열렸다. 박종일이 먼저 입을 열어 말했다.

"나으리."

박종일은 평생 임상옥의 반려자였다. 박종일이 없었더라면 임상옥의 상업은 성공치 못하였을 것이다. 아니, 박종일이 아니었더라면 임상옥은 어쩌면 속세로 되돌아오지조차 못하고 아직도 불문에 몸담고 있었을지도 모를 것이 아니겠는가.

"심히 섭섭하나이다. 나으리께오서 저에게 한마디의 논의조차 없으시고 이런 뜻밖의 일을 하시다니요."

박종일의 섭섭한 마음은 당연한 것이다. 상계에서 물러난 지난 세월 동안 임상옥이 술에 취해 시를 짓는 가객으로만 소일하고 있을 때 임상옥의 상업을 도맡아 전념한 사람은 박종일이 아니었던가.

"미안하게 되었소."

손을 내밀어 박종일의 손을 찾아 쥐면서 임상옥이 부드럽게 말을 하였다.

"정말 미안하게 되었소 그려."

"나으리."

여전히 불만이 가득한 목소리로 박종일이 물어 말하였다.

"도대체 무슨 일로 심경의 변화를 일으키셨나이까."

임상옥은 붓을 들어 종이 위에 다음과 같은 문장을 단숨에 써내려렸다.

'吾事畢矣(오사필의)'

일찍이 원나라에 의해서 남송(南宋)이 멸망했을 때 대부분 항복하였으나 끝까지 항전하다가 순절한 사람도 많았다. 문천상이 그 대표적인 인물로 끝까지 원나라와 싸우던 항전파(抗戰派) 중의 한 사람이었다. 그는 원군에게 붙잡히게 되었다. 원나라의 세조 쿠빌라이는 문천상의 인격과 재능을 아깝게 여겨 투항할 것을 계속 권하였다. 그는 끝내 응하지 않고 유명한 '정기(正氣)의 노래'를 읊으며 반항하였다.

천지에는 정기가 있으니
이리저리 흘러서 모양을 이룬다.
아래로는 강과 산이 되고
위로는 해와 달이 된다.
사람에게는 호연지기(浩然之氣)가 되고
널리 퍼져서는 대양에 넘친다.

쿠빌라이가 처형의 명을 내리자 형 집행 직전에 문천상은 형리를 돌아보며 말하였다.

"나의 일은 끝났도다(吾事畢矣)."

그로부터 담담하게 죽음을 맞는 사람의 마지막 일성으로 '오사필의'는 '나의 일은 끝났다'는 뜻으로 널리 사용하게 되었다.

"도대체 무슨 일이 있었나이까. 무슨 일이 있었사온데 '나의 일은 끝났다'고 말씀하셨나이까."

임상옥은 담담하게 대답하였다.

"…이틀 전 한낮에 대청마루에 누워 낮잠을 즐기고 있었소이다. 그런데 마당에서는 어미닭이 병아리를 몰고서 모이를 쪼고 있었소. 참으로 평화롭고 행복한 풍경이었소. 그런데 갑자기 솔개 한 마리가 허공에서 쏜살같이 날아와서 어미닭을 날카로운 발톱으로 채어 어디론가 사라져버리더군. 너무나 급작스럽게 일어난 일이라서 정신을 차릴 겨를도 없는데 그 순간 나는 깨달았소."

눈을 지그시 감으며 임상옥이 말하였다.

"무엇을 깨달았다는 말씀이시나이까."

박종일이 묻자 임상옥이 자신이 쓴 문장을 가리키면서 대답하였다.

"나의 일은 끝났음을 알게 되었단 말이오."

"나으리."

어처구니없는 표정으로 박종일이 물어 말하였다.

"도대체 무슨 말씀이신지 도저히 저는 알 수가 없나이다. 겨우 닭 한 마리를 솔개가 채어가는 모습을 보고 오사필의를 생각하시다니요."

"이보시게, 박공."

임상옥이 정색을 한 얼굴로 입을 열어 말하였다.

"일찍이 공자께서는 이렇게 말씀하셨소. '부귀가 가령 구할 수 있는 것이라면 나는 채찍을 잡는 마부라도 하겠지만, 억지로 할 수 없는 것이니 내 하고자 하는 바를 따르겠다.' 부귀는 사람의 욕망으로는 얻을 수 있는 것이 아니고 반드시 하늘의 뜻이 있어야만 얻을 수 있는 것이오. 다행히 이 늙은이도 비록 '채찍을 잡는 마부' 노릇을 하지 않았으나 하늘의 도우심으로 이만큼이나마 재물을 모으게 되었던 것이오. 이만큼이나마 부자가 될 수 있었던 것은 내가 부지런히 모으고 일한 덕분도 있었지만 전국 제일의 거상이 되자면 천우신조로 하늘과 신령님의 도움이 있지 않으면 불가능한 일이었소. 이보시게 박공, 내가 곡식을 심으면 지나가는 소라도 밭고랑에 거름이 될 똥을 한 무더기 누고 갔으면 갔지 곡식을 밟는 일은 한 번도 없었소. 하다못해 호박을 심으면 한 꼭지에 두 개씩 열렸으면 열렸지 물러서 떨어지거나 썩는 법이 없었소. 마찬가지로 사온 물건의 수량이 한두 개가 더 많았으면 많았지 결코 모자란 적이 없을 만큼 이를테면 재수가 좋았던 것이오. 또한 짐승을 먹여도 새끼가 죽는 법이 없었고, 닭을 쳐도 계란 열세 개를 품에 안겼다면 나중에 병아리로 깨어나온 것은 한두 개가 늘어난 열네 마리거나 열다섯 마리가 되도록 어미닭이 알을 더 낳아 보탰으면 보탰지 결코 줄어드는 법은 없었소. 심지어 닭이 거름 무더기에서 벌레를 쪼아먹을 적에도 끌어모으지, 끌어내려 흩은 적이 없었소. 그런데 그날 오후 평생 처음으로 솔개 한 마리가 닭 한 마리를 채어가는 모습을 내 눈으로 직접 보게 되었던 것이오."

임상옥이 정면으로 박종일을 쳐다보면서 말을 이었다.

"이보시게 박공, 그 순간 나는 내 일이 끝났구나 하는 예감을 받았소. 상운도 드디어 끝이 났구나 하는 직감을 받은 것이오."

"나으리."

답답한 표정으로 박종일이 말을 잘랐다.

"저는 나으리께오서 무슨 말씀을 하고 계시는지 알 수가 없나이다. 상운이 끝나시다니요. 모든 것이 끝이 나시다니요. 나으리, 겨우 닭 한 마리를 솔개가 채어간 것에 지나지 않나이다. 그런 일이야 비일비재한 일이나이다. 하루에도 수십 번씩 일어날 수 있는 범사가 아니겠습니까."

"물론 평범한 범사요. 하지만 하늘이 무너지고 땅이 뒤틀리는 천재지변도 처음에는 사소한 범사에서부터 비롯되는 것이오. 지금은 닭 한 마리를 솔개가 채어간 범사에 지나지 않으나 내일은 내가 살고 있는 이 집을 화마(火魔)가 단숨에 휩쓸고 가 순식간에 폐허로 만들어버릴지도 모르는 일이오. 옛말에 화복무문(禍福無門)이라 하였소. 지금까지 내가 가진 문으로 복이 쏟아져 들어왔다면 닭 한 마리를 솔개가 채어간 것은 내가 가진 문으로 화가 쏟아져 들어올 징조인 것이오."

자신이 마시던 술잔을 비우고 그 빈 잔에 술을 따라 권하면서 임상옥은 말을 이었다.

"일찍이 내가 불문에 몸담고 있을 때 들은 이야기가 있소. 한 사람이 길을 가는데 황야에서 호랑이를 만났소. 도망치다 도망치다 결국 절벽까지 도망친 그 사람은 두 손으로 나무덩굴을 붙잡고 간신히 버티며 자신이 절벽에서 떨어지기만을 기다리고 있는 호랑이의 입을 쳐다보고 있었소. 그때 흰 쥐와 검은 쥐가 나타나 그 덩굴을 갉더니만 툭, 하고 덩굴이 끊어져버리게 되었소. 떨어지는 도중 그는 절벽에 피어난 산딸기 열매를 목격하고는 그것을 따 입에 넣으며 '아아, 맛있다'고 감탄하였다는 이야기요. 우리의 인생도 절벽에서 덩굴을 붙잡고 버티는 사람에 지나지 않소이다. 그 덩굴에서 낮의 흰 쥐와 밤의 검은 쥐는 번갈아가면서 시간의 날카로운 이빨로 생명줄을 갉아내리고 있는데 어리석은 사람은 호랑이 아가리에 잡혀먹을 죽음에 이르렀음에도 산딸기를 따먹으면서 아아 맛있다고 감탄하고 있을 뿐인 것이오."

임상옥은 말을 이었다.

"부처님은 《육방예경(六方禮經)》이란 경전에서 재물을 없애는 여섯 가지 일에 대해서 말씀하셨소. 나는 평생 동안 상인으로 살아오면서 부처님께서 말씀하신 이 여섯 가지의 경계를 항상 마음속으로 새기며 벗어나지 않으려고 노력하였소."

"그것이 무엇이나이까."

박종일이 물어 말하였다. 임상옥은 대답하였다.

"부처님이 말씀하신 재산을 없애는 여섯 가지 일은 다음과 같소이다. 첫째는 술에 취하는 일'이요, 둘째는 도박을 하는 일'이요, 셋째는 방탕하여 여색에 빠지는 일'이며, 넷째는 풍류에 빠져 악행을 저지르는 일'이며, 다섯 번째는 나쁜 벗과 어울리는 일'이며, 여섯 번째는 게으름에 빠지는 일'이오. 이때 제자인 선생(善生)이 부처님께 물었소. 어째서 그 여섯 가지의 일들이 재산을 없애는 허물이 될 수 있겠습니까.' 부처께서는 이를 다음과 같이 설명해주셨소."

임상옥은 상인으로서 평생 동안 자신이 지켜왔던 계율을 비로소 털어놓기 시작하였다.

"'술을 마시는 데에는 다음과 같은 허물이 있다. 재산을 소비하게 되고 몸에 병이 생기고 잘 다투고 나쁜 이름이 퍼지며 분노가 폭발하고 지혜가 날로 없어진다. 그러므로 술을 마시지 말아야 한다. 또한 도박에도 다음과 같은 허물이 있다. 재산이 날로 줄어들고 도박에 이기더라도 원한이 생기며 지혜로운 사람이 타일러도 듣지 않으며 사람들이 그를 멀리하며 도둑질할 마음이 생긴다. 또한 방탕에도 다음과 같은 허물이 있다. 몸을 보존하지 못하고 자손을 보호하지 못하고 항상 놀라고 두려워하게 되며 온갖 괴롭고 나쁜 일이 몸을 얽어매고 허망하다는 생각을 갖게 되는 것이다. 나쁜 벗과 어울리는 데에도 다음과 같은 허물이 있다. 남을 속일 꾀를 내고 으슥한 곳을 좋아하며 남의 여자를 유혹하고 남의 물건을 훔치며 재물을 독차지하려 하고 남의 허물을 드러내기를 좋아하는 것이다. 부처님께서 말씀하신 재산을 없애는 여섯 가지 일 중에 가장 마지막은 '게으름'이었소. 게으름에 대해서 부처님은 이렇게 말씀하셨소이다. '게으름에는 다음과 같은 허물이 있다. 부자면 부자라고 해서, 가난하면 가난하다고 해서 일을 하기를 싫어한다. 추울 때는 춥다고 해서, 더울 때는 덥다고 해서 일을 하기 싫어한다. 시간이 이르면 이르다고 해서, 시간이 늦으면 늦었다고 해서 일하기를 싫어하는 것이다. 그러므로 부디 게으르지 말아야 한다.'"

임상옥은 빈 잔에 술을 따라 단숨에 이를 마시면서 말했다.

"평생을 상인으로 지내오는 동안 나는 이 말씀을 항상 마음속에 새기며 계율을 지켜왔소이다. 술을 마시되 지나치지 않으려 노력하였고, 도박에는 손도 대지 않았고, 방탕은 되도록 물리치려 하였으며, 나쁜 벗은 멀리 하려 하였으며, 특히 게으름에 빠지지 않으려 노력해왔소. 그리고 또 한 가지 부처께서 말씀하신 다음과 같은 말을 잊지 않으려고 노력해왔소. 즉 '그 대신 가까이 해야 할 벗이 있다. 그는 너에게 많은 이익을 주고 많은 벗을 보살펴준다. 잘못을 말리고 사랑하고 가엾이 여기며 남을 이롭게 하고 사업을 같이하는 벗이다. 그런 이는 친해야 한다.' 내게 있어 그대는 부처님께서 말씀하신 바로 그 사람이었소. 내게 많은 이익을 주고 내 잘못을 말리고 평생 동안 나와 함께 사업을 같이해왔던 벗, 그 사람이야말로 박공, 그대인 것이오."

임상옥은 물끄러미 박종일의 얼굴을 바라보면서 말하였다. 박종일은 임상옥보다 나이가 어렸지만 그도 이젠 나이가 들어 역시 고희를 넘긴 노인이었다.

"그러나 박공, 부처께서 말씀하신 그 여섯 가지의 경계도 천도(天道) 앞에서는 어쩔 수가 없는 것이오. 술과 도박을 멀리하고 나쁜 벗과 방탕을 멀리하고 아무리 부지런하게 일을 한다고 하더라도 하늘의 뜻은 저버릴 수가 없는 것이오. 내가 평생 모은 재물도 결국 호랑이에게 쫓기면서 절벽에서 떨어지며 따먹은 산딸기 열매에 불과한 것이오. 이제 마침내 호랑이 아가리에 잡아먹힐 때가 된 것이오. 내가 오사필의라고 말한 것은 바로 그런 뜻이었던 것이오."

취기가 오른 임상옥은 껄껄 웃으면서 말하였다.

"비록 닭 한 마리에 불과하였으나 솔개가 채어가는 모습을 본 순간 나는 내 상운뿐 아니라 명운까지 오사필의하였음을 깨달았던 것이오. 이제는 부처님이라 할지라도 이를 막을 수는 없소."

"나으리의 말씀이 백번 옳다 하여도 여전히 이해할 수 없는 부분이 있나이다."

"그것이 무엇인가."

거나하게 취한 눈빛으로 임상옥이 박종일을 쳐다보며 물었다.

"물으시니 대답하겠나이다. 어찌하여 문부에 적힌 상인들의 부채를 일일이 아무런 조건 없이 탕감해주셨습니까. 나으리는 그들이 어려울 때 도와주셨나이다. 그러므로 나으리께오서 주신 빚은 이자를 받으려는 대금(貸金)이 아니었습니까. 빚진 상인들은 마땅히 그 빚을 갚아야 하나이다. 아비가 못 갚으면 아들이라도 갚아야 하나이다. 그런데 나으리께오서는 아무런 조건 없이 빚을 탕감해주셨을 뿐 아니라 일일이 먹으로 그 명부를 지워버리셨나이다. 그들이 돌아간 뒤에는 아예 문부를 불에 태워 없애기까지 하셨나이다. 그러나 그것으로 끝이 난 것은 아니었나이다. 그들에게 금덩어리나 은덩어리를 하나씩 들려서 돌아가게 했나이다. 빚진 상인들이 빚을 탕감받는 행운뿐 아니라, 금덩어리까지 들고 가는 횡재까지 하게 되었나이다. 저는 도저히 이 부분에 대해서만큼은 이해할 수가 없나이다. 나으리, 나으리께서 그들에게 빚을 지셨나이까. 빚진 자들은 저들이 아니나이까. 그런데 어째서 나으리는 스스로 빚진 사람처럼 행동하셨나이까."

박종일의 말은 구구절절 옳은 것이었다.

빚을 탕감해주는 일은 있을 수 있다지만 아무런 이유도 없이 금괴까지 주는 것은 미치지 못함과 같은 과유불급(過猶不及)의 행동이라는 것이 박종일의 날카로운 지적이었다.

그러자 임상옥은 말없이 붓을 들어 듬뿍 먹을 묻혔다.

단숨에 문장을 쓰고 난 임상옥은 물끄러미 박종일을 쳐다보면서 말을 이었다.

"지난 밤 나는 꼬박 하룻밤을 새운 끝에 한 가지의 사실을 깨달았소. 나이 70에 이르러서야 상(商)이 과연 무엇인가를 깨달았던 것이오."

박종일은 임상옥이 쓴 문장을 바라보았다.

財上平如水 人中直似衡(재상평여수 인중직사형)'

임상옥은 빈 잔에 자작하여 술을 따른 후 마시면서 말했다.

"어릴 때부터 내 소원 중의 하나는 하늘 아래 제일 부자, 천하제일의 상인이 되는 것이었소. 그 꿈을 이뤄 이제 나는 조선 팔도에서 제일가는 거부가 되었소이다. 그러나 마음속으로는 항상 아직 상(商)의 기본조차 모르는 풋내기 장사꾼이라는 생각을 지워버릴 수가 없었소. 그런데 솔개가 닭 한 마리를 날카로운 발톱으로 채어가는 모습을 본 순간 나는 상업의 도를 깨우칠 수가 있었소."

솔개가 닭 한 마리를 채어가는 모습을 본 순간 자신의 명운을 깨달은 임상옥은 대오각성하여 부처를 이룬 것이며, 그 순간 자신이 깨달은 경지를 노래한 두 줄의 문장은 바로 임상옥의 오도송이었던 것이다.

임상옥의 오도송은 다음과 같은 뜻을 지니고 있다.

'재물은 평등하기가 물과 같고, 사람은 바르기가 저울과 같다.'

임상옥의 얼굴에는 범접할 수 없는 기품이 흘러넘치고 있었다.

"일찍이 청허(淸虛) 휴정(休靜) 스님은 21세 때 마을을 지나다 낮닭이 우는 소리를 듣고 크게 깨달아 다음과 같은 노래를 지었소이다. '털은 희어졌지만 마음은 안 세는 것, 옛날 사람들이 이미 말하였네. 오늘 닭 우는 소리를 들으니, 장부의 할 일이 끝났는가 싶네.' 청허 스님은 닭 우는 소리를 듣고 장부의 할 일이 끝났음을 깨달았으나 나는 닭 한 마리를 솔개가 채어가는 모습을 보고 오사필의를 깨달았소."

임상옥은 껄껄 소리내어 웃으면서 말을 이었다.

"노자는 말하였소. '최상의 선은 물과 같다. 물은 선하여 만물을 이롭게 하나 다투지 않으며 여러 사람이 싫어하는 곳에 처신한다. 고로 도에 가까워지는 것이다.' 나는 이제야 깨달았소. 재물이란 바로 물과 같은 것이오. 흐르는 물은 다투지 않소이다. 물은 일시적으로 가둘 수는 있지만 소유할 수는 없는 것이오. 물은 높은 데서 낮은 곳을 따라 흐를 뿐이오. 물을 소유하려고 고여 두면 물은 생명력을 잃고 썩어버리는 것이오. 그러므로 물은 그저 흐를 뿐 가질 수는 없는 것이오. 재물도 마찬가지요. 재물은 원래 내 것과 네 것이 없소이다. 이는 물이 내 것과 네 것이 없는 것과 마찬가지요. 그런데 사람들은 내 것과 네 것이 아닌 재물을 내 것으로 소유하려 하고 있소이다. 내 손 안에 들어온 재물은 잠시 그곳에 머물러 있는 것에 불과한 것이오. 흐르는 물을 손바닥으로 움켜쥐면 잠시 손바닥 위에 물이 고여 있는 것처럼 보이지만 곧 그 물이 사라져버려 빈손이 되어버리는 것과 마찬가지요. 이는 사람도 마찬가지외다. 태어날 때부터 귀한 사람 천한 사람, 가진 사람 없는 사람, 아름다운 사람 추한 사람, 높은 사람 낮은 사람은 없는 법이오. 아무리 귀한 사람이라 하더라도 그는 잠깐의 현세에서 귀한 명예를 빌려 비단옷을 입은 것에 불과한 것이오. 그 비단옷을 벗어버리면 평범한 사람으로 돌아가버리는 것이외다. 사람은 누구나 저울처럼 바른 것이오. 저울은 어떤 사람이건 있는 그대로 무게를 재고 있소. 아무리 귀한 사람이라 하더라도 더도 덜도 아닌 정확한 무게로 가리키고 있는 것이오."

임상옥은 박종일을 쳐다보며 말을 이었다.

"어찌하여 상인들의 빚을 탕감해주었냐는 박공의 질문에 대한 대답은 바로 그것이오. 어차피 빚이란 것도 물에 불과한 것이오. 목마른 사람에게 물을 주었다고 해서 그것이 어찌 받을 빚이요, 갚을 빚이라 하겠소. 또한 빚을 탕감하고 상인들에게 금덩어리를 들려 보낸 것도 바로 그런 이유 때문이었소. 금덩이라도 내가 소유하려 한다면 녹이 슬거나 벌레가 먹고 썩어버릴 것이오. 그들이 없었더라면 나 또한 상인으로서 성공을 거둘 수가 없었을 것이오. 애초부터 내 것이 아닌 물건을 그들에게 돌려주는 것에 불과한 일인데 그것을 감히 횡재라고 부를 수가 있겠소이까."

3

그 다음날 아침.

박종일은 떠났다.

느닷없는 임상옥의 명령 때문이었다.

저 먼 한양 땅으로의 출장이었다. 한양 조금 못 미쳐 과천에 있는 봉은사까지 다녀오라는 당부였다.

봉은사는 수도산(修道山)에 있는 사찰로 연산군 4년에 정현왕후가 성종의 선릉(宣陵)을 위해 능의 동편에 있던 견성사(見性寺)를 크게 중창하고 이름을 봉은사로 개칭한 후부터 선종(禪宗)의 수사찰(首寺刹)로 삼았던 명찰이다.

그후 이 절은 임진왜란과 병자호란 때 병화로 소실되었으나 정조 때에 이르러 모든 당우들이 중수되어 당시로서는 최고의 거찰이었다.

고승 보우(普雨)가 주지가 된 후부터 불교를 중흥하는 중심 도량이 되었다. 박종일이 임상옥의 명을 받고 이 절을 찾은 이유는 이곳에 추사 김정희가 머물고 있었기 때문이다.

당시 김정희는 파란만장한 역정(歷程)을 마치고 봉은사에 요사채 하나를 빌려 기거하고 있었다.

임상옥이 박종일에게 내린 명령은 봉은사에 머물고 있는 추사 김정희를 만나뵙고 문안인사를 올린 다음 갖고 간 문장 하나를 넌지시 건네주고 오라는 단순한 용무였다. 임상옥이 김정희에게 보여주라는 문장은 박종일에게 써보였던 단 두 줄의 문장이었다.

'財上平如水 人中直似衡'

박종일로 보면 실로 수수께끼의 행동이 아닐 수 없었다. 그 멀고 먼 한양 땅까지 찾아가서 두 줄의 문장만을 보여주고 다시 돌아오라니.

박종일은 의주를 떠난 지 보름 만에 과천에 있는 봉은사에 도착하였다.

박종일은 봉은사에 도착하자마자 김정희를 찾아가서 문안인사부터 올렸다.

"나으리."

박종일은 댓돌 아래에서 무릎을 꿇고 큰절을 올리고 나서 김정희를 바라보며 말하였다.

"의주에 살고 있는 임상옥 대인께오서 문안인사를 올리라고 여쭈셨나이다."

"어허, 그러하신가."

김정희는 크게 반가워하면서 말을 하였다.

"대인어른께오서는 무고하신가."

임상옥이 마음속으로 김정희를 사숙하고 있었다면 김정희 역시 임상옥을 공경하고 있었다.

"대인어른께오서는 안녕하시나이다."

박종일은 하인들을 시켜 가져온 귀한 산삼을 김정희에게 선물하였다.

"번번이 이런 귀한 선물을."

김정희는 임상옥으로부터 전해온 산삼을 받으면서 말하였다.

"아무튼 고맙다고 말씀을 전해주시게나."

"나으리께오서는 또 다른 물건을 보내셨나이다."

박종일은 몸속에 소중히 간직하였던 종이를 꺼내들었다.

"나으리께오서는 대감어른께 이 물건도 보여드리고 돌아오라고 이르셨나이다."

"이리 줘보시게나."

박종일은 두 손으로 그 종이를 바쳐올렸다. 김정희는 묵묵히 그 종이를 펼쳐보았다.

그 문장을 읽은 후 김정희는 말하였다.

"이 문장을 쓰신 전후 사정을 말씀하여 보시게나."

"나으리께오서는 한낮에 어미닭이 병아리를 데리고 모이를 쪼고 있는 모습을 보시다가 문득 솔개 한 마리가 발톱으로 그 닭을 채어가는 것을 보신 후 그날 밤 이 문장을 지으셨다 하더이다."

"그런 후 어떠하셨는가."

"다음날 상인들을 불러 모든 부채를 탕감해주셨으며 그 문부를 불에 태우기까지 하셨나이다. 그뿐 아니라 돌아가는 상인들에게 금괴 하나씩을 들려서 돌려보내시기까지 하셨나이다."

"옳거니."

느닷없이 김정희가 자신의 무릎을 치면서 탄성을 질렀다.

"채마밭에서 채소를 가꾸는 한갓 늙은이가 채마밭에서 금불상 하나를 캐내었구나."

박종일은 김정희의 탄성을 이해하지 못하였다. 김정희의 탄성은 난해한 것이 아니다. 임상옥의 호는 가포(稼圃)였다. 가포라 함은

'채마밭에서 채소를 가꾸는 사람'이란 뜻이다. 채마밭에서 채소를 가꾸는 늙은이라면 바로 임상옥을 가리키는 비유인 것이다. 그 임상옥이 채마밭에서 금불상 하나를 캐냈다는 표현은 부처상 하나를 캐냄으로써 도(道)를 이루어 부처가 되었음을 암시하는 일종의 선답이었다.

법거량(法擧揚).

불가에서는 깨달음의 경지를 남에게 내보임으로 해서 그 타인의 경지까지 알아보는 방법이 있는데 이를 거량이라고 부른다. 자신이 깨달은 경지를 열 자의 문장으로 압축시킨 임상옥이나, 그 문장을 본 순간 임상옥의 경지를 꿰뚫어 본 김정희나 이미 보통 사람의 경지를 뛰어넘은 현인들인 것이다. 차이라면 임상옥은 상(商)을 통해 부처를 이뤘으며 김정희는 서(書)를 통해 부처를 이뤘다는 것뿐이다.

박종일은 봉은사에서 열흘 동안을 머물렀다. 임상옥으로부터 받은 물건을 전하고 돌아가려는 박종일을 김정희가 말렸기 때문이다.

김정희는 박종일로부터 전해받은 임상옥의 게송을 당장 휘호(揮豪)하였다.

문장을 휘호하면서도 김정희는 임상옥이 초탈하여 깨달음의 경지에 이른 것을 재삼 확인할 수 있었다.

박종일로부터 전해받은 '財上平如水 人中直似衡'의 문장을 써주는 것만으로는 부족하다고 생각하였다.

이 무렵.

김정희는 날마다 달마상(達磨像)을 그리는 데 열중하고 있었다. 그것은 김정희의 오랜 벗이었던 백파(白坡)가 일년 전에 죽었기 때문이다. 김정희는 생전에 두 사람의 승려와 특히 절친하였는데 그 하나는 차(茶)로 유명한 초의(草衣), 또 한 사람이 바로 백파였다.

백파는 전라도 무장(茂長) 사람으로 12세에 출가하여 강백으로 유명하였으나 마흔 살이 넘어 '불법의 진실한 뜻이 문자에 있지 아니하고 도를 깨닫는 데 있음을 잘 인식하고 자기 스스로 법에 어긋나는 말만을 늘어놓았다'고 참회한 후 5년간 면벽수도하여 견성하였던 당대 제일의 선사였다.

백파는 선문(禪門)의 요의(要義)를 정립시켜 백파문(白坡門)이라는 문파를 일으키기도 하였다.

백파는 율과 화엄과 선의 정수를 고루 갖춘 거장이었다. 백파와 교유가 깊었던 김정희는 그를 '해동의 달마'라고 칭찬하고 있었다.

김정희가 백파를 해동의 달마라고 불렀던 데는 유래가 있다.

김정희는 인도에서 건너와 중국 선종의 초조(初祖)가 된 보리달마(菩提達磨)의 상을 즐겨 그리고 있었다. 김정희가 달마상을 그릴 때마다 많은 사람들이 "어찌하여 백파상을 그렸는가" 하고 묻는 것이었다. 이에 김정희가 "아니다, 나는 백파를 만난 적도 없다. 내가 그린 것은 달마상이다"라고 말하였지만 사람들은 믿으려 하지 않았다.

김정희는 백파가 주석하던 영구산(靈龜山) 구암사(龜巖寺)로 찾아가 백파를 친견하게 된다. 백파를 본 순간 김정희는 어찌하여 사람들이 그렇게 말하는가 그 연유를 알 수 있었다.

자신이 상상하여 그렸던 달마의 모습이 그림 속에서 뛰쳐나와 실제의 모습으로 현존하고 있었던 것이다.

이때부터 김정희는 백파를 '해동의 달마'라고 극찬하였으며 각별한 교유를 맺기 시작하였다.

그 무렵 김정희는 백파가 오랫동안 기거하고 있던 전북 순창에 있는 영구산 구암사로부터 백파의 화상을 그려 달라는 부탁을 받고 달마의 화상을 닮은 '백파상'을 그린 후 서문을 덧붙이고 있었던 것이다. '백파상을 기리며 쓰고 아울러 서를 붙임'이라는 서문에서 김정희는 이렇게 말하고 있다.

"내가 연전부터 달마의 화상을 만들고 있었는데 보는 사람마다 백파의 모습이라고 하지 않는 이가 없으니 그 기연이 매우 기이하도다. 달마가 죽어 외쪽 신발이 서쪽으로 돌아갔으나 보신(報身)은 동쪽에 나타난 것인가. 예전에 산곡(山谷) 노인은 이백시가 그린 도연명의 화상이 흡사 자기의 모습과 서로 닮고, 또 진회해가 그린 도연명 화상이 더욱 자기와 꼭 닮아 그대로 도연명의 화상으로 자신의 초상을 삼았다고 한다. 이것은 달마와 백파가 하나도 아니고 둘도 아닌 것과 같다. 영구산 속으로 보내어 백파의 화상으로 만들어 그 문도들로 하여금 향을 사르고 그 화상의 곁에 글을 붙이니 '멀리서 보면 달마와 같고 가까이 보면 곧 백파로다. 차별이 있는 것으로서 둘이 아닌 경지에 들어갔구나. 흐르는 물은 오늘만 있으나 맑은 달은 전부터 있는 것일세.'"

임상옥의 문장을 읽은 김정희는 임상옥 역시 '둘이 아닌 경지(入不二門)'에 들어갔음을 깨달았던 것이다.

모이를 먹고 있는 닭을 채가는 솔개를 통해 너와 나의 경지가 없는 불이문(不二門), 모든 차별과 분별이 없는 경계를 깨닫고 자신이 가진 모든 것을 나누어 주며 '재물은 물과 같고, 사람은 저울처럼 올바름'을 깨달은 임상옥 역시 차별상량(差別商量)이 없는 '둘이 없는 집(無二堂)'에 들어선 도인임을 김정희는 알아차렸다.

김정희가 백파를 위해 노래하였던 '흐르는 물은 오늘만 있으나 맑은 달은 전부터 있는 것일세(淸水今日 明月前身)'라는 구절처럼 임상옥 역시 마음속에 밝아오는 심월(心月)을 본 사람임을 깨달았다.

비록 드러내놓고 있지는 않았지만 임상옥이 자신을 위해 보이지 않는 보시를 끊임없이 베풀어주고 있음을 김정희는 알고 있었다.

김정희는 세한도의 발문을 통해 천만리 먼 곳의 연경에까지 가서 귀한 책을 몇 해에 걸쳐 구해온 제자 이상적의 노고만을 내심 치하하고 있었지만 김정희는 그 귀한 책을 구하는 데 드는 막대한 경비가 임상옥으로부터 나온 것임을 어렴풋이 눈치채고 있었다. 왜냐하면 한낱 역관에 불과한 이상적이 총 120권에 달하는 《황청경세문편》을 구하는 데 드는 비용을 혼자서 조달할 수는 없었기 때문이다.

국가에 죄를 지어 유배생활을 하고 있는 중죄인을 위해 막대한 경비를 지불하는 행위 역시 중죄임을 잘 알고 있었지만 임상옥은 이상적에게 막대한 경비를 넌지시 쥐어줌으로써 김정희에게 덕을 베풀고 있었던 것이다. 이를 모르고 있는 김정희가 아니었다.

김정희는 제주도까지 찾아온 이상적을 위해 세한도를 그려주었듯 비록 직접 찾아오지는 않았더라도 대리인인 박종일을 통해 임상옥을 위한 선물 하나를 들려 보내야 한다고 생각하였다.

김정희가 돌아가려는 박종일을 붙잡아둔 것은 바로 그런 이유 때문이다.

김정희도 이미 70세에 가까운 노인이었다. 두 차례에 걸친 유배 생활로 몸과 마음이 지칠 대로 지쳐 있었다.

생전에 호를 추사(秋史), 완당(阮堂), 시암(詩庵), 천축고선생(天竺 古先生) 등 백여 가지가 넘도록 사용하고 있었지만 봉은사에 머무르고 있던 말년에는 '노과(老果)'라는 호를 애용하고 있었던 것으로 보아 이 무렵 김정희는 자신을 문자 그대로 '늙은 과일'로 생각하고 있었던 듯 보인다.

매일 하루가 시작될 때마다 박종일은 김정희를 찾아가서 이렇게 문안인사를 여쭈곤 했었다.

"밤새 안녕히 주무셨습니까, 대감어른."

요사채 안에서는 대답 대신 기침소리만 흘러나오곤 했었다. 그러면 박종일은 이렇게 물어보았다.

"대감어른, 오늘이면 괜찮겠습니까. 오늘 돌아가도 되겠습니까."

방안에서는 김정희의 이런 말이 흘러나오기가 일쑤였다.

"하룻밤만 더 묵으시게나. 아마도 내일이면 돌아갈 수 있을 것일세."

내일이면 돌아갈 수 있다던 김정희의 대답소리가 벌써 하루 이틀 되풀이되고 며칠새 닷새가 되고 엿새가 지나도 감감 무소식이었다.

박종일은 몹시 궁금하였다.

도대체 김정희는 임상옥을 위해 무엇을 하려 저렇게 하루하루를 전전긍긍하고 있는 것일까.

열흘이 지났을 때에도 박종일은 큰 기대를 하지 않고 아침에 일어나자마자 김정희가 머물고 있는 요사채를 찾아가 문안인사를 올렸다.

"밤새 안녕히 주무셨습니까, 대감어른."

요사채에서는 아무런 기별도 없었다.

"대감어른, 오늘은 어떻습니까. 오늘이면 돌아갈 수 있겠습니까."

그 순간 벌컥 문이 열렸다. 지난 열흘 동안 문안인사를 올려도 한 번도 열리지 않던 방문이었다.

"물론이지."

김정희가 질문에 대답했다.

"오늘은 돌아갈 수가 있게 되었소."

김정희는 손에 무엇인가를 들고 있었다. 그는 박종일에게 그림을 내주면서 말하였다.

"이것을 대인어른께 전해주시오. 전해주면서 이렇게 말을 전하시오. 채마밭에서 채소를 심는 노인에게 천축(天竺)에 사는 늙은 노인이 늙은 과일 하나를 보내오니 맛있게 드셔 달라고 말씀을 전하시오."

김정희가 박종일에게 한 말은 다만 그것뿐이었다. 그리고 요사채의 방문이 닫혔다. 박종일이 그럼 이제 떠나겠다고 작별인사를 올려도 방문 저편에서는 기침소리조차 흘러나오지 않았다.

박종일은 김정희가 준 물건을 쳐다보았다. 두터운 종이로 겉봉투를 씌운 물건 하나였다. 겉봉투에는 다음과 같은 글자가 씌어 있었다.

'친전(親展)'

받은 이가 손수 펴보기를 바라는 뜻으로 다른 사람은 펴보지 말기를 바란다는 뜻도 아울러 담고 있는 경계의 말이기도 하였다.

봉투 안에 들어 있는 물건이 무엇이란 말인가. 그 내용물이 무엇이길래 하루 이틀도 아닌 꼬박 열흘 동안 봉은사에 붙잡아둘 만큼 중요하다는 말인가.

보름이 걸려 다시 의주에 도착한 박종일이 임상옥을 찾아뵙자 김정희가 말하였던 것처럼 채마밭에서 땀을 뻘뻘 흘리면서 채소를 가꾸고 있었다.

의주를 떠날 때는 봄이었는데 한양을 다녀오는 동안 어느덧 계절이 바뀌어 무더운 여름이 시작되고 있었다.

"그래 무사히 다녀오셨는가."

채소를 가꾸던 임상옥은 손을 씻고 박종일을 맞이하여 마주앉았다.

"그래 추사 어른을 만나뵈었는가."

"나으리께서 이르신 대로 봉은사로 찾아가서 대감어른을 만나뵙고 방금 돌아왔나이다."

"그래 뭐라고 하시던가."

박종일의 말을 전해들은 임상옥은 물어 말하였다.

"문장을 읽으신 후 대감어른은 저에게 이렇게 말씀하셨나이다. '이 문장을 쓴 전후 사정을 말씀해보시게나' 하고 말입니다."

"그래서 뭐라고 말씀드렸는가."

"그래서 제가 직접 들은 대로 말씀드렸나이다. '나으리께서 한낮에 어미닭이 병아리를 데리고 모이를 쪼고 있는 모습을 보시다가 문득 솔개 한 마리가 발톱으로 그 닭을 채어가는 모습을 보신 후 그 날 밤 그 문장을 지으셨다 하더이다' 라고 말씀드렸나이다. 그러자 추사 대감은 이렇게 또 물으셨나이다. '그런 후 어떠하셨는가.' 그 래서 제가 이렇게 말씀드렸나이다. '다음날 상인들을 불러 모든 부 채를 탕감해주셨으며, 그 문부를 불에 태우기까지 하셨나이다. 그 뿐 아니라 상인들에게 금괴 하나씩을 들려서 돌려보내기까지 하셨 나이다.'"

"그랬더니 뭐라고 하셨는가."

임상옥은 눈을 깜박이면서 물어 말하였다.

"갑자기 추사 대감께서 자신의 무릎을 내리치면서 '옳거니' 하 고 감탄하셨나이다."

"다만 그뿐이었는가."

"아니옵니다. 그리고 나서 추사 대감께서는 뜻모를 말씀 하나를 중얼거리셨나이다."

"뭐라고 중얼거리시던가."

"추사 대감께서는 이렇게 말씀하셨나이다. '채마밭에서 채소를 가꾸는 한갓 늙은이가 마침내 채마밭에서 금불상 하나를 캐내었구 나' 라고 말이옵니다."

박종일의 대답을 들은 임상옥이 갑자기 크게 웃기 시작했다.

박종일이 깜짝 놀랄 만큼의 너털웃음이었다. 임상옥은 크게 웃으 면서 자신의 무릎을 내리치며 말했다.

"아무렴, 그러면 그렇지. 그렇구 말구."

박종일은 임상옥의 웃음이 이해가 되지 않았다.

한바탕 크게 웃고 나서 임상옥이 다시 물었다.

"그리고 나서 무엇을 하였는가."

"여러 날을 기다리게 하시고는 대감께오서 나으리에게 전해 드리라고 말씀하시면서 이 물건을 주셨나이다."

"그것이 무엇인고."

박종일은 김정희에게서 받은 물건을 두 손으로 바쳐올렸다. 임상옥은 박종일로부터 물건을 건네받아 펼쳐보았다. 흰 종이에는 자신이 박종일에게 전해 보낸 '財上平如水 人中直似衡(재상평여수 인중직사형)'의 문장이 낯익은 추사의 글씨로 씌어 있었다. 과연 천하의 명필이었다.

오른편 위에는 '爲 林尙沃(위 임상옥)'이라는 글씨가 적혀 있었고 자신의 글씨임을 보증하는 김정희의 낙관이 선명하게 찍혀 있었다. 그토록 마음속으로 사숙하고 오랫동안 친교를 유지하고 있으면서도 이처럼 김정희의 낙관이 선명하게 찍혀 있는 글씨를 받은 것은 이번이 처음이었다.

"과연 신필이다."

임상옥은 그 글씨를 쳐다보면서 감탄하여 말하였다.

"이것은 분명 사람의 솜씨가 아니라 신명(神明)의 솜씨인 것이야."

임상옥은 혼잣말로 중얼거리면서 감탄하고 또 감탄하였다.

"작별인사를 올리려 하였더니 추사 대감께오서는 이렇게 말씀하셨나이다. '하룻밤만 더 묵고 가시게나. 아마도 내일 아침이면 돌아가실 수 있을 것일세.' 그래서 하는 수 없이 봉은사에서 하루를 더 머물 수밖에 없었나이다."

박종일은 말을 이었다.

"하오나 하룻밤만 묵으면 돌아갈 수 있으리라던 추사 대감의 말씀은 그 다음날도 또 그 다음날도 어긋나고 말았나이다. 이틀이 지나고 사흘이 지나고 닷새가 지나고 엿새가 지나도 감감 무소식이었습니다. 열흘이 지났을 때야 추사 대감께오서는 문안인사를 드리러 간 제게 방문을 활짝 열고 나와서 말씀하셨나이다. '오늘은 돌아갈 수가 있게 되었소' 하고 말입니다. 그리고 나서 물건 하나를 제게 전해주셨나이다."

박종일은 소중하게 보관하고 있었던 겉봉투로 감싼 물건을 임상옥에게 두 손으로 바쳐올리면서 말했다.

"이것을 나으리께 전하라고 추사 대감께오서 말씀하셨나이다."

임상옥은 그 물건을 받아들었다.

조심스럽게 봉투를 뜯어내면서 임상옥이 박종일에게 물어 말하였다.

"그리고는 다른 말씀은 없으시던가."

박종일이 깜박 잊었었다는 듯 말을 하였다.

"추사 대감께오서는 나으리께 이 물건을 전해주시면서 이렇게 말을 전하라고 일러주셨나이다."

"뭐라고 말씀하시던가."

"채마밭에서 채소를 심는 노인에게 천축(天竺)에 사는 늙은 노인이 늙은 과일 하나를 보내오니 맛있게 드셔 달라고 말씀하셨나이다."

'채마밭에서 채소를 심는 노인'이란 바로 가포, 즉 자신을 가리키고 있다. '천축에 사는 노인'이란 평소 불교에 심취해 있던 김정희 자신을 가리키는 말로, 실제로 김정희는 생전에 부처가 열반하였던 천축을 따 자신의 호를 '천축고선생(天竺古先生)'이라고도 부르지 않았던가.

또한 '늙은 과일'이란 김정희가 말년에 봉은사에 머무르고 있을 때 사용하였던 호 '노과(老果)'를 가리키는 비유로, 박종일에게 전하라던 김정희의 말은 대충 이런 뜻인 것이다.

'임상옥에게 김정희가 늙은 과일 하나를 보내니 이를 맛있게 드셔주십시오.'

이 봉투 속에는 늙은 과일 하나가 들어 있는 것이다.

'늙은 과일(老果)'이 보내는 '늙은 과일' 하나가 이 봉투 속에 들어 있음이다.

임상옥은 봉투 속에 들어 있는 내용물을 꺼내어 펼쳐보았다. 궁금한 것은 박종일도 마찬가지여서 역시 숨을 죽이고 그 내용물을 지켜보았다.

그것은 두루마리 형태로 그려진 한 폭의 그림이었다. 오른쪽에서 왼쪽으로 이어지는 화첩이라 자연 글씨는 오른쪽에서 왼쪽으로 나타날 수밖에 없었는데 우선 나온 글씨는 다음과 같았다.

'商業之道(상업지도)'

그 글씨를 본 순간 다시 자신의 무릎을 내리치면서 임상옥이 크게 웃었다.

"아무렴 그러면 그렇지."

상업의 길(商業之道).

평생을 상업으로 보내었던 장사꾼 임상옥에게 보낸 김정희의 마지막 선물, 늙은 과일 한 꾸러미.

임상옥은 조금 더 두루마리를 펼쳤다.

다음과 같은 문장이 차례로 나타났다.

'稼圃是賞(가포시상)'

시상이라는 말은 예술작품을 잘 음미하여 이해하고 즐기라는 감상의 의미로 김정희가 박종일에게 전하였던 '늙은 과일 하나를 보내니 맛있게 드셔 달라' 던 의미와 일맥상통하고 있다.

그리고 나서 김정희의 관지가 나오고 있었다.

'老果(노과)'

잠시 멎었던 임상옥의 손이 천천히 두루마리를 펼쳐내렸다. 한 폭의 그림이 서서히 드러나기 시작하였다.

그것은 풍경화였다.

멀리 낮은 산자락이 솟아 있고 앞으로는 전원이 펼쳐져 있었다. 전원에는 채소밭이 있었고 노인 하나가 채소를 가꾸고 있었다. 채소밭 옆으로는 강물이 흘러가고 있었다.

화폭에 그려진 채소를 가꾸는 노인의 모습은 바로 임상옥 자신을 가리키고 있는 것이다. 그러나 노인의 모습 역시 지극히 생략되어 있어서 얼핏 보면 산이나 강, 바위와 같은 풍경의 일부처럼 보이고 있다.

그림의 뒤를 이어서 김정희가 임상옥을 위해 써준 제발(題跋)의 문장이 한눈에 드러났다. 그것은 화제(畵題)인 '상업지도' 에 대해

부연하는 문장이었다.

임상옥은 천천히 그 문장을 읽어내리기 시작하였다. 한평생 상업에 종사한 임상옥을 기리고, 상업에 있어 올바른 도를 깨쳐서 마침내 상도를 이룬 임상옥에 대해 칭송하는 김정희의 마음이 그 문장 속에 녹아 흐르고 있었다.

임상옥은 천천히 그 문장을 음미하고 나서 감복하여 말하였다.

"오직 하나일 뿐 둘 이상은 있을 수 없음이로다."

임상옥이 탄식하여 말하였던 내용은 김정희가 '부작란도(不作蘭圖)'에서 화제로 썼던 '오직 하나일 뿐 둘 이상은 있을 수 없다(只可有一 不可無二)'의 문장에서 따온 것이다.

임상옥은 서화일치(書畵一致)의 극치를 보여주는 김정희의 작품을 감상한 후 발문 끝에 씌어 있는 다음과 같은 글자를 보았다.

'老果老人書(노과노인서)'

그 글자 위에는 김정희의 낙관이 선명하게 빛을 내며 찍혀 있었다.

그 순간 임상옥은 자신의 무릎을 내리치면서 말하였다.

"과연 늙은 과일이 맛있게 익었구나."

이 말을 들은 박종일이 의아하여서 물어 말하였다.

"나으리, 늙은 과일이라니요. 어디에 과일이 있어 맛있게 익었다니요."

임상옥은 웃으며 말하였다.

"자네도 맛있는 과일을 먹고 싶은가. 따먹고 싶으면 마음대로 따 잡수시게나."

박종일이 영문을 몰라 다시 말을 물었다.

"나으리, 저는 무슨 말씀인지 도무지 모르겠나이다. 어디에 과일이 있어 따먹고 싶으면 마음대로 따먹으라니요."

임상옥이 웃으며 말하였다.

"추사 대감도 실로 파란만장한 역정을 살아왔소이다. 제주도의 섬에서 10년, 북청의 한촌에서 2년의 유배생활을 보내고, 그리고 노경에 들어서는 병고에 시달리며 환란의 세월을 보내고 있다는 말을 들었소이다. 하지만 추사 대감이야말로 눈과 비, 바람과 폭풍의 세한(歲寒)에도 늘 푸른 소나무처럼 변치 아니하고 꿋꿋하게 버티어와서 향기로운 과일의 열매를 맺게 된 것이오. 그러니 과연 '늙은 과일'이 맛있게 익은 것이 아니겠소이까."

노과.

김정희의 표현처럼 늙은 과일이 보내는 늙은 과일 한 꾸러미. 그 마지막 열매가 바로 임상옥을 위해서 그려준 '상업지도'였던 것이다.

김정희 최후의 유작이자 아직 공개되지 않았던 최고의 걸작 '상업지도'는 이렇게 해서 탄생되었던 것이다.

모이를 쪼는 닭을 채가는 솔개의 모습에서 자신의 명운이 다함을 깨닫고 무소유로 돌아가 '재물은 평등하기가 물과 같고 사람은 바르기가 저울과 같다'라는 진리를 깨달은 임상옥이나, 그 게송을 본 순간 '채마밭에서 금불상을 캐었음'을 깨닫고 생애 마지막으로 혼신의 힘을 다 쏟아 '늙은 과일' 하나를 맺어 그 열매를 보낸 김정희나, 또한 그 열매가 맛있게 익었음을 깨닫고 따서 맛있게 먹는 두 사람의 모습은 이미 속인의 경계와 범인의 경계를 벗어난 초인의 경지임을 여실히 드러내 보여주고 있음인 것이다.

죽음을 앞둔 두 노인이 생애 마지막으로 서로의 우정을 확인하여 나눈 최후의 선문답, 그것이 바로 늙은 과일, 상업지도의 열매였던 것이다.

제7장 종장(終章)

1

1855년 을묘년. 철종 6년 여름.

공주감영에서 황새바위로 죄수 한 명이 이송되었다. 목에 큰 칼을 쓴 죄수였다. 공주감영으로는 각 지방에서 잡혀온 천주교 신자들이 모여들고 있었다. 기록에 의하면 충남의 홍주, 예산, 해미, 덕산, 신창, 홍산, 연산, 청양, 공주, 이인, 탄천과 충북의 청주, 진천, 연풍, 옥천, 전라도의 전주, 광주, 경기도의 죽산, 포천, 그리고 한양에서 잡혀온 천주교인들이 공주감영에 집결되고 있었다고 전하고 있다.

공주감영에서의 심문과 고문은 잔인하기가 이를 데 없었다. 프랑스 신부 샤를르 달레(Charles Dallet)는 특히 이 공주감영에서의 참상에 대해서 이렇게 기록하고 있을 정도다.

'공주옥에서 순교한 이들의 이름과 숫자는 다 알 수 없을 만큼 많이 있었다.'

죄수들은 참수와 교수, 돌로 맞아 죽음, 옥사, 아사, 매질에 의해서 죽는 태사 등으로 죽어갔다. 처단한 죄수들의 머리는 나무 위에 오랫동안 매달아놓아 사람들에게 천주학을 경계하게 하였으며 일부러 그들의 시체를 강도와 절도범 등 흉악범의 시체와 섞어놓아 누가 순교자인지 구별하기조차 어렵게 만들었다.

지금도 남아 있는 황새바위 앞을 흐르는 제민천은 홍수로 범람할 때에는 순교자들의 피로 빨갛게 물들어 금강으로 흘러들어가 '피의 강'이라고 불리기도 할 정도였다.

황새바위라는 명칭의 유래는 이곳 가까이에 황새들이 많이 서식하고 있었기 때문이라는 설도 있지만, 혹은 목에 큰 항쇄를 쓴 죄수들이 이 언덕바위 앞으로 끌려나와 수없이 죽어갔기 때문에 항쇄바위로 불리다가 훗날 황새바위로 바뀌어졌다는 설도 있다.

이 황새바위로 공주감영에서 이송된 죄수 하나가 방금 도착한 것이다. 이미 공개처형의 공고가 나붙은 지 오래 되었으므로 황새바위 앞산 위에는 흰옷을 입은 공주 읍민들이 구름처럼 몰려들어 병풍처럼 둘러서 있었다.

이윽고 시간이 되자 목에 칼을 쓴 죄수가 끌려나왔다. 그 모습은 살아 있는 사람이라기보다는 죽어 있는 송장의 모습이었다.

그도 그럴 것이 3개월 동안 공주감영에서 갖은 고문을 당하고, 기아로 인해 골수까지 병이 들어 있었기 때문이다.

죄수는 온갖 고문을 당하였다.

치도곤으로 수십 대를 맞았으며 주리의 형벌로 다리가 부러져 있었다. 벌거벗긴 뒤 양팔을 뒤로 젖혀 엇갈리게 묶어서 허공에 높이 매달아 사방에서 채찍이나 몽둥이로 때리는 잔학한 학춤도 당했으며, 마지막으로는 죄인을 앉혀 가부좌를 틀게 한 후 움직이지 못하게 묶어놓은 다음 무릎 위에 널빤지를 대고 그 위에 무거운 돌을 올려놓는 압슬형을 받기도 하였다.

그럼에도 죄수는 끝내 배교하지 않았다.

곤장 삼십 대를 맞아 만신창이가 되어 피가 흘러내렸지만 죄수는 이렇게 말을 하였을 뿐이다.

"이제야 오직 야소와 성모 마리아의 괴로움이 어떠하였는지 조금 깨닫게 되었습니다."

고문하는 형리들이 오히려 혀를 내두를 정도였다.

압슬형으로 다리가 으스러지고, 고문으로 붉은 피가 흘러내리는 고통이 있었지만 죄수는 이렇게 말하였을 뿐이다.

"나는⋯ 붉은 옷을 입는 것이 소원입니다. 내가 여기까지 온 것은 위주치명(爲主致命)하여 붉은 옷을 입기 위함이니 국법대로 죽여주십시오."

붉은 옷.

이는 순교하여 붉은 피를 흘리며 치명하겠음을 나타내는 원의(願意)였다.

죄수는 감사의 명에 의해 공개처형 장소인 황새바위에 도착하였다. 죄수는 걷지조차 못하여 형리들에 의해서 질질 끌려오고 있었다.

형장에 도착하여 칼을 벗기니 놀랍게도 긴 머리카락이 드러났다.

"여자다."

맞은편 산 위에서 지켜보던 사람들은 드러난 긴 머리칼을 보면서 수군거렸다.

과연 죄수는 여자였다. 형리가 죄수 앞에 나서서 죄목을 큰소리로 낭독하기 시작하였다. 마지막으로 죄수에게 어떤 방법으로 죽고 싶으냐고 물어보았다.

보통 천주학쟁이들을 죽일 때에는 망나니들의 칼에 의해서 목을 베는 참수, 밧줄로 목을 매어 죽이는 교수, 그리고 돌을 던져 죽이는 세 가지의 방법을 쓰고 있었는데 대부분의 죄인들은 참수형을 원하고 있었다. 그 방법은 단칼에 목을 베어내는 형벌이었으므로 그만큼 고통이 덜한 것처럼 느껴졌기 때문이다. 그래서 가족들은 미리 망나니들에게 은밀히 돈을 주어 죄수들이 고통을 느낄 겨를도 없이 단칼에 죽여 달라고 흥정하기도 했던 것이다.

원래 공주감영은 교수형으로 유명한 곳이었다. 달레 신부는 《한국천주교회사》에서 이곳의 처참한 광경을 표현하고 있다.

'…옥의 벽에는 위에서부터 한 자 높이 되는 곳에 구멍이 뚫려 있다. 매듭으로 된 밧줄 고리를 죄수 목에 씌우고 밧줄 끝을 벽의 구멍으로 내려보낸다. 그리고 옥 안에서 신호를 하면 밖에서 사형 집행인이 밧줄을 힘껏 잡아당긴다. 희생자가 죽으면 시체를 밖으로 끌어내어 장례도 치르지 않고 밭에 내버려둔다.'

그러나 이 죄수는 달랐다.

여죄수는 분명한 목소리로 이렇게 대답하였다.

"…저는 돌에 맞아 죽고 싶나이다."

돌에 맞아 죽는 형벌은 석투살(石投殺)이라고 불린다. 형리는 놀라서 자신이 잘못 들었나 하고 생각하여 다시 물어 말했다.

"돌에 맞아 죽고 싶다고 말하였느냐."

"그렇습니다, 나으리."

한 손에는 묵주를 들고 먼 하늘을 쳐다보면서 여인은 담담하게 말했다.

"주님을 위해 처음으로 죽은 사덕망(斯德望)도 돌에 맞아 죽었나이다."

사덕망. 이는 천주교에서 처음으로 순교한 스테파노를 가리키고 있다. 성서는 사덕망의 죽음을 다음과 같이 기록하고 있다.

'…사람들은 스테파노에게 한꺼번에 달려들어 성밖으로 끌어내고는 돌로 치기 시작하였다.'

여인은 돌에 맞아 죽은 최초의 순교자 사덕망처럼 자신도 돌에 맞아 죽고 싶다는 원의를 분명하게 드러내 보였다.

죄수가 마지막으로 바라는 소원은 큰 이의가 없으면 그대로 따라주었다.

끌려온 죄수의 이름은 이송이(李松伊). 세례명은 마리아 막달레나였으며 이때 죄수의 나이는 43세였다.

사형수 이송이는 어떻게 해서 이곳 황새바위로까지 끌려와 공개처형을 당하게 되었는가.

송이가 천주학쟁이로 관원에게 체포된 것은 3개월 전 봄이었다.

이례적인 것은 송이가 체포되었을 때만 해도 큰 박해는 없었던 비교적 평화로운 시기라는 점이었다. 천주교에 대한 큰 박해는 1801년의 신유박해, 1839년의 기해박해, 1846년의 병오박해 등 세 차례나 있었지만 송이가 체포되었을 때는 소강 상태에 머무르고 있었을 무렵이었다.

　이후 1866년에 이르러서 또 한 차례의 대박해인 병인박해가 있게 되지만 송이가 체포되었던 철종 6년 을묘년만 하더라도 소규모의 박해도 없던 비교적 태평성대였다.

　그럼에도 송이가 천주학쟁이로 관가에 체포된 것은 대세(代洗) 때문이었다.

　송이는 여전히 서강에서 의녀로 종사하고 있었으나 독실한 송이의 신앙은 천주교도 사이에 널리 알려져 있었다.

　이 무렵 《조선왕조실록》에 의하면 천주교 신자가 전국적으로 1만3천 명이라고 기록되어 있는데 그 신자들에게 있어 송이는 비록 여자의 몸이었지만 정신적인 지주였다.

　한국 최초의 신부 김대건(金大建)이 순교하여 죽은 것이 병오박해의 1846년이었으므로 이후 조선에는 단 한 사람의 사제도 살아 있지 않을 때였다.

　이후 철종 7년인 1856년 베르스 주교 등 세 신부가 한양에 들어올 때까지의 정확히 10년 동안 조선 그 어디에서도 사제를 찾아볼 수 없는 공백기간이었다.

　그 10년 동안에도 신자는 새로 태어나고 다시 생겨나고 그리고 죽어갔다. 그러나 문제는 새로 생기는 신자에게 영세를 베풀 수 있는 사제가 한 사람도 없었다는 점이다. 더욱 절박한 것은 임종을 앞두고 죽어가는 예비 신자들이었다.

세례를 받지 못한 신자들이라 할지라도 중병에 걸려 임종을 앞두었을 때는 대부분 세례를 받고 싶어하였으나 이 무렵 국내에는 세례를 집전할 사제가 한 사람도 없었던 것이다.

송이는 소문난 의녀여서 신자들의 임종을 지켜보는 기회가 많이 있었다. 대부분 죽음을 앞두고서야 회심(回心)을 하여 세례를 받고 싶어하는 환자들의 안타까운 모습을 수없이 볼 수밖에 없었다. 한 사람의 영혼이라도 구할 수 있었으면 하고 송이는 간절하게 소망하였지만 사제가 없는 이상 예비 신자들은 고아처럼 병들고 고아처럼 죽어가고 있었다.

이때부터 송이는 대세를 베풀기 시작했던 것이다.

이를 다른 말로 사적세례(私的洗禮), 혹은 약식세례(略式洗禮)라고 부른다. 또는 비상세례(非常洗禮)라고도 불리는데 어쨌든 대세란 세례를 베풀 수 있는 사제를 대신하여 예식을 생략하고 영세를 베푸는 행위였다.

대세는 정식으로 세례의 집행이 불가능할 경우, 즉 전쟁이나 박해로 인해 세례성사의 집행이 불가능하거나, 집행자인 사제가 없거나, 사제를 불러오는 동안에 세례받을 사람이 죽을 위험이 있을 경우에는 집행할 수 있다고 교회법으로도 보장되어 있는 조건세례였던 것이다.

조금 전까지도 죽음을 앞두고 극심한 고통과 불안으로 떨고 있던 환자들이 대세를 베풀면 기적처럼 마음의 평화를 얻고 담담한 마음으로 죽음을 받아들였다. 놀란 것은 환자들보다도 환자를 지켜보는 가족들이었다.

가족들은 극심한 고통에 시달리던 환자가 송이로부터 대세를 받고 단숨에 마음의 평화를 얻는 모습에 두려움과 경이를 느꼈다. 환자의 죽음을 지켜보던 많은 가족들도 장례를 치른 후 천주교에 귀의하곤 했다.

송이 자신도 대세의 위력을 실감할 수밖에 없었다. 세례를 받고 죽은 환자와 받지 못하고 죽은 환자의 얼굴은 극과 극이었다. 세례를 받지 못하고 죽은 사람의 사면(死面)은 대부분 고통과 공포로 일그러지고 흉측하였으나 세례를 받고 죽은 사람들의 사면은 잠을 자듯 온유하고 부드러웠던 것이다.

송이의 소문은 전국의 신자들 사이로 퍼져나갔고 많은 환자들은 송이의 손에서 치료받고 송이의 손에서 죽고 싶어 서강으로 운집하고 있었다.

이 무렵 송이를 의녀로 발탁하였던 장영덕은 노환으로 가끔 환자들을 볼 뿐이었고, 의원은 주로 그의 아들인 장경환에 의해 대를 물려 영업 중이었다. 아버지와 달리 아들 장경환은 자신보다 의술이 뛰어나고 환자들로부터 신망이 높은 송이에 대해서 질투심을 느끼고 있었다.

송이가 서강에서 20년 가까이 살면서도 천주교인 색출에 적발되지 않았던 것은 전적으로 장영덕의 후광과 보살핌 때문이었다.

장경환도 아버지를 닮아 의술에는 당대 제일이었으나 인품은 아버지를 닮지 못하였다.

장경환은 송이가 귀신의 사술(邪術)을 빌려 요사스런 방법으로 환자들을 현혹시키고 있다고 굳게 믿고 있었다.

장경환이 믿고 있던 귀신의 사술, 요사스런 술법이야말로 서양귀신 야소의 힘을 빌린 천주학이었다.

마침 그 무렵.

한양에서부터 환자 하나가 실려왔는데 그녀는 궁녀였다. 빼어난 미모에 총명한 여자들은 어린 나이에 궁녀로 발탁되는 것이 보통이었다. 궁녀들 중에는 천주학에 관심이 있는 사람들이 많이 있었다. 그 이유는 1839년 기해박해 때 죽은 궁녀 박희순(朴喜順)에 대한 소문 때문이었다.

박희순은 언니 '박큰아기'와 더불어 함께 순교한 궁녀였지만 그보다도 그 뛰어난 미모와 재주로 궁녀들 사이에서는 전설적인 인물이었다.

박희순은 15세경 순조로부터 유혹을 받았는데 그녀는 어린 나이에도 감히 순조의 유혹을 물리쳤다고 전한다.

궁중에서 심부름을 하는 나인이었지만 대왕의 성은을 입으면 하루아침에 왕비가 될 수 있으므로 궁녀들은 누구나 대왕의 눈에 드는 천행(天幸)을 바라고 있었다.

그런데 하늘이 주신 그 부귀영화의 기회를 물리치고 서소문 밖에서 천주교 신자로서 참수형을 받고 죽은 박희순에 대한 소문 때문에 궁녀들 사이에서는 마음속으로 천주학에 대해 호기심을 갖고 호의적인 예비 신자들이 많이 있었다.

일단 한번 궁녀로서 궁중에 매이면 병에 걸려 죽기 전이 아니면

궁궐 밖으로 나올 수 없는 법, 송이에게 실려온 궁녀도 경각을 다투는 위급환자였다.

송이는 그 궁녀를 본 순간 어떤 방법으로도 살릴 수 없음을 직감하였다. 송이는 이렇게 말할 수밖에 없었다.

"환자를 데리고 집으로 돌아가세요. 제가 아는 그 어떤 방법도 환자에게 도움이 될 수 없나이다."

이 말을 들은 환자가 주위를 물리친 후 숨을 헐떡이며 이렇게 말을 하였다.

"의녀님, …저는 궁녀로서 평생을 보내 이제 시집을 못 간 처녀로서 이 세상을 하직하려 합니다. …저는 일찍이 어렸을 때 박희순과 전경협(全敬俠)이라는 두 궁녀를 통해 천주학에 대해서 들은 적이 있나이다. …저는 또한 박희순, 전경협 두 궁녀가 어떻게 해서 죽었는지도 잘 알고 있습니다. …제가 의녀님에게 찾아온 것은 제 병이 낫기보다는 다른 소원이 있기 때문입니다. 제 병은 제가 잘 알고 있습니다. 이제 골수에까지 병이 들어 낫지 못할 것임을 잘 알고 있습니다…."

간신히 가쁜 숨을 몰아쉬면서 말을 한 후 그 궁녀는 바짝 마른 손을 내밀었다. 그녀의 손은 불덩어리처럼 뜨거웠다.

불덩어리처럼 뜨거운 궁녀의 손에 무엇인가 들려 있었다. 그것은 묵주였다. 송이는 묵주를 본 순간 놀라지 않을 수 없었다.

묵주는 천주교 신자들이 소중하게 갖고 다니는 성물(聖物), 비신자라 해도 이 성물을 갖고 있는 것만으로도 체포될 수 있는 물건이었다.

"의녀님, …제가 이 물건을 받은 것은… 전경협으로부터였나이다. 전경협이 신앙생활을 자유롭게 하기 위해 칭병을 하고 궁을 나설 때… 저에게 이 성물을 주면서 이렇게 말하였나이다. …나는 오로지 나랏님보다 더 높은 천주님을 모시기 위해 궁궐을 떠난다, 당신도 언젠가는 천주님을 모시게 되기를 바란다…."

전경협. 그녀 역시 1839년 기해박해 때 궁녀 박희순과 함께 순교하여 죽은 성녀 중의 한 사람이다.

궁녀의 신분으로 국법으로 금하는 천주교를 믿었다는 이유로 포청과 형조에서 남보다 더 혹형과 고문을 당하면서 배교를 강요당했지만 '만 번 죽더라도 주님을 떠날 수가 없습니다'라고 말한 후 서소문 밖 형장에서 참수형을 받고 순교하였던 성녀였다.

"의녀님…."

궁녀는 가쁜 숨을 몰아쉬면서 말을 이었다.

"저도 언젠가는 나랏님보다 높은 천주님을 모시고 싶었나이다. …그러나 세상 일이 뜻대로 되지 않아 이날 이때에 이르게 되었삽고 마침내 저 세상에 가게 되었나이다. …저 세상으로 가기 전에 의녀님을 찾아온 것은 제 병이 낫기보다는 다른 소원을 이루기 위해서나이다…."

"그것이 무엇이나이까."

송이가 궁녀의 손을 잡으며 부드럽게 물었다.

"…그것은."

궁녀는 띄엄띄엄 말을 이었다.

"…죽기 전에 천주학에 입교하기 위함이나이다. 의녀님, 저에게 세례를 주십시오."

궁녀는 죽기 전에 전설적인 인물이었던 박희순, 전경협 두 궁녀로부터 보고 들었던 천주교에 입교를 하고, 나랏님을 모시는 궁녀에서 천주님을 모시는 교인으로 거듭 태어나기를 소원하고 있는 것이다.

송이는 잘 알고 있었다. 이와 같은 이교인들 앞에서 세례를 베푼다는 것이 얼마나 위험한 일인가를. 그러나 다른 선택의 여지는 없었다.

죽어가는 한 사람의 영혼이라도 구하는 길은 오직 대세(代洗), 단 하나의 방법뿐이었다.

송이는 결단을 내렸다.

위험한 일임을 알면서도 다른 대안이 없다고 송이는 결심하였다.

우물물을 떠와 그 생수로써 환자의 몸을 씻었다. 송이는 환자의 두 손에 묵주를 들린 후 이렇게 물어 말하였다.

"전지전능하신 천주 성부를 믿습니까."

이미 침례를 한 궁녀의 두 눈은 물로 씻은 듯 맑고 평온하였다. 궁녀는 두 손을 모은 채 대답하였다.

"믿습니다."

"그 외아들 야소 그리스도를 믿습니까. 야소께서 십자가에 못 박혀 돌아가시고 죽은 지 사흘 만에 다시 살아나셨음을 믿습니까."

"…믿습니다."

"다시 살아나셔서 그리로부터 산 사람과 죽은 사람을 심판하러 오실 것을 믿습니까. 그리고 영원히 삶을 믿습니까."

"…믿습니다."

송이는 손가락에 생수를 찍어 궁녀의 이마에 십자표를 그린 후 이렇게 말을 하였다.

"나는 성부와 성자와 성신의 이름으로 이순임에게 세례를 줍니다."

대세가 끝난 후 궁녀 이순임은 눈물을 흘리면서 말하였다.

"…고맙습니다. 이제는 죽어도 여한이 없을 것이나이다."

궁녀는 가족들에 의해 곧 집으로 옮겨지고 그날 밤 송이는 관원에 체포되었다.

아무래도 아들 장경환의 태도를 수상하게 여기고 있었던 장영덕이 송이에게 몸을 피해 도망칠 것을 권유하였으나 송이는 다만 웃으며 이렇게 말하였을 뿐이다.

"나으리, 제가 이 의원을 떠나 어디에서 살아갈 수 있겠나이까."

그날 밤.

한 떼의 포졸들이 송이의 집으로 들이닥쳤다. 포졸들은 송이의 집을 수색하여 교회 서적들과 성경, 묵주와 십자고상 같은 성물들을 찾아냈다. 그러한 물건들은 송이가 천주교 신자라는 증거물이 될 수밖에 없었다.

송이는 일단 포청으로 압송당하여 곤장 삼십 대를 맞으며 배교를 강요당하였다. 장영덕도 노구를 끌고 송이를 찾아와 배교를 권유하였지만 이미 자신의 운명을 감지한 송이는 다만 이렇게 말했다.

"나으리, 나으리께오서 오갈 데 없는 저를 거둬들여 의녀로까지 키워주신 것은 백골난망이나이다. 하오나 저는 이제 더 다른 소원은 없나이다. 만약 남은 소원 하나가 있다면 오로지 위주치명하여 붉은 옷을 입는 것이나이다."

붉은 피를 흘리며 순교하겠다는 송이의 결연한 의지를 본 순간 장영덕은 이렇게 중얼거린 후 돌아설 수밖에 없었다.

"정히 그러하다면 네 뜻대로 하여라."

송이는 악명 높은 공주감영으로 이송되었다. 공주 감옥에서의 혹형과 고문은 이루 말로 표현할 수 없는 극심한 것이었다.

고문을 하는 형리들도 혀를 내두를 정도였다.

불에 달군 쇠꼬챙이로 온몸을 지져대었지만 송이의 얼굴에는 미소가 떠나지 않았다.

감영에서는 송이에게 마지막 방법을 사용하기로 하였다. 그것은 고문 중에서도 가장 잔인한 고문이었다. 일종의 성고문으로 송이의 온몸을 벌거벗겨서 각종 흉악범들이 들끓고 있는 남자 죄수들의 방에 집어넣는 방법이었다.

온갖 흉악범들이 갇혀 있는 남자들의 전옥은 그야말로 아비규환이었다. 그 지옥 속에 벌거벗긴 송이가 던져진 것이었다. 피에 굶주리고 배고픈 맹수 앞에 피비린내 나는 고깃덩어리를 던져넣은 꼴이었다. 여인에 굶주리고, 정욕에 불타고 있는 죄수들은 난데없이 던져진 벌거벗은 송이의 육체를 본 순간 광기에 젖어 미친 듯이 송이에게 달려들었다.

암사자를 차지하기 위한 수사자들의 혈투처럼 여인을 차지하기 위해서 죄수들은 격투를 벌이기 시작했다. 전옥들은 감방 밖에서 이를 흥미진진하게 지켜보고 있었다.

결국 힘이 가장 센 죄수의 승리로 돌아가 송이는 그 죄수의 제물이 되었다. 격투에서 이긴 죄수는 으르렁거리면서 송이의 앞으로 달려갔지만 순간 그 죄수는 멈칫거렸다. 무엇인가 신비로운 힘이 송이를 감싸고 있었다. 송이의 벌거벗은 몸은 눈부신 광채로 빛나고 있었다. 그 빛이 너무나 강렬하였으므로 감히 죄수는 그 빛을 향해 손을 뻗을 수가 없었다. 죄수 하나가 여인의 몸을 만지기 위해서 손을 뻗었으나 곧 뜨거운 불에 덴 것처럼 비명을 지르면서 물러섰다. 그 누구도 이 여인의 몸을 범할 수가 없었다.

기록은 이 장면을 이렇게 간단하게 전하고 있을 뿐이다.

'남자 죄수들의 방에서는 갑자기 신비로운 힘이 생겨나 흉악한 죄수들이라도 감히 여인을 범할 수가 없었다.'

이 모습을 본 순간 형리들은 이 죄수가 배교하는 것은 불가능한 일이라고 깨달았다.

마침내 공주감사의 명에 의해 송이는 황새바위에서 공개 처형하기로 판결이 내려진 것이었다.

천주학 죄인으로 체포된 지 3개월 만의 일이었다.

형리 하나가 송이의 얼굴에 용수를 씌웠다. 용수는 죄수를 밖으로 데리고 다닐 때 얼굴을 알아보지 못하도록 머리에 씌우던 물건인데 형리들은 처참하게 죽어가는 송이를 위해 마지막 배려로 얼굴에 용수를 씌워주었다. 형리가 얼굴에 용수를 씌우려 하자 송이는 이렇게 말하였다.

"잠깐만요, 나으리."

형리를 잠깐 만류하면서 송이는 천천히 얼굴을 들어 푸른 하늘과 붉은 태양, 한여름으로 타오르는 푸른 녹음과 황새바위 밑을 흐르는 맑은 강물을 바라보았다. 송이는 그 모든 풍경을 눈동자 속에 담아두려는 듯 하나하나 똑바로 바라보았다. 그러고 나서 고개를 끄덕였다.

형리가 송이의 얼굴에 검은 용수를 씌우자 송이는 입을 열어 소리를 내어 기도했다.

"천주님, 제 영혼을 받아주십시오."

송이의 마지막 기도문은 천주교에서 전해오는 최초의 순교자 사덕망이 돌에 맞아 죽을 때 부르짖었던 마지막 기도문과 일치하고 있었다.

그 처참한 모습에 구경을 나왔던 사람들 중에 일부 사람들은 눈물을 흘리면서 눈을 감고 있었다. 그러나 대부분의 사람들은 이 잔혹한 광경을 은근히 즐기고 있었다. 죽어가는 죄수가 여인일 바에야 구경꾼들의 가학적인 성향은 한층 고조되었다.

"죽여라."

구경꾼 중의 한 사람이 소리 질렀다. 타오르는 불 속에 기름을 부은 듯 여기저기서 목소리가 터져나왔다.

"죽여라, 죽여."

"돌로 쳐 죽여라."

그 구경꾼 속에 한 여인이 눈물을 흘리고 서 있었다. 그 여인은 억장이 무너지는 듯 몸을 떨며 흐느끼고 있었다. 그녀는 송이를 키운 양어미 산홍이었다.

2

오후가 되자 날씨는 더욱 무더워졌다. 오전 내내 채소를 가꾸던 임상옥은 허리가 뻣뻣해지는 것을 느꼈다. 물을 길어다가 밭고랑마다 물을 주느라고 무리를 했기 때문일까.

"나으리, 좀 쉬시지요. 나머지는 쇤네가 하겠나이다."

나이든 노복이 보다 못해 한마디 거들고 나섰다.

"그럴까."

기다렸다는 듯 임상옥은 허리를 펴고 일어섰다. 그는 허리를 두드리며 햇볕을 가리던 삿갓을 벗고 대청마루 위로 올라섰다. 그렇지 않아도 날씨가 무더워지는 한낮에는 쉬리라 생각하고 있었던 참이었다.

임상옥은 목침을 베고 누웠다. 바람 한 점 불어오지 않는 땡볕 속이었다.

임상옥은 누워서 머리맡에 두었던 부채를 집어들었다. 부채를 들어 소리가 나도록 부치다 말고 문득 그 부채를 들여다보았다.

단오선이었다.

언제였더라.

임상옥은 부채를 들여다보면서 지난 일을 회상하여 보았다.

곽산에 군수로 제수되었던 것이 임진년이었으니 벌써 20여 년 전의 일이었다.

그 무렵 곽산의 북쪽 삼장천(三長川)에서 단오놀이를 하다가 임상옥이 고려 때의 명신 김극기의 시를 읊고 그 시의 한 구절을 역하라고 문제를 내놨을 때 이를 맞춘 사람이 송이였던 것이다. 그 송이에게 상으로 내렸던 단오선. 특별히 대나무 생산지인 전주에서 붉은색의 주사로 물감 들인 고급 부채 단오선.

목침을 베고 누운 임상옥의 얼굴에 미소가 떠올랐다. 비록 20여 년 전의 일이었지만 어제의 일처럼 모든 풍경, 모든 모습들이 선명하게 떠오르고 있었다.

그 부채 위에는 능숙한 필체로 한시가 적혀 있었다. 낯익은 필체였다.

임상옥은 생생하게 기억하고 있었다. 그렇게도 그리워했던 송이에게 박종일을 대신 보내었을 때 박종일은 돌아와서 송이가 건네준 부채를 내밀며 이렇게 말하지 않았던가.

"나으리, 송이 아씨가 나으리께 이 부채로 더운 여름을 시원하게 보내라고 말씀하셨나이다."

송이가 임상옥에게 더운 여름을 시원하게 지내라고 보내준 정표. 그 부채 위에는 이백(李白)이 지은 연시가 적혀 있지 않았던가.

…베틀 위의 비단 짜는 진천 고을의 아낙네는
푸른 비단 연기 같은 창 너머에서 종알거리네.
북 멈추고 멍하니 먼 곳의 임을 생각하고는
빈 방에 홀로 자며 비 같은 눈물을 흘리네.

부채를 부칠 때마다 일어나는 바람 속에 묻어 있는 애틋한 사랑의 감정을 느끼시고 잊지 마시라는 송이의 간절한 염원이 아닐 것인가.

임상옥은 미소를 띠워 올리면서 단오선의 부채를 소리가 나도록 부쳤다. 부채에서는 맑은 바람(淸風)이 흘러나오고 있었다.

오래된 부채였으나 바람 속에는 아직도 애틋한 사랑의 연풍(戀風)이 깃들어 있었다.

20여 년의 세월이 흘러갔지만 여전히 청풍이 흘러나오고 있고, 잊혀지지 않는 연풍이 깃들어 있는 부채.

비록 서로를 위하는 상생(相生)의 길을 걸어 단칼에 송이와 부부의 인연을 끊고, 정을 베었으나 여전히 송이는 임상옥에게 있어 마름풀이었다. 임상옥은 여전히 송이에 있어 물새였던 것이다.

임상옥은 목침을 베고 누워 단오선으로 부채질을 하면서 지난 일을 회상하여 보았다. 뜨거웠던 송이의 육체. 밤새도록 식을 줄 모르던 무산지몽의 정사.

아아, 모든 것은 어디로 사라졌는가. 그 꺼질 줄 모르던 정념의 불꽃, 그 열정은 다 어디로 사라졌는가. 이제 육체는 참따랗게 식어 꺼진 재처럼 늙어 스러져버렸다.

부채는 여전히 예전 그대로이고, 청풍 역시 예전 그대로 맑은 바람이고, 바람에 깃들어 있는 연풍 역시 설레는 바람 그대로인데 그 부채를 보낸 사람은 어디로 가버린 것일까.

머리맡 나무 위에서는 매미가 귀청이 찢어지도록 울음을 울고 있었다.

어차피 덤으로 사는 인생. 마당에서 모이를 쪼는 닭을 채가는 솔개의 모습에서 자신의 상운과 명운이 다했음을 꿰뚫은 임상옥은 나머지 인생을 덤으로 여기고 있을 뿐이었다. 그러나 일체의 소유와 일체의 욕망에서 벗어난 임상옥이라 할지라도 아름다운 추억마저 끊어버린 것은 아니었다.

송이.

어디서 무엇을 하고 있을 것인가. 아아, 보고 싶다, 하고 임상옥은 생각하였다. 만나고 싶다, 하고 임상옥은 생각하였다. 한 번만이라도 만나서 보고 싶다, 하고 임상옥은 생각하였다.

문득 부채질을 하던 임상옥의 손이 멎었다. 그는 깊은 낮잠에 빠져들었다.

"죽여라, 죽여."

"돌로 쳐 죽여라."

군중들은 일제히 소리를 지르기 시작하였다. 그들은 맹목적인 분노로 고함을 지르고 있었다. 형리들은 검은 용수를 씌운 송이를 황새바위 위에 세워놓았다.

이곳은 황새들이 많이 서식하고 있었으므로 이러한 비극과는 상관없이 황새떼는 나무 위를 날아다니고 있었다. 예로부터 소나무 위에 앉아 있는 황새를 관학(觀鶴)이라 하여 그림이나 자수 속에 나오는 길조로 취급하고 있었으나, 이들의 평화로운 모습과는 달리 잔인한 풍경이 벌어지고 있었다.

죄수가 끌려나오자 형리들은 죄수의 소원대로 돌로 쳐 죽이는 석투살을 준비하고 있었다.

잠시 망설였던 형리 중의 한 사람이 죄수를 향해 돌을 던졌다. 그돌은 정면으로 죄수의 가슴에 내리꽂혔다. 그 충격으로 죄수는 쓰러졌다.

그러나 쓰러졌던 죄수는 몸을 일으켜 꿇어앉았다. 그녀는 무릎을 꿇고 큰소리로 외쳤다.

"천주님, 이 죄를 저 사람들에게 지우지 말아주십시오."

기도가 끝나기 전에 여기저기서 돌이 날아들었다. 송이의 몸은 걸레조각처럼 찢겨지고 붉은 피가 솟아오르고 뼈가 부러지고 머리가 깨어져 골수가 흘러내렸다. 순식간의 일이었다. 송이의 몸은 짓이겨진 채 꼼짝도 하지 않았다.

형리 중의 우두머리로 보이는 사람이 다가가 송이의 죽음을 확인하였다. 완전히 죽었음을 확인한 형리는 손을 들어 상황이 끝났음을 알렸다.

군중들은 뿔뿔이 흩어지기 시작하였다.

송이의 시체는 흉악범들의 시체와 뒤섞여 황새바위 위에 방치되었다.

바로 그때였다.

사람들이 사라지자 수많은 황새떼가 날아와서 붉은 피가 솟아나오는 죄수의 시체 위에 앉기 시작하였다.

온몸이 희고 날개 부분의 깃털만 검은 황새들은 떼지어 날아와 마치 무엇인가를 합심해서 받쳐들고 하늘나라로 운반하려는 것처럼 보였다. 이 모습을 송이의 양어미 산홍은 울면서 끝까지 지켜보고 있었다.

3

무슨 소리가 들려오고 있었다.

훨훨거리는 소리 같기도 하고 무엇인가 가볍게 부딪치는 소리 같기도 하였다. 그것이 무엇인가 하고 임상옥은 소리 난 쪽을 보았다. 아무것도 보이지 않았다. 시야는 안개가 낀 듯 자욱하게 가려져 있었다.

그 안개 속에서 끊임없이 펄럭이는 소리가 들려오고 있었다. 아무래도 궁금해진 임상옥은 안개 속을 뚫고 소리가 나는 쪽으로 가보았다.

무슨 형체가 보였다. 그 형체는 흰 날개를 퍼덕이면서 이쪽으로 날아오고 있었다. 아까부터 들려오는 이상한 소리는 날갯소리였다.

무엇인가 날아오고 있었다. 그것은 점점 가까이 다가오고 있었다. 온몸이 희고 날개의 깃털이 검은 새였다. 새가 가까이 날아오자 다리는 붉고 부리는 검은 황새의 모습임을 알 수 있었다.

임상옥은 아까부터 들려오던 무엇인가 가볍게 부딪치는 소리가 황새가 부리를 부딪쳐 가락가락 하고 내는 소리임을 알 수 있었다.

웬 황새인가, 하고 임상옥은 생각하였다.

송단(松檀)의 새라고 불리는 황새가 도대체 어디로 날아가고 있는 것일까.

시야를 가렸던 안개 같은 것이 걷히더니 모든 것이 순식간에 밝아지고 온 하늘을 덮는 듯한 황새떼들의 모습이 선명하게 떠올랐다.

이게 무슨 일인가. 저처럼 많은 황새떼들이 어디로 날아가고 있는 것일까.

임상옥은 감탄하면서 하늘을 덮은 황새떼들을 우러러 지켜보고 있었다. 그 순간 임상옥은 황새들이 서로 합심하여 무엇인가를 떠받들고 있음을 발견하였다. 그것이 무엇인가 하고 임상옥은 자세히 살펴보았다.

그것은 해와 같이 빛나고 있었다. 황새떼들은 해처럼 빛나는 무엇인가를 떠받들고 하늘로 솟구치고 있었다.

점점 더 황새떼들이 가까워오자 임상옥은 그 해와 같이 빛나는 것이 무엇인가를 알 수 있었다.

그것은 사람이었다. 황새떼들이 합심해서 떠받들고 운반하는 사람은 여인이었다. 그러나 여인의 모습을 하고 있었을 뿐 이 지상에 살고 있는 그 어떤 여인의 모습과는 달랐다. 그 여인의 얼굴은 해와 같이 빛나고 있었으며 옷은 빛과 같이 눈부셨다. 임상옥은 그녀가 누구인지 알 수 있었다. 바로 송이였다.

임상옥은 가슴이 뛰었다.

"송이야."

임상옥은 큰소리로 외쳐 불렀다. 임상옥의 목소리는 소리가 되어 나오지 않았다.

"송이야, 어데로 가고 있느냐. 송이야."

임상옥은 목청이 터져라고 외쳤다. 그러나 여전히 소리가 되어 터져나오지 않고 있을 뿐.

그때였다.

송이의 눈과 임상옥의 눈이 마주쳤다. 송이는 빙그레 웃고만 있을 뿐이었다.

너무나 가까워 손만 뻗으면 잡을 수도 있어 보였지만 송이는 이미 피안(彼岸)의 기슭 저편에 있어 이승의 세계를 뛰어넘어 있었다.

바라밀다(波羅蜜多).

번뇌가 가득한 차안(此岸)의 이 세상에서 생사를 초월하여 열반(涅槃)의 피안으로 가는 바라밀다. 송이는 이미 잡으려야 잡을 수 없고, 만지려야 만질 수 없고, 소리를 내어 불러보았자 들리지 않는 저 바라밀다에 머물고 있음이었다.

송이는 분명히 송이였으나, 그가 알고 있는 송이가 아니었다. 송이는 무엇보다 거룩하고 신비로운 한 사람이었다. 남성과 여성의 성을 초월한 하나의 인간이었다. 불행하게 태어나 파란만장의 생을 보내고 임상옥을 만나 애끓는 사랑을 하고, 그러한 모든 일들은 그녀가 벗어버린 허물일 뿐 그녀의 본질과는 전혀 상관없는 일이었다.

그녀는 송이라고 불려지는 어떤 여인과는 전혀 상관없는 별개의 선녀(仙女)였고 천사(天使)였다.

바로 그 순간.

임상옥은 잠을 깨었다.

손에 들고 있던 단오선이 떨어지는 낌새에 소스라쳐 놀라 꿈에서 깨어난 것이었다. 잠깐 목침을 베고 누웠다가 낮잠에 빠져들었던 모양이었다. 그 짧은 낮잠 속에 꾼 꿈은 너무나 선명해서 생시인 것만 같았다. 아직도 송이의 이름을 목이 터져라고 외쳤건만 소리가 되어 나오지 않던 안타까움이 가슴에 그대로 남아 있었다.

임상옥은 누웠던 자리 그대로 목침을 베고 묵묵히 누워 있었다.

송이는 바로 이 순간 알 수 없는 어딘가에서 죽은 것이다. 천주학으로 처형을 당한 것이다. 그녀의 넋이 이승을 떠나기 전에 잠깐 꿈을 빌려서 나타나 임상옥에게 이승에서의 마지막 작별인사를 나누고 떠난 것이다.

임상옥의 얼굴 위로 메마른 눈물 한 줄기가 흘러내렸다.

그날 밤.

황새바위 처형장에는 낯선 사람들이 남의 눈을 피하여 숨어들었다. 등이 굽은 노파와 건장한 체격을 가진 남자였다. 노파는 이미 형리들에게 웃돈을 건네어주었으나 그래도 조심을 해야 했으므로 성문이 닫힌 한밤중에야 숨어든 것이었다. 다행히 달이 떠서 대낮처럼 밝았으므로 시야는 투명하였다.

황새바위에서 처형된 죄수들은 흉악범들과 사학(邪學) 죄인들이 대부분이어서 굶주린 들짐승이나 까마귀들의 밥이 되도록 내버려두는 것이 보통이었다.

지난 낮, 돌에 맞아 죽은 송이의 시체를 발견하는 것은 어렵지 않은 일이었다. 흉악범들의 시체와 뒤섞어 놓았으나 한눈에 보아도 다른 시체와는 구별되고 있었다.

다른 시체들은 벌써 썩어서 고약한 냄새를 풍기고 있었지만 송이의 시체에서만은 이상하게도 향기로운 냄새가 풍겨오고 있었다.

밤이 되자 굶주린 짐승들이 몰려들어 시체의 살을 물어뜯고 있어 건장한 체격의 사내는 이를 물리치기 위해 들고 있던 지게 작대기를 이리저리 휘둘러보았으나 송이의 시체만은 온전하였고 들짐승도 넘보지 못하고 있었다.

　건장한 체격의 사내는 송이의 시신을 가마니로 둘둘 말아 지게에 졌다. 따로 관을 준비하거나 장례를 치를 겨를이 없었다. 매장이라도 하는 것 자체가 그나마 다행스런 일이었다.

　옹기장수와 산홍은 송이의 시신을 싣고 재빠르게 공산성(公山城)에 올랐다. 공산성은 예부터 웅진성(熊津城)이라 하여 백제의 왕궁터가 있던 곳. 함부로 방치되어 울창한 잡목들만이 무성한 황성(皇城)이었다. 소나무들이 울창한 낮은 빈터에 옹기장수는 지게를 내려놓았다. 그리고 땅을 파기 시작하였다.

　사람 키가 될 만큼 땅을 판 후 그들은 시신을 말았던 가마니째 땅속에 그대로 밀어넣었다. 사람의 형체라는 것을 알아볼 수 없을 정도로 처참한 시신이었다. 놀라운 것은 산산조각으로 찢어진 시신이었지만 두 손만은 온전해서 마치 기도하는 자세 그대로 합장되어 있었고 그 손에는 여전히 십자고상이 달린 묵주가 들려 있다는 사실이었다.

　훗날 가매장한 시체를 파내어 정식으로 장례를 치를 수 있도록 알아볼 수 있게 묘석 대신 돌멩이들을 무덤 주위에 표시해놓고 나서 두 사람은 서둘러 그곳을 떠났다.

　그러나 두 사람은 또다시 그곳을 찾을 수가 없었다.

　옹기장수 손선우도 그로부터 10년 뒤인 1866년의 병인박해 때 순교하였으며 산홍의 행방도 그 이후로 알려지지 않았기 때문이다.

제8장 상업지도(商業之道)

2000년 11월 3일.

김기섭 회장의 호를 딴 '여수(如水)기념관'이 개관되었다. 대학로에 위치한 공터에 지은 조촐한 규모의 기념관이었다.

바퀴에 미쳤던 '바퀴벌레'라는 별명답게 기념관으로 들어가는 입구는 바퀴 형상의 조각으로 장식되어 있었다.

잔디가 깔린 마당에는 김기섭 회장의 모습을 한 조각상이 전시되어 있었다. 아직 정식으로 제막식을 하지 않아 그 조각상은 흰 천으로 가리워져 있었다. 흰 천으로 가리워져 있었지만 키가 낮은 것으로 보아 전신상이 아니고 인체의 가슴 부위까지만 조각한 흉상인 모양이었다.

개관 시간이 다가오자 많은 사람들이 모여들고 있었다. 김기섭 회장이 재계에 큰 영향을 미쳤던 인물이었으므로 경제계 인사뿐 아니라 정계, 학계를 망라해서 많은 인물들이 모여들고 있었다. 전직 대통령의 얼굴도 보였으며 사람들에게 알려진 문화계 인사들의 모습도 보이고 있었다.

나는 구석진 자리에 서서 팔짱을 끼고 잔디밭 너머로 완공된 기념관을 바라보았다. 아담한 크기의 이층 건물이었다. 화려하지 않은 기념관의 규모와 사치스럽지 않은 분위기가 마음에 들었다.

많은 기자들이 모여들고 여기저기서 플래시가 터지고 있었다. 기평그룹의 총수였던 김기섭 회장의 기념관 개관식을 취재하기보다는 다른 뉴스 때문에 그토록 많은 취재진들이 운집하였다.

그것은 추사 김정희의 작품 때문이었다.

추사 김정희가 그린 최후의 유작이 재단 측에 넘겨진 것이다.

나는 열흘 전쯤 한기철의 제보로 그 사실을 알고 있었다. 김정희의 국보급 '세한도(歲寒圖)'를 능가하는 최고의 걸작품인 '상업지도(商業之道)'는 생각보다 적은 금액으로 재단 측에서 인수할 수 있었다. 추사에 미쳐 있던 후지스카 지카시의 아들 후지스카 세이지의 결단 때문이었다.

후지스카 세이지는 아버지가 남긴 '추사의 유작들을 박물관에 기증하는 것은 몰라도 사사로이 파는 일은 절대로 없게 하라'는 유언을 파기하고 '상업지도'를 여수기념재단 측에 넘겼던 것이다. 작품을 넘기면서 이렇게 말했다고 한기철은 내게 전해주었다.

"비록 박물관은 아니지만 기념관이니 사사로운 매매는 아닙니다. 고인은 박물관이라면 무상으로 기증하는 것은 무관하다는 유언을 남기셨으나, 기념관이니 명목상의 대금은 받을 것입니다."

후지스카의 말처럼 추사 김정희 최후의 걸작품 '상업지도'의 값은 명목상의 대금이었다.

이처럼 많은 취재진들이 모인 것은 상업지도 때문이었다. 이미 세한도를 능가하는 걸작이라는 작품적 평가가 전문가들 사이에서 떠돌고 있었으므로 이러한 뉴스적 가치를 매스컴에서 놓칠 리가 만무하였다.

개관 시간인 열한 시가 가까워오자 너른 잔디밭은 발디딜 틈이 없을 만큼 사람들로 가득 찼다. 정각이 되자 국무총리가 도착하였으며 유족을 위시한 몇 명의 인사가 제막식을 거행하는 것으로 개관식은 시작되었다.

한쪽에 자리잡은 실내악단의 연주와 함께 줄을 잡아당기자 천천히 흰 휘장이 벗겨져내렸다.

청동으로 빚은 김기섭 회장의 흉상이 드러났다. 조각상은 마치 김기섭 회장이 살아 있는 것 같은 착각을 불러일으킬 정도로 사실적이었다. 여기저기서 박수소리가 터져나왔다.

아아, 저 사람들은 알고 있는 것일까.

마치 하늘을 나는 새도 떨어뜨릴 것처럼 권력에 취해 있는 저 어리석은 정치가들. 마치 선택받았다는 착각 속에 탐닉하고 있는 귀족의 기업인들. 사교계에 모여든 저 유명인사들. 저 카메라의 플래시 속에, TV의 카메라 앞에 너무나 당당한 천민상업주의의 어릿광대들. 그들은 알고 있을 것인가. 임상옥이 깨달았던 계영배의 진리를 그들은 과연 알고나 있을 것인가.

아니다.

이곳은 김기섭의 여수기념관이 아니다. 이곳은 임상옥의 '가포 기념관'인 것이다.

김기섭은 평생 임상옥을 사숙하고 마음속으로 존경했다. 그러므로 이곳에는 임상옥이 남긴 유물들이 전시되어 있다. 그가 남긴 문집인《가포집》과 '계영배'도 전시되어 있다. 취재진들이 그처럼 취재열을 올리고 있는 '상업지도'도 결국 추사 김정희가 가포 임상옥을 위해 그려준 최후의 유작인 것이다. 비록 이곳은 김기섭 회장을 기리는 여수기념관이지만 결국 상업의 도(道)를 이루었던 임상옥의 정신을 이어받은 기념관이기도 한 것이다.

그러나 저들은 과연 알 것인가.

기념관 내부에 전시된 깨어진 잔, 골동품 가치로는 만원도 되지 않는 계영배에 숨겨져 있는 치열한 삶의 진리를 저 사람들은 눈치라도 챌 수 있을 것인가.

한기철의 경과보고 이후로 몇 사람의 하객이 인사말을 하고 고인을 추모하고 그리고 박수를 쳤다. 죽은 김기섭 회장이야말로 우리나라 경제를 이끈 거목이었으며, 비록 죽었으나 그가 남긴 유지는 아직도 계승 발전되고 있다는 식의 치사가 이어진 후 테이프 커팅 순서가 되었다.

몇 사람의 귀빈들이 흰 장갑을 끼고 기념관 앞에 드리워진 색종이 테이프 앞에 늘어섰다. 그들은 한결같이 의전용 가위를 들고 있었다.

나는 팔짱을 낀 채 생각하였다.

저들이 테이프를 끊으면 내 역할은 끝이 나게 된다. 지난 1월, 한기철로부터 은밀하게 제의받았던 나의 임무. 김기섭 회장이 사숙하였던 역사적 인물 임상옥에 대한 추적은 완전히 끝이 나게 된다.

지난 10개월 동안 나는 시간과 공간을 뛰어넘어 임상옥이라는 인물 추적에 열중하여 왔다. 그 추적이 저 테이프 커팅으로 대단원의 막을 내리게 되는 것이다.

임상옥.

그는 1855년 을묘년에 죽었다. 그가 태어난 것은 정조 3년이었으니 1779년이었다. 그는 77세의 나이로 죽었으므로 비교적 장수를 누린 셈이라 할 수 있다.

임상옥의 죽음에 대해서는 잘 알려진 바가 없으나 송이가 순교하여 죽은 그해 여름이 지난 가을이었다.

한낮의 짧은 낮잠 속에서 황새를 타고 너울너울 천상으로 날아오르던 송이의 모습을 본 이후부터 임상옥의 몸은 급속도로 쇠약해졌다고 전해지고 있다.

그 이후 그는 거동도 불편하여 좋아하던 채소를 가꾸는 밭일도 나갈 수 없어 대부분 누워 지냈는데 선선한 가을이 되었을 무렵의 어느 날, 임상옥은 하인들에게 대야에 물을 떠오라고 일렀다.

하인들이 대야에 물을 떠오자 그는 남의 도움을 받지 않고 혼자서 손을 씻고 얼굴을 씻었다. 그리고 거울을 가져오라고 말했다. 하인들이 거울을 가져오자 임상옥은 물끄러미 거울에 비친 자신의 얼굴을 들여다보면서 말했다.

"이보시게, 가포."

임상옥은 거울에 비친 자신의 모습을 쳐다보면서 혼잣말을 하였다. 이를 지켜보던 사람들은 임상옥이 헛것을 본 것으로 생각했다.

"그동안 수고가 참 많으셨네."

임상옥은 평생을 빌려 쓰다 이제는 껍질로 남기고 떠나야 할 자신의 모습을 향해 혼잣말을 했다. 임상옥은 박종일을 시켜 붓과 벼루, 그리고 종이를 가져오라 말하였다. 박종일이 종이를 가져오자 몸을 일으켜서 붓에 먹을 듬뿍 묻힌 후 마지막 혼신의 힘을 다하여 문장을 써내리기 시작하였다.

死死生生生復死(사사생생생부사)
積金候死愚何甚(적금후사우하심)
幾爲閑名誤一身(기위한명오일신)
脫人傀儡上蒼蒼(탈인괴뢰상창창)

임상옥이 남긴 생애 마지막 게송의 뜻은 다음과 같다.

죽고 죽으며 나고 났다가 다시 죽나니,
금을 쌓으며 죽음을 기다림 어찌 그리 미련한고,
부질없는 이름 위해 얼마나 이 한 몸을 그르쳤던가,
인간의 껍질을 벗고 맑은 하늘로 오른다.

임종게(臨終偈).

한평생 수도를 하였던 고승들이 죽음을 앞두고 노래하는 마지막 게송. 임상옥이 쓴 이 최후의 시는 그가 남긴 임종게라고 말할 수 있다.

임상옥은 한평생 상인으로서 대성을 거둬 조선 제일의 거부가 되었으나 '금을 쌓으며 죽음을 기다림(積金候死)' 그 자체가 어리석음을 깨달았으며, 또한 평생 동안 노력하여 '부질없는 이름(閑名)'을 얻는 것은 성공하였으나 그것으로 인하여 오히려 자기 몸 하나를 그르쳤음을 깨달았던 수도자였다.

그는 마침내 석숭 큰스님으로부터 점지받았던 화두들을 타파함으로써 상불(商佛)을 이루었던 상업의 부처였다.

그는 박종일에게 몇 마디를 남겼는데 그것은 임상옥의 유언이 되었다.

임상옥이 박종일에게 남긴 유언의 내용은 오늘날 정확히 남아 전하지 않고 있다. 자신의 유산(遺産)과 관계된 재산을 자손들에게 물려주지 않은 것만은 분명하다.

임상옥은 '천하의 권세도 십년이 가는 것은 없고, 열흘 이상 붉은 꽃도 없다(權不十年 花無十一紅)'는 진리를 꿰뚫어 보고 있던 철인이었다. 그 어떤 부자도 3대 이상 계속되지 못함을 임상옥은 잘 알고 있었다.

실제로 동서고금을 막론하고 3대 이상 부(富)를 세습하는 가문은 전무후무한 것이다. 임상옥이 말하였던 '재물은 평등하기가 물과 같다(財上平如水)'라는 철학과 일치되는 것이다. 그 어떤 재물, 그 어떤 재산, 그 어떤 부도 3대 이상 세습되지 못함은 하늘의 도리(天道)인 것이다.

자손들에게 재산을 물려줌은 자손들을 무능력하게 만드는 일이며 자손들의 몸을 베는 칼인 것이다.

임상옥은 평소 자손들에게 재산을 물려주는 것을 '재산은 화(禍)의 문이요, 유산은 몸을 베는 칼(財是禍之門 遺産斬身刀)'이라며 경계하였다.

임상옥이 몇 명의 자손을 낳았는가는 알려진 바 없다. 의주 읍지(邑誌)에 실린 임상옥의 행장기에는 다음과 같은 기록이 나오고 있다.

'…임상옥은 그의 두 아우와 아들 하나가 일찍 죽었다.'

임상옥의 두 아우가 일찍 죽었다는 것은 《가포집》의 서문에도 나오는 사실이고, 아들 하나가 일찍 죽었다면 임상옥은 여러 명의 자손을 두었음이 분명할 것이다.

어쨌든 임상옥의 그 막대한 유산은 일체 후손에게 물려지지 않았다. 그 증거로서 그의 행장에는 다음과 같은 기록이 나오고 있다.

'…임상옥의 후손들은 재산을 오래 간직토록 하기 위해 토지를 여럿으로 쪼개어 궁장토(宮庄土)로 편입시켰다.'

궁장토라 함은 비빈(妃嬪)이나 왕자의 궁원에 속한 논과 밭으로 이 기록을 보아서도 알 수 있듯이 임상옥의 그 막대한 토지는 후손들의 소유가 아니라 역이나 주둔군에 속하였던 역둔토(驛屯土)처럼 국가의 소유로 귀속되었던 것이 분명하다. 임상옥의 후손들이 재산을 오래 간직하기 위함이 아니라 자신의 부를 철저히 사회에 환원시키고 일체의 유산을 물려주지 않으려는 임상옥의 의지 때문이었다.

이 거대한 임상옥의 토지는 일제 때 서북 지방의 유명한 '불이농장(不二農庄)'이란 이름으로 전해져왔다.

임상옥과 같은 동향 출신인 문일평의 취재로 보이는 1923년 무렵의 한 답사기에서 이렇게 표현되고 있다.

'불이농장의 일망무제(一望無際)한 곡식 풍경은 끝이 없었다.'

불이농장이라면 평북 용천군의 벌판을 다 덮은 광대한 농토였다. 1926년의 잡지에도 다음과 같은 기록이 보인다.

'소작쟁의의 불길은 남선(南鮮)으로부터 일기 시작하여 이제는 서선(西鮮) 지방에까지 뻗쳐왔다. 재작년 겨울부터 작년 봄이 지나도록 문제가 되었던 소작인의 불이농장의 쟁의는 쌍방의 양보로 무사히 해결되었다….'

임상옥이 남겼던 거대한 토지는 최소한 1926년까지는 명목상으로나마 아직도 남아 있었음을 짐작할 수 있다. 그러나 그 이후의 기록은 보이지 않는다. 일제시대 때 일본인의 손으로 넘어간 것으로 추측할 뿐이니 과연 임상옥이 꿰뚫어 본 대로 그 불세출의 거재(巨財)도 3대 이상 계속되지 못하고 흔적도 없이 깨끗하게 무(無)로 사라져버린 것이다.

임상옥은 그날 밤 숨을 거두었다.

아침 일찍 하인이 임상옥의 방 앞에서 문안인사를 올렸으나 아무런 기척도 없었다.

기침소리 하나 들리지 않았으므로 뭔가 불안해진 하인은 그 길로 뛰어가 박종일을 불러왔다.

박종일은 단숨에 달려와 임상옥의 침소로 들어가보았다. 임상옥은 자리에 누워 있었는데 너무나 평안하여 마치 깊은 잠에 빠져 있는 사람처럼 보였다. 박종일은 몇 번을 흔들어보다가 무심코 손을 만져보았다. 손에는 아직도 온기가 남아 있었지만 서서히 식어가고 있었다.

그 손에는 막 부치다 만 것처럼 쥘부채 하나가 들려 있었다.

임상옥은 자신이 이장했던 아버지 임봉핵의 무덤 옆에 묻혔다. 임상옥은 백마산성의 서쪽 삼봉산 아래 동북쪽 첫 번째 산기슭으로 아버지의 무덤을 이장했었다. 이 산기슭을 자신의 선조들이 묻힐 선산(先山)으로 지정하였고 언젠가는 자신이 묻힐 곳이라고 가묘(假墓)까지 조성해 두었던 것이다.

자신이 만들었던 '몇 개의 서까래를 엮어 조석으로 바라볼 수 있도록 선고의 묘소 아래 지은 사당' 앞 공터에, 자신이 노래하였던 시의 한 구절처럼 시를 읊는 빈손의 가객으로 죽어 묻힌 것이다.

공수래 공수거(空手來 空手去).

'사람은 빈손으로 왔다가 빈손으로 떠난다'는 말과 같이 임상옥은 빈손으로 왔다가 빈손으로, 자신의 임종게처럼 인간의 껍질을 벗고 맑은 하늘로 올라간 것이다.

막 테이프 커팅이 끝났는지 여기저기서 하객들의 박수소리가 터져나왔다. 귀빈들은 자신이 자른 테이프를 기념관 측에 넘겨주었다.

마침내 기념관의 문이 열렸다. 초청된 사람들은 천천히 기념관 안으로 들어서고 있었다.

나는 여전히 잔디밭 한구석에 서서 팔짱을 낀 채 김기섭 회장의 흉상을 쳐다보고 있었다.

1부 순서가 끝나면 잔디밭에서 간단하게 칵테일 파티가 열릴 예정이었으므로 주최측에선 부지런히 잔디밭에 테이블을 마련하고 음식을 진열하기 시작하였다. 나는 진토닉 한 잔을 들고 천천히 마시면서 어느 정도 기념관의 전시장이 한가해지기를 기다리고 있었다.

사람들은 자동차에 미친 바퀴벌레 김기섭의 흔적을 통해 그를 단순히 입지전적인 인물로만 추모할 것이다. 사람들은 다만 김기섭을 통해 '금을 쌓는 영광'과 '화려한 명예'만이 인간을 행복하게 해줄 수 있는 최고의 가치로 되새김할 것이다.

여기에 모인 정치가들과 재계 인사, 문화인들과 언론인들, 사회의 각 지도층 인사들은 임상옥이 남긴 최후의 임종게에서 노래한 '금을 쌓으며 죽음을 기다림이 어찌 그리 미련하고'의 의미와 '부질없는 이름을 위해 얼마나 이 한 몸을 그르쳤던가'의 의미를 깨닫기나 할 수 있을 것인가.

어리석은 괴뢰들.

여러 가지 이상야릇한 탈을 씌운 괴상한 인형의 꼭두각시. 밀짚으로 만든 허수아비들. 그러한 탈을 쓴 꼭두각시와 허수아비들이 벌이고 있는 가면무도회.

나는 천천히 걸어서 기념관 안으로 들어가보았다. 일층 로비 정면에는 자전거 바퀴 하나가 전시되어 있었다. 자동차공장 안에 있었던 김기섭 회장의 숙소 계영당에서 가져온 유물이었다. 그 자전거 바퀴 앞에는 간단한 설명문이 붙어 있었다.

'김기섭 회장이 최초로 만들었던 자전거의 바퀴'

김회장의 오른손 새끼손가락을 잃게 한 그 바퀴. 자신의 말대로 목숨과도 맞바꿀 집념 하나로 만든 그 바퀴.

한 개의 바퀴를 가진 굴렁쇠에서 네 개의 바퀴를 가진 승용차에 이르기까지 온 평생을 바퀴에 바친 김기섭. 21세기를 겨냥하여 만든 밀레니엄 신차 '이카로스'를 직접 시운전하다가 독일의 고속도로에서 불의의 사고로 목숨을 잃은 김기섭. 그는 자신의 표현대로 인간이라기보다는 한 마리의 벌레, 바퀴에 미친 바퀴벌레였던 것이다.

일층은 세 개의 전시실로 나뉘어 있었다. 제1전시실에는 비참하게 죽을 때 그의 몸속에 들어 있었던 피 묻은 지갑, 손목시계와 같은 유물들이 전시되어 있었다. 결코 비싼 시계라고 할 수 없는 평범한 시계는 그의 비장한 죽음을 말하여 주듯 표면을 감싼 유리 부분이 날카롭게 균열되어 있었다. 시계의 바늘 부분은 파손되지 않고 시간을 정확히 가리키고 있었다.

'3시 52분'

시계는 김기섭 회장의 차가 독일의 고속도로 위에서 목숨을 잃은 바로 그 시간의 충격으로 멎어버렸을 것이다.

김기섭은 1999년 12월 24일 독일 비스바덴의 고속도로 위에서 정확히 오후 3시 52분에 운전 부주의로 가드레일을 들이받고 언덕 아래로 굴러 목숨을 잃은 것이다.

다른 전시실에는 김기섭의 소장품들이 따로 진열되어 있었다. 김기섭의 숙소에 걸려 있던, 김정희가 임상옥을 위해 써준 휘호도 진열되어 있었고 임상옥의 저서인 《가포집》도 유리장 안에 안치되어 있었다. 구석진 자리에 계영배도 진열되어 있었다. 그 계영배를 설명하는 문장은 간략했다.

'임상옥의 소장품. 이름은 계영배라 부른다.'

깨어진 술잔. 골동품적 가치로는 만원도 되지 않는 싸구려 술잔. 사람들은 모두 이 깨어진 술잔에 관심조차 기울이지 않고 있었다.

몰려든 보도진과 하객들이 대부분 이층 로비에 운집해 있는 것을 보면 김정희 최후의 걸작 '상업지도(商業之道)'가 이층에 전시되어 있는 모양이었다.

그러나 나는 알고 있다.

천문학적인 가격으로 감히 금액을 책정할 수 없는 김정희의 상업 지도라 할지라도 그 가치에 있어서는 이 깨어진 술잔 계영배를 능가하지는 못할 것이다.

당대의 명인 우명옥이 만들었던 계영배. 자신의 어리석었던 욕망과 헛된 미망(迷妄)을 뉘우치고 혼신의 힘을 다하여 빚었던 신기 (神器).

전설 속으로만 존재하였던 계영배가 이처럼 실제로 존재하고 있음을 저 사람들은 눈치라도 채고 있을 것인가. 우리나라가 낳은 최고의 거상 임상옥을 태어나게 한 이 작은 술잔.

인간의 진정한 욕망은 만족(滿足)이 아니라 자족(自足)임을 임상옥에게 일깨워준 이 작은 술잔.

현대인들에게 진실로 필요한 것은 자기 욕망의 분수를 가늠할 수 있는 '계영배'다. 계영배는 우리나라가 낳은 최고의 무역왕 임상옥을 완성시킨 유좌지기(有坐之器)인 것이다.

인간의 욕망인 명예도, 재물도, 권세도 가득 채우려 한다면 깨끗이 없어져버리니 '지나침은 미치지 못함보다 못하다'는 진리를 임상옥에게 깨우쳐준 '한 방망이'였다.

계영배는 시간과 공간을 초월하여 오늘 개관되는 여수기념관의 주인공 김기섭을 탄생시킨 태반이기도 한 것이다.

이 계영배의 깊은 뜻을 깨달을 수가 있다면.

여기 모인 많은 사람들, 권세를 누리는 저 정치가들과 관료들, 재물을 누리는 저 많은 재계인사들, 명예를 누리는 유명인사들과 문화인들, 그들의 가슴속에 저 깨어진 계영배의 잔 하나씩 깃들어질 수 있다면.

"아니, 여기서 뭘 하고 계십니까."

진열장 속에 들어 있는 계영배를 바라보며 상념에 빠져 있던 나를 누군가 말을 걸어 일깨웠다. 한기철이었다.

"한참을 찾아다녔습니다. 도대체 어디에 계셨습니까."

"천천히 기념관을 돌아보고 있었습니다."

내가 대답하자 한기철은 내게 손을 내밀어 악수를 청하면서 웃으며 말하였다.

"이렇게 회장님을 기리는 여수기념관이 차질없이 개관될 수 있었던 것은 모두 정 선생님 덕분입니다. 정 선생님이야말로 정말 일등공신 아닙니까."

"천만에요."

나는 머리를 저었다.

"실장님 때문에 오히려 제가 많은 공부를 할 수 있었습니다. 행운아는 바로 접니다."

"이층에 걸린 추사의 작품은 보셨습니까."

한기철은 자랑스런 모습으로 손을 들어 이층을 가리키며 말하였다.

"사람들이 모두 감탄하고 있습니다. 전문가들도 한시 빨리 국보로 지정해야 한다고 난립니다. 추사의 유작이 저희 기념관의 자랑거리가 된 셈이지요. 이 모든 일도 정 선생님 덕분입니다. 지난 여름 함께 동경으로 건너가 후지스카의 집을 방문하였을 때 정 선생님이 단호하게 결정을 내려주지 않으셨더라면 어쩌면 흐지부지되어 저희 기념관에 전시되지 못했을 테니까요."

"글쎄요."

나는 얼버무리면서 웃었다. 한기철은 바쁜 일로 돌아서려다 말고 나를 보면서 다짐하여 말하였다.

"절대로 그냥 가셔서는 안 됩니다. 방명록에는 이름을 쓰셨죠. 행사가 끝난 후 잔디밭에서 기념파티가 있으니까 거기서 만나 한잔 나누지요. 절대로 그냥 가시지는 마세요."

한기철은 자신을 부르러 온 부하 직원과 총총히 사라졌다.

나는 전시실을 나와 이층으로 가는 계단을 천천히 오르기 시작하였다.

사람들은 대부분 이층 로비에 모여 있었다. 그곳에 한기철이 말하였던 추사의 유작 '상업지도'가 전시되어 있었다.

추사가 임상옥을 위해 상업지도를 그려준 것은 계축년, 그러니까 1853년 봄이다. 임상옥이 1855년에 죽었으니 그가 죽기 2년 전의 일이었다. 이때 추사 김정희는 67세의 노인이었다.

추사가 봉은사에 머무르고 있었을 때는 깊은 병중이었다. 이는 아직도 봉은사에 남아 있는 추사 최후의 절필인 '板殿(판전)'이라는 글씨를 보면 알 수 있다.

추사가 운명하기 며칠 전에 썼다는 이 현판에는 다음과 같은 낙관이 새겨져 있다.

'七十老果病中作(칠십노과병중작)'

추사가 임상옥을 위해 상업지도의 그림을 그릴 때에도 깊은 병환에 시달리고 있었음을 미뤄 짐작할 수 있다.

추사는 임상옥이 죽은 다음해인 철종 7년 1856년 10월 10일 숨을 거두게 된다. 이때 추사의 나이는 70세였다.

그렇게 보면 추사가 남긴 최후의 유작은 임상옥을 위해 그려준 '상업지도'임에 틀림이 없는 것이다.

계단을 오르자 보도진들이 운집하여 사진을 찍고 있었는지 여기저기서 플래시가 터지고 TV 카메라도 작동하고 있었다. 전문가를 앞세워 인터뷰를 하고 있는지 눈부신 조명이 이층 로비를 환히 밝히고 있었다.

뉴스에 굶주린 사람들. 새로운 것, 보다 새로운 것, 보다 기발하고 보다 신기한 것, 보다 특이하고 보다 센세이셔널한 것에 굶주린 사람들. 새로운 것은 이미 접한 순간 낡아져버린다. 그리하여 또 다른 새롭고 특이하고 신기함을 추구하는 사람들.

성(性)의 굶주림과 갈증은 도착(倒錯)을 낳지만 새로움에 대한 호기심과 갈증은 광기를 낳는다.

나는 사람들 사이를 뚫고 그 그림 앞으로 다가가보았다. 세로 25센티미터, 가로 65센티미터 정도로 '세한도'와 거의 같은 크기의 '상업지도'는 마찬가지로 긴 두루마리의 형태를 취하고 있었다.

지난 무더웠던 여름, 후지스카의 집에서 삼십 분도 채 안 되는 짧은 시간에 보았던 그 작품은 기념관에 전시되어 착좌(着座)했기 때문인지 한눈에도 격조 높은 향기가 뿜어나오고 있었다.

　취재들이 끝났는지 많은 보도진들이 송고하기 위해서 다투어 빠져나가고 있어 빈 공간이 생겼다. 나는 그 공간을 뚫고 그림 앞으로 나아갔다.

　임상옥을 위해서 그려준 추사 최후의 유작 상업지도는 과연 걸작이었다.

　멀리 낮은 산자락이 솟아 있고 앞으로 펼쳐져 있는 전원에서 채소를 가꾸고 있는 노인의 모습이 눈에 들어왔다. 그 전원 한 옆으로는 강물이 흘러가고 있었는데, 피 한 방울 아끼듯이 먹을 아끼고 사물의 선을 극도로 생략하는 삽필의 필법으로 쥐어짜듯 그림을 그렸으므로 어느 것이 사람이고 어느 것이 자연인지 쉽게 구분할 수 없을 만큼 단순해서 몇 가닥의 선으로 이루어진 추상화처럼 보이고 있었다.

　그럼에도 불구하고 그림 전체에는 형언할 수 없는 깊은 격조가 넘쳐흐르고 있었다.

　나는 그림의 맨 오른편에 쓴 화제를 바라보았다.

　정원에서 채소를 가꾸는 노인, 즉 임상옥을 주인공으로 하는 그림 뒤에는 제발(題跋)이 덧붙여져 있었다.

　지난번 동경에서 처음으로 보았을 때는 시간이 짧아 미처 음독(音讀)조차 해보지 못하였던, 김정희가 남긴 최후의 문장이었다.

　나는 그 발문을 읽기 시작하였다.

'상업의 길(商業之道).'

일찍이 태사공(太史公)은 《사기》에서 '못이 깊으면 고기가 그곳에서 생겨나고 산이 깊으면 짐승이 그곳으로 달려가며 사람이 부유하면 인의가 부차적으로 따라온다'고 말하였다. 이는 옳은 말이다. 그러나 오직 부유하기 때문에 인의가 따라오는 것은 아니다. 오히려 사람의 부보다는 마땅히 사람으로서 지켜야 할 인도(人道)가 있어야만 인의(仁義)가 따라오는 것이다. 이를 일컬어 '상업의 길'이라고 부를 만하다(史記 太史公云 淵深而魚生之 山深而獸往之 人富而仁義附焉 此言有理 然非僅富而仁義附焉也 與其曰人富 莫若言循 人道 方使仁義附之 蓋可謂商業之道).

가포는 평생 부를 모아 조선 팔도에서는 그 누구도 당할 수 없는 거부가 되었다. 그러나 가포는 일찍이 공자가 말하였던 대로 '상업이란 이익을 추구하는 것이 아니라 의(義)를 추구하는 것'이라는 것에 충실하여 평생 동안 인의를 중시하던 사람이었다. 그리하여 그는 마침내 '재물은 평등하기가 물과 같고 사람은 바르기가 저울과 같다'는 사실을 깨달아 재물보다는 사람을 우선하였다(稼圃平生積富 終富甲朝鮮八道 所謂稼圃經商 如孔子云 非逐利而求義也 故其乃平生重道之君 經識 財上平如水 人中直似衡之利理 故優於人而非優於財).

그는 평생 동안 재물을 모았지만 실은 아무것도 하지 않은 사람이었다. 그는 평생 황금을 벌었으나 이는 다만 채소를 가꾼 일에 지나지 않는 것이니 그를 '채소를 가꾸는 노인'이라고 부를 만하다. 고로 그를 상불이라 부르니 이 어찌 기쁘지 않겠는가. 즐겁고 기쁜 일이다(雖生涯積財 而不拘一物 竭生平勞作實無爲之人 盡終身蓄金仍

侍蔬不綴 可謂一老榮農也 故稱其商佛 於此何樂而不爲 乃幸事).

　추사의 발문은 이렇게 끝을 맺고 있다.
　'노과노인 쓰다(老果老人書).'
　추사가 임상옥을 위해 쓴 발문의 내용을 천천히 훈독(訓讀)하여
읽어 내리는 동안 내 가슴에는 물밀 듯이 감동이 몰려들고 있었다.
　지난 일년 동안 우연치 않게 뛰어들어 임상옥의 생애를 추적해오
고 있던 내 일련의 작업이 추사의 발문으로 대단원의 종지부를 찍
는 느낌이 들었다.
　짧은 문장으로 가포 임상옥의 생애를 이처럼 날카롭게 '촌철살
인(寸鐵殺人)'할 수 있을 것인가.
　나는 추사의 그림에서 두어 발자국 물러서며 중얼거려 말하였다.
　'이제 내겐 더 이상 임상옥도 없고 추사 김정희도 존재하지 않는
다. 여수 김기섭은 더더욱 존재하지 않는다.'
　추사가 임상옥을 위해 쓴 저 최후의 명문은 오늘을 사는 우리에
게 던지는 사자후(獅子吼)다. 그러나 몇 명이나 알 수 있을 것인가.
'상업이란 이(利)를 추구하는 것이 아니라 의(義)를 추구하는 것이
다'라는 공자의 말을 빌려 오늘을 사는 우리에게 외치는 추사의 금
언을 마음속에 새겨들을 수 있는 사람이 몇 명이나 될 것인가.
　평생 황금을 벌었으나 실은 채소를 가꾼 노인에 불과하였던 임상
옥을 빌려서 마땅히 '상업의 길'을 통해 '상업의 부처(商佛)'에 이
르는 것이야말로 진실로 즐겁고 기쁜 일이라는 진리를 오늘을 사는
우리에게 일깨워 주는 추사의 법어(法語)를 깨달을 수 있는 사람이

몇 명이나 될 것인가.

그러나.

나는 추사의 그림에서 뒤돌아서면서 중얼거려 말하였다.

그것을 걱정해서 무엇하겠는가. 어차피, 이제 모든 것은 끝나버리지 않았는가. 추사도 임상옥도 그리고 여수 김기섭도 이젠 나하고는 상관없는 인물들인 것이다.

나는 천천히 계단을 내려왔다.

그냥 가지 말고 꼭 남아서 한잔 하자던 한기철의 말을 떠올렸다. 그러나 한기철과의 약속도 이젠 모두 소용없는 일이라는 생각이 들었다.

나는 잠시 망설이다가 그냥 잔디밭을 가로질러 빠르게 기념관 정문을 통해 걸어나왔다. 다행히 나를 막는 사람은 아무도 없었다.

〈끝〉

■ 작가 연보

1945년 10월 17일 서울에서 변호사였던 아버지 최태원(崔兌源)과 어
　　　머니 손복녀(孫福女)의 3남3녀 중 차남으로 출생

1951년 1월 6 · 25 전쟁으로 인해 부산으로 피난

1952년 3월 국민학교 입학. 2학기 때 2학년으로 월반

1953년 서울로 돌아와 영희국민학교에 전학

1954년 덕수국민학교 전학

1955년 아버지 별세

1958년 서울중학교 입학

1961년 서울고등학교 입학

1963년 고등학교 2학년 때 단편 〈벽구멍으로〉가 한국일보 신춘문예
　　　에 입선

1964년 연세대학교 문리대 영문과 입학

1966년 11월 공군 사병으로 군 입대

1967년 단편 〈견습환자〉가 조선일보 신춘문예에 당선. 11월 단편
　　　〈2와 1/2〉로 사상계 신인문학상 수상

1969년 단편 〈순례자(현대문학)〉 발표

1970년 단편 〈술꾼(현대문학)〉, 〈모범동화(월간문학)〉, 〈사행(현대문
　　　학)〉 발표. 공군을 제대하고 11월 황정숙과 결혼

1971년 단편 〈예행연습(월간문학)〉, 〈뭘 잃으신 게 없으십니까(신동
　　　아)〉, 〈타인의 방(문학과 지성)〉, 〈침묵의 소리(월간중앙)〉,

〈미개인(문학과 지성)〉, 〈처세술 개론(현대문학)〉발표

1972년 단편 〈황진이·1(현대문학)〉, 〈전람회의 그림·1(월간문학)〉 발표. 장편 〈별들의 고향〉을 조선일보에 연재. 〈타인의 방〉, 〈처세술 개론〉으로 현대문학상 신인상을 수상. 연세대 영문과 졸업. 딸 다혜 출생. 단편 〈전람회의 그림·2(문학과 지성)〉, 〈영가(세대)〉, 〈황진이·2(문학사상)〉, 〈병정놀이(신동아)〉 발표. 중편 〈잠자는 신화(문학사상)〉, 〈무서운 복수(세대)〉 발표. 장편 〈내 마음의 풍차〉를 중앙일보에 연재하고, 〈바보들의 행진〉을 일간스포츠에 연재. 장편 《별들의 고향(상·하)》 및 《타인의 방》 간행

1974년 단편 〈기묘한 직업(문학사상)〉, 〈더러운 손(서울평론)〉 발표. 희곡 〈가위 바위 보〉를 극단 산울림에서 공연. 작품집 《바보들의 행진》, 《맨발의 세계일주》, 《영가》 간행. 세계 13개국을 순방. 아들 성재(도단) 출생

1975년 단편 〈죽은 사람들(문학과 지성)〉 발표. 《샘터》에 〈가족〉 연재 시작. 작품집 《구르는 돌》, 《우리들의 시대(1·2)》, 《내 마음의 풍차》 간행. 영화 《걷지 말고 뛰어라》 감독

1976년 단편 〈즐거운 우리들의 천국(한국문학)〉 발표. 〈도시의 사냥꾼〉을 중앙일보에 연재

1977년 단편 〈개미의 탑(문학사상)〉, 중편 〈두레박을 올려라(문학사상)〉, 희곡 〈향기로운 잠(문학사상)〉, 〈다시 만날 때까지(문학과 지성)〉, 〈하늘의 뿌리(문예중앙)〉 발표. 장편 〈파란 꽃〉을 서울신문에 연재. 작품집 《도시의 사냥꾼(1·2)》, 《개미의 탑》,

《청춘은 왕》 간행

1978년 중편 〈돌의 초상(문예중앙)〉 발표. 장편 〈천국의 계단〉을 국제
　　　신보에, 〈지구인〉을 《문학사상》에, 〈사랑의 조건〉을 《주부생
　　　활》에 각각 연재. 작품집 《돌의 초상》, 《작은 사랑의 이야기》
　　　및 산문집 《누가 천재를 죽였는가》 간행

1979년 단편 〈진혼곡(문예중앙)〉 발표. 장편 〈불새〉를 조선일보에 연
　　　재. 작품집 《사랑의 조건》, 《천국의 계단(1·2)》 간행. 미국을
　　　여행(6개월 간 체류)

1980년 장편 《지구인(1·2)》, 《불새》 간행

1981년 단편 〈아버지의 죽음(세계의 문학)〉, 〈이상한 사람들(1·2·3, 문
　　　학사상)〉, 〈방생(소설문학)〉 발표. 장편 〈적도의 꽃〉을 중앙일보
　　　에 연재. 작품집 《안녕하세요 하나님》 간행

1982년 장편 〈고래사냥〉을 《엘레강스》, 〈물 위의 사막〉을 《여성중앙》
　　　에 연재. 단편 〈위대한 유산(소설문학)〉, 〈천상의 계곡(소설문
　　　학)〉, 〈깊고 푸른 밤(문예중앙)〉 발표. 〈깊고 푸른 밤〉으로 제6회
　　　이상문학상 수상. 작품집 《적도의 꽃》, 《위대한 유산》 간행

1983년 작품집 《물 위의 사막》, 《가면무도회》 간행. 장편 〈밤의 침묵〉
　　　을 부산일보에 연재

1984년 〈겨울 나그네〉 동아일보 연재. 소설로 쓴 자서전 《가족 1》 간행

1985년 〈잃어버린 왕국〉을 조선일보에 연재. 작품집 《밤의 침묵》 간행

1986년 장편 《잃어버린 왕국》, 수필집 《모르는 사람에게 보내는 편
　　　지》 간행. 영화 〈깊고 푸른 밤〉으로 아시아영화제 각본상과
　　　대종상 각본상 수상

1987년 작품집《저 혼자 깊어가는 강》, 소설로 쓴 자서전《가족 2》간행. 가톨릭에 귀의(세례명 베드로). 어머니 별세.〈잃어버린 왕국〉KBS 다큐멘터리 촬영차 장기간 일본에 체류

1988년〈잃어버린 왕국〉다큐멘터리 5부작 KBS 방영.〈어머니가 가르쳐준 노래(생활성서)〉연재 시작

1989년 수필집《잠들기 전에 가야 할 먼 길》간행.〈길 없는 길〉중앙일보에 연재 시작

1990년 장편〈구멍〉을《현대문학》에 연재

1991년〈王都의 비밀〉조선일보에 연재 시작. 수필집《사람들 사이에 섬이 있다》간행

1992년 동화집《발명왕 도단이》간행. 중편〈산문(민족과 문학)〉발표.《샘터》에 연재중인〈가족〉을 200회 기념으로, 가족 1《신혼 일기》, 가족 2《견습 부부》, 가족 3《보통 가족》, 가족 4《이웃》간행. 영화〈천국의 계단〉시나리오 집필. 시나리오 선집 3권 발간

1993년 장편《길 없는 길(전4권)》간행. 가톨릭〈서울주보〉에 칼럼 연재 시작.〈일본 속 한민족 탐방〉으로 일본 여행

1994년 교통사고로 16주간 치료. 장편《허수아비》간행. 동남아, 유럽, 백두산 여행. 중국을 1개월간 답사 여행. 장편《별들의 고향》재간행

1995년 장편《王都의 비밀(전3권)》, 성서묵상집《너는 나를 누구라고 생각하느냐》와《너는 나를 사랑하느냐》간행. 광복 50주년 기념 SBS 다큐멘터리 6부작〈왕도의 비밀〉촬영. 중국을 6개월

간 여행. 한국일보에 〈사랑의 기쁨〉 연재 시작. 동아일보에 칼
럼 집필

1996년 수필집 《사랑아 나는 통곡한다》 간행. 다큐멘터리 6부작
〈왕도의 비밀〉 SBS에서 방영

1997년 장편 《사랑의 기쁨(상·하)》 간행. 〈商道〉를 한국일보에 연재.
희곡 〈어머니가 가르쳐준 노래〉 상연. 〈겨울 나그네〉 뮤지컬
공연. 가톨릭대 국문학과 겸임교수. 장녀 다혜, 성민석 군과
결혼

1998년 장편 《사랑의 기쁨》과 작품집 《지상에서 가장 큰 방》으로
제1회 가톨릭문학상 수상

1999년 장편 《내 마음의 풍차》 재간행. 가톨릭신문에 〈영혼의 새벽〉
연재 시작. 산문집 《나는 아직도 스님이 되고 싶다》 간행.
작은 누님 명욱 교통사고로 별세. 작가 박완서 씨와 15일간
미국 콜럼비아 대학을 비롯하여 여러 대학에서 강연

2000년 묵상집 《날카로운 첫키스의 추억》 간행. 한국일보 연재소설
〈상도〉 완성. 월간잡지 《들숨날숨》에 〈이상한 사람들〉 연재.
《샘터》에 연재 중인 〈가족〉 300회 자축연. 시나리오 〈몽유도
원도〉 집필. 큰누님 경욱 별세. 작가 오정희 씨와 15일간 미국
의 UCLA 대학을 비롯하여 여러 대학에서 강연. 《상도(商
道)(전5권)》 출간. 외손녀 성정원 출생

2001년 중앙일보에 장보고를 주인공으로 하는 〈해신〉 연재. 여섯 번째
창작집 《달콤한 인생》 출간. 모교 서울고등학교로부터 '자랑스
런 서울인상'과 연세대학교로부터 '자랑스러운 연세인상'을

받음

2002년 단편〈유령의 집〉문학사상사 발표. KBS와〈해신 장보고〉다
　　　큐멘터리 촬영차 7개국을 4개월간 취재. 최인호 중단편전집
　　　(문학동네) 전5권 출간. 장편《영혼의 새벽》출간.《상도》300
　　　만 부 돌파. 일본의 도쿠마(德間)출판사에서《상도》출간.《몽
　　　유도원도》출간. 윤호진의 연출로 예술의 전당에서〈몽유도원
　　　도〉뮤지컬 공연

2003년 KBS 신년 특집 프로그램으로〈해신 장보고〉5부작 방영.《해
　　　신(전3권)》출간. 제8회 현대불교문학상 수상

2004년 1월부터 서울신문에 장편〈유림(儒林)〉연재. 가족소설《어머니
　　　는 죽지 않는다》출간. 9월부터 부산일보에 가야에 대한 역사
　　　소설〈제4의 제국〉연재. KBS 수목드라마 50부작〈해신〉방영

2005년《유림(전6권 중 3권)》출간. 장남 성재(도단), 조세실 양과 결
　　　혼.《불새》를 드라마화한〈홍콩 익스프레스〉SBS에서 방영.
　　　윤호진의 연출로 국립극장에서 뮤지컬〈겨울 나그네〉재공연

2006년 수상록《문장》출간. 장편《지구인》,《겨울 나그네》,《몽유도
　　　원도》영화화 결정

2007년《유림(전6권)》,《꽃밭》출간. 친손녀 최윤정 출생. KBS창사
　　　특집 다큐멘터리〈최인호의 역사추적 제4의 제국 가야〉촬영
　　　차 1년여 동안 중국, 인도, 일본 등 취재. 하명중 감독의〈어
　　　머니는 죽지 않는다〉영화 개봉

2008년 KBS창사특집 다큐멘터리〈최인호의 역사추적 제4의 제국 가
　　　야〉방영. 선답에세이《산중일기》출간. 장편《머저리클럽》

출간

2009년 〈가족〉 400회 기념으로, 《가족》(앞모습), 《가족》(뒷모습) 출간

2010년 수필집『인연』,『천국에서 온 편지』, 동화집『빨리 어른이 되고 싶어』 간행

2011년 장편『낯익은 타인들의 도시』 간행. 제14회 동리문학상 수상

2013년 장편『할』, 수필집『최인호의 인생』 간행

9월 25일(음력 8월 21일) 영면

유고집『눈물』 간행. 은관문화훈장, 아름다운 예술인상 대상, 세상을 밝게 만든 사람, 자랑스러운 연세인상 수상

2014년 1주기 추모집『나의 딸의 딸』 간행. 영인문학관에서 1주기전(一周忌展) 〈최인호의 눈물〉 개최

2015년 두 번째 유고집『꽃잎이 떨어져도 꽃은 지지 않네』, 2주기 추모집『나는 나를 기억한다(전2권)』 간행

2017년 세 번째 유고집『누가 천재를 죽였는가』 간행

2018년 네 번째 유고집『나는 아직도 스님이 되고 싶다』, 5주기 추모집『고래사냥』 재간행